中国文学佳作选

小小说卷

任晓燕 主编

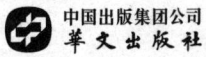

图书在版编目（CIP）数据

中国文学佳作选．小小说卷 / 任晓燕主编．—— 北京：华文出版社，2022.7
ISBN 978-7-5075-5647-6

Ⅰ．①中… Ⅱ．①任… Ⅲ．①中国文学－当代文学－作品综合集 ②小小说－小说集－中国－当代 Ⅳ．①I217.1

中国版本图书馆CIP数据核字（2022）第100806号

中国文学佳作选·小小说卷

主　　编：	任晓燕
策　　划：	胡　子
责任编辑：	寇　宁
特约编辑：	王彦艳
封面设计：	李琳琳
出版发行：	华文出版社
地　　址：	北京市西城区广外大街305号8区2号楼
邮政编码：	100055
网　　址：	http://www.hwcbs.cn
投稿信箱：	hwcbs@126.com
电　　话：	总编室 010-58336239　责任编辑 010-58336195
	发行部 010-58336267
经　　销：	新华书店
印　　刷：	三河市航远印刷有限公司
开　　本：	710mm×1000mm　1/16
印　　张：	20
字　　数：	360千字
版　　次：	2022年7月第1版
印　　次：	2022年7月第1次印刷
标准书号：	ISBN 978-7-5075-5647-6
定　　价：	52.00元

版权所有　侵权必究

目录

1	赵长春	巍巍大别山（三题）
7	高 薇	沂蒙烽火（三题）
14	张建春	庐西血色笔记（三题）
21	安 谅	沪上红色日记（三题）
29	谢志强	大漠老兵（二题）
34	袁省梅	阳光劳模（二题）
39	郑俊甫	扶贫札记（二题）
44	吴卫华	温曹氏
47	白小良	姑姑等等
50	陈小秋	石头墙
52	陆涛声	古盘
55	阿 成	虚构的生活
59	方英文	过瘾
63	郑彦英	额温枪
66	大 解	影子人群
68	石钟山	邻居
71	张鲜明	在世界的背面——梦札三束
75	孙春平	女孩与鼠
78	聂鑫森	小巷深处有人家

81	赵　新	你好了，家才好
84	张　港	鹤骨笛
86	申　平	一只不会叫的蝈蝈
89	洪兆惠	黑娘的麦饼
92	侯德云	大美十二珠
95	胡　炎	二十米
98	刘立勤	卖票的老纪
100	侯建臣	喜出望外
103	汪菊珍	香　皂
106	阿　心	说谎的女孩
108	安石榴	念想儿
110	陈　毓	凤兮凰兮
113	岑燮钧	二　叔
116	津子围	金　蛋
119	张望朝	戏　友
121	宁春强	队　长
123	芦芙荭	兄　弟
125	喻永军	玻璃城市
128	奚同发	城市病人
131	高国顺	万病无忧丹
135	宗　晴	夜猎者
138	伍中正	王医生
141	王在庆	蛋蛋的夏天
144	李士民	一桶大豆油
146	何君华	花　香
149	于心亮	跳
152	蔡永平	千年火狐
154	女　真	恋爱基金
156	非　鱼	大妞的红灯笼
159	穗　子	一道折痕

161	屯里人	鸟人
164	闻樟	来自老家的音信
167	王小忠	拂晓苍临
170	罗箫	镜子里那人是谁
172	蒙福森	紫禁城的鲫鱼汤
175	安宁	求婚
178	郭建朵	"眼镜"的友谊
181	高沧海	青钱
184	老海	木瓜红
187	尚培元	鹊桥仙
190	巴图尔	那些事儿都不是问题了
192	邓建华	握着锋利的斧头等着那人
194	丛棣	迎春照相馆
197	七戒	今天吃点儿好的
200	解高岩	偶遇
203	原上秋	七只羊
206	李伶伶	又到苹果红时
208	王溱	楼上的小提琴声
210	刘夏	床前明月光
213	曹洪蔚	炸八块
216	王秋珍	十一有一只羊
220	薛培政	突围
223	张国平	四儿
226	蒋静波	戴口罩的苦楝花
229	马静	看电影
232	九峰云	吵架
234	阿痴	爱
237	索南才让	巨坑
240	赫恩曼尼	我俩
243	胡弃暗	卖锅记

245	大 正	屠格涅夫
249	吕世奇	雨中的猫
251	阡麻香	破镜重圆
254	黑 桃	突然的爱情
256	同 学	多去转转
258	秦雨萍	回 忆
261	蒋 寒	一句引一万句
264	马 瑛	宇宙中最好的动物园
266	张玉强	客 人
269	刘晶辉	那些瞬间
272	赵淑萍	别 墅
274	金 光	垂钓者
276	仲艳婷	造塔记
279	碎 碎	开会的存在与虚无
281	恩 雅	名 字
284	赵德清	全宅配
287	杨 宁	上 海
290	高玉昆	买 肉
293	史 越	娘儿俩
295	张忠霞	红马甲
298	李谷平	打碎玻璃
301	梁永琦	独角龙
304	袁正华	纳 凉
308	关 漓	虚构镜像
310	樊 衍	在日光中等待

巍巍大别山（三题）

赵长春

代号918

作为一个九十二岁的老人，他的迟钝是可以原谅的。他迟钝得忘了自己的名字。

不过，当我们在他耳边大声喊出"代号918"时，坐在轮椅上的他会忽地挺直身子，试图举起右手，敬一个军礼。我们面对他代做这一动作后，他的右手就落下来，滑到右腿上，轻轻拍抚，嘴里喃喃出声："这里，这里！"

老人所说的"这里"，有数道疤，还有一个小坑儿，就在他的右腿上……

七十多年前，老人还年轻，很年轻，是一个地下交通员，负责传递秘密情报。在此之前，他入了党——中国共产党，是在一个晚上，在荒野上的一间小房子里，他举起右手，庄严宣誓："我志愿加入中国共产党！"党给他的任务是传递秘密情报。条件是不能看，不能说，严守秘密，送到需要送到的地方，交给应该交给的人，或者悄悄地放到一块岩石下、一个树洞中。

他多次完成任务，干得很漂亮。他不知道他的任务的意义，他只知道每完成一次任务后，上级领导就会给予表扬，然后他就可以好好地睡一大觉。

那年冬天，风狂雪猛。他带着一份密令出发了，要通过敌占区的四道封锁线，并且要在三天之内完成任务。临行时，他依然举手敬礼："是，坚决完成党交给的任务！"像以往一样，他没有过多地问什么，只是收好文件，记准了领导交代的口令：代号918。

装作乞丐、扮成拾粪的，他把文件藏在打狗棍的底端，藏在粪筐里，一天之内，连续过了两道封锁线。他有些高兴和开心，他觉得能够提前一天完成任务。可是在通过第三道封锁线的岗楼时，他发现了不对劲儿：敌人盘查得特别严密，不惜把人剥光，在风雪里，把所有的行李检查一个遍。

没有退缩也没法退缩，他继续往前。突然，一个人退回来，低声对他说："快回去，有人叛变，正等着你……"

他就往回走，而那个人又掉头冲向岗楼，一副大大咧咧的样子，把敌人引了过去。敌人发现端倪，就向远远走开的他开了枪。"啪——啪——"声声尖厉！他就顺着一道土沟跑了起来。不过，一颗子弹射中了他的大腿，右大腿，贯通伤，血流如注。好在，他逃离了。

他只好绕了个大圈子，从另一处岗楼通过，拐着伤腿。面对盘问，他装哑巴，呜呜哇哇，好像特别怕枪的样子。两个哨兵浑身上下对他搜索了一遍，在胸口处发现了两张请柬，邀请远方亲戚喝喜酒的请柬——当然，这也是他事先做好的。一个哨兵还不放心，狠狠地捣了一下他右腿的伤口，血就流出来了，他疼得哇哇啦啦地叫！哨兵就放了他。他差点儿走不动了，爬着站起来，一瘸一拐，蹒跚着走向了远处的风雪……

饿了，啃口雪；困了，啃口雪。风雪交加，腿脚发硬了，他就往前爬。伤口发炎了，他发起了高烧，有些神思恍惚，但是他记得前行的方向，记着上级交代的口令：代号918。

第三天的上午，他晃进了大别山中的一个小村——新四军五师师部所在地。风雪中，当一身灰军服的哨兵向他跑来时，他勉强抬手挥动了一下，扑倒在了雪中。他扑倒时，把右腿压在了身下……一个多时辰后，人们喊醒了他，他瞪大眼睛，看着眼前的人们，其中一位是师政委。

师政委见他醒了，赶紧说了一句："同志，918！"

他笑了，努力举起右手："918！"接着，手滑向了右腿。在枪眼里，藏着那份绝密情报——蜜蜡纸卷紧，塞得深深的！正是这份情报的及时送达，使师部得以及时出兵，完成了对敌军驻地的一次合围，炸毁了火车站和飞机场。

由于高烧，由于冻饿，他的神经出了问题。报请上级批准后，他就留下了，留在了这个小山村，喂马，做饭。很多事情他都记不清了，包括他的老家，他还有什么亲人，他都记不清了。别人问他什么，他都一笑，嘿嘿，嘿嘿，憨厚得叫人心疼。

不过，只要在他耳边大声喊出"918"，坐在轮椅上的他就会忽地挺直身子，试图举起右手，敬一个军礼；然后，右手落下来，滑到右腿上，轻轻拍抚，嘴里喃喃出声："这里，这里！"

杨连苫和他的羊

色蓝，窑货好品质的标准之一。形容天空颜色的"瓦蓝"一词，就来自于此。

若是一窑货出来，瓦不蓝，疙疙瘩瘩，一窑货就算完了。

所以，潢河上下的窑头最忌讳"红"字，包括对炭火的颜色也不要说"红"，就说"这火烧得好"。"火"与"货"，同音，吉利。很讲究。

可是，杨连苦对"红窑"一直好奇：咋叫"红窑"呢？

"红窑"远离村子，依着潢河，掩蔽在又高又深的树林子后，荒得瘆人！

杨连苦不怕，总往那里去，从小。

他去"红窑"是因为喜欢放羊。小学刚毕业，杨连苦就放羊了。羊啃完近处的草，就往树林深处去。"红窑"那里，草繁密肥实。起初，杨连苦站在远处。后来，他随羊群靠近了"红窑"。窑顶口如井，窑内坍塌着堆堆砖瓦，一棵从窑顶上长出的树，粗根沿着窑壁伸下来，紧抠着窑底的砖瓦。一阵风来，杨连苦头顶和背部生出一阵凉意，他就赶紧离开！

咋叫"红窑"呢？谁都想烧出瓦呀！

那年夏天，暴雨，杨连苦跟着躲雨的羊们进了窑洞。羊们把前蹄搭在窑壁上，努力去吃树根上长出的嫩叶，蹬塌了窑壁，冲起一股尘气……看看围拢在身边的羊群，杨连苦壮着胆，开始翻腾窑底的碎砖烂瓦。几天后，他发现了一个皮包，包的正中有颗五星，褐色。包内有个牛皮袋，包裹着几张纸。杨连苦小心地揭开，竟是烈士证，由中国人民解放军西南军区第二野战军司令员刘伯承、政委邓小平签发于1951年。

杨连苦数了数，九份！

杨连苦小心翼翼地把这些东西带回了村。他抑制不住兴奋地给老校长看："这些老物件是在'红窑'里发现的，一定值钱。比毛主席像章值钱吧？"

老校长刚看完北京奥运会开幕式，眼睛一亮，长寿眉一挑："啊呀，我当年还组织过学生去'红窑'扫墓……说是那里埋着当过红军的解放军战士，是个老党员，老家就是咱这里的。这战士回来执行啥任务，骑着马带着枪，天晚了住在窑里。谁知道早被土匪盯上了——图他的马和枪。土匪把他害了，推倒了窑，埋了人。那时刚解放……这都快六十年了！都快忘了！"

老校长很激动："这是烈士证！两联连存，说明还没有被送到烈士的家，家人还不知道人是死是活呢！"

走在星光下的村路上，杨连苦突然想哭。——这些战士一二十岁参军走了，直到今天，还在"回家"的路上！赵明山、齐华针、方长如……我，送你们"回家"！

烈士都是另一个县境的，顺着潢河下去就能走到，沿河有的是草和水，也不耽误放羊。说走就走，杨连苦就出发了。

种麦时，杨连苦回来了，吓人一跳，黑瘦！杨连苦嘿嘿一笑："没有瘦，我更结实了！羊也更肥实了！"果然，还多了四五只羊。可是，他没有送出一个烈士证。从中华人民共和国成立到现在，地名改了好多次，区、保、公社、乡镇、村、大队、小队，合并、拆分；另外，烈士们的同代人大多已不在，有的在家乡没用过大名，只有小名，还有一些重名的，实在不好找！

种罢麦，杨连苦和他的羊们又出发了。回来过年时，他随身的小本本上记着不少人名和地名。他想："等开春了，草出来了，我还出去，一定能找到！"

麦子青青。河水泛波。杏花粉。李花白。桃花红。清明节，杨连苦找到了赵明山的家。他赶着羊进村时，全村人在村口迎接。有风吹来，细雨纷披。赵明山的侄子跪着接过了烈士证："大伯，爷和奶等你了一辈子呀！"

过了一年，杨连苦"送回去"了两个烈士：单华荣、张文武。

又过了一年，杨连苦"送回去"了三个烈士：王清生、方长如、丁炳福……

就这样，杨连苦放着他的羊，一个村子一个村子地走。他按着节气来计算时间，半月一个节气半月一个节气，真快！

立春。雨水。惊蛰。春分。清明。

清明又来了，大别山草木葳蕤。"红窑"前，杨连苦倒下一碗"潢河黄"酒："您放心，您的任务我完成！我一定把烈士们都'送回家'！"

杨连苦又倒了一碗酒："可是，您又是谁？您的家在哪里？"

风掠过窑前的草和树，呼呼响。

杨连苦一挥鞭子，又出发了。一只又一只羊跟着他，走得很整齐。

一群少先队员，齐刷刷地举起了手，向着"红窑"，向着杨连苦，敬礼！

藏老木

五岁的萌子基本上还不会玩别的游戏，会玩的就是"藏了没"。

"藏了没"，在唐河的方言里，"没"读"木"，没有的意思；整体发出来的声音是"藏老木"。三字的音由低到高，有着启示的语气——奶奶按照萌子的要求，先捂上眼睛，等萌子藏好后，就说："藏好木？我开始找了……"

"藏好了。"萌子在门后答应一声，奶声奶气。奶奶就开始找了。有时候，奶奶找得很慢，眼瞅着转到门后了，又往床下找，或者自言自语："小萌子真能啊！我找不到你。哎，藏哪儿啦？"这时候，萌子就忍不住咯咯地笑了："奶……"跑出来，扑到奶奶的怀里。有时候，奶奶找得很快，一下子就把她从柴火堆后找出来了，惊飞了一只正在下蛋的鸡。

和奶奶玩"藏老木"，也有玩够的时候，萌子就坐在门槛儿上，和奶奶一样，看远处的山，看不远处的河。在她的眼里，山很高，河很大。妈妈就在山上，或者在河里的一条船上，就如奶奶说的，"说回来就回来了"。

奶奶不说爹"说回来就回来了"，说他去了很远的地方。地方很远，得走好多好多天，才能见到他。好几次，奶奶这样说时，眼里流出了泪，把萌子吓了一跳。奶奶就赶紧抹一下脸："风真凉啊！"

不凉啊，萌子觉得。

萌子特别想和别的小孩子一起玩"藏老木"，可是，奶奶不叫。大人们都很忙，都把自己的孩子看得紧紧的。萌子就只好和奶奶一起玩"藏老木"。她也和妈妈玩过，是在晚上。萌子就要睡了，妈妈回来了，急慌慌地抱起萌子，亲，给她梳头，陪她玩"藏老木"，然后就吃奶奶留下的饭。吃完，妈妈带上一个篮子就要走，篮子里面有奶奶给她放好的东西。萌子不让妈妈走，妈妈说："藏老木吧。"让萌子坐奶奶怀里，闭上眼睛……萌子说："藏好木？我开始找了……"回答的是奶奶的微笑，或者奶奶的叹息，甚至是一两滴泪水。

"奶奶，妈不亲我。"

"她亲你。再等等，她天天陪你玩'藏老木'，还有你……你爹……"

在奶奶的哼唱声中，萌子就睡了，一觉睡到天亮。梦中，爹、妈、奶奶陪她一起"藏老木"。

——可是，这个早晨，萌子醒来的时候，没有发现奶奶在身边。她溜下床，走到门口。当院里，几个人，围住了奶奶，恶狠狠地，手中的木棍上，刀亮闪闪的。奶奶面前，有个土坑，昨晚"藏老木"时还没有。

萌子哇地哭了！

奶奶抱起萌子，给她梳头。有人来夺梳子，奶奶眼一瞪："总得让孩子漂漂亮亮的吧？！"

奶奶给萌子梳头，总是很轻，这一回，很重。

萌子觉得奶奶的手在哆嗦。

奶奶说："萌子，我给你梳好头，咱去找你爹妈……"

"这就对了，老婆子！找回来，别再跟着赤匪闹事了，过平安无事的日子……"旁边一个人说。萌子以前没有见过那个人，就紧紧地搂住了奶奶。

"萌子，一会儿咱玩'藏老木'，你要闭上眼睛不说话，妈妈就回来了，你爹也会回来，听见没有？"

"嗯。"

"可要听话啊！去见你爹你妈了，可不能哭……"

萌子就被奶奶抱了起来，抱得紧紧的："奶的好孙女儿，闭上眼睛啊！"

萌子点着头，闭上了眼睛，头抵在奶奶的怀里。

"奶，我头上有土……"

"奶，我，憋得慌……"

"萌子！好孙女，别说话……咱一起去找你爹、你妈！"

院子里起了一个土堆，那些人还在上面踩了踩，走了。

几天后，妈妈回来了，带着一队人，还是晚上。妈妈在土堆前跪下，晕倒了……

两年后，妈妈又回来了，当了副县长，兼妇联主席。工作之余，妈妈最爱到幼儿园、到学校去，看孩子们，和孩子们一起玩"藏老木"。

妈妈还爱做一件事，就是周末的时候，到县陵园，将一个墓碑反复地擦拭。墓碑上刻着两个人的名字，其中一个叫"萌子"，生于公元1942年5月，牺牲于公元1948年8月。

人们说："萌子是最小的烈士。"

妈妈说："她就是我的小萌子！"

沂蒙烽火（三题）

高　薇

安乐庄

　　五月的风已经有了暖意，山东省战时工作推行委员会主任委员黎玉一边走一边舒展着胳膊，感觉到浑身的疲倦似乎散去了许多。

　　连日来以减租减息为主要内容的会议，让每个人都处于非常紧张的状态。刚刚在双堠镇安乐庄召开的会议上，中共山东分局要求从麦收到年底要在全省开展好这项群众运动，通过开展减租减息运动，认真发动群众，树立基本群众优势，加强党政群基层组织建设，巩固抗日根据地，度过困难时期。黎玉负责在沂南开展工作，他想趁会后的一点儿空闲时间到村里去转转，和老乡们拉拉呱儿，了解一下他们的情况，也为下一步的工作做些准备。

　　黎玉一边走一边和遇到的老乡打着招呼，不知不觉间就到了村头。

　　这里有一个小院子，住的是两位六七十岁的老人。老人的两个儿子都当兵上了前线，一个为革命献出了生命，还有一个下落不明。老人的身体也都不太好，黎玉经常在这一带活动，每次来村里都要为老人挑几担水、扫扫院子，农忙时也到地里帮着做活儿。老人家感激不尽，有点儿好吃的总给他留着，待他如亲儿子一般。

　　黎玉刚推开虚掩的栅栏门，就听到一阵激烈的争吵声，他不由停下了脚步。老人家平日里温言善语，从不起高腔，这到底是怎么了？就在黎玉犹豫着是否往前走的时候，屋门"吱扭"一声开了。

　　"大爷，大娘，有些日子不见了，你们好呀！"黎玉赶紧迎上前去，和老人打着招呼。

　　"好好好，你也好吧？"大爷上前握住了黎玉的手，亲切地问道。

　　"是他大哥呀！你可来了，正好给我评评理吧……"脸上挂着愠色的大娘，这时候也迎了过来。

　　"他大哥整天够忙的了，你就别再添乱了！"大爷手往后一甩，不等黎玉说话，就表现出制止的样子。

"怎么了大娘?有什么事,您尽管说出来。大爷,看您说的这话,咱们是一家人,可不要说两家话呀!"黎玉朝大爷摆摆手,上前亲切地拉住了大娘的胳膊。

"嗐,这不是闺女家生了娃吗?咱这里兴舅舅给外甥铰头,你看儿子不在家,我们在村里又是独姓,嗐——"大娘说着,禁不住悲从中来,抬手抹起了眼泪。

"看看,又来了不是?我和你说多少遍了,这些风俗各个地方都不一样,有的地方不兴铰头,孩子不是一样长大?"大爷说着,不好意思地朝黎玉笑了笑。

黎玉点点头说:"大爷说得也在理,我老家那里就没有'舅舅铰头'这一说,都是孩子满月后回姥姥家住上几天就行了,至于谁铰头也不是多重要的事,不过各地风俗不同,也要看具体情况。"

"别人的话我不信,他大哥说的话我信。这几年他大哥可帮了俺老两口儿的大忙了,对待俺们简直就像自己的亲老一样。他大哥,我有个想法,大娘想让你替代孩子的舅舅,不知你能不能帮这个忙?"大娘说得很慢,有些迟疑的样子,但眼睛里又分明含着满满的期待。

大爷赶紧上前说:"他大哥,别听她胡叨叨,她整天就知道瞎盘算。这里没事,你快忙你的去吧!"

黎玉略一犹豫,继而爽快地答道:"好,大娘,就按您老的想法做。您的孩子是为国家为人民上了前线,今天我就是您的儿子!我正好这会儿没事,也顺便到群众中走走,还能多了解些情况呢!"

闺女家离得不远,就在邻近的村庄。黎玉帮两位老人提着筐子,不多时就到了老人的闺女家。

一到大门口,就有人迎上来。黎玉经常在这一带活动,大家都认识。见是他来了,这一下院子里和屋里的人都拥了过来,问这问那的。黎玉一一打着招呼,顺便向大家询问了些"双减"方面的事。老人的亲家更是高兴,觉得脸上实在有面子,一个劲儿地端茶递烟,忙活个不停。

正午时分到了,屋里更热闹了,黎玉被人们推到了堂屋正中的桌子前。

桌子上摆得花花绿绿,有小孩子的棉袄、棉裤、棉被、虎头鞋、虎头帽什么的,还有一个装了纸笔、线穗、书本、弓箭等等的木头制作的升。黎玉走过去,有人将剪刀递到他手上。

"先铰铰眼睛,看得远、看得清。"有老人说。黎玉便在孩子的眼睛上面比画着手里的剪刀。

"再铰铰鼻子,会闻香味。"

"铰铰嘴巴，吃四方好东西。"

……

最后有人指挥黎玉，用手捏起孩子的一小缕头发铰下来，朝空中撒去。同时，旁边的老人口中念起歌谣：

> 胎毛顺风刮，
> 小孩活到九十八。
> 胎毛顺风走，
> 小孩活到九十九。

……

为孩子铰完头，人们想留黎玉吃午饭，黎玉谢绝了众人的挽留，急急忙忙往回赶，不一会儿，就到了安乐庄的村口。黎玉望着村子里一幢幢简陋破旧的房子，在心里说："安乐庄，安乐庄，但愿这里的老百姓能够永远安康……"

一篮鸡蛋

二月的风迎面吹来，仍像小刀割在脸上一样，但胡奇才的怀中却似揣了一团烈火，浑身上下都暖烘烘的。几个月来鲁中军民开展以技术练兵为主要内容的整训活动，这十几天里在涝坡东面的宽敞地带举行了检阅大会。鲁中军区直属一、二、四团和一、二、三军分区的部队及四军分区的干部，共万余人参加了这次活动，今天活动终于圆满完成，担任总指挥的鲁中军区司令部参谋处处长胡奇才总算松了口气。

参加大会的军民和围观的群众已经散去，空旷的场地里只剩下两个人和一匹马，那是胡奇才和他牵着马的警卫员。两个人一前一后，慢慢朝前走着。胡奇才的目光从暮霭中的远山上收回来，他轻声对警卫员说："这里是传说中穆桂英操练兵士飞沙走石的地方，我们鲁中军区这次大检阅不也是一次技术练兵的大展示吗？"

紧跟在身后的警卫员马上回答道："您说得是，首长。穆桂英是传说，可您总结推广的炸药爆破技术大展示，那可是真正的飞沙走石呀！"

胡奇才笑了笑，随即脸上又现出一种深思的神情，他说："还不行呀，小鬼，还不能完全达到我的设想，爆破的威力还不够强大。"他像是突然想起什么似的，说："走，咱到村里转转去。"

警卫员犹豫了一下说:"首长,天不早了,您都一天没吃饭了……"

胡奇才手一挥说:"小同志,你今天怎么这么啰唆?"

场院边有一条小路,是通往店子村的。胡奇才走在前面,牵着马的警卫员跟在后面,默默地往前走着。胡奇才从1938年11月来到了沂蒙山区的沂南县,辗转战斗在岸堤、马牧池、依汶等地方,如今已经五年多了。不久前日军对沂蒙根据地"铁壁合围""大扫荡",胡奇才率领官兵用炸药爆破敌人碉堡、围墙,取得了以较少伤亡获得较大胜利的成果,但是他觉得爆破技术还没达到理想效果,他一直在民间寻找这方面的手艺人。店子村就有一位会制作烟花的老人。胡奇才抽空去和老人聊过几次了,还没有探寻到自己需要的东西。

两人从小路过来,就到了村西头。老人家的大门敞开着,警卫员上前刚想喊一声,不承想夫妇二人正好从屋里出来了,只见他们满脸焦急的样子,看见胡奇才也没停下脚步,只是嘴里打了声招呼。胡奇才上前一步说:"老人家,您这是要干什么去?"

老太太被他一问,哇的一声哭了:"首长啊,您说俺该怎么办?俺儿媳妇刚生下孙子才十来天,这就中了风啦!儿媳妇要有个三长两短,俺那孙子可怎么办呢?"

"你们这是准备去哪里?"胡奇才着急地问道。

"到界湖那边。听说有专治月子里中风的,准备套上驴车,上那边去看看。"老两口儿忙不迭地说。

"这么远的路,用驴车别耽误了病人,快用我的马吧。"胡奇才不假思索地说。

"这怎么行?月子里的人生病,怎么能用首长的马呢……"老人犹豫着。

胡奇才说:"救人要紧,哪有这么多讲究!"接着回头对警卫员说:"快,赶紧把马送过去!"

警卫员答应一声,就跟随老人去了。由于快马拉车,及时到达界湖,病人脱离了危险。

十几天后,胡奇才正在为研究爆破技术而苦心演算一个数据时,房门突然响了。开门一看,是店子村的那位老人。一见面,老人就将一个小提篮放在桌上说:"首长,我家孙子今天满月,我是特地来感谢您的。这是自家鸡下的蛋,您一定要收下!"

胡奇才说:"老人家,您的心意我领了,但这鸡蛋我不能收。咱八路军和人民群众是一家,帮助群众是应该的,不用谢呀!"

老人说:"首长您今天若不收下,我就不走。您为老百姓做了那么多事,就不兴老百姓表点儿心意?"

胡奇才不好再推辞，只好将鸡蛋收下。往常他也曾遇到这种情况，他回头会让警卫员再将钱送过去。

　　老人说完话，又伸手在口袋里摸索着，很快掏出一张脏兮兮的纸来，有点儿扭捏地说："首长，我今天来还是给您送这个的。这是我家祖传的制烟花的配方，您看是不是有用？"

　　胡奇才接过这张写着歪歪扭扭字迹的纸，心里一阵感动，紧紧握住老人的手，连声说："有用，太有用了！老乡，谢谢您了！"

　　根据老人的这张配方，胡奇才又经过精心研究和多次实验，终于研制出了一种爆破效果强、威力大的炸药。同年秋天，胡奇才利用刚研制出的爆破新技术，取得了攻克沂水城、葛庄伏击战的胜利，在葛庄伏击战中基本全歼日军草野清大队，创造了在运动战中基本歼灭日军一个大队的典范战例。

　　抗日战争胜利后，胡奇才离开沂蒙奔赴东北战场，他在沂蒙地区战斗生活了七年，与当地百姓结下了深厚的感情。

　　1965年9月的一天，已任中国人民解放军工程兵副司令员的胡奇才，回到家里，见桌子上放了一个盖着印花布的小提篮，掀开一看是满满一篮鸡蛋，篮子里还垫着麦穰。

　　"鸡蛋？从哪里来的？"胡奇才惊奇地问道。

　　家人告诉他是一个来自沂蒙山区的小战士送来的，不留下鸡蛋小战士死活不依，说鸡蛋是爷爷让带来的，小战士的名字叫"记才"。

　　胡奇才的手一直在那些鸡蛋上来回抚着，好久他才轻轻地说道："惭愧啊，沂蒙人没有忘记我胡奇才。其实战争年代沂蒙人付出的太多了，沂蒙人的恩情我们才永远不能忘呢！"

甘泉寺

　　娱乐晚会刚刚结束，匡亚明就接到消息说，住在甘泉寺的沂蒙工作团被沂水城里的日军发现了，必须在拂晓前向南转移。

　　一周前，日军集中两个师团兵力，加上伪军共两万多人，对鲁南抗日根据地进行了"大扫荡"。匡亚明带领临时组建的沂蒙工作团按照上级要求，将铅字、印刷机等印刷物资埋藏起来，将一部分同志疏散隐蔽到群众家里，然后从云头峪转移出去。匡亚明很清楚，沂蒙工作团是我党在沂蒙的重要宣传阵地，要在与敌人周旋的过程中坚持发展。当时以印刷厂工人为主，联合其他单位临时组成了沂蒙工作团，就地灵活机动地发动群众坚持斗争。沂蒙工作团下分战斗队、工作队、印刷队等，并带电台、油印机，既要和敌人战斗，还要做好群众工作，坚持出报、送报。《大众日报》社长匡亚明担任工作团团长。工作团转移到甘泉寺后，进行了整顿，还架起电台收抄新闻，出了油印电讯，进行了军事演习，可没想到在第七天又被鬼子发现了。

那天早晨天还没亮，沂蒙工作团就撤出了甘泉寺。刚拐过一个小山头，派出探路的三个尖兵汇报说："有三百多个鬼子正打着膏药旗往甘泉寺方向而来。"匡亚明立即下令折回，赶快占领附近的高地。时值夏日，山间茂密的树林里蚊虫嗡叫，不觉间身上就被咬起一个个疙瘩，热气从林间地上往上蒸腾，大伙儿的衣服很快便湿透了。队伍刚到半山腰，鬼子就已逼近。匡亚明立即下令散开迎敌，虽然工作团不久前从国军俘房手里和一户地主院墙夹道内得到不少枪支弹药，现在每人都有一支枪，工作团还有一挺机枪，可是，当鬼子从三面往山上冲，各班居高临下开始射击时，有很多枪卡了壳，有的拉不开枪栓，唯一的机枪刚打出两梭子弹就不响了。

敌人的枪声越来越近，也越来越密集，匡亚明登上一块石头，隐藏在一片柞树后仔细观察。他发现敌人在机枪、小炮的掩护下，从东西南三面往山上攻来。与敌人相比，沂蒙工作团的同志作战经验少，武器装备又处于劣势，必须尽快突围出去，避开与敌人的正面冲突才好。就在这时，天空中出现了几架敌军的飞机，飞机投下的几颗炸弹在不远处的山沟里接连爆炸。幸亏山林茂密，敌机没有发现他们的准确位置。

匡亚明抬头望一眼渐渐远去的飞机，急切地说："同志们，我们虽然占据着有利地势，但兵力薄弱，现在留下郭克刚的一个班做掩护，大队人马立即从北面撤退，到云头峪集合！"

由于北面没有敌人，大队人马撤得很快。郭克刚看到大家进入了北边山谷，也准备和队员撤离。当他们扛起枪转身要走时，却发现东面一百多米远的山顶上，已经上来了三个敌人。小江和另两名队员自告奋勇做掩护，让郭克刚带领其他人员迅速撤离。

趁敌人还没看到他们，小江托起长枪就朝三个鬼子射去。只听得啪的一声，前面两个鬼子应声倒下。后面一个鬼子见此情景，一转身撒腿就跑，脚下被一块石头一绊，摔倒在地上。小江连忙补上一枪，结果了他的性命。

小江心里高兴，却不敢恋战，他们三人趁此机会迅速朝云头峪方向撤离。

他们一边跑一边观察周围情况。还好，没有敌人追上来。一路往北撤退，到山下时，小江他们遇到满头大汗的队员小孔。小孔见他们几人过来，就站住了。

小江说："你怎么一个人在这里？"

小孔脸一红说："我……我扛着机枪走得慢，就掉队了……"

"扛着机枪，机枪在哪里？"小江诧异地问道。

"我……我藏到树林里了……"小孔不好意思地一指不远处的一片松树林。

"不行，枪是我们的第二生命，绝对不能丢下！快去找出来，我们四个人轮流扛。"

黄昏时分，他们四个人终于到了云头峪。匡亚明看到后远远迎上去，一边帮他们抬机枪，一边夸赞道："大队人马能够迅速撤离，安全回到云头峪，就是因为有你们这些勇敢智慧的队员，今晚我要犒劳大家。"

"社长，一言为定呀！犒劳我们什么？"大家高兴地拍手叫好。

正在这时，只见一个人挑着担子气喘吁吁地从山路上下来，大家赶紧迎过去，原来是一个叫黄仲华的，他挑着五十斤重的油印器材，也落在了后面。从甘泉寺到云头峪虽然只有三十五里路，但山路崎岖，又要小心敌军，一路历尽艰辛，实在太不容易了。

匡亚明十分感动，他说："甘泉寺这一仗，我们没损失一兵一卒，真是太好了！大家赶紧休息一下，今天正好是端午节，我自掏腰包让炊事员去买好吃的，今晚大家就饱餐一顿啊！"

"好嘞！"

"太好啦……"

一阵阵欢呼声，回响在云头峪的上空。

庐西血色笔记（三题）

张建春

叶明之的遗书

叶明之一瞬间就彻底明白，自己落入了魔掌，再也挣脱不了了。

果然，叶明之经受了十八般酷刑，双腿齐刷刷地断了，昏死了过去，醒来时已在一处黑洞洞的牢房里了。

叶明之抬抬双手，钻心的疼袭来，一头的冷汗滚下。

叶明之发现了一双眼睛，一眼不眨地望着自己，充满了恐惧和慌乱。

叶明之还是强忍着疼，给这双眼睛递过去了一缕淡淡的笑。

那双眼睛闪烁着躲开了，躲避在牢房门外的旮旯里。

叶明之第二次见这双眼睛时，是在第二天的中午。牢门打开，眼睛的主人走了进来，是来送牢饭的。叶明之的腿断了，牢饭只能送到面前。

那人说："叫我黄三吧。"声音低得像蚊子哼，目光打在脚面上。

叶明之饿极了，捧起瓦盆，几乎是把饭倒进肚子里的。黄三站在一边，目光还是低低的。叶明之吃完了，用手擦擦嘴，轻轻地道了声："谢谢！"

黄三头也不回地走了，牢门咣的一声锁死了。

叶明之安静了下来，把前前后后的事想了一遍，还好，没有破绽，庐西的地下组织应无大碍。

叶明之是在通知完最后一个同志撤离后被捕的。出了叛徒，叶明之蹬着自行车，抢在敌人前头，通知了他的上下线，在稍微喘了口气时，被按在了地上。

叶明之嘴角有了笑，又顿觉周身疼痛，身上没有一寸地方是好的了。

叶明之彻底暴露了，若不松口，死肯定是唯一的一条路。

不怕死。对死叶明之早就有了准备，参加地下党那天，叶明之就做好了死的准备。

黄三是叶明之每天见到的唯一活物，送饭、送水；要大小便时喊一声，黄三就进来。只是黄三的眼睛无处放，不敢和叶明之对视。

叶明之有时找黄三说话，黄三躲着，叶明之就自言自语，不着边际地说一些事。叶明之知道，黄三在听，听得静悄悄的。

一天夜里，叶明之听到了低低的哭声，本以为是自己做梦，但不是在梦中，叶明之听出了这哭声来自黄三。

早晨黄三进了门，丢下稀汤样的早饭，还丢下一句话："我也在坐牢。"叶明之没接上话，黄三已走开了。

叶明之能够在牢房里挪动身体了，黄三还是将牢饭送进来，此时的黄三眼中多少有了些喜色。是为叶明之吗？叶明之没往深处想。

叶明之多了样事，黄三在牢房外时，叶明之就自言自语，有时背一首诗歌，有时讲些浅显易懂的道理。叶明之是说给黄三听的，黄三也明白是说给自己听的。俩人心照不宣，一人说，一人听。

叶明之还是知道了黄三哭的原因，黄三的老母亲被人欺负了，向死里欺负。

身体刚刚恢复的叶明之又一次被动了大刑，这次是双手，十指被钉了竹签。

叶明之昏迷后醒来，黄三立在叶明之身旁，这次黄三的目光没有躲避。

黄三说话了："就认了吧，说句话。"黄三的话很轻柔，也好听。

"不，不，不！"叶明之没多说，吐出的字硬得如铁钉。叶明之太痛苦了，每吐一个字，都出一身冷汗。

夜里，叶明之发高烧，说胡话。黄三守在一边，有时捂叶明之的嘴，有时把叶明之摇醒。

下半夜，叶明之真正睡着了。可不久，又被哭声吵醒了，叶明之听出是黄三在哭，哭声噎在嗓子眼儿里，闷闷的。

第二天，黄三打开牢门，这次黄三主动看叶明之的眼睛了，定定地看，看得叶明之都想躲避。黄三的目光里有东西，湿湿的。

黄三说："你梦中喊一人的名字，我捂住了。"叶明之大吃一惊，还是回了句："谢谢！"叶明之知道喊的人应是自己的爱人加同志。

到了秋天，黄叶悄悄地落，叶明之算了算，春天入狱，已半年时间了。叶明之长长地叹了口气："牢底坐穿吧。"

黄三送来了好吃的，还有一壶酒。黄三脚步沉重，像是提着千斤重物。叶明之知道，自己要上路了，去好远好远的地方。

叶明之内心坦然，借着黄三的力量席地而坐，理了理荒草样的乱发，将一壶酒一饮而尽。

黄三忍不住落了泪，然后定神将叶明之看了个遍。

黄三从口袋里掏出一张皱巴巴的纸，和一支秃秃的铅笔，递给叶明之。叶明之愣了下，摇了摇头。

"不给她留句话？"

"不了，该说的，都已说过了。"叶明之的笑从嘴角慢慢洇开。

黄三不舍地起身离开，但又在牢房外停住脚步，他还想听叶明之的自言自语。

没有，一切都死寂。黄三只听到自己心的怦怦声。

叶明之被活埋了，埋得不留痕迹。

没过多长时间，黄三消失了，从监狱不声不响地消失了。

黄三花了九牛二虎之力，找到了叶明之高烧时喊着的那个她。

她满脸泪水，问黄三："叶明之留有遗书吗？"

黄三哽着嗓子回答："我就是他的遗书。"

春天来了，黄三透过泪眼，看到好多花都开得红艳艳的。

新生

天早早醒了，一轮满月挂在庐西空中，冷冷地挥洒着清辉。

文渊轻轻起身，怕惊扰了还在熟睡中的妻子汪静。披衣时，汪静一把抓住了文渊的手。

汪静的手柔和，但执着，她把文渊的手压在了自己的肚皮上。

汪静有了三个月的身孕。

文渊突然颤抖了下，这颤抖是从内心发出来的。汪静的体温一缕缕向文渊传导，文渊在一瞬间有些眩晕。

文渊的手在汪静的肚皮上缓缓移动，猛地文渊感到了一阵悸动，是孩子的。文渊欣喜地叫了起来："汪静，儿子踢我呢。"

汪静没有吭声，泪在眼角缓缓地流了下来。

汪静的手仍在用力，文渊还是决绝地将手抽了出来。

文渊有大事要办，不能再耽搁了。

"给孩子起个名吧？"走到门口，文渊听到汪静在轻轻地说。

"成，叫成吧。"文渊脱口而出，似乎早就想好了。

推门而出，早晨的月辉将文渊彻底打湿了，文渊摸了一把脸，霜情冰凉，深秋了，庐西的冬天提前来了。

一场遭遇战猝不及防。在文渊和省委派来的领导人接头，一杯清茶还在冒着白烟时，敌人冲了进来。文渊奋起反抗，为省委领导人赢得了脱逃的时间。

文渊在被击伤胸部后被捕了。

如临大敌，文渊随后被押解省城。忍着伤口的剧烈疼痛，文渊把牙关咬得紧紧的，在某一时刻，文渊甚至要把舌咬断了。

当文渊被掷进牢房时，天上月还是圆满的，依然那么清澄。

文渊从昏迷中醒来，胸部的伤口还在流着血水，被盐渍过的肉体，在麻木中发出巨大的痛的撕扯。文渊冷冷一笑，痛吧，痛吧！敌人太过卑劣，伤口上抹盐也能干得出。

一言不发，保持沉默，能撬开口，能敲碎牙，语言藏在心里，语言是撬不出来的。文渊在心底发誓，这誓言来自追寻的信仰。

十八般刑具用完了，文渊没发一言，连大痛中的呻唤也是咬碎了的。

敌人累了，被文渊的无言沉默整累了。文渊在一些时间被抛在了一边。

难得的休整，文渊可以让心走得远远的。文渊想汪静和孩子了。汪静的模样是固定的，孩子呢？文渊伸出双手：你们该知道呀。双手感受过孩子的悸动，应知模样的。文渊微微地笑了：我的孩子哦。

孩子文渊认定是儿子，文渊从汪静的肚皮上获得的力量，肯定是儿子，只有儿子才能踹得那么有力量。

不过，文渊还是疑惑，儿子为什么会踹自己呢？也许是拳头，在和父亲击掌。

这是一个冬夜，文渊对着冬月想到了这些，文渊想到这些，不禁哈哈大笑，笑得明月跳了几跳，又将月色从窗户外洒在枕边，<u>一丝丝</u>、<u>一缕缕</u>地分明。

春天来了，花在窗外呼喊。敌人又一次对文渊极尽折磨。

"说，说，说！"连带的是飞起鞭影和滋滋作响的烙铁。

文渊的嘴封死了，文渊闭死了眼睛，血沫在文渊的嘴角铺开，倒像是山中灿然的映山红花在开。

深夜，文渊被十指猫咬样的痛的跳动惊醒。白天十个指头被铁钉一个个穿过，血如断珠般流，生生死死，死死生生。

铁和肉体的碰撞，谁更坚强？文渊得出了结论，肉体受灵魂控制，灵魂比铁硬，肉体击不垮。

春风让文渊清醒，文渊闻到了大地的气味，有花香，有草气。文渊的十指被一种跳动抚摸，文渊的泪不自觉地流了下来，这跳动是儿子成的心跳。不错，儿子有名字，成，成功的成。

月被锁死了,夜天好沉,几粒星星跳动着,似要从铁窗钻进牢房。

梦来了,可痛楚深刻,梦又被赶走了。

又是一个夜晚,月如钩。或许刚下过一场小雨,地湿漉漉的,半年多时间,文渊没和外面接触了,文渊贪婪地呼吸着野外空气,抬头望月,如钩的月好远好远,但这月和庐西的月一模一样。

面前是一深坑,新挖的泥土,冒着鲜嫩的气息。

文渊明白,最后的时刻来了。文渊扫一眼挺立的枪刺,兀自对天长哮,"喔,呵,喔"。文渊拼尽了力气,反复高呼出一句口号。真好,半年多没说话了。

嗓子哑了,文渊跳下了深坑,平躺下身子,任泥土一锹锹向身上覆盖。

文渊奋力地将双手伸出泥土,文渊的十指在跳动,弯月照在十指上,伴着这月照,风又送来了清香。

哦,月牙。文渊的呼吸紧迫,还是给这世间留下了最后一句话。

也就在这时刻,汪静躺在床上,忍住阵痛,羊水如河流般喷薄。"哇,哇,哇!"随着号角般的啼哭,一个新的生命诞生了。

是个儿子。汪静大声地喊:成,成,成!汪静的心猛地下沉,沉得无根无底。想哭,但嗓子似被一双手扼住了。

百里之外的文渊听不见了,文渊的指头挺成了枝丫状,直戳天空。

月牙朗明,不久的日子,还将圆满。

赴远

眼前黑得很,续和躺在冰冷的床板上,周身疼痛。疼是从骨头里传来的,拉扯着血疼、肉疼、筋疼,似乎身上的每一寸皮肤都疼。

或许正因为这疼,续和才知道自己还活着,活在牢房里。

续和咬了下自己的舌尖,用力咬,咬出了血来,依然不疼,此处的疼被大疼掩盖住了。续和忍不住呻吟了几声,但随即咬紧牙关,将铺天盖地的疼吞咽了下去。

疼是刑具和掌控刑具的人留下的。续和记得清楚,在沉默中,他经历了滔天的痛苦。用刑是从昨天晚上开始的,在一次次昏厥又一次次被水浸醒后,续和说了唯一的一句话:"天亮了。"

大刑一夜,把天都疼亮了。施刑的人在愣怔中放下了鞭子,续和像破被絮一样被扔进了不辨昼夜的牢房。

破被絮是没人问的,续和在牢房里感到孤寂,漫天的孤寂。续和把前前后后的事想了一遍，得出的结论是没留下任何破绽。续和是在庐西小城名为"掠影书店"的暗房里，销毁了所有文件和同志们留下的蛛丝马迹后，泡了一杯绿茶，小口地啜饮着，坦然被捕的。

被捕、坐牢，续和经历过不止一次，加上这一次，三次了。第一次侥幸逃脱，第二次在受尽酷刑后，被同志们营救出了。现在，竟然又一次落入敌手。续和苦笑了一声，苦笑声不大，却震落了牢房顶的蛛尘。

续和恢复得快，一算时间，踏进牢房二十天了。二十天里除了一次用刑审问，再也没人过问。敌人忘了吗？续和心里想。

续和的身份早暴露了，是挂了号的。一名共产党的要员，被逮住了，许多人弹冠相庆，庆功会都开了好几次。

敌人认定续和是不会开口的。如若他会开口，第一次、第二次被逮住时，还不"竹筒倒豆子"？

孤寂是难熬的，比疼痛还痛苦。续和心里有数——一场心理战开始了，就看谁熬得过谁吧！

敌人沉不住气了。第二十一天，敌人从牢房门的窗口扔进了一沓白纸，还有一支笔。续和明白，这是让他写呢。

续和的笔头子好着呢，曾化名写过小说、散文、诗歌，当然都是宣传革命的。

纸和笔对续和充满了诱惑，他拿起了。续和喜欢文字，他有过打算，革命成功了做一名作家。写什么呢？写信吧，给母亲写，给妻子写。

时间有的是，信写得长。写给母亲的信内容多是问安，回忆些小时的事。写给妻子的信柔和。续和爱妻子，妻子也深爱续和。

牢房里的信是没私密性的，如发在报纸上的文章，谁愿看谁就瞅上几眼。敌人是会研究的，是要在字里行间探索秘密的。

续和写信上瘾了，天天写，跟母亲和妻子就有那么多的话。好几年没见母亲和妻子了，憋了一肚子的话，自然话多。

写多了，续和又有了想法——给信编了号，比如"与妻信十五""与母亲信十六"等。在写"与母亲信二十"后，续和意外地收到了母亲的回信。

无疑这是敌人的一种策略。

收到母亲的回信，续和就像过节。续和从母亲娟秀的字迹上，闻到了母亲的体味，也看到了母亲心疼的颤抖——信上有泪渍，洇染在字里行间。

妻子的信也来了。妻子的信告诉续和，母亲是如何变卖家产，四处打点，在营救他。续和突然狂躁起来——营救得了吗？

难得有一天，续和没给母亲写信，他用了一整天的时间给妻子写信，写来写去，就围绕着两个字：赴远。续和告诉妻子，他要赴远方去，意已决，停止无意义的营救。

第二天，续和又正常了。先是给母亲写信，大约是写到童年的趣事，竟呵呵地笑了起来。续和家是庐西大户，他在家可是四少爷呢。续和不做少爷，做革命者，是续和家天大的事，唯母亲默许。续和爱母亲，敬重母亲。

妻子来信了，告诉了续和家中发生的事——五弟生了个儿子，哭声很是嘹亮。续和高兴，但又遗憾，妻子怎不写他们的儿子？可能妻子认为续和不配为父亲——儿子出生后，续和仅见过一面。

续和打破常规，给未见过面的侄子写信。想了半天，不知侄子的名字，抬头如何写？最终决定，写"赴远吾侄"。信洋洋洒洒，可这信侄能看懂，估计得是十年后的事了。十年后是什么样的世界？续和有所向往，就把这向往写进去了。

写给侄子的信没有编号。

一沓纸写完了，给母亲、妻子的信编号到了八十五号，续和在牢里已度过了一百零五天。

是春天了，敌人决定下毒手。

"赴远"的一天到了。续和整整衣襟，迈着大步走向刑场。到了刑场，续和忽觉心中略有欠缺，便招手，对行刑的人说："纸笔。"

行刑的人有些迟疑，有人摸了摸口袋，掏出烟盒。烟盒里尚有一根烟，他点着了，将空烟盒递给续和。

续和展平烟盒写下："教育吾儿，继承我志；勿告母亲，代我收尸。"想了想，又添上一行字："与妻信之八十六。"

枪声响了，血汩汩地流。正是红花开时，花一路向前开，流动着赴远。

沪上红色日记（三题）

安谅

拜年

大年初一，明人在老书记家茶叙。老书记的家人走亲戚去了，真是难得地清静。忽然嘟嘟的铃声响了，老书记起身，按下了门禁对讲，保安温和的声音传来："楼下有几位客人来拜年，说是您的老部下。"老书记的脸立马虎了起来："什么拜年！什么老部下的！让他们都回去，就说我不在！"说完，就把对讲给关闭了，回到沙发椅上一阵感叹："你看明人，我这么三令五申的，而且都快退休了，竟然还有人想耍花招。什么拜年！分明是黄鼠狼，没安好心！"

这些年，老书记早就下了死命令，与单位有业务关系的，包括任何员工，都不许到家来拜年。这是一种规矩，也是他防腐拒变的一个措施。不是有电话，还有手机短信、微信吗？要拜年，可用的方式太多了。老书记态度坚决，几年下来，大年初一门可罗雀，家人也可自由自在，或合家团聚，或快乐出游。老书记因为假期单位还有值班任务，大年初一，一般也就少有外出。今天上午，是老朋友，也是住一幢楼的明人来聊天，老书记谈兴很高，正在聊我党百年华诞的种种活动呢！哪个不知趣的部下还来拜年，竟然要破老书记铁打的规定？真是傻了吧唧。老书记说着，禁不住咳了几声。明人连忙递上茶盅，让他喝几口水再说。

明人说，记得大前年过年，他走楼梯，经过老书记所在的三楼，只见两位中年男子站在楼道里，脸色愀然，嘀咕着老书记不近人情，连门都不让进。他们杵在那儿好久，明人半小时后下楼，看见他们还在，不过神情愈发不悦。只听其中一位长叹一声："走吧，恐怕我们在这里憋死了，他也不会理我们的。"两人悻悻地走了。明人后来问过老书记："这两人是谁呀？等得挺执着。"老书记说："是两位处长，都是不错的后备干部，可他们也太拎不清，我大会上都这么三令五申的了，他们竟然还想着上门拜年，这不是给我也给他们自己添堵吗？也会惹是生非呀，这是政治上欠成熟，节后我要找他们好好谈谈。"明人委婉地说道："你也不要伤了人家的感情，或许他们只是想表达一种情意。"老书记笑着说道："这个我明白。明人呀，别看你比我年轻多了，思考问题还挺周密的。"明人说："你是调侃我呀，我是在向你学习呢！"老书记说："你这才是调侃我！"两人都抬起右手，互相轻击了一下，都笑了。

　　正继续品茶叙谈着，门禁铃又响了。老书记眉头一皱，一听说又是那几位来拜年的不愿走，火气就上来了："什么人？这么倔！代我向他们说一声过年好，让他们赶紧打道回府！"

　　保安说："他们不肯走呀！"

　　"究竟是什么人，这么没完没了的！"老书记真的恼火了，脸色铁青，双眉紧蹙。

　　"是……是几位残……残疾人。"保安吞吞吐吐。

　　"什么残疾人？"老书记又问。

　　"是……是……坐轮椅车的。"保安说得艰难，也许是有点儿说不出口。

　　"坐……坐轮椅车来的？"老书记说话也有点儿结舌了。

　　"要不我下去问问，看是什么人？"明人插言道。

　　"不用的。我自己下去，我要看看他们是何许人也。你先稍坐。"说完，老书记就披上外衣，穿上鞋，开门下楼了。

　　几分钟后，老书记打明人的电话，明人纳闷儿地接了，以为他碰到什么麻烦了。电话里，首先传来的是老书记朗朗的笑声，他说："来了一批特殊的客人，请明人下楼一起帮个忙。"明人赶紧起身，把门关上，噔噔噔地下楼了。

　　好家伙，有五位残疾人，各坐着一辆轮椅车，一字排开，齐崭崭地停在单元楼门口。他们一起向老书记拱手拜年，说着感谢和祝福的话。老书记说，他们是他下属企业的职工，因公伤残好多年了。他们大老远从浦西过摆渡，特地赶来拜年。一位卷发的男子说："老书记每年元旦雷打不动地来探望我们，还自己掏腰包给我们买这买那的。我女儿考上北京大学时，正愁学费呢，老书记二话不说，就到楼下银行取了五千块钱，塞给了我。我们感恩老书记，给他拜个年，是我们的心愿呢！"

　　"既然来了，就上去坐坐吧。"老书记说，"可惜我们这幢楼还没修建无障碍坡道。——明人，还有保安兄弟，就劳驾你们帮我，把他们和轮椅都抬上一楼吧。"

　　那些残疾人都摆手，说："这太麻烦大家了，使不得。"老书记却脸一横："来了，就听我的。上！"

　　十多分钟后，五位残疾人都顺利进入了老书记的屋子。老书记诚恳地说："你们都是为企业做出贡献和牺牲的，我们这些当家人，理应多想着你们一点儿，只怕我们还没做到位。"

　　"书记您真客气了，我们只要想到您时时在念叨我们，我们就心暖，就感到组织没把我们遗忘。"几位来客你一言我一语地说着。

说话间,老书记给每位都斟上了好茶。得知他们是大清早就摇着轮椅车出发的,连忙又张罗着煮了几个荷包蛋,还有一大锅汤圆,热气腾腾的,令人垂涎。可是,这几位客人坚决不碰,连清茶都不喝一口。老书记发急了,说:"你们是看不起我,嫌我只拿这个来招待吧?"他们连忙摇头摆手。还是"卷发男"说出了实话,他们凌晨五点多就上路了,到现在滴水未喝,粒饭未进。因为,他们怕上厕所,毕竟不太方便。

老书记显然感动了,双眼濡湿。他用手背抹了一下,站起身,面对来客,深深地鞠了一躬。他说:"你们在大年初一,给我这老头子上了一课。我还有很多事没做好,以后每年过年,我上你们家拜年!"说完,两行老泪潸然而下,明人禁不住也眼眶一热。

老俞头戒烟

明人还是学生那会儿,老俞头的烟瘾就很大,到办公室串门儿,手指都夹着烟。烟味又浓又冲,一嗅就知不是什么好烟,估计是飞马牌之类。明人是学生干部,常在团委办公室帮忙,老俞头一进屋,他就禁不住捏捏鼻子。用手背掩住鼻口显得有点儿反应过度,他不好意思这么做。祝老师是学校的团委书记,他对老俞头特别尊重。平时哪位到他办公室抽烟,他会当面调侃甚至下令掐灭,但对老俞头,他真是毕恭毕敬的。

按职务,老俞头只是校党委的一位副书记,也不分管学生工作,祝老师如此姿态,也让明人有过疑惑和猜测。

他细细打量过老俞头,身材高大,走路带风,眉宇间有一种特别的气质,英武稳健,不怒自威。老俞头山东口音,大嗓门儿,说话声如洪钟。明人想,不会因为这,身材纤弱的祝老师才对老俞头格外敬畏吧?

有好长一段时间没见到老俞头了。明人毕竟是学生,也不知学校人事有何变化,似乎也把老俞头给忘了。他埋头读书,也忙于组织学生课余活动,学生时代就这么悄无声息地过去了。

毕业后明人留校,不久接任了祝老师的职务。暑假某一天,已在校党办任职的祝老师说:"你抽个时间,我们去探望一下学校的几位老同志。"明人说:"好呀!"他留校不久,也确实想去多拜访和认识一些老领导、老同志。他没想到,第一位就是老俞头,而且老俞头的现状令他十分震惊和难受。

老俞头背微驼，头发花白，眉间皱纹密布。他没想到长期病休在家的俞书记，这几年不见，已显衰老状。他不是只是糖尿病吗？难道病情还在发展？他来不及想明白，就见一间卧室里有动静，随后，一辆轮椅车来到客厅，上面坐着的人，让明人吓了一跳，倒吸了一口凉气。那张脸面目狰狞，两只眼珠外凸，令人不忍直视。再往下看，他的手臂上也满布疤痕，两只套在睡裤里的腿，明显干瘪细瘦。

祝老师倒挺镇静，笑着和他打了声招呼。那人也似笑非笑地点了点头，算是回礼。老俞头走近，说："你再锻炼会儿，我待会儿帮你洗澡。"那人又点点头，喉咙里发出古怪的声响，自己摇着轮椅又进内屋了。

"俞书记，您够辛苦的。"祝老师说道。

"还好吧，这比当初好多了，伤口都愈合了，就是行走还不便。"老俞头平静地说道。

"听说给他找了外地保姆，还没到吗？"祝老师问道。

"哪里呀！本来想给他找个伴儿的，一来可照顾他，二来也让他安心建个家，他部队上也答应给解决上海户口，那乡下女孩也确实上门来了，可一看他的模样，屁股都没落座，就说什么东西给忘在车上了，借故开溜了。"他说，"反正我还能扛得住，我照顾他。"

也许想要缓和气氛，祝老师本不抽烟，这回却从兜里掏出一包烟来："俞书记，我这里有一包中华烟，您拿去抽吧。"

老俞头却推开了他的手："我戒烟了。"

"戒了？您这么大的烟瘾，说戒就戒了？"祝老师张大了嘴，明人也颇为惊讶。

"这孩子闻不得烟味。起先我还到自己房间抽几根，可是烟会跑呀，用了排风扇，可烟味还是会从门缝里跑出去的。另外，我衣服上的味道也挺重，他一点儿也受不了，我就下决心戒了。"他说着，手臂往下用力一挥，表明了自己坚定的决心。

"哦，俞书记，刘书记让我告诉您，校党委商议过了，您的二儿子如果愿意，学校可以接受他。"祝老师又说道。

不料，老俞头有点儿不开心了："他只有高中学历，能在学校干什么？他只会给学校添忙增乱，我不同意。你代我向刘书记转达，就说我老俞谢谢啦，但我儿子不能进学校。他没这资格，我也没这特权。我要让他自己去闯，自己想办法。"老俞头说得很坚决，一点儿都不容置疑。祝老师无话可说了。他们让俞书记多多保重，就告辞出门了。

一出门，明人就问祝老师，老俞头的两个儿子到底怎么回事。祝老师说道："俞书记的老伴儿死得早。那大儿子，是老俞头让他去当的兵，当的是消防兵，当了不到两年，就在一场火灾抢险中被烧残了，部队给记了一等功。原本是个多帅气的小伙子呀！俞书记一直以他为傲为荣的，现在多么遗憾！他二儿子两次高考落榜，工作尚无着落。学校想给他一个机会，可你看，俞书记又太顶真，一口回绝了。这俞书记呀！"祝老师感叹着，一时说不出其他话来。

"这俞书记在部队里干过吧？"明人问。

"是呀，他是1948年当的兵，参加过解放上海的战役，功臣呀！"

明人不由得肃然起敬，难怪祝老师对老俞头如此敬重。

过了几个月，老俞头来学校了，还特意到了明人的办公室。他喜滋滋地告诉明人："我二儿子也当兵了，是我极力做了他的工作。你看，他穿军装的模样多帅气，比我当年帅气多了。"他说着，呵呵地笑起来。

照片上的小伙子确实挺帅，模样有些稚嫩，但酷似老俞头，完全是一个模子里刻出来的。明人由衷地赞赏了几句，老俞头很是高兴，脸上放出光来。

没到半年，祝老师给明人传来一个噩耗，老俞头的小儿子在一次训练中牺牲了。祝老师说："老天太不公了，这让他怎么挺得住呀！"明人感觉十分难受，也非常为老俞头担心。他主动向祝老师提议："我们今晚去看看他吧。"祝老师说了声："好！"

在老俞头家的客厅，摆着他小儿子的戎装照，相框披上了黑纱。老俞头一脸憔悴，嘴唇一直紧抿着，显然他在克制着自己。明人面对这位历经沧桑和磨难的老人，竟不知说什么才恰当。

祝老师低沉地说道："俞书记，您为国家做出了巨大牺牲，您要保重。"

老俞头默不作声。好一会儿，他才启口："这点儿牺牲算不了什么，毛主席牺牲了六位亲人。我的一位老乡，他的妈妈把四个儿子先后送到了前线，都没回来。解放上海，攻打月浦镇一战，我们29军牺牲了不少人。我们三排一班，只有我一个活着，其他人全都牺牲了！毛主席说，要革命就会有牺牲，就会有牺牲啊！"他说着，转过脸，站起身，缓步走向了门外。从客厅的窗户望去，他背朝着他们，肩膀似乎在抽搐，但仅仅是一瞬间。随后，有一缕烟从他脸侧飘过。

"他不是戒烟了吗？"祝老师看了明人一眼。

明人走近窗户。他听到老俞头喃喃自语："二儿呀，我不该干涉你抽烟的，我是怕你哥哥受不了呀！现在你想抽就抽吧，我先给你点一支……"

相约五月

"您的腰疼还未好，还要去复兴公园吗？"儿子问，关切中也有委婉的劝说。

明人前些天蹲地取物，起立时突感一阵疼痛，随后坐着、走路、起床都艰难。医院诊断是急性扭伤。"要去的。这是一个承诺。"明人揉了揉腰椎右侧回答道。

老书记和善的面容在眼前浮现。明人想起20世纪80年代一个五月份的第一个工作日，领导忽然把他找去，说年逾古稀的老书记大半天没音信，他家人焦急了，领导让明人通过系统的团组织帮忙寻找。老书记退休后，仍一心想着单位，经常到基层走走，与干部群众谈心，走访调研。照理，可以派车接送的，但他从未提出。领导估计他可能在哪个偏僻的单位，感慨道："但愿如此。老书记可是长征时期的'红小鬼'，是老革命了，不能有闪失呀！"

明人领命，立即逐一打电话，给下一层的团组织紧急通知，发动基层团干部在本单位找寻。很快，电话来了，老书记正在位于远郊的一家建筑材料厂调研。听说他是天色未亮就搭乘公交车去工厂了，当时正在车间与工人们热烈交谈，一时半会儿还无回返的打算。明人赶紧向领导汇报，同时让团干部向厂领导报告，无论如何派辆车送老书记回家。电话不一会儿又来了，说："老书记坚决不肯坐厂里的车回家，他说他退休了，该坐公交车就坐公交车。"无奈，明人让他们送老书记到公交车站，并嘱咐司乘人员给他留位，多多照拂这位老同志。

翌日刚上班，老书记就来明人办公室了，说："你明人就是一个团委书记，官不大，口气不小，竟让基层随意派车。"明人说："您老这个年纪了，也要当心些呀，我是关心您老前辈。"老书记常来他这儿，说话也随意自然，这回却虎起脸来："你这是官僚作风，得改一改。"明人心一沉。都知道这老书记很顶真的，看来自己今天也被顶了杠头上，明人的表情也就有点儿难堪。这没能逃过老书记的眼睛："怎么，有想法了？我要和你好好谈谈。约个时间吧，你现在忙工作，我不打扰你。"明人咧咧嘴，欠了欠身："听老书记您的，要不后天五四青年节，您来'大世界'，参加我们的活动？"明人忽发奇想，让老书记参加团的活动，既给活动增色，也能让老书记在欢快愉悦的气氛中感受团组织的凝聚力，同时也便于轻松交流啊！老书记撇撇嘴，说："我可以接受你的邀请，一定参加，但你也得接受我的一个建议。"明人问道："什么建议？"并在心里琢磨：这老书记还真是一套一套的。

"五月五日，你到复兴公园来，哦，不只是你，你带一批团干部来。"老书记皓发蟠髯，口齿相当清晰。那神态，柔中带刚，不容明人轻易推却。明人点头承诺，把老书记送到了走廊上。老书记还要在机关处室串门儿，让他不用再送。

五四青年节的活动是丰富多彩的。"大世界"早更名为"青年宫"了，张灯结彩，热闹非凡。年轻人玩得够欢。明人陪着老书记观赏了一会儿滑稽小品，还让他去卡拉OK小坐了。活动还没结束，老书记先告辞了。明人送他到门口，他一再提醒道："明天上午十点，复兴公园，马克思雕像前，别忘了哦！"明人应允道："不会，不会，一定准时报到！"

第二天是周日，仍是春和日暖的好天气。在马克思巨大雕像前的绿色草坪上，精神矍铄的老书记早早出现了，他安排大家席地而坐，拿出一摞《共产党宣言》分发给每个人。老书记抬腕看看手表，又扫视了一下众人，便致起辞来，说是谢谢各位放弃休息来到这里。他问大家："你们知道今天是什么日子吗？"大家相互看看，似乎都想从对方那里获悉一丁点儿信息。老书记点了明人作答，明人这些天忙五四活动忙坏了，想不出老书记说的重要日子是什么。老书记又点了在座两位处长的名，竟然也都张口结舌的，脸都憋红了。

老书记叹了口气，说："看来约你们来这儿，十分必要呀！你们想想，我们党在思想理论上的'老祖宗'是什么？"他这一说，明人脑子一激灵，他举起手："哦，老书记，我想起来了，今天是马克思的诞辰日！"

"算你明人聪明活络！我不提示，你们怎么就想不起来了呢？你们记得住自己的、家人的、亲朋好友的生日，为什么就记不住给我们指引了方向的伟大导师的生日呢？别认为我小题大做。"老书记指了指自己的脑袋说，"这说明，我们很多人这里的弦还绷得不够紧。我们有的人习惯把阳光当作免费的，心安理得、不知感恩地取之用之，就像一个孩子，在家里衣来伸手、饭来张口……"他顿了顿，脸色稍显缓和了些："我先不多说了，请大家一起再来学习学习这本书，请明人领读。"明人站起身，打开小册子，在暖暖的阳光中，开始高声朗读："一个幽灵，共产主义的幽灵，在欧洲游荡……"

就在这一天活动结束前，老书记宣布，以后每年这个时候，他都会在这里恭候大家，尤其是年轻人，不见不散。他瞥了明人一眼，明人觉得是对自己特别的提醒，他连忙响亮地回应："好的，没问题！"

雷打不动的"相约五月五日"持续了好多年。直至明人调离岗位，到另外一个系统工作，他还坚持参加。有一年的五月五日，一上午电闪雷鸣，明人犹疑了半天，最后打了一辆出租赶去。已逾十点半，他才到。在暴风骤雨中，马克思的雕像巍然屹立着，只见草坪上有一把深色的伞在晃动。风雨鞭打着它，几次它都有倾倒之态，但最终都挺住了。明人走近一看，竟然是老书记！他的头发上脸上全是雨水，身上的衣服也被打湿大半。但他坚定地站在雕像前，一脸肃穆。他见到明人，朝他点点头，嘴咧了咧，带出点儿笑意。这一幕，从此深深地镌刻在明人的脑海里。

新世纪初，明人事务甚多，又碰上工作不顺，常常寝食难安。这年五月五日那天，他还是坚持去了复兴公园。老书记步履蹒跚，但眼光依然锐利。他把明人拉到一边，悄声说："碰到什么不顺心的事了吧？看你眼圈发红、疲惫不堪的样子！"

"谢谢老书记的关心，是有诸多不顺，但我能挺住。"明人也不避讳，毕竟面对的是老书记、老革命。自己所经历的困难，于这位老书记来说，都不值一提。老书记也并没多说什么，他只建议道："我们今天先唱几首歌。一唱国歌，二唱《革命人永远是年轻》，三唱《团结就是力量》，四唱《国际歌》，好不好？"他说完，大家都说好。然后，他吩咐明人来指挥。没有音乐伴奏，但大家唱得整齐有力。明人在边指挥边亮喉中，感到激情满怀、热血沸腾，这些日子的阴郁也几乎一扫而光。

岁月匆匆。二〇一五年五月五日，明人本出差在外，还特地赶回。他觉得这一年一次的相约，就像一次精神的充电，令他不能割舍。在马克思的雕像前，他与好多老同事、老朋友快乐相见。但等了好久，还不见老书记的身影出现。正纳闷儿间，明人的手机骤响，他立即接听。是老书记的家人打来的，说老书记住院了，危在旦夕，刚从昏迷中醒来，就要打电话给明人，说让大家好好活动，代他向马克思鞠个躬，还说他也快要向马克思报到了。家人说着，泣不成声。

这是老书记五月相约的第一次缺席。当晚，老书记就仙逝了，如他所说，他去见马克思了。

老书记走后，明人他们又坚持相约数年。二〇二〇年的五月五日，新冠疫情还在全世界肆虐，但中国的疫情已神奇般地得到控制。明人他们戴着口罩，保持着社交距离，在马克思的雕像前久久伫立。明人还诵读了自己创作的一首诗，向老书记表达了缅怀之情。

"您真的还要去呀？为什么呢？"儿子的话又在耳畔响起。

"嗯，要去的，为了一个承诺，更为了一个信念。"明人说着，缓缓而又坚决地直起腰来，向门外走去。

大漠老兵（二题）

谢志强

十三连

我走出绿洲，进入沙漠，好像我身体里的水分迅速地被沙漠吸收了。烈日当空，热浪滚滚，沙地上的灼烫通过鞋底传上来，我得避一避。

一片沙丘，像刚揭开的一笼窝窝头。我看到一扇门，一推，门是虚掩着的。圆拱形的屋顶。我喊了几声："有人吗？"只听见自己的问。本来是一个问，却弹回来多个问。屋里空空荡荡，连个凳子也没有。是给新的军垦战士（农场职工被称为军垦战士）腾出的房子？

屋里凉爽，似乎有一股风在屋内东碰西撞。我想起曾经有一只麻雀飞进我家的房子，发现不对劲儿，满屋子盲目地乱飞，把尘土、草屑也带动起来。当时，我关住了窗户。

忽然，外边仿佛也有一股风，来接应屋里被困住的风，门吃惊似的张开嘴。

我也惊了一跳。父亲出现在门口。他穿着厚厚的棉袄，缩着脑袋，双手对插在袖筒里，冷得在发抖。我穿着一件的确良衬衫还嫌热。

父亲说："不好好上学，跑到这里干啥？"

我说不出到这里干啥，确实说不出。书包躲在我的屁股后边。我听见父亲的牙齿在打战，好像屋外是寒冬。我携带进来的炎热已冷却。我的心开始颤抖，使我的身体也抖起来……我畏惧父亲。

有一天夜晚，没生煤炉，我冻得受不了。父亲要我到外边撒一泡尿，我返回后，被窝似乎暖和了许多。屋外比屋里更冷。

现在，父亲的身体舒展开来。他摆出父亲的威严，说："去给我打一瓶酒。"

我巴不得赶紧躲开父亲。父亲的棉袄给我造成了错觉，好像夏季一下子跳到了冬季。可是，我一出门，热浪扑面而来。干燥的热。我背后响了一声关门声，像是屋里的风没来得及出来。

我已没汗可出了。我奔跑，因为鞋底传达到脚底的热，像烙铁，我尽量让胶鞋停留在沙子上的时间短暂些。我闻到橡胶的气味——恐怕脱胶了。

我的脑袋像灌了沙子，却生出一点儿"绿意"——我没带钱。

我又往回跑。风正在抹去我的脚印。我看见沙丘上，风轻轻吹过，画出像波纹一样美妙的图案。

在绿洲里的农场，土坯垒砌的屋子都差不多。有一天半夜，尿憋醒了我，我像梦游一样出门，转到屋门前的高粱秆棚（每一家都有，灶间兼仓库）背后，然后，顺时针转回来，梦尾随着我。进了屋，钻进被窝，感觉被窝被人占了。有另一个人，那个人惊叫一声。灯亮。——我糊里糊涂进了邻居同学的家，而且是女同学。她的床的位置也跟我的一样，只不过气味异样。那以后，我尽量避开那个女生。同一个教室，她一见我，脸就红。

我找不到那扇门，根本没有门的迹象，只是一片大小一样的沙丘。我最怕雷同、重复的东西，尤其是老师为纠正错别字而要我把一个字重写五百遍。我几乎要崩溃——这是最厉害的惩罚。

好像我和父亲处在两个季节。想起那件棉袄，我几乎要燃烧。父亲想以酒驱寒，可是，他一向滴酒不沾呀。

我在沙丘群里兜圈，不时拍一拍、推一推沙丘。要是凑巧，就能推开一扇门。沙丘毫无反应。只见风在沙丘之间吹过，吹起轻烟似的沙尘，又将我的足迹抹掉。

我终于发现一块木牌，木牌没有油漆，上面用墨汁写着：十三连。

十三连显然已有历史，那墨迹已淡，仿佛要隐去，留着风吹日晒的痕迹。我到过农场的许多连队，还是第一次知道有个十三连。连队看不出人迹。我猜，是不是本来开垦出了绿洲，后来沙漠又反扑过来，收复了失地？

我不敢久留了。我害怕十三连的寂静，像要出事一样的寂静。我朝一抹绿奔跑，那绿色仿佛从地面升了起来，加厚加宽。我恨不得跳进连队的涝坝，如同一片果干放水中，吸收了水分，恢复原样。

我听见哭泣声，我家门前聚集了许多人。

父亲死了，冻住了一样。

母亲说："你还不过来哭！"

我说："爸爸要喝酒。"

母亲说："你过来哭。"

我哭不出来。我逃了学，父亲已没能力揍我了。我的心在颤抖，那里像是风口。

夜晚，我坐守在父亲的遗体前。我担心他可能突然坐起来，板起脸，说："怎么还没把酒打回来？！这点儿小事你都做不好？！"

我问已哭不出泪的母亲："十三连是啥？"

十三连不在农场的正式编制之内，正式编制的连队里，都是活人。农场把埋葬死人的地方称为十三连——无碑的墓中大多都是跟父亲一样的老兵，个个都是党员。风过大漠，他们把故事都带走了。

小伙伴里，只有我知道十三连的秘密。一个人死了，大人就说他去十三连了。那以后，我就忌讳"十三"这个数字，却常常绕不过去。

老管的仓库

团长叫老管当团部仓库的管理员，说："你姓管，就当保管吧。你是老党员了，该怎么管，你知道的。"

老管名叫平娃，小时候给地主放羊，一天，少了一只羊，他不敢回去，怕挨打，就投奔了抗日队伍。老管受过伤，一变天，他的身体就是气象预报——腰骨酸痛。他斗大的字不识一箩筐，但当时讲究个根正苗红，况且，他干事有板有眼，团长放心。老管说这是赶鸭子上架。

团部的仓库，有各种生产生活用品。领出东西，那么多品种，咋记账？

老管在每一种物件的架子前放了个碗，来人领几件，他就往碗里丢几粒苞谷。这个方法，老管在解放区选村长时见到过。麻袋装着苞谷，沿墙码起一摞，到屋顶了，记账用的苞谷不缺。

仓库里的账目一清二楚。

老管大半辈子没管过人，更没管过那么多东西。他本来有升官的机会，可是他拒绝了，他说："我管不了别人，只能管住自己。"后来，他给团长当警卫员，管着一匹马。

老管对自己用苞谷粒儿记账很得意，很为自己高兴了一阵子，还说给老伴儿听。

转眼间，月底结账，也就是核算发出了多少物件。老管叫儿子帮忙。他数苞谷，儿子记数字。

老管把仓库里的物品拾掇得整整齐齐，像营房的被子。他还自娱自乐，边拾掇边哼歌，哼的都是战争年代的老歌。词记不全，他哼调子。有时，别人说起团部的仓库，会说那就是老管的仓库。

核算那天一大早，他率领儿子走进仓库，哼着《打靶归来》。那架势，像带了一营的兵（他把"营"念得跟"人"同音，家乡方言）。儿子手里拿着个小本子。

哼着哼着，戛然而止。老管的脸色骤变，话就难听："他妈的，谁跟我捣蛋？记账的苞谷咋少了？"

老管到外边骂，说："门卫，你吃干饭的呀！小偷进过仓库你没听见动静？"值班的门卫也是老资格，说："就你掌握着钥匙。有人进去偷，也偷值钱的东西，咋会偷喂马的饲料？"

仓库里东西都没缺，唯独碗里的苞谷少了。门卫眼尖，发现了碗里的老鼠屎。儿子也发现，其他碗里也有老鼠屎。

老管说："账簿给毁掉了。"

盘点库存，进出平衡。老管的脑子好使，似乎仓库就装在他的脑袋里，一个月发出多少物件都记得。他恨死了老鼠，堵上了所有的鼠洞，还下了夹子和鼠药。

苞谷记账的弊端十分明显。老管采取了灭鼠的措施，还是怕漏网的老鼠破坏他的账目。老管碰上犯难的事儿，脸上就会表现出来——整天苦着张脸，睡不定，吃不香。他原本是头一挨炕头呼噜就响起的人。老伴儿听不见他的呼噜，也跟着发愁，却愁不到点子上，无非是劝他多吃饭早睡觉。

老管的火气也大了起来。一天晚上，他卷了一根莫合烟，抬头看见墙壁上画着人写着字，刷得白白的墙壁，让儿子画得乱七八糟。他的心情也跟着乱。他一把提溜起儿子，儿子的嘴里还嚼着馒头。他顺手就是一巴掌，儿子鼓鼓的嘴巴喷出碎碎的馒头。

他说："你把墙糟蹋得乱七八糟！"

老伴儿起来劝，说："你不是表扬过儿子这么画吗？现在突然又看不顺眼了？"

老管的脸，顿时阴转晴，云开雾散。他笑了，说："好，好，画得好！"

儿子哭起来。

老管连忙去哄，说："别哭别哭，接着吃饭，男子汉哭了丢脸，我陪你吃饭。"老伴儿说："一会儿下大雨，一会儿出太阳，就知道拿孩子出气。"

第二天，老管就开始在墙上记账。货架都挨着墙，他把墙当账本。画了只有他认识的符号，如同象形字。例如，有人来领一把铁锹，他就画一道杠加一个椭圆；领走一把坎土曼，那个椭圆就跟那道杠垂直。领几把就是几个"象形字"。

有一回，团长来仓库视察，说："老管你有进步了，开始识字了。"

老管说："不是识字，是记账。"

团长说："逼大老粗……逼得老管创造象形文字啦！"

这么一说，老管感到了学习文化的重要性、紧迫性，他开始拜儿子为师。可是，写出的字硬胳膊硬腿，写罢了字又读不出音，儿子嫌他笨。他一火，扇了儿子一巴掌，说："老子生了你，你教了几个破字就不耐烦？老子小时候要有学习条件，还不比你强？你摆什么臭架子！"

儿子哭了。

老伴儿说："你拜了老师，就要端正态度。学生咋能打老师？"

老管说："抬举他，他倒蹬鼻子上脸了！"

有一回，团部开会，团长还是表扬了老管，说他是个"红保管"，心里装着公家的仓库。团广播站还播放了他管理仓库的先进事迹。

晚上，老管站在没人的地方，听广播，他总觉得表扬的那个人是另一个人。那平平常常的事儿，本来就是他的职责；换个有文化的人，咋能像他这么费心费事？所以，那个人咋也算不得"先进"。踏着月光，他回家。影子在前边带路，他哼起了《我是一个兵》。

过了一个礼拜，降了一场大雨。沙漠边缘的绿洲，这么大的雨还是头一回。一连下了两天一夜，到处发洪水，老管住在仓库里，到处接漏。雨停时，墙壁上的记号，已被沿墙渗漏的雨浸得模模糊糊了。仓库毕竟是土坯房，已老旧了，哪经得住空前的大雨？

老管没日没夜地盘点库存。他在仓库里打了地铺。盘点的结果，他叫儿子记了下来。那以后，他谦虚起来，再没有碰儿子一指头。他指指脑袋向儿子声明："你爹这个仓库旧了，得慢慢往里放字，慢慢往架子上摆，你可别不耐烦！没放过字的脑袋对字陌生着呢！生字生字，多认认，它才能成熟字。"

阳光劳模（二题）

袁省梅

美丽的焊花

原上花穿好工作服，回头叮嘱丈夫别着急，妈一会儿就来。丈夫的嘟囔声虽小，她还是听见了。丈夫说："人都叫你焊花，我看你是憨花。"原上花笑了："不是憨花，能嫁给你这个傻瓜？"前段时间，丈夫出了车祸，两腿受伤，生活不能自理，一直都是婆婆伺候。她当时正好在大窑的检修现场，工期紧，活儿量大，她这个焊工班班长哪能走开？这不，检修结束，领导放了她一周假，才过了一天，电话又打来了。她说："我去看看，尽量不上手。"

然而这个1800根高铁隧道吊柱加工项目的客户指定她为焊接质量的第一责任人，且要求在一个月内完工！

"怎么可能？"原上花看了一眼工艺说明书，就皱起了眉——时间短不说，焊接工艺还要求非常高。

"人家可是奔着你来的，你晓得人家见了我怎么说的吗？"主任常小俊拿腔拿调地说，"人家说，焊接质量的第一责任人必须是焊花！你听听你这名声，响当当啊！你这一身的武艺在全省乃至全国焊工圈子里都是数一流的，你看看经你手的活儿，哪项不是漂亮得闪人眼？你这焊花当之无愧！"

原上花耸耸鼻子，牙缝里挤出个"切"，白了主任一眼："啥焊花啊？我老公说我是憨花！"

常小俊哈哈笑道："你要是没有那股子憨劲儿，还真成不了'焊花'！"

原上花叫他快安排咋个干法。

主任说："你点将，我安排，还有一日三餐，保证让你们吃得香、吃得美。"

话说到这份儿上，原上花知道自己不能往后缩了，车间能接上这么个大单子，对每个职工都是好事，何况人家客户点了她的名，她不能白顶了"焊花"这个名号吧。话说回来，这些年来比这难、比这紧的活儿，她带着同事干得还少吗？原上花拿起工艺说明书，扑哧一笑："这算个鸟！"话是轻松的，心里却打起了鼓，这次的焊接难度比以往要高很多，工期又这么短，千万不可轻视。

然而，原上花顾不上多想，既然揽下了这瓷器活儿，她就得准备自己的金刚钻。原上花回到班上，召集所有人开了个会，制订了焊接技术措施，把工作进度分解到每一天。忙到晚上十点，回到家，婆婆正在给丈夫擦身子。她赶紧接过毛巾，说："妈，我们车间接了个大活儿，这次人家客户指明要我做第一责任人……"

她的话没说完，婆婆就打断了她。婆婆说："工作上的事不要耽误，大伟呢，你不用操心，我照顾他还不跟玩儿一样？你不在时，我们母子还能说个心里话。"

她呵呵笑笑："那就辛苦妈了！"

丈夫睡下后，她顾不上休息，打开电脑查询隧道吊柱的工艺要求。浏览着网上相关的帖子，结合多年来的经验，渐渐地，她的心里明朗了：采用仰角焊，用焊丝焊接，活儿一定会漂亮。可是，哪种材料的焊丝效果更好呢？她又陷入了沉思，在网上仔细查询。

药性焊丝！

第二天她就开始了试验。她戴上焊帽，抓起焊枪，瞬间焊花闪亮，一朵一朵，跟她梦里的一样炫目、美丽。主任和同事站在一边，看了她一会儿，又不敢多看，焊花太亮了。不看，又着急。能行吗？能达到效果吗？

试验在大家的担心和期待中结束了。当然是成功了。常小俊说："我就说嘛，只要咱们焊花出手，没有搞不定的活儿。"

原上花叫他少贫嘴，说："老鼠拉木锨——大头在后头呢！"

紧张的工作开始了。原上花把焊接技巧手把手地教给同事，她说："这批活儿的时间紧，工艺要求高，咱大家伙儿一定要细心、耐心，要手快眼准，这样才有可能按期完工。"

一天过去了，两天过去了……这一个月里，原上花每天早上六点到现场，晚上八点回去，马不停蹄地处理焊件。当1800根吊柱摆在质量监理的面前时，监理看到每根的焊接点熔渣干净，没有一点儿焊瘤和气孔，直夸原上花名不虚传。他说："牛啊，真不愧为焊工界的一枝花啊！"

原上花笑笑："只要能入大人您的眼，我就烧高香了。"

原上花换好衣服准备回家时，主任来了，张嘴要给她说什么，她摆着手不叫他说。她说："半个月，最少十天之内，打死我也不接活儿了，好歹您得放我几天假叫我伺候我老公几天吧。人家说了，我再不管他就把我休了。"

主任哈哈大笑道："他不要我要。"

原上花啐了他一口，说道："说正经的，十天之内不要给我打电话。"

主任说："一周。"

原上花说："没见过你这号领导，跟手下讨价还价的。"说完走出了门。常小俊喊她："庆功宴不去了？"她头也不回地摆摆手，骑着电动车走了。路过厂区路边的阳光集团优秀共产党员风采展示橱窗时，她扫了一眼，看见了自己的照片，心里说："你可真是憨花。"又说："我没给这个称号丢脸。"

动听的音乐

常小俊出门时，媳妇的话从厨房里钩子样扯住了他："你这撂下碗就拔脚，记得今天是啥日子吗？"常小俊给媳妇说，上周跟厂长商量的为涧底村解决就业岗位的事，今天他必须去村里找张书记沟通一下。

是这样的，当地政府安排企业与村子"结对子"，以便更好地帮助贫困村脱贫，帮助有工作能力的人就业。常小俊所在的阳光焦化厂跟涧底村结了"对子"，他这个后勤科科长成了主要负责人。一年多来，几乎每个周末，他都要去涧底村。他已帮涧底村做了几件事，比如硬化了村子通往各块庄稼地以及各块庄稼地之间的路，帮村民采购、栽种了花椒树、槐米树等经济作物……这些工作，为他当选阳光集团优秀共产党员加了分。

常小俊的心里七七八八的事情压下一件又起来一件，急得想去赶紧解决了，媳妇的唠叨却像水样漫延开来，且有没完没了的架势。媳妇说："平时你忙得不顾家，每个周末还要去涧底村，我都不说你。我带儿子去学二胡、学游泳、补习英语，你说我说过你一句吗？今天，你还要去……"

常小俊倏地想起来了，今天是他们结婚纪念日啊！他就过去抱了下媳妇，晃晃手里的车钥匙："要不，你跟我到涧底村一日游？"媳妇不高兴地说她没有那闲情，吩咐他早点儿回来。一扭头，常小俊已经不见了。

涧底村，这个藏在吕梁山皱褶里的小山村，常小俊每次来，都会莫名其妙地激动。怎么说呢？这里曲里拐弯的小巷子、高高低低的砖瓦房、黑灰瓦上灰绿的瓦松、飞飞落落叽叽喳喳的鸟雀，还有那些土院子里的小菜园子、核桃树、枣树……他都喜欢。记得他第一次来涧底村时对陪他的张书记说："就这石板缝挤出来的野草，在城里人的眼里都是诗和远方，是他们心心念念的风景啊！"老张书记嘿嘿一笑，却说："咱可不能只做别人眼里的风景，要想办法让咱村人富起来，去看看咱想看的风景才好哇！"张书记的话听上去很随意，常小俊却听出了话里包含的希望和期待。面对这个紫红脸膛、满脸皱纹如老柿子树皮样的老书记,他的脸红了。

常小俊把车开到村委会前的小广场,下了车,进了会议室。常小俊推开门,就见老张书记手上夹着烟,面前的烟灰缸里已如小树林般站满了烟头。看见常小俊进来,老张书记招手叫他坐过去,说道:"焕子和来年几个人的槐米去年秋上没出售,想等个好价钱,哪想到今年刚过清明,天就热成这个鬼样子,再不出售,生了虫就竹篮子打水空忙一年了。这不,我正跟他们联系哩!还有咱们的红薯加工厂,今年被疫情弄得不能零卖了,得多联系几个超市。常科长,你有啥好办法没?"

常小俊说:"回头我跟我厂长商量一下,把粉条、粉丝给厂职工食堂送些。"

"上月送的吃完了?"

"没有,咱不能一天三顿给职工吃粉条呀!"

老书记笑笑:"那是,那再送些不也在你那儿压着吗?"

常小俊拍拍手机说:"现在时兴手机直播卖货,要不咱也试试?"

老张书记乐了:"那是,常科长你年轻又见多识广,帮咱村搞搞咋样?"

常小俊答应了老张书记,心下却嘀咕又给自己揽下一档子事,转眼又埋怨自己不该有这种想法,组织叫他来涧底村,不就是帮老百姓忙吗?

老张书记高兴地说:"下午咱就召集村委委员开会讨论下。这要办成了,咱不光卖粉条,咱还可以卖老百姓的核桃、枣、荆条筐吧。"

常小俊学着老张书记说:"那是。"说完他俩都笑了。

说着话,老张书记就问起了厂里解决就业岗位的事。老张书记说:"常科长啊,这几天我又琢磨了,觉得还是欠妥。"

常小俊叫老张书记放心,说是这件事厂长非常支持,已经跟营销部、吨包车间主任开了会,准备扩展吨包加工业务,增加十来台机器,专门给咱村人上岗用。

老张书记把手里的烟蒂使劲儿摁在烟灰缸里,喝了口水,说:"我寻思着能把车间开在咱村最好。"

"啥?"常小俊的眼睛瞪大了,"把车间开在村里?这会给厂子增加不少费用和麻烦。"

"那是。"老张书记说着,又从烟盒里抽出一支烟,点了,吸了一口,说道,"可是你想想,留在村里的人哪个能撂下家去厂里上班?要是车间开在村里的话,咱的人把家招呼了,把地里的庄稼照管了,还能把钱挣了,一举几得。"

老张书记的想法有道理啊!常小俊心说自己这个媳妇嘴里的"涧底村人",说到底还是没有把自己当涧底村人,没有实心实意地为涧底村人做事。他的脸腾地滚烫,他对老张书记说:"回头我跟厂长汇报一下,毕竟要多发生些费用,还有安全、消防、质量等等问题。不过请老书记放心，我们厂长一直很支持咱村的工作。"

"那是。"老张书记把烟摁到烟灰缸里，叫常小俊跟他吃饭去。老张书记说："你嫂子去城里带孙子了，我们做'撅疙瘩'吃。"

常小俊和老张书记走出来，老张书记指着广场西边的一排房，说："如果可以的话，这几间空房子就可以做车间。"

原来，老张书记把一切都想好了啊！常小俊哪还有闲心吃饭？他想马上回去向厂长汇报，以最快的速度把这事定下来。如果这里建起了车间，机器的声音响起来，和着这里啁啾的鸟声、徐徐的风声，还有老人的说笑声、小孩子的玩闹声，将会是这个小山村最动听的音乐！

扶贫札记（二题）

郑俊甫

非建档户

第一次去西街村搞贫困户核查时，我跟同事肖梅一组。别看肖梅比我小两岁，但她已经在扶贫一线待了快半年了，稀奇古怪的事儿、难缠的刺儿头，她都应付得头头是道。领导说："跟着肖梅，抓紧熟悉一下流程，把肩膀磨踏实了。千斤重担，都在那儿等着人挑呢。"

西街村不大，三百多户，一千来口人，却是全县出了名的贫困村。镇里初次调查摸底，就圈定了五十多户贫困户。厚厚的一沓资料摆上案头，我翻了足足一天，才在密密麻麻的数字蛛网里理出一点儿头绪。接下来，就是入户核查，落实数据的准确性，确定能否建档立卡。

入户前一晚，肖梅给我打了预防针，虽然贫困户的帽子并不是镶金镀银，但是总有那么一些人，千方百计想戴在头上。"人性，"肖梅强调说，"最复杂的东西就是人性啊！超出所有书本所能涵盖的范畴。"肖梅还提醒我，记得穿得低调一点儿，衣冠楚楚，皮鞋锃亮，在机关，对人是一种尊重，但在贫困村走街串巷，反而有一种"自绝于人民"的隔阂感，不利于和贫困户打成一片。

当我第二天站在肖梅面前时，肖梅扑哧一声笑了，上上下下点着我的行头说："老蓝布，解放鞋，啧啧，从哪个古董店里翻出来的呀？"

我不好意思地笑笑。昨晚翻箱倒柜，真没找到合适的衣服。这一身，还是在父母家翻出来的。

时令已过了清明，天还是有点儿凉。乡下不像城里，没有什么高楼大厦遮挡，稍微有点儿风，就横冲直撞。我跟着肖梅，按图索骥，准备拿着名单一户一户查下去。刚从第二户出来，就发现一位六十来岁的大娘，迈着一双圆规似的细腿，若即若离地跟着我们。我刚要提醒肖梅，她倒先转了身，疾步逼近大娘，当头一句："您有什么事儿吗？"

大娘吓了一跳，一只手抚着胸口，魔怔了半天，才回过神来："你们……是县上下来给贫困户发卡的？"

"是建档立卡。"肖梅纠正道。

"给我们也发张卡吧。"大娘说，"我们家也是贫困户。"

"大娘，您家户主叫什么？"我掏出贫困户名册，问道。

"茹大军。"大娘盯着我的名册说。

我迅速翻了一下，没有。肖梅冲我挤了挤眼，一笑，意思是，狼来了。"说说吧，你们家什么条件？"

"我们家……嗯……三间房，好几十年的老房子，墙都裂缝了，瓦上全是草。我整天睡觉都闭不上眼哪，老怕房子塌下来。"大娘期期艾艾，总算把话捋明白了。

我赶紧掏出笔记本，想做个记录。肖梅摆摆手，阻止了我，继续问道："大娘，您家孩子多大了？"

"大孩儿三十五了，二孩儿二十九了。"大娘答道。

"结婚了没？"肖梅又问。

"二孩儿还没结哪。"大娘摇着手说。

"我给你们介绍个对象吧？"肖梅笑着说，"您家啥条件呀？"

刚才还蔫蔫的大娘，忽然挺直了身子，连语调也高了八度："哎呀，我们家条件呀，房子是去年新盖的，五间大瓦房。你到三邻四舍打听打听，我家那孩儿，人可好啦！"大娘摇着手臂，仿佛不这样，就不能证明她儿子的好。

肖梅呵呵笑了起来："好了大娘，我知道了。您先回家歇着，有合适的，就给你们介绍啊！"

大娘一步三叮咛，千恩万谢地走了。我憋在肚里的笑虫，也终于爬出来，抖个没完。

本想着这件事就这么画句号了，没想到一周后，肖梅带着我专门摸到了大娘家。我不解，问肖梅："不是骗人的吗？去干什么？"

肖梅说："我这两天去村委会问了，大娘说的也不全是假的。他们家两片宅基地，老宅基地的房子确实很旧了，一家三代七口人都挤在新房子里。他们家小儿子眼看三十了，还没对象。在农村，这是会让人笑话的。"

"知道会让人笑话，为什么还不找对象？"我又问。

肖梅白了我一眼，嗔怪道："你这是'何不食肉糜'的逻辑呀！除了穷，还因为那孩子有点儿太实诚，用农村的话说，就是有点儿憨。当然——"肖梅停顿了一下，说："还有点儿懒，到现在都没出去打工。"

在大娘家，肖梅给二孩儿介绍了一份工作，是县里的一家果园，忙的时候摘摘果子装装箱，闲的时候给园子里散养的鸡鸭喂喂饲料。起初二孩儿还不乐意去，忸忸怩怩找借口。大娘也有点儿不满："我是让给二孩儿找对象，不是找工作。"

肖梅说："就是为了找对象呀！那家果园里的工人都是女的，去了多说说话，不就找上了？"

这句话挺管用，大娘回过头就骂二孩儿："鳖孙样儿，人家县里的领导给你找的工作，你还拿三捏四地挑啥？想打光棍儿一辈子呀？"

大概一个月后，我就听到了二孩儿订婚的消息。女方比二孩儿大三岁，离过婚，还带着个孩子。"大娘跟二孩儿都没意见？"我好奇地问肖梅。

"有啥意见？"肖梅眼一瞪，"我的眼光，能错？"

这才知道，女方是肖梅早就考察好的。让二孩儿过去，不光是为了找份工作，也是让女方主动接触他。日久生情，好多磕磕绊绊的事儿也就迎刃而解了。

这个肖梅呀！

我是弓长张

卤水点豆腐——一物降一物。这话就是说给张长水的。

张长水是西街村的支书，我们驻村认识的第一个人。乡里边的干事老刘介绍张长水时，用了一段排比句："没有他点不了的豆腐，没有他降不住的人，没有他摆不平的事儿。"

说这话时，张长水并不在我们跟前，可以肯定，老刘没有拍马的嫌疑。

等见到张长水时，多少有些失望。干干瘦瘦的一个老头儿，脸上枯树皮似的，沟壑纵横；发丝凌乱，在头上制造台风现场，像是从来都没有梳理过。一双眼睛倒是挺有神，盯着你看的时候，像一对聚焦的相机镜头。

"我叫张长水，叫我老张就行，弓长张的张。"张长水握着我的手，这么介绍自己。

为什么强调自己是"弓长张的张"？认识久了，才知道，张长水信奉的一句话是："挽弓当挽强，用箭当用长。"

那之后，断断续续听到了一些关于张长水的传奇。传奇也说不上，逸事吧。据说有一回，村里调整土地。调整土地这事儿，一般的村干部都头疼——几百户人家，上千亩土地，谁都不是让梨的孔融，都想要好的、离村子近的。人之常情嘛。可十指伸出来，有长有短，哪是加加减减平均一下那么简单？西街的调地小组就被一片位于铁路西的偏僻地块给绊住了。谁都不要，多给两分也不要——离村子远不说，地也薄，收的庄稼总比其他地块少两成。

原本是打算抓阄的，办法原始了些，但相对公平。自己的手气自己认，怪不得别人。可几个刺儿头一起哄，风向突变，大部分人都不同意抓了，扯着脖子直喊"要公平"。至于怎样的公平法，却谁也没主意。事情僵持不下，大家的目光都落在了支书张长水身上。张长水不急，两只眼睛盯着乌泱泱的人头，静坐了片刻，一拍桌子，站起来说："从村干部开始，先分那块地，村干部分完小组长上。是党员的都站前面，什么时候把那块地分光了，再分别的地！"据说当时，张长水让人把党旗竖在分地现场，先给自己分，然后盯着党员一个个上。

"活像是临阵炸碉堡，那叫一个霸气！"讲这段故事的人击节赞叹。

可是，分地的问题解决了，分到赖地的家庭就愿意吗？毕竟，家家户户都是上有老下有小，谁也不是石头缝里蹦出来的。

你别说，这就是张长水的本事了。他跟十几个党员干部分完地，没有急着种庄稼，而是跑到省农科所，弄到一批果苗。几年的工夫，铁路西那片地摇身一变，成了休闲农业园，就跟城里人的后花园似的，每到周末，热闹得很。

还有一次，村里修路。修路是好事呀。那条坑坑洼洼的村路，大家早就怨声载道。以前还没什么，村里穷，交通主要靠腿，坑洼就坑洼呗，不影响走路就行。后来买车的人越来越多，那条路的毛病就成了秃子头上的癞疮，谁也不能无视了。所以，村里提出修路的时候，家家户户都是跳着脚鼓掌的，很有点儿守得云开见月明的意思。

没想到，规划路线的时候，出了麻烦。村里的主干道，规划成一条笔直的大路通向村外，需要拆迁几户人家。村干部分头做工作，最后，在王飞亮那儿卡壳了。王飞亮家是一座老宅。"老宅"是他自己的说法，其实也就是20世纪60年代盖的房子。王飞亮说："房子是爷爷盖的，对外来说算不上文物，对我们家却是有纪念意义的。想拆？得赔一套两层别墅。"

负责做工作的村干部什么办法都用了，王飞亮软硬不吃，还在大门两旁插了两面国旗，扬言谁敢强拆，就拍下来，全网曝光。谁也没辙，自媒体时代，一不小心，一件小事就能搅得血雨腥风，即便是澄清事实了，也给你惹出一身骚来。

大家都看着张长水，看他怎么收拾残局。奇怪的是，张长水也不露面，他不是把自己关在家里，就是开着车到处转悠，谁也不知道他想干什么。整整半个月后，张长水出面了，率着几个村干部和村民组长，直奔王飞亮家。张长水说："赔两层别墅，我没那个钱，村里也没那个钱。修路用的是项目款，一分一厘都是萝卜占坑，动不得。你说你家房子是老宅，我就问一句，有我家的房子老吗？"

张长水家的房子是中华人民共和国成立那年盖的。张长水的爷爷是个远近闻名的砖窑匠，每烧出一窑砖，他不要工钱，只要东西。他用自己多年亲手烧制的砖，为自家盖了一座房子。

王飞亮瞪着张长水，不知道他葫芦里卖的什么药。他恨恨地说："你家的房子又不在拆迁范围内，你们这是'崽卖爷田不心疼'。"

张长水笑了："今儿个我就'崽卖自己的田'。我那座房子无偿拆喽，你敢不敢拆？"

王飞亮脑子一热，脱口道："你要是敢拆，我立马就拆。谁不拆谁是王八蛋。"

一桩让人头疼的问题，就这样被化解于无形。

跟张长水混熟后，我一直好奇地问他："为了修条路，把自己家一座好好的老房子拆了，值得吗？"

问得多了，张长水拗不过，告诉了我答案。原来，临县上马了一个古镇建设项目，到处搜罗老房子建材。张长水的房子他们早就盯上了，出的价钱也很诱人。但张长水死活不同意，他想把那套房子一代代传下去。

"要不是出了个王飞亮，要不是为了村里那条路，我能舍得？不过现在想想，新农村建设，旧房子早晚得改造。凡事有舍才有得嘛。"张长水挠了挠头，嘿嘿笑着说。

温曹氏

吴卫华

陕西华县县城赤水街上的"摩登照相馆",开县城照相风气之先,标榜着奢侈和洋气。摄影师兼老板张宝山,摄影技法娴熟,拍出的照片人物眉目清晰,面貌俊美。哪家有了值得庆祝或者有重大纪念意义的事,往往去"摩登照相馆"拍照留影,男的新衣盛装,女的搽脂抹粉,冲洗出的黑白影像纯净而庄重,透着满满的生活仪式感,也是鲜活的历史证明。

1928年5月29日那天接近中午时,张宝山才卸下照相馆的红色木板门,要开门营业。一队荷枪实弹的国民党警察,押着一个高大的年轻人向西城门外走去。被五花大绑的年轻人头发凌乱、衣服破烂,但瘀青的脸上神情肃正。

张宝山缩在照相馆的门槛内向外探看。等那队行色匆匆、面容紧张的警察过去,他才跨出高高的门槛走到街面上,问旁边卖羊汤泡馍的窦老头儿:"又抓人了?"

窦老头儿一边熬着油亮亮的乳白色羊肉汤,一边叹气:"抓共产党呢,这些天听说抓了不少人。他们到处宣讲共产主义,还要推翻国民党政府,当局能不抓他们?世道乱了,咱们的生意也不好做了。"

张宝山也叹气:"我的照相馆几天都没有一个顾客了,门都懒得开了。但说句实话,共产党打土豪分田地砸大烟馆,也确实让农民扬眉吐气了,说不定这天真要翻了。"

窦老头儿向小竹筐里丢几个白面饼:"天翻不翻另说,命可能先丢了。唉,都是青壮汉子,一个个不知是谁家的顶梁柱哇!"

张宝山的照相馆里大半天没有一个顾客。下午三点半,张宝山正在照相馆里枯坐发呆时,一个年轻女人走了进来。那女人脑后绾着整齐的发髻,脸色极白,可能搽粉过多了。她的衣裤鞋袜都是崭新的,一看就是要拍照留念的样子。终于有顾客上门了,张宝山忙露出笑容,起身招呼客人:"咱们这儿的价格很公道,您是照大相还是小相?"

年轻女人的目光发直。她看着张宝山,张宝山却分明感觉她没有看到自己。年轻女人从衣袋里掏出两块光洋放到桌子上，张宝山一愣，就是照一整套相也用不了这么多钱："您这是要怎么照？"

女人神思恍惚地说："请您上门照相。"

张宝山一口回绝："我这是坐家生意，不上门服务。"

女人又掏出两块光洋放到桌子上："要照相的人不能亲自来。我只有这些了，请您务必关照！"

张宝山看看桌子上诱人的光洋，又看看神色肃然的女人，问："你家住在哪儿？"

女人说："露泽院西村。"

张宝山拿起照相机："在西关那块儿，也不远，走吧。"

女人是走来照相馆的，张宝山骑着洋车（自行车）驮着女人，很快就到了不远的露泽院西村。女人坐在洋车的后座上，一路上不作一声。张宝山来过这个村子，也不用她指路，径直进村。那是个小村子，在热亮亮虚晃晃的阳光下，黄土路、茅草房、枝杈散乱叶子纹丝不动的槐树，都给张宝山一种不真实的感觉。

"去哪条巷子？进哪户人家？"张宝山在村里的主路岔口问女人。

女人说："穿过村子去西头的小庙。"

张宝山还从没有在庙里给人照过相，心里虽然疑惑，还是驮着女人到了村西头的小庙。

女人说："到了。"

两人下车进庙，庙的主建筑又小又寒碜，一副破败相，两个窗户用乱砖填塞着，庙前场地还算宽敞。女人说："您在这儿等着，我去请照相的人来。"

张宝山满腹狐疑地问女人："你是哪家的人？"

"温家的。"女人说完匆匆地走了。

一会儿，女人匆匆地回来了，右肩上扛着一把罗圈椅，左手提着个高脚茶几。她把罗圈椅和高脚茶几摆放在庙墙边的窗户下，又匆匆地走了。又回来时，女人手里端着茶壶和茶碗，腋下夹着一把桐油伞。她把茶壶和茶碗摆放在茶几上，把伞靠在茶几边上。做完这些，她又匆匆地走了。张宝山看得一头雾水：瞧这精细的茶具，也是富裕人家了，怎么要在这么晦气破败的小庙旁照相呢？

女人又一次回来时，是同三个人一块儿来的：一个戴麦秸草帽的汉子，吃力地背着一个戴瓜皮帽的男子，那男子袍褂鞋袜簇新得直扎张宝山的眼睛；女人在后面一手拉着个五六岁的小男孩儿，一手扶着新衣男子。他们到了摆放好的罗圈椅跟前，戴草帽的汉子退步找好椅面位置，在女人的帮助下，费劲地把背上的男子安放到罗圈椅子里坐好。新衣男子以一种怪异的僵硬姿势坐着，就像一个在夏天里尸僵缓慢肢体还能弯曲的死人。张宝山心想这要照相的人病得还真不轻，上前伸手去扶持一把时，顿感新衣男子的肢体冰凉僵硬；又仔细看，就见他面色灰青双眼紧闭，而且很像上午从他照相馆前经过被绑着的年轻人。

张宝山吓得一激灵，后退几步："他？"

女人平静地说："这是我家先生，温济厚。"

戴草帽的汉子声音嘶哑地说："七里寺小学的校长、共产党员温济厚，今天上午被枪杀在西门外。我是他族弟温志德，亲眼看着他被枪杀，上午跟嫂子把尸体搬运回来，要照一张'全家福'！"

女人深情地看着温济厚，喃喃地说："我把你整理得像个样子了，血迹完全擦去了，身上的鞭伤和烙铁的烫伤，被新买的寿衣遮住了，你脸上也搽了粉，这样看起来你显得精神些。你一直说要照张'全家福'，我今儿把县城里最好的摄影师请了来。家里嫌晦气不让我们照，我们就在这小庙外面照。"

张宝山突然热泪盈眶，他举起相机，打开镜盖。女人抱起孩子，用右胳膊顶住双眼紧闭的温济厚，不让他身子斜歪，站在椅子后面的温志德压低草帽檐，用力提着温济厚的腰带，不让他滑下椅子。四个人努力面向照相机。张宝山的手有些哆嗦了，他努力稳住手，习惯性地冲镜头里的四个人喊出："一、二、三，不要闭眼！"

咔嚓一声，历史定格，书生温济厚永远定格在25岁！

附记：温济厚（1903—1928），陕西华县（今渭南市华州区）人，中共党员，被捕于渭华起义后，其妻温曹氏悲愤郁积兼思念成疾，也于1928年病殁。温曹氏性格坚毅，行事果决，多有助共之举，对温济厚情深义重，惜史不留名，仅以"温曹氏"三字传世。

姑姑等等

白小良

我哭了，声音在老林子里传得很远。我是喊姑姑。她采花去了，为了扎花环。她用绳子把我拴在这棵老枫树上，树下有一根光秃秃的倒木，她让我坐在这里玩儿。干吗不叫我一起去采呢？她说沟塘子里危险，说不定就陷进去了。

"你咋那么喜欢花环啊？"看到姑姑回来，我抹着眼泪说。姑姑待胸口一起一伏得轻了，才把手里的一个花环轻轻戴在我头上，说："别哭了，驴将军。"我挺一下腰，问姑姑："你为什么那么喜欢花环呢？"姑姑从没正面回答，有一回好像说，是因为我喜欢她才喜欢。

才不是呢，我喜欢捉小鸟儿。那时我是个杀手，常把黄嘴角的小鸟当成战利品，还攥在手心闷死过一只。姑姑心疼地哭了，让我给它扎花环。我没扎过一个完整的花环，往往干到一半就让鸟声勾走了。有时连爷爷的大嗓门儿我都听不见。

爷爷对我和姑姑可好了，有什么东西都让我俩先吃。不过，感觉他时时刻刻都盯着我们，我们不太喜欢他这样。他在老林子边上有块坡地，地中央架了木刻楞房子。他允许姑姑带我到地边的沟塘子里玩儿，但严令我们不能走远。

姑姑大我两三岁，懂的事情可多了。那天，她禁不住我一再追问，竟然泪盈盈地告诉我，我的父母去了很远的地方，但很快就会来接我的。她还攥起了拳头。

那天，趁她和爷爷在地里刨晒玉米碴子，我钻地头的灌木丛里了。实际上是玩捉迷藏。她喊我，我不吱声。她急了，声音都变调了，终于从干竹棵子里发现了我的脚，就拽。鞋都快拽掉了，拽出我，打了我一拳头，一点儿都不疼，她骂我"毛驴"。她哄我的时候，叫我"驴将军"，反正从她嘴里叫出来都好听。我趿拉着鞋，挺直腰让她使点劲儿打，还说："你不贪玩儿？整天去采花，还别头上。"她最喜欢那种白芍药花，手很麻利，用竹条子围成圈，往上边缀，一朵又一朵的，白芍药花毕竟少哇，花环上什么颜色的花都有。

我那次被小鸟引到沟塘子深处，在塔头墩子上没站住，滑水里了。我没命地喊，谁料水刚没到腿肚子，就踩到硬地上了，虚惊。姑姑却哭着过来拉我，还让我发誓再不乱跑。我发誓了。怕爷爷知道这事，姑姑把我的裤子脱下来挂在竹枝上晾。这工夫，她给我讲了个故事。

"毛驴，知道那是什么动静吗？"

我支棱起耳朵，远处有一高一低的叫声。她说："这是小男孩找他姑姑的声音。你听，姑姑——等等！姑姑——等等！"

"是这么个声音。"我点点头。

"从前哪，有个小男孩儿跟他姑姑到山里挖野菜，可小男孩儿太不听话了，和姑姑走散了，以后就天天喊：'姑姑——等等。'"

"他姑姑为什么不回来找他呢？"我问。

"走散了嘛。"姑姑点着我脑门儿说，"多可怜的小男孩儿！"

我抠耳朵，听那声音真是蛮可怜的。后来，跟在姑姑身边听"姑姑——等等"的声音久了，我心里起了个愿望：见一下那个可怜的男孩儿，看他为什么成天喊。

那天，爷爷在那边木刻楞房里喊姑姑。我就说想拉屎。姑姑警惕地瞅我，我厚着脸皮扯下裤子嚷："挺不住了。"姑姑迟疑一下，把没扎好的一个花环扔我身边，说了声什么就跑了。

"姑姑——等等"的声音起劲儿地在远方呼唤我呢。我拎着那半个花环猛跑。多可怜的男孩儿……竟然会变成小鸟？神奇的小鸟！我摔了好几个跟头，爬起来，还是跑。可那声音好像挺近，又好像老远……不觉就跑进塔头甸子里了。

当时，我昏了头。听姑姑喊我，我迟疑了一下没回答，反倒在一个个塔头墩子上蹦着跑，结果脚一滑跌进水窝子里了。开始，我不算太害怕，可站起来后，没踩到硬底，水没了腿肚子了还不见底，我仍在慢慢下陷……这时我慌了神，嗓子嘶哑地喊："姑姑——姑姑！"

姑姑跑来，水已经淹到了我的胸部。姑姑哭着，一下子就跳进来。不知她哪来的力气，没几下就把我推上来了。我吐着嘴里的脏水，一手握一棵小树，另一只手够她，可够不着……我跳进去，姑姑力气真大，又把我推出来。我大哭，泥水没到姑姑脖子了。姑姑让我听话，快去喊爷爷。不能两个人都死呀！

我边喊边跑。

那虚伪的塔头甸子！那装得老实巴交的杀人恶魔，那和小鸟勾结的杀人狂，该诅咒的！等着，等我当上将军，我带领千军万马来！

等我把爷爷找来时，水面上只有孤零零的花环了……爷爷疯了似的跳进水里……周围的一切都没有人性味儿，水面、塔头、小树，还有可恶的鸟声，全都是若无其事的样子。

只是在接下来的日子里，大山野才好像意识到缺少了什么宝贵的东西，小鸟的叫声都低沉了，而且雾露极大，野花上眼泪滴落。

爷爷牵着我的手叹气，好像一下又老了许多。而我似乎一下子长大了，可惜那么好听的叫我"毛驴""驴将军"的声音永远听不到了。我不再贪玩儿。伴着"姑姑——等等！姑姑——等等"的声音，我伫立在一座新墓前。我的童年结束了。

这墓边的枫树很大，叶子飘飘摇摇的，落在旁边光秃秃的倒木上。风吹来，几枚枫叶仍粘在倒木凹腐的地方不走。我站了很久，然后把花环轻轻地摆在墓前。花环是我蹚着露水割竹条子、采野花编缀成的，用的是姑姑最喜欢的白芍药花，很难采的。只有这个陪姑姑了。姑姑你不是让我做花环吗？我做的这个，你能喜欢。

附记：后来知道，她不是我的亲姑姑，爷爷也不是亲的。我和"姑姑"的父母在部队过草地时都牺牲了，我们是被寄养在"爷爷"这儿的。"姑姑"为什么那样喜欢花环？"爷爷"不知道，组织上来接我的人也不知道。那天，"爷爷"一个劲儿地向组织上来的人道歉，我知道是因为"姑姑"的事儿。我上去抱住"爷爷"哭，说："不怪你。"

石头墙

陈小秋

早晨，河水又上涨了，暴雨一轮接一轮，仍在下。

沟底村地势低洼，暴涨的河就是村子肩膀上扛着的大水槽，河水如脱缰的野马奔腾咆哮。堤坝昨天还好好的，但几次洪峰将它折腾得伤痕累累，似乎随时会溢泻、决口，殃及百里。

大堤告急，上级迅速调集人力，从四面八方跑来抢险，有五十多户村民昨天就已乘坐大小车辆挥泪撤离了。

福财爷说死也不走。

福财爷舍不得他的宅院。

黄豆大的雨点儿斜砸下来，在地上、河里疯狂地跳舞，河水更加恐怖地冲击坝体。堤坝上的人们像搬家的蚂蚁般奔忙——装运沙袋、捆绑树枝……可光码高还不行，坝基受到长时间浸泡，也急需加固。

这当口儿，自然地，人们焦急的目光齐刷刷落在了离坝最近的农户院套——福财爷家四四方方的石头院墙。

有人想都没想就要去搬，可被村党支部书记伸手挡住了。村支书说："我先去。"

村支书抹了几把脸上的雨水，跑去同福财爷商量。

"啥？你说石头？不中不中，为起这些石头我家大根扔了命。——别忘了，俺还交给你们200块钱罚款呢！"

"中央和地方都有规定，不让乱毁耕地嘛。福财爷呀，连我家盖房的石头不也都是从采石场买来的吗？"村支书急得嗓音变了调儿。

"得啦得啦，少唱高调，我说不行就不行。今儿谁要敢搬我一块石头，我就跟他拼命！"福财爷不耐烦了。

村支书失望地张了张嘴，终于没再说什么，无奈地一扭头，撒开腿百米冲刺似的又扎进了雨幕里。

三分钟后，众人呼呼地聚到村中央的三间石头房前。村支书在泥泞的墙根前跌跌跄跄着摔了几个跟头，终于顺木梯子爬上了屋顶。

他一个人站在房上，透过雨幕扫视着下面的人群，像座灯塔。

有人看明白了，立马朝上喊话："支书哇，你家没有院墙，可也不能拆房子啊！"

"真是太可惜了！墙体厚，水泥砂浆，就是大水下来也冲不倒你的石头房啊！"又一人大声劝告。

"顾不得太多了，赶快上来几个身强力壮的，这些石头兴许够用呢！"村支书边说边高举洋镐，狠狠地刨下去。

第一镐像发令枪响，四五个小伙子上来了。

"轰隆！"一面石墙被粗绳拉倒，上百人各自搬一块石头向坝上飞跑。

"轰隆！"又一面石墙倒下来。顷刻间，三间大房变成了几大堆石头。

"哎呀妈呀，快快，有人砸里头啦！"不知谁叫了一声。

人们一惊，赶紧手忙脚乱地从石堆里扒出一个人来。

竟是村支书，他的双腿被砸得一处鼓一处瘪，血肉模糊，已经没了形。鲜血不断地往外涌，几个后生在他身边大哭。

福财爷不知何时也来了，他和大伙儿一起把村支书抬上了一辆吉普车。车子呼啸而去。

村支书家的石头，以更快的速度一块块被运到坝上。忽然，路上搬石头的人少了，接着一个人也没了，只剩下小半堆石头缩在积水中。

远远望去，从福财爷家的院墙边正延伸出一列长队，形成一条人链。扒倒的墙石从每个人手上传递着，一直传到坝顶。

坝顶上，福财爷高高地立在风雨中，面向滔滔河水，把传过来的每一块石头摆到适当的位置，花白的头发随之甩来甩去。

福财爷像一个老将军那样，神情凝重地高叫着、指挥着，场面好不壮观。

5个钟头过去，院墙上的石头全部上了大坝，堤坝安然无恙，洪魔无可奈何。

数天后，洪水退了，太阳也终于露出它明晃晃的脸。

福财爷挎一篮子鸡蛋来到医院病房。

病床上，村支书双腿瘪瘪的，裤子已成空管。

福财爷老泪纵横，快步扑上前去。

两双大手紧紧地握在了一起。

古　盘

陆涛声

舒启正忽然想起，许福元好久没有来了，便打手机找他，说是停机；又通过熟人打听，终于知道，他家连遭横祸。先是在化工厂做工的大儿子不慎跌入化工池身亡；祸不单行，不久他自己也中风瘫痪，住进康复医院。舒启正心里十分难受。

与许福元相识，是在六年前。那时舒老年正七旬，受邀去加拿大举办了个人书法展，回来在本市美术馆举办了回报展。之后有好些书法爱好者登门造访，或是"请教"，或求"墨宝"。许福元便是其中一个。

当时许福元已六十出头，家在离市区七十多里的乡村，拿着几幅写的行书和花卉画来求指点。他个子不高，言行举止礼貌谦恭，忠厚老实相，原只念到初中二年级，喜欢书画。许福元几经转行，中年起为乡镇园林公司承包修缮的古建筑工程描画彩绘雕梁画栋，彼时已经退休，每月有两千多元退休金，有自留地种蔬菜自给，在苏南农村勉强可以衣食无忧。

在舒启正眼里，许福元的行书属半入门，运笔有些滞涩，与性格有关，不过也透现出后天努力的积累，实际修养明显超越原有学历。舒启正对他印象良好，便以肯定为主，略提些技法上的建议，还送了一幅自己写的行草和一本书做册页。

隔了几天，许福元又特地赶来，送来了一只画国画用的调色盘，紫砂的，直径二十五厘米。盘中拦隔成七个小池，都搪着一层白瓷，供存七种颜料；盘盖是一朵梅的形状，盘结着有数朵梅花的折枝作为把子，盖内也搪有白瓷，可供调色；盘底有"顾天佑制"的印。盘内还有一张红纸做了个标签，用毛笔写了"舒启正师惠存，许福元敬赠"。许福元说："这是光绪时的，一九七六年我从江西一个朋友手里淘来的。放在我那儿受屈，配老师您用！"他送得郑重、虔诚、恭敬，显然，这古调色盘在他心里分量很重。

舒启正有受敬重的感受，也被真诚感动。不过他素来只重实用，不中意收藏，早有青花瓷调色盘，便拒绝收下。

许福元执意要送，舒启正执意谢却，两人一番推来推去，许福元的脸竟由涨红到泛白，最后两眼湿了。舒启正便不得不做让步，不过为表示谢意，回赠他一套四体书丛帖和一本书法作品集。紫砂古调色盘他用不着，只能搁置在柜里。

之后，许福元不仅经常带自己的书作来请教，他还有个念初中的孙儿也学书画，在参加考级，他也带孙儿的书画来求舒启正指点。有时还为朋友求字，舒启正也总给他写。他每回来都带礼物：他们那一带是培植苗木的"花木之乡"，这回带株梅花树苗，下回带一盆月季……来来往往，关系也就亲近了。

一晃过了四年。一次，许福元带来一本打印的诗稿，说他从青年时起就爱写七言、五言诗，记录人生随遇的感受，积累了五百多首，想编印一本集子，求舒启正看看，写个序。

舒启正抽时间看完，觉得通俗质朴，有生活趣味，也有因信佛而生的慈悲情怀。他对许福元更增好感。然而舒启正不写诗，觉得没把握写这诗集的序，只能归还诗稿，深怀歉意地说："你另找人写序吧，到正式排版印集子时，我给你题写个书名，再写个祝贺题字。"

舒启正依稀记得，在这以后许福元似乎就没再来过。如今得知他连遭不幸，舒启正想去医院探望，更想为他做点儿什么。舒启正首先想到了那冷搁着的紫砂调色盘和他孙儿也学书画，觉得古盘应该作为他的传家宝传给他子孙；还想到那本诗集，是他一生的心灵历程，对他及孙儿都有不寻常的意义。若是印两三百本，光印刷费起码也得花几千元钱，他家经济原不宽裕，如今更不可能承担这笔开支。他一旦离世，那本诗稿便成他人生最大的未了之愿。舒启正决定资助印刷费用。

舒启正带着紫砂调色盘，买了水果和营养品，请人开车，到三十里外的康复医院。他把古盘交给了许福元的老伴儿，又表示愿资助印诗集并且帮助编印。许福元的老伴儿既感激又觉得不好意思。许福元躺在病床上，已不能言语，头脑似还清楚，不仅认出舒启正，还听懂了关于古盘和诗稿的事，激动得右手直挥动，嘴里发出"嘀嘀"的声音。诗稿在家里。舒启正便嘱许福元的老伴儿找到后邮寄给他。

舒启正收到的诗稿，仍是那份打印的，没有电子稿。他先请人打字，又亲自细细加工修改、校对、分类、编辑，请人排版，按早先的许诺，题了书名，写了祝词。为赶时间保证让许福元能亲眼见到书，他还亲自到市新闻出版局代许福元申请了省出版局的准印号，不断催促印刷厂。

诗集印了三百本。舒启正坐印刷厂送书车到了康复医院，拿出一本诗集翻着让躺着的许福元看。许福元浑身颤抖，眼里流出泪水，随后右手僵着朝他老伴儿挥挥。他老伴儿懂他的肢体语意，拿签字笔给他，托着一个本子让他写。他抖着手艰难地写下"假"和"骗"两个歪歪扭扭的字，接着就狠敲自己的头。

许福元的老伴儿解释说:"您把紫砂盘拿来之后,我二儿子拿去找行家鉴定了,制盘的顾天佑不是光绪时人,是解放初的,也算不上大名家,那盘不算古董。福元知道真相后非常难过,认为原本是当古董送给您,其实是欺骗了您。"

许福元的喉头发出"嗬嗬"的声音,表示认可。

其实舒启正从来没有在意过是不是古物。然而他这时心头不由一阵疼痛:已瘫痪在床不能言语,得知当年把假古盘误当真古董送,坦诚说明真相还如此苛刻地自责,这是多么纯净的灵魂!在舒启正眼里,那两个歪歪斜斜的字,是两朵洁白晶莹的莲花,是一颗真诚和纯粹的心里开出的,比真的古盘宝贵百倍。他不由动情地恳求:"这张纸给我留作纪念好吗?"

许福元的老伴儿把纸从笔记本上小心地撕下,交给了他。

舒启正珍惜地折好,放进了左胸襟的内袋。

虚构的生活

阿 成

其实我并不会写小说，可是没办法。没办法是什么意思？没办法就是：我必须写小说。假如你想帮忙控制一下我这方面的冲动，谢谢。要知道，实践证明我根本控制不住我自己。

那么，写小说能够带来什么样的生活呢？首先是小说一样的生活。里面充满了虚构，假的人物、假的愉快、假的凶杀和假的情节。难道我真的就需要这些吗？实话实说，我需要这些。我的生活太单调了。

终于我到25岁了。按说我18岁就应该对异性产生兴趣。可是这种事我来得比较晚，对此我也很困惑。这样说吧，我身上的一切都来得比较晚，而且总赶不到点儿上。好像我是上帝的开心果。比如说我有点儿急事，准备出门去电信公司。电信公司（应当称他们是甲方还是乙方？这方面的事我搞不太懂）明显搞错了，不知道是哪个糊涂营业员把别人的消费账单记到了我的头上。对此，我不应该保持沉默，我必须向他们提出申诉。我为什么是这种状态呢？简单地说，我的工资很少，月收入才1000多块钱。当然，这1000多块钱不仅仅提供给我生活费，同时它还有责任心地把我变成了一个简朴的人。这样大家就能够理解我为什么不经常打出租车了。

我远远地就看到公交车来了，它正停在那里。我立刻撒腿就追（那种样子非常丢人，斯文扫地呀）。我也跑到公共汽车的站台了，公交车也开走了。就好像我参加马拉松比赛，快跑到终点了，人家把那个拦截绳撤了，说："这项活动取消了。"再比如我准备上火车（上火车肯定是去外地了），我气喘吁吁地穿过地下通道，到了3号站台的时候火车刚刚启动（还伴着悠扬的乐曲）。我眼睁睁地看着它开走了。我说："不要脸！不要脸！不要脸！"旁边的一位铁路司号员绷着脸问："你说谁不要脸？"我说："我没说你不要脸。"他说："站台上就咱们俩人，你说谁不要脸？"我说："我不要脸。"他说："那可以。给你一个友情的忠告，以后早点儿来。您就差了10秒钟。"

总而言之，这样的例子我可以举出很多。凡此种种吧，经过千锤百炼之后，我就习惯了、无所谓了。但这并不意味着我不做事，什么也不追求了，我毕竟是一个有血有肉的人，除了工资比较少以外，我和正常人没有什么本质上的区别。

这一次我决定去找一个女友。我想通了，我觉得一个人生活不是完整的生活，是残缺的生活，是半月不是满月，不是新月是残月。真是月月难过月月过呀。古代的诗人说，月有阴晴圆缺，人有悲欢离合。听听吧，这都是站着说话不嫌腰疼。不过，新月也好，残月也罢，总会周而复始地过去。别忘了我们是人，我们只能，而且必须得遵守自然规律。说得没错，自然规律看上去可随和多了，尽管它在骨子里比法律严酷。

朋友通过努力，给我介绍了一个寡妇。我并不是对寡妇有什么特殊的癖好，但是我觉得寡妇好，因为寡妇有"缺陷"，有"缺陷"，她的求偶条件就会降低（真是一个不幸的人哪）。像我这样的人，工资又那么低，工作肯定不稳定，一个寡妇能找我应该不错了。但我也有我的优势，我单一人，没有兄弟姐妹，而且不幸的是父母双亡，算是轻手利脚。再说我毕竟是一个处男。我不知道处男现在还值不值钱。但是总比不是处男要好一些吧？当然，这是我的个人看法。

我和那个寡妇约好下午4点见面（北京时间16:00）。我认为4点并不是最佳的时间，因为太阳光太足。眼下正是七八月份，正所谓七月流火，悬在天上的毒太阳狠着哪，都能把女人耳环上的锡点烤化，她会冒大汗的（万一她再化了妆……）。我希望安排到晚上8点见面比较好，这样凉快一些、朦胧一些，彼此的感情更容易贴近。我的朋友很快就传话来说，她同意了，提了个折中方案，7点钟（北京时间19:00）在公园的那片松树林见面。

我真不知道为什么在公园见面，更让人费解的是还选择在松树林见面。什么意思？一般松树多的地方都是墓地。这是很愚蠢的。但是人家既然这样说了，那只能在公园见面。再说了，尊重女人的要求是男人的起码修养（这句话是我脑子里灵光一闪临时想到的）。况且大家都在公园里约会（或者是在玫瑰园，或者是在丁香园，或者是在百合园），尽管这种约会的方式很老套，以致有些陈旧了，但很显然这种方式并没有彻底消亡，也可能是我赶上了这种约会方式的最后一班车。亲爱的同志啊，这就是我的悲剧人生。不过，我推测对方很可能是一个老派女人。为什么这样讲呢？一般说来，年轻男女都会选择在咖啡厅，或者是比较有情调的茶厅见面，来两杯咖啡，拿铁呀，或者猫屎，或者非洲女囚（加不加糖？看双方的眼神儿）。再来点儿甜点，或者是巴西女郎，或者是伊丽莎白，或者是顽皮的小天使，再或者是某些中看不中吃的东西。双方一边在心里盘算着一边谈谈天气。自新文化运动以来，彼此见面谈谈天气几乎成了一种潮流、一种时尚、一种不可或缺的社交方式了。然后谈谈音乐，谈谈绘画，谈谈新冠疫情，谈谈阿成的小说，谈谈海德格尔、布莱希特、斯坦尼拉夫斯基，谈谈肖邦、贝多芬、小约翰·施特劳斯、莫扎特、柴可夫斯基、德彪西、贾科莫·普契尼，谈谈达·芬奇、丁托列托、毕加索、列宾、莫奈，谈谈《李甲在北京念大学的日子》。我漫想到这儿突然有一种恐惧感，朋友不会给我介绍一个老太太吧？后来一想，管他呢，见了面就一切知分晓了。如果真的是老太太，我就搀扶着一直把她送到家，算是做一回雷锋式的好青年。

我7点钟准时到了公园的约会地点。结果怎么样？周围一个人也没有，只有松树们静静地、严肃地伫立在我的周围。我就等。我觉得这个女人肯定也是个慢捻儿的。不过慢捻儿的好啊，慢捻儿的脾气好，凡事不着急，我说什么她都不着急。这多好呀！我希望找一个这样的女人。再说现在不是追求慢生活吗？

可我一直等到了7点半，她没来。等到了8点，她还没来。这也有点儿太慢了吧。不过也可能她还以为是8点，把约会时间记差了。没错，我总是给对方提供理由，在生活中我总是在不断地批判自己，为对方各种各样的过错找理由。这种思维定式我都习惯了。8点到了她仍然没来。我想，现在是疫情期间，车少不好坐。这完全可以谅解。再说一个女人不容易。对了，我忘了她有两个孩子（我是多么向往有孩子的家庭啊！更何况是两个孩子，一天热热闹闹的，多好，多有家庭气氛。一个人的日子真是太难了，好像关在小号里，单独被囚禁在无人岛上一样，而且我还找不到适当的、合理的理由让自己发疯），我猜想，一定是两个孩子把她的头脑吵昏了。当一个人的头脑昏昏沉沉的时候，你可以做以下推测：一、她喝多了（可能是有点儿兴奋）。二、家里的孩子把她吵得一夜没睡好觉。三、在监督孩子们上网课……

就这样我一直等到10点（北京时间22∶00）她还没有来。我正打算离开的时候来了两个人，都戴着面具。一个人站在我的前面，一个人站在我的身后。他们戴的是那种类似于傩戏的笑脸面具。他们一边跟我说话一边舞蹈着。这种场面，知道的，明白这是在抢劫，明目张胆地抢劫，不知道的还以为单独给我一个人表演傩戏呢。

我说："你们要干什么？"

他说："你说干什么？"

我说："我不知道你们要干什么。"

他说："你怎么能不知道我们干什么呢？你一定知道我们干什么。"

其中一个问："你身上都有什么？钱、手机、银行卡？"

我说："啥都没有（200元钞票被我藏在鞋里了），就这一身衣服，早晨在早市上买的,还有鞋。"

于是他们两个开始搜我的全身。全部搜完了,一个说:"上帝呀,真是什么也没有。"另一个点点头,然后转过身来对我说:"现在摆在你面前的只有两条路。第一条,现在加入我们,一起干。第二条,我们是有行规的,打劫不能空手。你选一还是二?"我说:"我选二。"他说:"那好吧,尊重你的选择。现在,请你把你的衣服裤子脱下来,还有鞋,给我们。"于是我按照他们的要求,把衣服裤子都脱给他们了(这套衣服在早市花了100块钱)。我说:"大哥你行行好,还是把鞋留给我,要不,光脚我怎么走路哇?"两人隔着面具对视了一下,点了点头。然后他们拿着我的衣服迅速地消失了。不过,我还是觉得自己挺幸运的——这是在大夏天,假如是三九天,数九寒冬下大雪,光着腚的人情何以堪呢?还有一点也非常重要,鞋里的200块钱保住了。这样想了一会儿,我觉得我该走了。寡妇肯定是见不到了。既然见不到就别瞎分析了。再说我这个样子怎么好见那个寡妇呢?就在这时候有人从树丛里轻声地呼唤:"阿成,阿成。"吓了我一跳。回头一看,正是那个寡妇。在天上那轮银色的月亮照耀之下,我发现她很年轻,长得也不错。特别是体形,真好看。不过她的身上只剩下裤头和乳罩了。我的天哪,看来她经历了跟我一样的遭遇。

后来,我们两个手牵着手离开了公园。我们两个都需要更勇敢一点儿。我想说"我爱你",但是我忍住了,我觉得现在说这话还有点儿早。

过 瘾

方英文

夏季雨多。秦岭南坡的公路经常塌方堵塞,我就遭遇过几回。其中一次乘坐大巴,见前方路中间蹲着几块大石头,连带一大摊湿泥,只得停下。

我邻座是个胖子,一路玩着手串。我俩眼睛对视了几回,彼此都没来兴趣,也就没搭话。胖子并不胖,只是脑袋偏大罢了。准确说他的脑袋,是个上小下大的梯形,两腮里面似乎垫了两片东坡肉。

被堵的旅客们公路上胡转悠,如同没王的蜂。

我上去递胖子一支烟,他右手指头离开左掌,夹了去,瞥我半眼,继续看着对面说:"没文化,没办法!"一瞧,对面山坡高处,立着七个相距不近的巨大的水泥牌墩,写的是:一江清水送北京。我来回看了三遍,没有错别字呀,怎么就"没文化"了?

"这是得费不少钱,"我说,"可是搞工程不花钱,没个回扣吃,谁还有兴趣搞工程!"想来他是生这个气。

"那字嘛,"胖头压根没听进我话,"印刷字实在难看,不匹配这四围景致——配上魏碑字最好不过!"

"我姓魏,魏碑的魏,你贵姓?"胖子接着说,第一次放下清高。一听姓魏,我马上想到三国,于是即兴说免贵,我姓吴。

"你看那第一个'一'字,版面留白太空荡,左上方补个'江山多娇'之类的闲章就好了。最后一个'京'字,右下方落款书家名字,字小点儿,不是图出名,好看,守规矩嘛。"

说的是书法,我一窍不通,没法对话。正惭愧时,就听喊叫"先退马!""先飞相!"循声看去,一堆男头围着公路边的水泥墩。上去一瞧,下棋呢。只是要待两个男头错开缝儿,才看见那棋盘比杂志还小。又有两个观战者争论该咋走,下棋者不耐烦说"闭脏嘴"。

"魏先生也爱下棋?我是爱得要死!"

"呵呵，"魏先生玩着手串，"马马虎虎吧。"

我说那一定是高手了，因为熟棋友历来自吹、不鸟对方；陌生棋手初逢，都自谦"臭棋"的。

我俩又燃一颗烟，魏先生说河谷下面那个小村子，有味道，适合居住、修行。我说要不咱俩下去转转，没准小村里有棋呢，我也好领教领教。"村里有棋？我估计，吴先生，就那么几户人家，有棋的可能性很小。"

有棋没棋无所谓，反正路堵着也是无聊。先去塌方处问，说是疏通至少还需两小时，就给大巴司机招呼一声，我俩下村子转转。下了一截短坡，刚过吊桥，几只鸭子从河里摇摇摆摆地晃上岸来，见了我俩，呆头呆脑地停了步，让我俩先行。

第一家门口坐个老妇人，怀里一个簸箕，正掐四季豆。直感推断，这家不可能有棋，但我还是信口问了一句大娘："你家有象棋吗？""有，"出乎意料，"你们来坐，我去找！"显然很高兴来客。皂荚树下一个石桌，阴凉，魏先生就坐了，很惊诧这老妇人家居然有象棋。"也没啥怪的，"他给自己打着圆场，"前天我还从报纸上，看见一个偏僻小沟里，某人家发现了好几件宫廷瓷器，成化年间的呢！"

我没坐，只等大娘拿棋来。大娘捧出一个纸盒子，噗噗地吹着盒上的灰尘。这时听见公路上大响，挖掘机来了。象棋往石桌上一摆，缺两个黑子儿，一个"士"，一个"卒"。问大娘呢，大娘回屋也没找出来，说象棋是修吊桥的工人玩过的，他们走时撒了，她觉得可惜就拾了回来。

我说不碍事，顺手从地上拾俩小石块当棋子，可是魏先生否决了："人就活个'讲究'二字，不到万不得已不要凑合。"腮帮子鼓着，胖脑袋转着，"有了！"他见门口旁的墙上挂着一把锯，旁边靠了几根木棍，就上去拿来，要锯两个棋子饼。我说咱就等着路通的这点工夫，值得如此吗？将就着下吧——当头炮，不礼貌！魏先生不理会，放下手串，要我双手稳住木棍，他来锯。

这时候听见咳嗽声，小村口慢沓沓地朝这走来三个老汉。后面一个妇女跟了几步，拐进地里拔草了。显然，年轻人都进城打工了。

"老嫂子，有毛笔吗？"魏先生问大娘，大娘答没有，满脸微笑。我叫人家大娘，魏先生叫人家老嫂子，难怪反应不同，我还真是没文化呢。他要老嫂子取出刀，吩咐我将两枚毛坯象棋子儿刮光。

"我回车上取！"魏先生双拳提起，近乎小跑着过了吊桥。听得"咚"一声，一块大石头被挖掘机甩进河里。

魏先生拎个布袋返回了，吊布袋，像是装冬瓜的袋子。袋沿垂着五颜六色的絮絮，印着"大明宫第八届魏碑书法大赛"。他暂且将棋盘收了，腾开地方，袋里取出一个小竹帘，展开，也是杂志大小。接着取出毛笔、墨盒，置于帘上。墨盒打开，干的——刚好老嫂子端来茶，魏先生就往墨盒里注了几滴茶水，毛笔尖边濡墨盒边看原来的象棋字："这字写得好，是临的元倪碑。"掏出一张手纸，试笔，写了"元倪碑"三个字，噢。

"力争写得跟象棋上字一样！"他拍了一把鼓腮，向谁起誓似的。舔好了毛笔，手捏圆木饼，指头几乎是钳着般用力，这样子我只在修表匠那里见过。

他先写了一横，再写一竖，看来是先写"士"字了——果然！写完后，长出一口气，头也不抬，只将两根指头竖上头顶："来支烟！"我赶紧取支烟替他夹到指叉上。一个老汉上前，勾腰一看："哎呀你看，跟原来这个'士'一模一样啊！"又一个老汉说："我看也一样，没敢说，王校长说一模一样，那就真是一模一样了！"原来这老汉是个中学退休校长。

"待会儿，墨干好了，再比较着看吧。"魏先生说得轻描淡写，没把大家的赞扬当回事。"写字贵在一口气，一个气字，啥叫气？气就是静！"

魏先生吸完烟，开始写第二个木饼："卒。"刚写一点、一横，来了两只蜜蜂，嗡嗡地凑热闹，鼻尖脑后绕来绕去不想走。魏先生就不写了，环目大家，我们明白了意思，齐心协力将两只蜜蜂吆喝回菜地去。

大家照旧后退几步，像木星光环围绕着木星。当然我俩毕竟同伙，离他近，脑袋由他肩膀后勾着俯视。"卒"字最后一竖，刚竖到中途，传来对面公路上喊叫——

"路通了，大家赶紧上车！"

魏先生嘟囔一声"糟糕"，却也岿然不动，竖完一笔。"该死的，迟两秒钟喊叫不行吗？"大家说好着呀，跟其余"卒"一样啊。"你们不懂，拿放大镜下看，这一竖是断了气的！"他很扫兴地拍一把肥腮，用力拍，估计拍疼了腮里的"东坡肉"。

一路上魏先生都不说话，我更是憋气，本来想过个棋瘾，且有条件过棋瘾，却硬是被这货转换了主题！

见他闷闷不乐，我又不免好笑，宽慰他说不就是最后一笔没写好嘛："你想想看，那副积满灰尘的象棋又有谁去下呢？你补的那两颗棋子，字再好，也许永远不被人看见！"

"你这看法就不对了，吴先生，老弟！"车里邻座的魏先生脸朝我，身子尽量后仰，以便拉开距离，防止唾沫星子。"非得让人看吗？让人看当然有点意义，没人看也不等于没意义。人生做事，根本意义是图个自己高兴、自己满意。"

他只顾自己是否满意，我的下棋呢？真是个自私的家伙！

"哎呀吴先生，"魏先生自拍脸颊"啪"一声，"忘了告诉你呀老弟，我压根不会下棋，怕你扫兴，所以写棋子，也是为了拖延时间。"

我脸朝窗外，欣赏汉江景色，不再理他了，没过棋瘾憋得难受。

额温枪

郑彦英

突如其来的疫情,中断了我在兰考的采访。回到郑州,接到远方的朋友寄来的一把额温枪,拆了盒子就向朋友发了个信息:雪中送炭。

第二天,我突然感到头蒙蒙的。要在平时,根本不会管,但是既然有了额温枪,还是测一下吧。

"吱"了那么一下,一看,心里就突突地忐忑起来——37.3℃。

这几天的新闻我是必看的,"37.3℃"是一个重复率很高的词,因为新冠患者一般不会发高烧,只会烧到37.3℃。

我立时觉得如坠深渊,伸手一摸头,真是热热的;再一感觉喉咙,发干,咽一口唾沫,似乎也不顺畅。

夫人急了:"咋了?"

"我……"我又一次感到口干舌燥,"好像得'那个'了。"

夫人吓了一跳,过来在我额头上一摸:"不烫呀。"

我说:"烫了就是高烧,高烧倒不可怕,怕的就是这37.3℃。"

夫人也愣了一下,又一摸头:"不对,一点儿都不烧呀!"

我把额温枪晃晃:"仪器比你的手准。"

夫人接过,又在我额头上"吱"了那么一下:"怎么,到37.7℃了?"

"37.7℃倒不怕了,只怕这个37.3℃。"我说,"再量一下。"

一量,又是37.3℃。

我看着那个淡蓝色的显示屏,看着这个可怕的数字,浑身立时软乎乎的。

夫人倒镇静:"想啥呢?你是想去医院吧?"手一挥:"千万不要去。你这就是个小小的低烧,怕什么?不可能是'那个',要是'那个',你呼吸已经不行了,还能在这儿跟我量体温?"

我一想,倒也是,但还是不放心:"去晚了,会耽搁。"

夫人很坚定:"不去不去,到下午再说,如果还是烧,再说。"

早餐是稀饭，呼隆隆喝下去，出了汗。

夫人赶紧拿过来额温枪，"吱"了那么一下，36.5℃。

"太好了！"夫人惊喜。

我拿过来一看，心里立即如一块石头落了地，放下额温枪，说："看来就是有点儿小恙，平时没有额温枪，不管，如今有了额温枪，就量，虚惊一场。"

上午就轻松了，开始整理兰考的材料，夫人上班去了，下班回来的时候，突然对我说："心情不错呀！"

我说："当然，没事了。"

夫人说："都哼上歌了。"

"哼了吗？"

"你哼的你不知道？！"

我笑了，看来心情好了，许多自得的表现是自然而然地流淌出来的，不知不觉。

午睡醒来，鬼使神差地，又量了一下，心里立即扑腾起来，又是37.3℃。

我放下额温枪，心想，它不可能不灵，因为是朋友老远寄来的，不可能有问题。

看来，是自己身体最近有状况，是不是……

于是就浮想联翩了，也不整理稿子了，在床上躺着。

躺一会儿，再一量，竟然37.8℃。

又躺了一会儿，再一量，竟然38℃。

不禁去吃了退烧药，吃药的时候，站着的腿都是软的。

夫人下班回来，看到垮下来的我，突然跑到药箱跟前，拿出传统的体温计，一边甩着一边说："来，用这个试试。"

于是夹到胳肢窝，10分钟后，一看，36.5℃。

夫人高兴得跳起来。但我还是不放心："是不是咱们夹的时间短了？"

于是再夹，30分钟后拿出来，依然是36.5℃。

我坐在椅子上半天没有起来，我对自己产生了怀疑，本来自己好好的，就因为相信了额温枪，相信了它在"吱"一声后的数字，我的精神和生理状况立即跟随着起起伏伏，甚至产生了崩溃的情绪和崩溃的身体状况。

看来，仪器和数字，不但会左右人的情绪，而且会左右人的生理反应。

我拿起额温枪就想扔掉，夫人却拦住了我："留作警示吧，看看啥牌子。"

这一看，奇怪了，没牌子。

于是找到朋友寄来的盒子,是普通的包装盒,盒里还有一封信,当时竟然没有看。

信上写道:"额温枪本来是一个很简单的东西,最近这么难买,我们三个人便开发了这款,先找你和几个朋友试试、用用,一是让你方便了,二是看看我们开发的效果。如果效果好,请把测量数据发给我,我们就申报生产了。"

我不知不觉咬起了牙,随后一拳砸在信上。

时间过去了半年多,今天翻东西,突然翻到这把额温枪,不禁笑了,于是有了这篇短文。

影子人群

大　解

　　有一个模糊的人影路过河湾村，从走路的姿势看，是个成年男人的影子。一般情况下，人的身影都是摊在地上的，像是从土壤中渗出的污渍，而这个行走的身影直立在地上，而且走路的姿势坚定有力，没有丝毫的孤独感，仿佛他自己就是一个行走的人。

　　这个影子迈着大步路过河湾村时，引起了人们的兴趣。出于好奇，村里几个腿脚快的年轻人快步去追赶这个影子，很快就出了村。人们望着他们远去，长老还冲着他们的背影喊道："追不上就赶紧回来。"几个年轻人似乎听见了长老的喊话，其中一个人还回了一下头。不多时，这几个年轻人就追到了人们的视野之外，直到再也看不见了，人们也没有散去，还在议论着这件事。长老嘟囔着说："看来他们是走远了，也不知道什么时候回来。"

　　几天过去了，追赶影子的年轻人也没有回来。人们传说，他们已经追到了远方。传说在不可知的外面，有一个"远方"，没有方位，也没有具体的地点，却真实地存在着。远方不是一个具体的地方，却令许多人向往。有人说："即使你到达了远方，也不知道自己身在远方，因为前面还有更远的地方。"

　　关于这几个年轻人的消息，都是一些不可靠的传说，说这几个人在奔走途中，越走越热，越走越累，其中一人脱掉了外衣，走路轻松了许多，其他几个人也效仿他，脱掉了外衣，加快奔走。后来，他们脱掉了所有的衣服，最后把身影也脱掉了，而他们所追赶的那个奔走的影子越走越快，始终走在他们的前面，仿佛一个引导者。几个年轻人跟在影子后面，不问方向，也不问里程，一心一意地追下去。渐渐地，他们彻底变成了执念的追随者。他们对于自己到底要走向哪里、何时到达，能否到达，都不知道。

　　长老经常站在村外，望着他们走去的方向，等待着他们的消息。

　　多年过去了，河湾村发生了许多变化，人们渐渐忘记了这件事，甚至是否真的发生过追赶影子这样一件事情，都已变得恍惚。

又过了很多年，村里不断有人出生，也相继有人过世。随着日月轮回，细心的人们发现，天空老了，土地也老了，周围的山河依然卧在原地，也老了。长老也老了，他已经两百多岁了，雪白的胡子垂挂在胸前，仿佛是从体内流出的一道瀑布。由于长老的白胡子非常显眼，给人的感觉是，白胡子才是他的生命主体，而他的整个身体似乎是胡子后面的陪衬。

无穷无尽的时光在流逝，关于影子和追随者的传说也渐渐消失了，后来再也没有人提起这件事。

就在万物都渐渐老去的光阴里，忽然有一天，村里来了几个过路的陌生老人。这几个老人匆匆忙忙，好像有什么急事，生怕耽误了行程。长老看见这几个奔走的老人，上前盘问。经过一番问答，长老确认，他们就是早年间去追赶影子的那几个年轻人。由于年深日久，他们已经老了，与当年出发时相比，每个人都变成了另外一个人。他们对于故乡的记忆和认识已经非常模糊，甚至一点儿也不记得当年追赶影子这件事。他们在奔走途中，早已被影子甩在了后面。随着时间的推移，他们对于自己曾经追赶过多年的影子，也产生了怀疑。他们怀疑是否真有这样一个影子，对其也感到遥远而恍惚。如今，他们之所以还在不停地奔走，是出于行走的惯性。他们已经停不下来了，即使没有远方这样一个遥远而又不确定的存在，他们也会一直走下去。奔走，从最初的好奇和追赶，逐渐演变成了一种生存方式，最后变成了他们的身体本能，甚至是生命的全部。为了奔走，为了减少拖累，他们不仅脱下了自己的身影，也卸下了所有的心事，不再思考，不再瞻念，最后连自己的灵魂也抛弃了，只剩下一个单纯的身体，在大地上不停地奔走。

这几个老人，路过河湾村时并未停留多久，很快就上路了。长老还记得，当年他们出发的时候，其中一个年轻人还回了一下头。而如今，他们决然而去，没有一个人回头。这几个生于河湾村的人，似乎与河湾村不再有一丝瓜葛和留恋。长老问他们叫什么名字、要去往哪里时，这几个奔走的老人都茫然无语，不知如何回答。他们早已忘记自己是谁，也不想知道远方在哪里。

又过了一些年，又有一个模糊的影子从村里路过。从走路的姿势看，是个成年男人的影子。人们惊讶地看到，这个影子的后面，跟随着一个庞大的影子人群。长老几乎不敢相信自己的眼睛，他在这个庞大的影子人群中，发现了一个影子，是自己的身影。

邻 居

石钟山

几乎每天傍晚出门遛狗都能看见邻居家的李婆婆。

李婆婆差不多七十几岁的样子，头发花白了大半，为人很热情，只要远远见我牵着狗过来，便迎上几步，和我打招呼。更多时候，我会停在她面前，跟她聊两句。起初，大部分话语都是围绕狗展开的，她夸我的狗漂亮、温柔，还会伸手去抚摸它。

渐渐熟了，我们不仅限于聊狗了。她打听我来自中国哪里，住在美国多久了，等等。我也了解到，李婆婆来自天津，以前是一家医院的医生，几年前被三儿子接到美国，后又申请了绿卡。我问她最多的一句话就是：在美国习惯吗？她不说习惯，也不说不习惯，只是笑笑再答：孩子是好心。我便也笑笑，牵狗离去。

在我居住的这片半山小区里，有几户人家长了东方面孔，却说不准是哪儿的人。在美国，人情世故比在国内冷淡，似乎都怀着某种戒心，即便对面走来，也只是点头微笑而已。

李婆婆对我却是个例外。有时我遛了一圈狗回来，天已擦黑，她仍站在自家门前，向远处眺望着什么。天空中有一架架航班客机排队准备降落，不远处山下，已是灯火一片。李婆婆是在看风景吗？我和她又打了招呼，她应了，想说什么却欲言又止。走了很远，回头再望，李婆婆仍立在门前，凝望着什么。我想，李婆婆是孤独的。

因为李婆婆，我认识了她的三儿子。她三儿子四十多岁，是搞IT的，每天很忙的样子。有时他开车回来，半路碰到我，会摇下车窗打个招呼。

最近这半年，李婆婆却很少立在家门前了。每天走到她家门前时，不时引颈向她家院里张望，院内一如既往的安静。

偶有一天，又看见了李婆婆。半年没见了，她似乎憔悴了不少，头发也是乱的。我驻足于她面前，她看了我半晌，似乎认出了我，却说了句有头无尾的话：你知道张集吗？她这么问，我一时不知如何作答，只是问：哪个张集？是在天津，还是在北京。她没顺着我的话说，而是让人更诧异地说道：刘记者长得好白，他戴着眼镜，调到军区去了。李婆婆说这话时，目光是散乱的，望着远方什么地方。头顶的天空又有几架民航客机飞过去了。她似乎被天上的飞机吸引了，喃喃地说：我就是坐飞机来的。她儿子不知何时出现了，冲我礼貌地笑笑，扶着她向院里走去。

我走了几步，听到身后的大门被关上了。

我不知李婆婆出了什么问题，反正和以前不一样了。从那以后，我便很少见到她了。又过了两三个月，在又一次遛狗时，我看见了李婆婆的儿子，他热情地迎上来，问我何时回国。我说了归期。他犹豫着想说点什么，又没说，然后点点头，走回自家院内。

我归期还剩两天时，李婆婆的儿子又见到我。这次他下定决心地说：求你个事行吗？我立住脚听他说。他这才又说：我妈要回国，订了和你一个航班的机票，路上麻烦你照应下。出了机场，我二哥会来接。

作为邻居，这点要求我自然不会拒绝。我答应后，李婆婆的儿子又有些犯难地说：我妈得了老年痴呆症，让你费心了。说完指指自己的头。我恍悟过来，原来李婆婆生了病，才说出那些不着边际的话。

回国的航班上，时间很漫长，李婆婆在上飞机那一刻，她似乎很清醒，一遍遍地说：回国了，终于回国了。她露出久违的欣慰的笑容。

飞机飞行了一阵子，她似乎又犯糊涂了。目光散乱地望着我说：刘记者你不走好不好，我要嫁给你。她脸上露出少女般的羞涩。少顷又说：王团长不是我喜欢的人。她目光继续散淡下去：张集你负伤了，那是我第一次认识你……十几个小时的飞行中，李婆婆一直说着张集、刘记者、王团长。老年痴呆症，我了解一点，病人会记住从前，忘却当下。

飞机在北京落地，在出站口见到李婆婆的二儿子。他见到了安然无恙的母亲，对我千恩万谢，我们还互加了微信。

此后，我和她二儿子微信联系，问起李婆婆的病情。她二儿子告诉我，母亲住院了，就在她以前工作过的医院。从和她二儿子只言片语的微信聊天中我了解到，李婆婆以前是名军医，参加过淮海战役。我问到了张集。她二儿子说：张集是淮海战役一次战斗的战场，母亲那会儿就在野战医院工作。二儿子还告诉我，他的父亲，那会儿是名团长，就是那次战役后，父亲娶了母亲。

二儿子的话，让我的思绪连成了线，李婆婆在张集的战斗中，遇见了刘记者，并爱上了他，但却嫁给了她并不喜欢的王团长。故事听起来简单，却是隐藏在李婆婆心中一辈子的遗憾。

李婆婆住进了自己工作过的医院,这样我心安然了许多。再次回到美国时,路过李婆婆三儿子家门前时,我经常会停下来,似乎李婆婆还立在那儿,满脸笑容地和我聊上几句。在我离开时,她会向远方的天空眺望,她的目光穿越了千里万里,又回到了张集,那里有她认识的刘记者、王团长,以及青春的记忆。

一年后吧,突然接到李婆婆二儿子的微信。他告诉我,母亲去世了。他还发来了一张墓地的照片——墓碑上镶了一张李婆婆年轻时的照片,我把手机屏幕放大,看到了她的眼睛,正渴望地望着远方。那时,年轻貌美的她在渴望什么呢?

在世界的背面
——梦札三束

张鲜明

羽　人

　　我大恼。有人伤害了我。那是个老女人，她伤害我的方式是轻蔑地看了我一眼，然后拂袖而去。现场有很多人，这让我很没面子。

　　我独自站在山冈上。我之所以站在山冈上，是想让自己变得强大。从当时的情况看，这是我唯一能做到的。

　　一个声音说："把空中的树喷射到大地上。"这也正是我的想法——我要用这种办法显示我的力量。这是一种报复手段。

　　草木从四面八方朝我聚拢过来，它们汇集在我的两条臂膀上，丝丝缕缕，相互攀扯，眨眼间编织成两只绿色的网状之翼，无边无际，收放自如。草木们成了我的翅膀，它们的想法是让我飞。

　　啊哈，我成了羽人！

　　对于羽人来说，要飞，只需动一下念头就行了，并不需要扇动翅膀。真的，我仅仅想到"飞"这个字，就已经来到高高的山顶上。脚边是悬崖，悬崖边有一个像是亭子又像是小庙的建筑，门口挂着竹帘，感觉那里头很深，简直是深不可测。透过帘子，我隐约看见里头坐着一个女人——也许是两个——就是曾经伤害过我的人。我舞动手臂，要把满身的树木向她或她们投射过去。其实，我并不是要伤害谁，我只是想展示自己的能量。突然看见那女人的脸上露出惊喜（其实是窃喜）的表情，我停了下来。原来，这是一个诡计——她或她们出现在这里，是为了获取我的能量。

　　我朝脚下连绵起伏的山头看去。一瞬间，所有的山都活了过来，它们像一群惊慌失措的秃头的人，弯着腰，捂着裆，鬼鬼祟祟地四散而逃。我到这里来，原本是为了拯救它们的——我要让山峦插上翅膀，有了翅膀，它们就能摆脱终生站立的悲惨命运。可是，这些山峦大概听信了那老女人的挑唆，觉得我是要对它们实施变性手术，所以纷纷逃跑。

这些愚昧的山峦，让我既好气又好笑，却拿它们没办法。唉，它们简直就像是一群不知好歹的猴子。

这都是那老女人的手段。看起来，她是一个十分不好对付的主儿。那么，接下来怎么跟她斗法呢？我一时想不明白，只好垂着绿色的翅膀，呆呆地站在那里。

连天空都愤怒了

在一座城市的边缘，发生了一个很轰动的事件：有人在公路正当中建了一座房子。

这条公路距城市不远。在公路右侧隐约可见一个居民小区，小区的房顶高低起伏，像一幅速写，又像蒸腾的烟雾，显得虚幻缥缈。那小区之所以烟雾腾腾，是因为它的心里藏着一些复杂而混乱的想法。现在，这个小区（感觉它是一个城中村）的想法已经暴露无遗："这是我们的地盘，我们完全有权在路上建一座房子。"其理由是：小区门前还有一条路，即使把旁边这条公路给堵住了，往来车辆和行人还可以走小区门前的路。

这小区的居民们达成了共识：让车辆和行人从小区门前走。这样一来，就可以理直气壮地收费了。为了这个收费项目，他们谋划了很久、商讨了很久，还召开了听证会，各方最终达成一致意见，并形成了在路上建房和在小区门前收费的决议。

就在小区做出在路上建房决定的那个瞬间，一座黄砖楼房已戳在公路当中了。原来，那房子在地下等了很久很久，它等待的就是这个决议；决议一出台，它就立马像蚂蚱那样从地下跳将出来。这房子是一座两层小楼，黄色砖墙湿漉漉的，浑身冒着热气，而且气喘吁吁，这是它从地下蹦出来的时候用力太猛的缘故。这小黄楼与路边上原有的那座青砖楼房并肩而立，亲密得如同一对手拉手的兄弟。

当小黄楼出现在公路上的时候，房子背后的天空突然黑了下来，乌黑乌黑的。

一个声音响彻四方："连天空都愤怒了！"

大概是因为这个声音的缘故，那座小黄楼一闪，消失了。这说明它心虚，自己也觉得这个事情太过分。当然，也可能是被人强行拆了，因为小黄楼原先所在的地方，此刻空空荡荡，只留下一些烂砖头，地基上，也就是路面上，凸凹不平，成了遗址。那座依然矗立的青砖楼房一脸怅然若失的表情，它一定是感到了孤独。

一个男孩子从那条刚刚腾出来的公路上大步走来，公路映出他的身影。他的身影在经过小黄楼遗址时，突然变得严重扭曲，一片纷乱，就像被扰乱的水中倒影。这是小黄楼的幽灵造成的，流露出一种愤怒而无奈的抵触情绪。

我认识这个男孩，知道他的底细：他今年23岁，无业，一个游手好闲之徒。他穿着一双像舢板一样大的运动鞋在这条公路上来回走动，脚步响得就像是打桩机的声音。他经过的地方，地面在颤抖。

他究竟代表哪方利益——是天空，还是那个小区？他这么走来走去，是要干什么呢？

我在一边看着，心里一片茫然。

我被那男孩走路的力度迷住了，就模仿他的样子甩开臂膀大步走起来。我用尽全力在地上跺着，却无论如何也发不出像他那样自然而响亮的轰隆轰隆的脚步声。这让我很不好意思。

天空瓦蓝瓦蓝的，俯视着我和那个男孩；而路面，也在忽明忽暗地望着天空，像是在不停地眨着眼睛。看起来，接下来还有什么事情要发生……

掏不完的摄影包

我和两个同事骑着自行车来到一个城市。我们把自行车放在体育场一侧的角落里，后来却找不到了，大概是因为这里要举办运动会，把我们的自行车当作杂物清理掉了。我们在体育场四周找来找去，到底没找到，只好沿着一条公路往回走。

走着走着，我看见路边有两个女子正在用手机拍照。那两个女子大约都在20岁左右，一个高些，一个矮些。高个子女孩皮肤白皙，身材窈窕，头发乌黑，给人一种妖艳风骚的感觉。她拿着手机，身体前倾，屁股撅着，用一种夸张而迷人的姿势给那个矮个子女孩拍照。其实，她的目的并不是要取得矮个子女孩的影像，而是通过采集她的面部信息，将它转化成这女孩母亲的容貌。这是一种前所未有、令人惊讶的摄影技术。我对此很感兴趣，就走上前去想看个究竟。

当我走到这两个女孩跟前的时候，她们正头对头地看着手机屏幕上的画面。那手机屏幕上有一张十分美艳的女人的脸，拍照的高个子女孩用手指在那张脸的额头、鼻子、嘴唇上飞快地点着，于是屏幕里的照片上就布满了红色指印。红色指印十分浓郁，像印油。这样一来，那个矮个子女孩母亲的容貌就被这红色指印所覆盖，完全看不出来她原来的相貌了。这就是创作。

就在我看着那手机屏幕的时候，高个子女孩突然朝我扭过脸来，皱了皱眉头，说："你的负担来自你的背包，我闻出猴子的味道。"

她的话让我十分羞惭。真的，我的背包正散发着动物的腥臭气，很浓很浓。

原来，我背着一只脏兮兮的绿色摄影包。经那女孩这么一说，我觉得这个包让我十分丢脸，于是我一边走一边清理它，我要把包里的东西统统掏出来。没想到，从摄影包里掏出来的，竟然是一卷子像电影胶片那样的东西。更奇怪的是，这些胶片眨眼间变成了房子、汽车、办公桌之类的东西。这些东西如过江之鲫，一个挨一个从我的摄影包里往外流，滔滔不绝。随着这些东西的流动，一阵阵浓烈的狐臭、汗臭、屁臭夹杂着陈旧家具的霉烂气味扑面而来。

这是怎么回事？

我以越来越快的速度拼命地往外掏着，却怎么也掏不完。

这些东西难道是气味变出来的吗？否则，我的摄影包怎能装得下这么多东西！

我大窘，朝四下紧张地瞅来瞅去，真想找个地缝钻进去……

女孩与鼠

孙春平

前几年，我去辽西大山深处支教。那个村庄真是太偏远了。小学校在村东的坡岗上，教室倒是不少，但学生却只有四五十人，包括一到六年级，所以实际只占用了两间教室，一三五年级一间，二四六年级一间。我负责教一三五年级，教二四六年级的是位大姐，若不是为了照顾家里卧床的老人，估计她也早走了。我住村里，村主任说让年轻的女老师住村外，不放心。眼下的东北农村，中青年外出打工，留守的多是老人和儿童，新常态，不奇怪。

学生少，主要是因为新生儿少，还有一些孩子被家长带出了大山。但学校不能不办，拼校去外村又太远。没办法的办法就是拼教室。我的教室里也就二十来个学生。我给一年级上课时，三年级和五年级的学生便自习或写作业，要想不嘈杂，只能连哄带吓唬。有时我生气地一摔课本，说你们闹吧，我明天就回城里去！孩子们会立刻安静下来。望着那一双双可怜兮兮的眼睛，我又怎能忍心？

孩子们可哄可吓，耗子们却从不信这一套。教室是几十年前盖的"北京平"，虽然地面也铺过水泥，但啮齿类动物的牙齿可谓天下无敌，再加上当初用的水泥标号低，时间一久就成了豆腐渣。时常是，大白天的，半尺多长的老鼠便堂而皇之地出现在教室里，甚至蹿到讲台上去。我这人天生就怕鼠，一看见鼠游脚下，难免大惊失色。每到那时，教室里就闹腾起来，胆小的孩子哇哇喊叫，胆大男生则又是扫帚打又是甩石块、土疙瘩。为这事，我动员学生们把家里的猫抱来。可眼下乡村又有几家养猫呢？好不容易有学生抱来从亲友家借来的猫，可是那养尊处优惯了的猫见了老鼠非但不扑不咬，而且竟从窗口跳出远遁。为这事，我也曾几次找村主任，建议买鼠夹、买鼠药，没想到主任摇头苦笑：可不敢再试。你想想看，学生们都不大不小的，真要一眼没照应到，手脚被夹了，或者鼠药被孩子送进嘴巴，那事情可就大了。使不得，使不得呀！我说，那就用水泥将教室地面重铺一次。村主任仍是苦笑：钱呢？

有一天放学时，三年级的小秋有意留在最后，小声对我说："老师，我能打耗子。我家的耗子早被我打绝啦。"

我大惊。小秋不过十岁，瘦瘦弱弱的一个黄毛丫头，平时不爱说话，学习却很努力，从来不耽误作业。我问："你怎么打？"

小秋说："反正我能打，你一看就知道了。但是，我要夜里打，天黑后我不敢一个人待在教室，老师能陪陪我吗？"

我说："好，我陪你。但家长会让你夜里一个人出来吗？"

小秋的神色顿时黯然，但只一瞬，她又咧嘴笑了："我也是一人吃饱，全家不饿呀。"唉，又一个留守儿童，且是自己独守。

那晚，我把小秋拉到我的住处，煮挂面，还为她卧了两个鸡蛋。返学校前，小秋说："我回趟家，总得带上打耗子的武器呀。"

在村中路口，我再见小秋时，但见她仍是背着双肩背书包，手上并没多出任何物件。我问："武器带来了吗？拿出来给我看看。"

小秋仍是笑："暗器不可轻易示人的，别急嘛。"

那夜，天空高悬着圆圆的月亮，教室里铺满了银辉。小秋拉我坐在暗处，掰碎一块饼子撒在脚下，示意我不许出声。果然，耗子出现了，是两只。我刚要提醒，小秋突然出手，甩出去个什么东西，砰，一只耗子应声倒毙，另一只则霎时没了踪影。小秋急将甩出的东西扯回，又将那只死耗子远远地踢到墙角，重坐回我身边，小声说，耗子鬼得很，不远点儿踢开，别的就不来了。我去抓她放到课桌上的小物件看，小秋忙拨开我的手，说老师别动，脏死了。

果然是暗器。老式10斤盘秤的小秤砣，铁铸的，听说里面还灌了铅。因拴了两米多长纤细而结实的尼龙绳，沉甸甸的小物件打出去便有了收放自如的快捷。我惊异的是这么小的女孩子，竟有如此手段，稳准狠，十打九中，不是亲眼所见，真是让人难以相信呀。

那夜，小秋一共击毙五只老鼠。本来还可以击中更多，但夜半时分，第六只出现时，小秋却突然发了慈悲。那是一只大老鼠，身材颀长，却显疲惫，重要的是，它身后还跟着三只小鼠，看来是刚出窝的，一只衔着一只的尾巴，形成长长的一串。我问怎么不打，小秋发出一声与她的年龄极不相称的叹息，说："打死大的，三个孩子就都没有妈妈了。唉，够了，最少十天半月，耗子不敢出来，这东西有记性。"

那夜，我和小秋同睡在我住处的土炕上。我问，你怎么不跟你爸妈一起去外地呢？小秋说，我爸和我爷爷下矿，一起都死了。我妈又嫁了人，可我不愿当拖油瓶，就没去。我问，那你怎么不跟你奶奶在一起？小秋说，我奶奶帮我叔我姑照看孩子呢，他们都比我小。我再问，是谁教的你打秤砣呀？小秋说，村里的孙爷爷呀。他说，女孩子一人在家，不能没有防身之术。所以，夜里我都是枕着秤砣睡觉的。孙爷爷还说，梁山泊里有个好汉，叫没羽箭张清，专用这个办法制敌，老厉害了。老师，我打秤砣的事你可一定要替我保密呀。

我在那个小山村只待了两年。时至今天，我在街上看到半大的女孩子，还不时地发呆。小秋也长这么大了吧，她还好吗？

小巷深处有人家

聂鑫森

住在太平巷15号院的衡公度,因患肝癌,且发现时已到晚期,只活了67岁便溘然长逝。他的妻子在五年前就已离他而去,也是因重病难愈。

衡公度是个字画装裱匠,自家就是作坊,手艺精,生意不错。他不请工人,也不带徒弟,所有的活计都是一个人包揽。巷里人要装裱字画,他只收一点材料费,手工和技艺则从不收费。

大家都夸赞衡公度饶有古风,只可惜他的长公子衡正和女儿衡均都不是干这一行的。

衡公度辞世前,给衡正和衡均各留下一份遗产,而且还带病用毛笔写了遗嘱,然后当着儿女的面一条一条地念,并加以说明,又征询他们有没有异议。衡正和衡均听得泪水横流,连连点头。证人是衡公度的亲哥哥衡公量,一位年届古稀的白发长者。

巷里的老辈人都说:"衡老爷子不简单,到最后时刻依旧怀公正之心,一碗水端平,谁也不看轻!"

衡公度的遗产,一是这个祖传的小院,一溜儿五间平房,加上一块十几平方米的空坪;二是40万元的存款(办理后事的费用他另外备好了)。

37岁的长子衡正和妻子都是文化局的国家干部,工资是"旱涝保收",一个男孩儿上初中了。他家早买了房,生活是安定的。衡均34岁,是个应聘签合同的小学教师,结婚四年后又离了婚,还带着个读小学的女孩子,一直是租房子住。女儿离了婚,衡公度原想让她们母女俩住进这个小院,但怕儿子儿媳想不开,以为是妹妹先入为主来占房,便采用补贴女儿房租费用的办法,以求得兄妹间相安无事。

衡公度病入膏肓,不能不立遗嘱分割遗产。让他没想到的是,儿女都同意按他说的办,什么意见都没有!

衡正继承了40万存款。

衡均没有房,就继承了这个小院,以及室内的家具、家电及其他物件。正如衡公度当时的解释：女儿有个安身处，或许将来会招来个好夫婿。

衡公度的后事，周周全全办完了。

作为伯伯的衡公量，让衡正和衡均再在小院里小聚。

"贤侄、贤侄女，你们再仔细看看室内室外，有什么要说的，当着我说。以后的日子还长，愿你们兄妹和和睦睦。"

"谢谢伯伯。"

"伯伯，劳累你了。"

在衡公度卧室的一角，放着一口中等大的木箱。

衡正问："妹妹，里面是什么？"

"哥，我没看过，你打开吧。"

"好的。"

木箱打开了，里面是装裱好上了轴的40幅国画。展开来，有好些幅是已故的全国著名画家的作品。

衡正说："爹从没说起过这一箱子画。"

"我……真的不……知道。"衡均也着急了，生怕哥哥认为是父亲存心袒护她。

衡公量也愣住了。这几个大师的作品，一幅都值二三十万元啊！

"哥，我不懂也不喜欢画，你都拿走吧。"衡均真心实意地说。

"既是爹生前收藏的，我也留个念想才好，我拿走一半的画。按遗嘱，室内的物件都是你的，我不能违逆爹的意愿。我从爹留给我的40万元中，匀出20万元给你，作为补偿。"

"哥，钱我不要，画，你拿走就是。"

衡公量咳了一声，动情地说："你们这样通情达理，我很欣慰。我来做个评断，我赞同衡正的说法，他取走20幅画，衡均你且收下20万元的钱，两不相欠！"

衡均忍不住号啕大哭。

"妹妹，谢谢你慷慨相让。有时间带孩子来我家做客，我和你嫂子也会常来看你的。"

衡正又向衡公量深鞠一躬，说："伯伯，谢谢你的劳心费力。"

衡公量觉得衡正的做法有欠妥之处，那些画如果很值钱呢？

他约了一个熟识的书画鉴定师，在一个夜晚去了衡均家。衡均安排好他们，和孩子去了另一间房，说是她要去备课，顺带辅导孩子做作业。

鉴定师戴着白手套，拿着放大镜，把这20幅国画作品看了近两个小时。

"恕我直言，这些画都是本地高手临摹的赝品。衡老爷子是装裱行家，他收藏赝品无非是为了增长见识,避免装裱业务中有不怀好意的客户以假充真,然后又诈说真的被装裱人换成假的了,必须高价赔偿。衡老爷子防患于未然,高人也。"鉴定师说。

衡公量又问:"这种赝品值多少钱一幅?"

"大幅顶多300元,小幅100元而已。哈哈。"

在这一刻,衡公量明白了:衡正长期工作于文化局,与书画界多有接触,岂能不识这是赝品?他是要找个借口,给妹妹捐助20万元。

衡公量当然不能把真相告诉衡均。

他对鉴定师说:"麻烦你了,谢谢。我们去江边茶楼喝茶去!"

"好!"

你好了，家才好

赵 新

这是一份家庭会议记录稿。

时间：2021年春天某星期日下午。

地点：沟里村赵普家客厅。

出席人员：赵文和，男，62岁，沟里村普通村民，共产党员，赵普的父亲；

赵普，男，35岁，沟里村新当选的党支部书记，赵文和的儿子；

贾兰，女，35岁，沟里村普通村民，赵普的媳妇；

赵好好，男，12岁，赵普和贾兰的儿子，沟里村小学学生。

会议主持：赵普。

会议记录：贾兰。

赵普："请大家坐好，现在开会，这个会是咱们家的家庭会。大家已经知道，在昨天上午的选举中，我被咱们沟里村的全体党员选举成为党支部书记。我感到担子很重。现在在座的都是咱们家里人，说的都是知己话，请你们告诉我，我该怎么做，才能不辜负大家的心愿，当好这个支部书记。贾兰你是这次会议的记录，你要把大家的发言记完整、记详细，记出感情、记出氛围。"

赵文和："小子，我是党员，我是你爹，我先说。"

赵普："爸，这是会议，咱们一定要郑重、要严肃。想发言请举手，您也不能叫我'小子'。咱们按照规矩来，按照章程来！"

赵文和举起手来："我举手，我发言。赵普，沟里村选你做支书，是大家对你这位共产党员的信任和鼓励。我是你爹，我也感到光荣和骄傲。但是小子，我告诉你，这个支书你只许当好不许当坏，要不你就不是我小子，我也不是你爹！"

赵普很严肃地点了点头："爸，您说说，我怎么才能把这个支部书记当好？"

老爹激动地立起身来："赵普，咱们这是乡下，是农村，入乡随俗，你原来叫我叫'爹'，现在还得叫我叫'爹'。叫'爹'听着亲切、听着近乎、听着舒畅！你怎么一当支部书记就管我叫'爸'了，太洋气，刺耳朵，不舒服，不亲切！"

赵普吐了吐舌头，赶紧说："爹呀，老人家，您请坐，您接着说。"

老爹坐下来，点了一支烟："赵普，根据我个人的分析，你要想当好这个支部书记，必须少想个人的事情，多想大家的事情，做到事事为民、处处为公，把那个'私'字远远地扔掉！"

赵普点了点头，又攥了攥拳头："爹，说得好，您接着说！"

老爹问："赵普，咱们沟里行政村共有多少户人家、多少口人？"

赵普回答："爹，咱们这个行政村包括南沟、东台、西旺、北庄几个自然村在内，共有286户人家，1234口人。"

老爹问："咱们一家几口人？"

赵普回答："爹，我娘去年走了，咱们家里还有4口人。"

老爹问："赵普，是那1230口人重要还是咱这4口人重要？"

赵普回答："爹，都重要，都重要！"

老爹一拍桌子，很坚定地说："赵普，你是村支部书记，你心里应该首先装着那1230口人，而不是自己的老婆孩子！"

赵普立起身来给爹鞠了一躬："老人家，您说得好，我记住了！"

这是阳春三月，屋子外面阳光灿烂，和风融融，有桃花、杏花的香味飘进屋里，丝丝缕缕，沁人肺腑，振奋精神。

这个时候赵好好举起手来，严肃着一张脸说："爸，我有话讲！"

赵普笑了："小子，你说！"

好好说："爸，你态度不严肃，工作不认真，你笑什么？笑什么？"

赵普郑重其事地说："好好，你讲你讲，爸爸听着，爸爸好好听着！"

好好说："爸爸，对不起，我给您丢人了，我用你的名义吓唬别人了。"

好好说，他在学校的同桌名叫高进。高进个头儿比他大，学习成绩却不如他好。高进经常抄写他的作业，而且在课堂上还对他搞小动作。他很反感，就疏远了高进，高进却不肯放过他，经常找他摔跟头，经常把他摔倒，搞得他很生气、很愤怒，生气愤怒却无可奈何。好好说，昨天下午高进又把他摔倒了，他很恼火，就响当当地说了大话……

赵普赶紧问："好好，你说了什么？"

"我说：'高进，我爸当咱们沟里村的书记了。书记有权，以后你和你们一家小心着，防备着！'"好好说。

赵普感叹："儿子，你怎么能说这样的话？你这不是仗势欺人吗？"

好好哭了。好好哭着说："爸，对不起，说了这话我就后悔了。我拿你做靠山，拿你去吓唬人，有点儿横行霸道，我给你找麻烦了，我给你这书记找麻烦了！"

夕阳里，屋里静了下来，几缕落霞映在窗户上，人也有彩，屋也鲜活。

赵普问老人："爹，您说这事怎么办？"

老人说："先开会，你媳妇光顾着写字做记录，还没说话呢。男人的成功离不开背后的女人，没有她的支持，你能当好咱们村的书记吗？"

赵普频频点头："那是那是。贾兰，我来替你做记录，你发言，你说说。"

贾兰只说了两句话："当干部，做事要公道。你好了，家才会好。"

根据会议决定，当天晚上月亮升起来的时候，赵普要带儿子赵好好，去高进家里赔礼道歉，检讨自己的错误言行。赵普嘱咐好好："小子，咱们说了大话，态度有点儿张狂，见了高进一定要诚恳道歉，还要给人家深深地鞠上一躬。知道吗？这是教训，这是深刻的教训！"

他们走到街面上的时候听见背后也有脚步声，回头一看，竟然是爷爷，竟然是父亲，老人家踩着遍地的月光追上来了。老人边走边喊："赵普，我和你们一起去。贾兰说得对，你好了，家才会好！"

鹤骨笛

张 港

　　国家每有危急，便征调达斡尔兵，因其敢死能战而无话语。乾隆年间，朝廷调嫩江达斡尔五百兵丁西征伊犁。嫩江到伊犁，那可是万里之遥呀！

　　双胞胎一步虎、二步虎，两丁抽一，当弟的二步虎西征，当哥的一步虎守家。万里远征，兄弟分手，多是永别，痛苦至极不在话下。

　　远征军走出三千里，在大戈壁遭遇叛军伏击，飞沙走石，天昏地暗。战斗过后，清点兵丁，死者累累，伤者饥渴，个个无力站立行走。带队总管踢起二步虎："二步虎，吹鹤骨笛，吹一曲《得胜大还家》，振振士气。"

　　二步虎一抽腰间鹤骨笛，啪的一声，半截落地，只一半在手上。二步虎这才想起，拼刀时，腰上有过一疼，是骨笛救了一命。

　　鹤骨笛是用丹顶鹤翅膀肱骨制成，须是最老的雄鹤，最强的头鹤。一支左笛，一支右笛，吹出不同音色，和鸣对奏，那真是上天之音，水水山山，古古今今，爹娘儿女，全在曲中。行军打仗，鹤骨笛是不能少的。

　　远征军在戈壁抗敌之夜，嫩江狂风大作，一步虎一翻身，嘎的一声脆响，炕头的鹤骨笛竟然折断。

　　鹤骨笛难得，一是老鹤难觅，二是少有人钻得准笛孔。只一翻身就折断了鹤骨笛，一步虎腰上疼痛剧烈，好似遭了一刀。他感觉，远征的弟弟有了凶险。

　　跋山涉水到达伊犁河畔的达斡尔兵，扎下营寨，屯垦戍边。可是，少了鹤骨笛，日子缺滋少味，兵士没有精神。二步虎制成鹰骨笛，吹出的味道，有隐隐的凶狂。二步虎又制羊骨笛，吹出的音绵软、败象。他又钻出豹骨笛，也是不行，吹到高音处就有恶音、狡音。唉！看不到丹顶鹤。

　　丹顶鹤春来秋走，一步虎天天仰望，想从云上拽下一只。

　　盛夏，在大水泽边，一只鹤伏于草丛。鹤不伏地，就是睡觉也是一腿立着。这只鹤不是有伤就是有病。一步虎上前，那鹤扇翅，却飞不起来。一步虎见这是只红顶黯淡的老雄鹤，就抱起鹤回家。

一步虎抚着鹤翅，肱骨粗壮，摁压有金铜之感。一步虎、二步虎制鹤骨笛的事，早已传遍草原，人人说："这回妥了，一步虎得副好笛子。"

一步虎摇头："老是老了，可仍是一命。"就细心煮女人下奶用的细鳞鱼喂它，接泉水饮它。老鹤渐渐强壮，步步跟随一步虎，像条家犬。

秋风起，大豆摇铃儿。一步虎跑上高冈，引老鹤跟着。老鹤一扇翅，就飞了起来。跑过几回，老鹤能盘旋了。这天，正好一行鹤远远地飞来。一步虎又引导老鹤飞翔，老鹤竟然飞上天空，跟上鹤队，渐渐消失。

人人叹息："一副好笛子料，就这么飞了。"草原上还是听不到鹤骨笛声，一步虎还得受煎受熬。

一步虎照样看天，他说："那是生灵。为得笛子，就要人家的命，我可不干。"

这夜，一步虎又是睡不着，总觉二步虎吹着笛子来来走走、起起坐坐。他就到外面看月亮。月光之下，一片白云，呀！是只鹤张翅躺着，一看，正是那只老鹤。一步虎明白，老鹤跟不上队伍，它又飞回来了，它死了。一步虎说："老鹤老鹤，你会成歌成曲。你死不了。"

一步虎制成了鹤骨笛，一左一右。

有了笛子，一步虎更是难挨难度，抓心抓肺要没得活。管他千里万里他也要去伊犁，送支笛子给二步虎。

乡亲们送他，一步虎说："渴了累了，不是有鹤骨笛吗？我就吹它。"

跋山涉水不在话下。走到巴里坤，行程已过十之七八。一步虎忽有生命将尽之感，似有马队冲荡，箭支呼啸。他也不知道怎么了，就吹起《大帅砍营浪死歌》，吹出了力气，吹得弟弟仿佛就在眼前。冷沙冰石，沙尘如幕。一步虎双腿一麻，一个跟头栽倒。

风歇沙静，见远方一马驰来。马上人，身有滴血，盔歪甲残。马上人对倒在沙上的一步虎喊："可是你吹了鹤骨笛？"

"是我。可你这人，怎听得懂鹤骨笛？"

"我是嫩江远征来的达斡尔！"

"啊——你可认得个叫二步虎的？快说！"

"二步虎，我们的佐领大人。他这就来了。"马上人指指远方。

兵马旌旗近来。大轱辘车上倒着个鲜血淋漓的人，抬身冲一步虎喊："哥哥哟——哥哥！"

一步虎喊："二步虎，怎么，你的腿——？"

二步虎说："要不是鹤骨笛，杀不过叛军的。——别说腿，命全都没了！"

一只不会叫的蝈蝈

申 平

秋天，刘副局长一家到山里游玩，意外在草丛里捉到一只蝈蝈。他感到很奇怪，现在已经是九月份了，天气已渐转凉，山里怎么还会有蝈蝈呢？刘副局长认为这是个吉兆，就把这只蝈蝈带回了家，放在一个纸盒里养起来。他听人家说，如果养得好，蝈蝈是可以越冬的。

不过，这只蝈蝈不是绿色的，而是褐色的；而且自从把它捉回家，也没有听它叫过一声。刘副局长想，大概是季节的原因吧，秋冬时节蝈蝈能够活着就不错了，哪里还有心思鸣叫？再说它也没有同伴呀！至于颜色嘛，肯定也与季节有关，它可能是"换装"了。

刘副局长平日也没什么业余爱好，自从有了这只蝈蝈，他似乎找到了一点儿乐趣。每天下班回家，他都要到阳台上去侍弄蝈蝈，给它往里面放白菜叶、萝卜条什么的，还每天换水。后来天气冷了，他又把它放进客厅的一角。房间里一天24小时都有暖气，即使外边冰天雪地，那只蝈蝈还是活得好好的。

大概从捉住它那天开始，刘副局长就在潜意识里，把这只蝈蝈和自己的官运联系起来。他隐隐觉得，自己能在这个时节发现并捉到一只蝈蝈，绝非偶然，那是冥冥之中的一种暗示。"蝈"的谐音是"官"，"蝈蝈"就是"官官"。这意味着，他有可能成为管官的官。单位一把手即将退休，他非常有可能上位。对，局长正是明年夏天退休，那时候也是蝈蝈开始鸣叫的季节。等我养的这只蝈蝈开口一叫，那我肯定就要转正了。有了这种心理，刘副局长养蝈蝈就格外小心。

同时在单位里，刘副局长说话办事也更加谨慎了，特别是在局长面前，他表现得简直是俯首帖耳。因为他心里明白，在几个副局长中选谁接班，局长的意见至关重要。在这个关键时期，绝对不能给局长留下什么不好的印象。

这天局里开班子会，会前闲聊的时候，不知怎么话题就转到了小动物身上。局长说他最喜欢小动物，小猫小狗，还有小鸟小鱼，他都喜欢养。等他退休了，他要把自己的家变成一个动物园。大概是为了博得局长的好感，刘副局长便说："向局长学习，我也在饲养小动物，不过这个动物实在是太小了，饲养难度很大。"

"嗯，那是什么动物呢？"局长来了兴趣。

"是一只蝈蝈。局长你说奇怪吧，我是去年秋天很冷的时候在山上发现它的，把它捉回家里养，一直到现在，还活得好好的。还有，它的个头儿也好像格外大。"

"噢，这个还真有点儿稀奇。我从小在农村长大，也养过蝈蝈，可是它们都过不了冬。你的蝈蝈到现在还活着？"

"活着呀，每天吃菜叶还有萝卜，可精神呢！"

"嘿，奇哉！哪天有空，去你家里参观一下呗。"

"好啊，热烈欢迎！"刘副局长不由拍了两下巴掌。但是紧接着又听局长说："这整天忙得像打仗似的。你先拍个照片给我们看嘛。"

当天回家，刘副局长就忙开了，又是手机，又是相机，从不同角度拍了多张蝈蝈的照片，最后选了两张好的，发到了局长的微信上。可是局长一直没回复他。

第二天一早，刘副局长去局长办公室请示工作。局长见了他，不知道为啥忽然笑了，冲口说道："哎呀刘局，你的那只蝈蝈——"话未说完，却又戛然而止了。

刘副局长有些不解，忙问："局长，怎么了，我的蝈蝈不好吗？"

"好，好！"局长笑嘻嘻地看着他，又说了一句，"你是在城里长大的吧？"

刘副局长更是云里雾里，一边点头一边望着局长，但是局长却开始说正事了。结束时刘副局长终于又说："局长，那只蝈蝈，如果您喜欢，我回头给您送家去吧。"

但是局长却连连摆手，一迭声地说："千万别，千万别！"接着就有人进来了。

从此刘副局长就有了心事，他经常眼望那只蝈蝈，琢磨局长的话，始终搞不懂他的意思。刘副局长本想再问局长，但觉得这事太小，而且也没机会，就一直装在心里。

炎热的夏季很快到了，街上开始有卖蝈蝈的了。那嘹亮清脆的叫声灌满了大街小巷。但是刘副局长这只蝈蝈，却依然不吭一声，而且它的颜色也没有变，还是褐色。这天刘副局长特意买了一只绿色蝈蝈回家，把它放进了纸盒里。没想到回头去看，却发现绿蝈蝈已经被那家伙咬死了……哇，它居然这么凶猛啊！

局长眼看就退休了，但是谁来接班，却像铁幕一般无法看透。那只该死的蝈蝈依然不叫，看来可能没戏了。果然，接班人空降而来。

刘副局长非常恼火，几次想踩死那只蝈蝈。在辞旧迎新的宴会上，他终于有机会跟老局长再次说起了那只蝈蝈。老局长说："刘局啊，我一直没好意思告诉你，怕伤了你的爱心。你养的那只蝈蝈啊，其实那是一只'山草驴'。"

"什么，'山草驴'？这么难听的名字……"

"没错，就是'山草驴'。学名叫啥我不知道，反正乡下人都这么叫。刘局啊，你还年轻，需要学习的东西还很多啊！"

回家路上，刘副局长很容易就在手机上查到了"山草驴"，学名原来叫笨棘颈螽……他不由骂了自己一句："你真笨，简直就是一个'山草驴'！"

黑娘的麦饼

洪兆惠

老单，一个地道的背包客。他的全部家当背在身后，行李卷打得规整，穿的用的装在一条长布袋里，搭在行李卷上，右侧背带下端拴着白瓷茶缸，一条白毛巾穿过两条背带系在胸前，整个人俨然行伍出身。每年，他来苍石一两次，做零工，有时初春，有时入秋。初春苫房，帮着雇主迎接暑天的连绵阴雨。入秋活儿多，盘灶、掏炕、抹墙、掏烟囱，帮着雇主迎接冰天雪地的日子。别的零活儿也做，就是不做农活儿。他盘的灶，好烧。他掏的炕，热乎。他抹的墙，严实。他掏的烟囱，通透。他苫的房，不漏。

老单手上还有别的绝活儿，比如针灸。我神经衰弱，心慌失眠，特别是夜里，怕声音，咔嗒咔嗒的钟摆声，让我发疯。他在我后脖颈儿上下针，每晚一次。一周后，我好了，心神安宁，入夜有觉。他针灸，不收钱。你谢他，他会认真看你一眼，然后笑笑，没有言语。

老单会讲故事，肚里的故事多，讲不完，不重样。他来苍石，愿住东屋白婶家的北炕。白婶家与我家东屋西屋，共用一个灶间。晚上东屋聚着左邻右舍，炕上坐着大人，炕沿靠着小孩。他讲的黑娘的故事，我听了，一生难忘。黑娘是个年轻寡妇，开了家客栈，心善，穷人来住，可以赊账，或者免单。早上，她会给穷苦人送些麦饼，让他们路上充饥。那些吃了麦饼的人，都有了绝技，有的擅缩骨，有的会穿墙，有的能隐身，有的能腾云驾雾，从此不再贫穷。后来有人好奇，深夜偷窥，发现了黑娘的秘密。子时，黑娘打开一只木箱，拿出一堆小木人，摆成一排，噙口水，喷上去。小木人活了，活蹦乱跳。黑娘给他们麦种，在屋地上播种。麦子瞬间长出，又瞬间成熟，黑娘便收割，磨面，烙成麦饼，正好一个时辰。做完活儿，黑娘又朝小人喷一口水，活人变木人，黑娘将其收入箱内。

我问老单："真的吗？"他反问："你说呢？"我说："真的。"他说："你觉得真的，就是真的。"我又说："领我去找黑娘。"他看我。那眼神，我刻骨铭心，好像在我身上，他看到了什么，而我自己，却永远无法发现。

老单从哪里来苍石，离开苍石又去了哪里，没人知道。有人问，他笑笑，看向远处。他从远处来，又到远处去。他不乘火车，不坐汽车，徒步，沿铁道边来，顺铁道边去。老单皮肤黝黑，身轻如燕，心静如水，有问必答，从不多嘴。苍石街的人说，老单道行很深。

这年冬天，老单住在苍石，没走。如果不出那事，也许会长期住下。

东街康姨，一个人领着两个不满十岁的姑娘。她是铁路员工的遗孀，丈夫砍柴，死在山上。怀疑是他杀，又找不到凶手，不了了之。这是三年前的事。上冻前，铁路把旧枕木分给职工，每家二三十根，可烧一冬。劈开枕木要用当地铁匠特制的劈镐，一头尖镐，一头板斧，三下五下，枕木从正中炸裂。这活儿，一般男人都干不了，何况女人！康姨最为难的就是这个。接连三年，她都求谭叔帮忙。谭叔是康姨丈夫的工友，又是养路工区的工长，没说的。头两年没闲话，第三年，谭婶不干了。谭叔给康姨劈一次枕木，谭婶就跟他干一次仗。无奈，康姨雇了老单。老单的活儿不多，隔三岔五劈回枕木，其他时间，下雪扫雪，缺水挑水，无事便上山，割十捆二十捆杏条，用作引柴。康姨如何回报老单，比如付多少工钱或者别的，是他们私下的事，对外人，不露口风。

康姨正经。她的长相和行为，用"端庄"形容，再恰当不过。她做成衣，除了收活儿送货，不出家门；遇到男人，招呼一声，便低眉下视，不再说话。康姨手巧，那年，她给大女儿做了一条洋气的裤子。她解释，在车站看到一个洋气的姑娘穿过，回家就用牛皮纸画出了样儿，做时，自己别出心裁，加了些点缀。那裤，天蓝色平纹布，低腰，屁股上一左一右两个U形小兜；从大腿往下越来越宽，裤脚呈喇叭状，"喇叭"上缝出三个三角形，三角形正中插进三颗铆钉，钉帽反射着闪闪亮光。随后，姑娘小伙儿纷纷找康姨，几天工夫，这种裤子在苍石流行了起来。那时，别说清原县城，就连抚顺市内，也很少有人知道喇叭裤。当然，这是老单消失以后的事。聪明人联想，喇叭裤的纸样，也许来自老单。

老单还住东屋北炕，不过，他很少再聚人讲古，常常熄灯时分才回。苍石街的人起疑，他和她是不是早有预谋？有一天，几个戴红袖箍的人把他从康姨家铐走了。这似乎验证了，他们的猜测可能就是事实。

关人的地方在公社大院前面，那里有一排砖房，有几间空着，临时作为监室。我去看老单时，他两手反铐在身后。手铐为苍石机械厂土制——两根铁棍弯成马蹄形，头部砸扁，凿眼儿，一根铁棍穿过空眼儿将两个马蹄形铁环扣在一起。铁棍，一头弯曲，一头留锁眼儿，锁眼儿上挂着家常铁锁。老单手大脚大，手铐在他的腕上紧紧地扣着，皮肤都磨烂了。老单背对着窗户，坐在一堆稻草上。他扭动时，我看见他的侧脸红肿，定是挨打了。我不敢多看，跑开了。

那夜，老单跑了。早上，看守发现，手铐挂着锁头，完好无损，扔在草堆上。人们不解，老单怎么把手从手铐中抽出的——那手铐牢靠，他又是一双大手。唯我坚信，老单一定吃过黑娘的麦饼，有特别的能耐。

苍石街的人，再也没有见过老单。康姨直到离开苍石，也没有改嫁。她的两个女儿先后考上大学，大女儿和我同校，学的都是中文专业。我大三时，她入学，一接触，我发现，她读的书、知道的事，比我多得多。我说："都在苍石长大，差距怎么这么大？"她笑，不答。我又问："还记得老单吗？"她睫毛扑闪，很神秘，说："模糊。"又补充说："他讲过的黑娘，倒记得清楚。"

后来，康姨的两个女儿出了国，回来接走了康姨。也许，老单一直就在康姨身边，只是我们看不见。我们没有吃过黑娘的麦饼。

大美十二珠

侯德云

庄子说:"天地有大美而不言……"

庄子说得对。天地间哪能没有大美呢?连老侯这种眼界狭窄的人,也认识一位。

只是,天地可以不言,老侯却忍不住想说说。

老侯认识的大美,是理疗师。严格地说,是中医理疗师。中医理疗师你知道吧?简单说,就是运用推拿点穴、拔罐刮痧等传统中医手法疏解病痛的从业者。

第一次去大美的理疗馆,我开口就说是朋友老曲介绍来的。老曲是大美的老客户,对大美的技术评价很高。

大美一听就乐了,说:"老曲留话了,你来,可以签字,他日后结账。"我说:"那怎么可以?"

从此每隔半月二十天,我都要去大美那里整整颈椎、整整肩背……我跟大美说:"老曲整哪儿我就整哪儿。"

大美笑得一塌糊涂。

去过几次之后,我跟大美就算是熟人了。熟人话多,说东说西,说狗说鸡,有时也不免说到各自的以往和现在。

最近一次去,大美主要跟我讲她自己。听完,我心里油盐酱醋的,什么滋味都有。

大美的讲述很别致,像手串一样,一个珠子挨着一个珠子,然后用一条情感的丝线穿成整体。

那些珠子名叫"关键词"。

现在老侯要按着大美的讲述顺序,一个一个向读者再现那些珠子。

第一珠,暗恋。

才十四五岁,大美心里就有人了。一天不见心慌,见了心更慌。

大美每天一见他,心情就像花朵一样盛开,浑身都是香味。

第二珠，师生恋。

大美暗恋的那人，是她的班主任，刘老师。刘老师二十四五岁，高大帅气，面部有棱有角，有知识有才华，粉笔字写得好……比这些更重要的是，他特别关心大美。

大美说那时她已经没有妈了，刘老师对她比妈还好。大美举例说，每年冬天，她都坐在火炉旁边上课，别人的座位是每月轮换一次，只有她的座位固定。

自习课，刘老师常常来指导大美写作业。大美心里呼噜呼噜，刘老师的话一句都没听懂。

大美说她偶尔看见刘老师在痴痴地看她。

第三珠，偏向。

班里同学都说刘老师对大美偏向。尤其是男生，背后嘀嘀咕咕很是气愤，可谁都不敢跟大美胡闹。那时候大美个子高拳头硬，根本不把男生放在眼里。

听到这里老侯笑了，说："我从小学到高中，每天都觉得老师偏向，不是男老师偏向女生，就是女老师偏向男生。"

第四珠，失联。

说不清从哪天开始，大美跟刘老师失去了联系。大美说："很可能从毕业就没见过。"这样说来，大美与刘老师，失联长达三十年。

第五珠，怀念。

三年前大美时常想起刘老师，往事一遍一遍在她脑子里边演电影。刘老师的高大帅气、面部的棱角、说话的语气、走路的姿势都一天比一天清晰。

大美说，那时她心里想，刘老师若是单身，找到他她就嫁给他，年龄差距无所谓。

老侯听得发愣，觉得大美的话里可能藏有隐情，但又不想向她求证。女士的隐私，男士应该尊重才对。

第六珠，求助。

大美在路上遇见同学，聊起往事，谁谁怎样，谁谁又怎样，之后脱口而出："你有没有刘老师的联系方式啊？"

对方说："我帮你打听打听哈，没准儿能找到。"

第七珠，见面。

还真就找到了。没过几天，刘老师主动打电话，说："你是大美？"大美心里呼噜呼噜，说："你是刘老师？"

当天就约了晚饭。大美哪有心思吃饭啊，一晚上寻找刘老师当年的影子。高大帅气没了，面部的棱角也没了，不过还好，他的口头语没变，每句话开头都是"你听我说哈"。小动作也没变，每次说完话，下巴总要稍稍上扬，好像对自己的表达很满意。

随后刘老师与大美便有了走动，除了约饭，得空刘老师还会来理疗馆看看大美。每次都不空手，三斤排骨二斤虾，多少带点儿礼物。大美过意不去，给他买过一件别样的生日礼物。什么礼物，大美没说。

第八珠，惊愕。

同学聚会，七八个人，说小时候的乐事囧事，说刘老师的偏向。大美插嘴，说："我跟刘老师已经联系上了。"话一出口，桌上顿时安静下来，男生面面相觑，女生也面面相觑。气氛不对了。大美说："把我臊得呀，脸上冒火。"

第九珠，红包。

每逢节日，刘老师总给大美发红包，微信红包。五一发五块一，六一发六块一，依此类推。春节发得最多，十八块八毛八。大美说："怎么有点儿像小孩呢？"

第十珠，关心。

刘老师对大美的关心不亚于当年。大美参加了"微信运动"，刘老师也参加，还每天都为大美点赞。大美说："我的天呀，刚走几步就点赞……"

刘老师似乎更关心大美的情绪，每次微信问候，大美回复稍晚些，他都要追问一句："大美你是不是生气了？"

大美说："生气生气，我哪来那么多气啊？"

第十一珠，照片。

刘老师经常给大美发生活照。帮孙子洗澡来一张，摘几颗樱桃也来一张，还有各种潇洒状的自拍，不间断往大美的手机里输送。

大美说："有一张拍的是大脚丫子吹电扇，我的天哪我的天。"

大美随后又说："最可气的是，他每天中午都发微信。我累了一上午，休息休息都不行，嘀嘀嘀的，烦死人，逼着我给他消音。消音也不行，他会打电话来，说：'大美你是不是生气了？'"

第十二珠，烦恼。

大美说她跟刘老师足有三个月没见面。刘老师约饭，她找各种借口回绝，微信也懒得回。

大美说现在她最怕刘老师打电话，连他的声音她都烦。

大美说完感慨一句："我多傻啊，自己把自己心中的美好给葬送了。"

老侯心有所思，对大美说："有一种感情叫每天烦他一点点儿，你说是不是？"

大美停了手上的动作，停了很久。

二十米

胡　炎

　　二十米，是走廊的长度。女保洁员看着那些危重的病人，从走廊西侧的门进入，而后，多数人被从走廊东侧的门推出。进出时，他们都安静地躺着。

　　女保洁员想，生与死，大约也就二十米的距离吧。这么深奥的想法，看起来不该是一个女保洁员该有的。可她真就这么想了。她的祖父在世时，曾是有名的"半仙"。祖父说："生死之间，其实也就是一口气的工夫。"祖父又说："每个人的身体里都住着一个灵魂。人死了，灵魂就自由了。"祖父还指着天上的星星，说："瞧见没？那都是灵魂变的，有一天，爷爷也会变成星星的。"所以，打小她就觉得，人不过是一个壳子，灵魂才是那个真的"人"。灵魂走了，壳子也就废了。

　　她在ICU从事保洁工作已经多年，一切都似乎习惯了、麻木了。这二十米她来回走过多少次，叠加起来是个什么数字，她不知道，也不在意。她多数时间都弯着腰，左手笤帚，右手撮斗，或者两手攥着拖把，自西向东，让这二十米保持干净。常常，她一面清扫地上的烟蒂和痰渍，一面发着牢骚，但抽烟的继续抽烟，吐痰的继续吐痰。她拿眼瞪着他们，小声说着脏话。这大约也成了习惯。

　　累了，她就扶着笤帚，呆呆地站一会儿。又有人蒙在被子下被推出来，只露出两只僵硬的脚。哭声在走廊回荡，形成多声部的合奏——沉闷的发自一个中年人，背驼得厉害，胡子像一团杂乱的荒草；哭出戏腔的大约是他的妻子："我的婆婆唉……唉，唉，唉……"怎么听都有些煽情；尖厉的来自一个年轻女人，红头发，脸色苍白，五官扭曲。他们用哭声把那个异常安静的人送入电梯间，从九楼开始下降，然后哭声渐弱，最终坠入某个深不见底的地方。

　　她就这样站着，面无表情，似乎无意识地挥了挥笤帚，然后继续她的劳作。白日下沉，夜色升起，夜幕笼罩着走廊，叹息声压过了其他声音，在黑夜里凸显出来。她分辨不出，谁在为生命感叹，谁在为钱发愁，谁在为出资不均忧闷，谁又在为无暇谋生焦虑……但她知道，每个人都在煎熬着。夜渐深，备受煎熬的人终于疲惫，鼾声在走廊翻滚，重浊的、高亢的、带着哨音的、时断时续的……交汇起来，驱赶着死亡和恐怖。有人在铁质座椅上不安地翻身,制造出刺耳的声响。她倚着墙,看着他们,就想,睡吧,都睡吧,睡着了就什么都忘了。

她也有无聊的时候。站在窗口,看夜空中的星星。那些星星眨着眼,显出几分诡谲。她时常会陷入恍惚——那颗最亮的,是祖父吗?这些星星当中,会不会有那些走过二十米的灵魂呢?有时,她也会和人搭讪,比如那个文弱的青年。他戴着眼镜,像一个腼腆的大学生。她注意他很久了,心中一直有一个疑问,青年的母亲病情危重,为何只有他一个人陪护?

"怎么不见有人替你呢?"她佯装清扫他脚下的地面,顺口问道。

青年叹了口气:"我爸十年前就死了,在建筑工地打工,从脚手架上摔下来,人当场就没了。"

她手里的笤帚抖了一下。

"我还有一个哥哥,"青年接着说,"三年前出了车祸,也死了。"

她的全身都抖了一下。

"家里就剩下我和我妈。"青年脸色惨白,"现在,我妈也要走了。"

她愣在那里,表情木木的,眼皮跳了几下,似乎想流泪,但她流不出。她看着青年,想,十年前,他还是个孩子;三年前,他也只是个大孩子;而今,他可能很快就成孤儿了……她似乎想摸摸青年的头,手伸了伸,又缩回了。她什么也没说,手里的笤帚,倒是有些发狠了。

青年母亲去世的时候,她依旧呆立着,无意识地挥了挥笤帚。

又一个晚上,一位半大小子进了ICU,陪同而来的是一个妖里妖气的女孩儿,化着浓妆,头发染成焦黄色,打底裤外套着一件黑色皮短裙,身上的味道香得撩人。更吸引眼球的是,她的双臂居然文着彩色文身。从她出现在这里后,她似乎一直有打不完的电话,嘴里粗话连篇,简直不堪入耳。女孩儿边打边在走廊晃荡,如入无人之境,有时还会朝注意她的男人抛媚眼。所有人都睥睨着她,远远地躲开……

她没躲,迎着走过来的女孩儿,说:"伤得不轻啊。"

女孩儿乜了她一眼:"被刀捅了,轻得了吗?我得让我的哥们儿给我男朋友报仇!"

她就唏嘘了一声,说:"还是报警吧,闺女,别把事情搞大了。"

女孩儿不耐烦地推了她一把:"去去去,要你个扫地的多管闲事!"

她僵着一张脸,看女孩儿在电话里招呼四方神圣。她嘴唇翕动着,却再也无话。没过多久,那个半大小子从东侧的门被推出来了。她还是呆立着,向着再也站不起的半大小子，机械地挥了挥笤帚。

　　这么多年，她挥了多少次笤帚，连她自己也不知道。或者说，她几乎没有意识到自己是在以这样的方式向那些死者挥手。所有的陪护者，也不会关注她。她的确太渺小了。她在每一次挥手后，就接着清扫她的二十米。她只知道，不管那些人是好人还是坏人，是善人还是恶人，她都得让他们干干净净地走完这二十米，然后变成夜空中的星星。这是她的本分，也似乎是她必须完成的使命。

卖票的老纪

刘立勤

老纪虽说是个卖票的,那可是剧团最牛的人。

那时剧团红火,每周都有演出,每场演出剧院里都是满满当当的,连过道都站满了人,真可谓一票难求。要是想看戏,就得早早地买票;要是想有个好座位,那就得看老纪的脸色。要么你是团长老年的朋友,但团长有时也靠不住。说是剧院第三排的票归他掌握,可找他要票的人太多了,县里的领导、文化局、财政局、派出所等单位里的人,哪个他都不敢得罪。就连变电所来条狗团长都得点头哈腰,不然他们会让你电路发生事故,那可不是闹着玩儿的。所以,团长常常给老纪说好话。不说好话,老纪就说好票卖完了。不信,老纪就拿出票夹子:"你看你看,好票都没了。"其实,好票都让老纪撕下来,放到另外一个抽屉里藏着,反正好女不愁嫁。

团长靠不住可以找小桃红。老纪生得一脸猥琐,但美女他还是热爱的。小桃红要是嗲声嗲气地喊声"纪老师",他全身都笑眯眯地抖,目光盯着小桃红的红嘴唇,那票要多少扯多少。还有一个人更保险——剧团下边有个卖麻花的女人,传说是老纪的相好。你买十根麻花,她会帮你买两张好票。要是不想走弯路,也可以直接找老纪。熟人,给他散两支烟;生人,干脆甩一包烟,一毛钱的"羊群"就成;要是大方主儿甩一包三毛钱的"大雁塔",老纪日后会把好票留着等你来。但要记得一点儿,买票时一定要喊"纪老师"。

老纪喜欢人叫他"纪老师"。剧团的人大都是文化人,习惯互称老师,也习惯把老纪叫"纪师",老纪很不高兴。为正视听,他还和团长老年论了一回理。老年说:"你又不是文化人。"他委屈地说:"我咋不是文化人?"老年问他会弄啥,他说:"我会写字,哪次的海报不是我写的?"老年拍拍头,也是呀,剧团的海报都是老纪写的,他也算是个文化人了。老年一笑,就别别扭扭地叫了他一声"纪老师"。

老纪的字四方四正、富富态态,让人一目了然。他写海报还讲究,时常琢磨一句广告语。演《刘海戏金蟾》,他加一句"美少年智斗老金蟾";演《牧童与小姐》时,他就写一句"穷小子巧娶小龙女"。贴好海报,总有几个闲人围上来说好。无论是说戏好，还是说海报好，老纪都是笑眯眯地享用着，那神情甚是得意。

老纪贴完海报回来，就去卖票；卖票的空隙，他就练字。他练字用旧报纸，也不临帖，想咋写就咋写，全凭兴致。不卖票时，他也在剧院门口的水泥地上练大字。那时他用排笔，写得方方正正很有力度。也幸亏他有那手艺，后来他靠那手艺过上了好日子。

老孟把人拉走后，老纪等于失了业，只好去看门。看门那几个小钱糊不住一家三口的嘴巴。正熬煎呢，文化馆的书法干部调走了。那人美术字写得好，担负着为县里大会写会标的任务。那人走后，老年推荐他——他写的会标往那儿一挂，吴县长惊讶于他用排笔把字写得那么方正，觉得他是人才，大笔一挥，老纪成了剧团唯一一个拿全额工资的人，而且是看门的人。老纪一高兴，就在圆圆的鼻头上架了玳瑁眼镜，很有文化人的范儿。

老纪和文作家关系好。文作家当团长时，剧团拆迁，看门人老纪额外得到不少好处。有了钱，他就想到书法协会谋个名分，可那班书法家不认他。老纪有点儿怀才不遇，得空就去在广场摆个摊子写字。他不仅用毛笔写、用排笔写，还能用嘴巴、用耳朵、用鼻孔夹着毛笔排笔写，在广场博得一阵阵的掌声，他就有了春风十里的感觉。

我认识老纪是在电视台的《瓮城新闻》里，说老纪被丹麦文化部授予"世界杰出书法家"称号，作品还被丹麦王室收藏。他的书法润格也一路飙升，很让瓮城的书法家羡慕嫉妒恨。

成名并非好事。老纪载誉归来不久，他家遭贼了。小偷下手狠，不但偷了金银首饰和现金，就连他珍藏的 A 片都没放过手，累计偷走了十来万吧。老妻气得泪长流，而他不在乎，直骂小偷不识货。

他说："我那书法是最值钱的，他竟然一张没偷。唉，真是不识货！"

他很替小偷感到惋惜。

喜出望外

侯建臣

饲养员走进马圈的时候,青骡子卧在地上看着他。

饲养员不明白青骡子怎么会卧在地上,骡马一般都不会卧着,即使睡觉它们也是站着的。饲养员有一天起夜,顺便到马圈瞄了一眼,骡马们齐齐地站在槽子边上,睡得正香。"这些牲口,啥都跟人不一样,连睡觉都是站着的。真是些牲口!"饲养员经常这样骂人,如果这样骂人的时候,他真是在骂人,可是这时候他的语气却不像是在骂,更多的是怜爱。所以直到躺进了被窝里,他都在想骡马们站着睡觉的事。骡马们每天给村里干好多活儿,他倒真希望它们卧下来好好地睡睡觉。

然而,这一次饲养员看到了青骡子卧在地上。

"你这是——?"其他的骡马都站着,哼着响鼻,然而青骡子却卧着不动,只看着他,目光散散的,让他从它的眼睛里看到了他的影子。

"你这是——?"饲养员摸了摸青骡子的头,青骡子只耸了耸耳朵。饲养员的心就动了一下,这不是青骡子一贯的表现。青骡子是平时见到他的时候鼻子喷得最响的一个。因为它个子高,他感觉它的声音总跟其他骡马的声音不在同一个层面上。青骡子是干活儿最出力的一个,车倌儿们都喜欢青骡子,饲养员对青骡子也总是比对别的骡马们更好一些。

饲养员拿筛子端来干草,别的骡马有的尥蹶子,有的嘶叫,都显出了急不可耐的样子。饲养员没理它们,而是直接放到青骡子的嘴边。青骡子闻了闻,微微喷了喷鼻子,就把头扭向了一边。

"你这是——?"饲养员把干草端走,又端来了料豆子。这是特殊的待遇,平时一般不会喂骡马们料豆子。料豆子是炒熟的黑豆,也有豌豆,平时人都很难吃到,只有苦活儿累活儿多的时节,饲养员才会特意给骡马加料豆子。料豆子平时锁在柜子里,怕人偷走。村子里有些正长身体又胆大调皮的孩子总是觊觎着那个柜子,这让饲养员的心经常揪着,出门的时候如果听不到系在腰上钥匙的声音,他的手就会下意识地朝腰上摸摸,直到手感觉到了那一点点凉。

冬闲时节，村里还没有给配料豆子，骡马的吃食就是那些秋季蓄好了的干草。饲养员心里有数，他打开柜子，用手摸拉着，摸拉了好一会儿。他不像是摸柜子底，倒像是摸装钱的兜儿。摸着，把手拿出来的时候，手里就抓了一把豆子。看来这是压柜底的货了，就像一个家庭妇女，总会在生活的某一个角落有意无意地留下一些希望，那一点点希望总会让生活过得有了底数。

一股干炒豆子的香味开始弥漫，骡马们更不安分了，都激动地竖起了鬃毛。青骡子的鼻子抽动着，眼睛里的光似乎也亮了许多，它欠欠前腿，又欠欠后腿，感觉是要站起来。饲养员的眼里也有了光，他看着青骡子，还暗暗地替青骡子使着劲儿。然而，青骡子并没有站起来，它眼中的光也慢慢地暗了下去。

"起啊，起啊……"饲养员牙上也使着劲儿，感觉他的话都绷得紧紧的。

青骡子再没有欠前腿，也没有欠后腿，见饲养员一直看着他，它把头扭向了一边。饲养员把料豆子放到青骡子的嘴边，青骡子抽了抽鼻子，嘴似乎想张开，却终是把头又扭开了……

冬天最不缺的是风，不知道是哪一股风，一刮，就把青骡子的死讯传遍全村了。

李平平拉着小"车车"，从村东头拉到村西头，又从村西头拉到村东头。李平平是村里的二傻子，有人说他二十岁了，有人说他三十岁了，还有人说何止呢，早就四十出头了。但李平平不管这些，他只管拉着自己那个安着三个破轴承的小"车车"，从村东跑到村西，再从村西跑到村东。村子里的声音一般都是李平平制造出来的。李平平制造的声音某一天来来回回在村子里响，就是村子里有大事了。

耳朵聋了好多年的海海妈还在一遍一遍地问："出啥事了？出啥事了？"其他的人都已经朝着社房那边跑了。

"青骡子死了，开年种地拉车就少了一个牲口。"生产队长最知道青骡子的重要。

"青骡子一直是个好驾辕的，它驾辕不偷奸不耍赖，一个就顶好几个。"车倌儿眼前还晃着青骡子驾辕的影子。有一年冬天，车倌儿赶着车去城里拉粪，下一个坡的时候不小心摔倒了，青骡子一低头含住他的脖领子把他扔了出去，要不他就被车碾上了。想到这儿，车倌儿的眼中似乎有了泪。

人都拥到社房院子里了。

狗都拥到社房院子里了。

社房院子东墙边的那棵老榆树上，一开始是一只喜鹊，不知道什么时候竟落满了喜鹊。

有一只乌鸦想挤在树上,却被一群喜鹊赶跑了,树上所有的喜鹊就得意地朝着它叫起来。过了一会儿,又有一些乌鸦飞过来,它们也不争,就都站到院子西墙边的那棵杨树上了。

院子中间是与青骡子告别的场面。几个劲儿大的男人揪着青骡子的腿,屠夫刘大头上闪着光,一下一下地往前挺着手中的刀,正在剥青骡子的皮。

其余的大人们东一窝西一窝地站着,他们说着话,有人说到青骡子,但大多数说的是别的什么。小孩子们你推我一下,我碰你一下,他们不时钻进中间看一眼正在变成肉的青骡子,嘴里忍不住流下长长的涎来。

还有一长溜盆儿,早就排在那里了,似乎它们是最急的主儿。空着的盆儿闪着光,那光似乎就是它们一声声说出来的话:"我要吃肉。"

是谁喊了一声"好了",所有的人就静了,两边树上吵闹着的喜鹊和乌鸦也静了。盆儿们呢,在这喊声之后也慢慢地朝前挪动了。

村子就是在少油寡水的这一个冬天突然飘出肉味儿的,且那肉味儿到处飘,到处飘,最后竟弥漫得满村子到处都是。

…………

饲养员站在社房空空的院子里,心也空空的,他不知道这时该做什么,就返回圈里,把那炒熟的豆子朝圈里的骡马槽子一扬,他以为那些骡马会拥着去抢食,却见那骡马们都齐齐地站着发呆。

饲养员提了一把锹,拎起一个袋子,走到社房院子东南一个角落,把地上的什么东西一锹一锹铲到袋里,然后朝着村西的梁上走。西梁是村子的坟场,村子里的人死了都会被埋到西梁上。饲养员爬上西梁,选了一个地方,开始挖坑。坑挖好以后,他把袋子解开,将里边的东西倒进坑里,最后慢慢地用土一锹一锹埋上了。

饲养员埋在坑里的,是青骡子的粪。那些粪,是屠夫刚才从青骡子肚里掏出来的。

走下西梁,村子里已经看不到一个人,估计是家家户户都在开心地享受骡子肉哩。那蹿出来的肉味,已经把村子其他所有的味道都压下去了。

"这没有肉吃的狗日子,唉!"饲养员长长地叹了一口气。

香 皂

汪菊珍

后堂前向东,有一条阴暗的弄堂,长十多米,宽一米多,带个人字顶瓦棚。瓦棚的椽子向下塌陷,几根吊在半空,让我非常害怕。它也漏雨,让弄堂一年到头滑溜溜的。晴天的时候,上面会洒下几点光亮。这些光点往下扩大,映在烂泥地上,变成了各种各样的图案,很是好玩儿。

弄堂的北边,是三间平房,顶头有扇朝南的独门。这独门的上方,钉着一块蓝底白字的公房铁牌。门已破旧,门槛下原来砌着砖头。可能时间太长了,砖头松动,时常露出一个破洞,洞口对着一条石板路。这路经过后来住了秀楠姐母女的新公房,再经过蔡元房后墙门,通向小镇东南的田畈。

这是我和阿红的朋友华君家。华君高个儿白脸,性格咋咋呼呼,开始我很怕她。一起玩过几次以后,我就去了她的家。从有破洞的独门进去,前堂后灶,用老式板壁隔断。堂前只有小桌和几把歪歪斜斜的竹椅。灶间很宽,门边安着一张床。大灶安在北窗下,窗外的白光照射进来,亮堂。

和华君玩儿,印象深的是坐在西间后面的一张洋床上,打七只牌的大肚皮。这张床没有踏床——床前配置的踏脚,安放床头橱和马桶箱——显得很高。我坐在床沿,晃荡着两脚,打牌不及华君。华君烧饭了,我也要回家。她竭力挽留,我就留下来看着她。

此时发现,华君的家,前面看着不怎么样,后院却非常大——隔了这个院子,后面就是四房祠堂。只是,好像专门有人破坏过这个地方,院子里到处是破碎的瓦片石子,荒凉得连青草也没有长出来。北围墙脚下,放着两个粪缸。往西,和毛姨家的后院连通着。

忽然,我发现她家靠南的一个房间,大白天也黑咕隆咚的——有一个小窗,窗外便是那条弄堂。房门口立着一只白木脚盆,特别高大。"大脚桶,小脚桶,小脚娘娘翻狗洞",这是爷爷时常陪着我玩的游戏。印象里的脚桶,都是和我家一样大小的,华君家的怎么会这样大呢?华君说,这是她在外地上班的爹爹回家休息的时候，让她母亲洗澡用的。

　　华君的母亲我早就认识，白胖，敦厚，沉默寡言，戴一顶男式小草帽。她是踏石棉车间的老员工，有时碰到了难以克服的困难，才来找我母亲。印象里，那时的她浑身雪白，衣服、口罩，连眼睫毛也是白的。她来了只站在门口说话，心急时来到堂前，意识到了便马上回身出去。外婆看到她留下的两串脚印，赶忙让我扫掉。

　　一个星期天，我和华君玩到一半，她的母亲从后院挑了一担粪进来了。这样的粪便，我家是父亲或者哥哥挑的。工人丈夫如果不挑，女人可以让自己的兄弟来帮忙，像三房墙门头的林妹妹，就是这样。女人自己颤颤巍巍地挑着这样的担子，我所看到的，华君母亲是第一个。

　　那天我发现，她家的门槛真多。后院进来，转到灶间，从灶间到堂前，再是那扇独门的门槛，足有四道。至今也清楚地记得，她每跨过一道门槛，我都战战兢兢的，怕得要命。华君的母亲会不会摔倒？真摔倒了，我怎么躲避？然而，华君的母亲终于下了门前的石阶，一步步地远去了。

　　一天，我去找华君，忽然看到一个瘦弱的男人，脸膛儿红红的，正坐在她家堂前的小桌上喝酒。饭菜很多，几乎摆满了一桌。桌边放了一个煤炉，炉子上一个水壶。他不认识我，只默默地看了我一眼。我却知道，这是华君的父亲。我没有招呼他，一个转身就跑到了阿红家。

　　很快，华君从弄堂口跑过来了，说今天没空玩儿了，爹爹回来了，要上街买东西去。不见她什么时候回来，却见她第二次又上街去了，边跑边说："糟糕，被我爹爹骂了，忘记香皂了。"阿红正坐在门槛上，用小刀剥着香胡笋的皮，笑着说："华君也真是的，她爹爹每次回家，都要买香皂，这也会忘记。"

　　阿红继续说："别看华君爹爹脸黑黑的，他可爱干净。华君家不是有个大脚盆吗？就是她爹爹托人买了木料，让前面的金相公做的。每次回家，他不做别的，就喜欢装煤球炉子，烧了饭菜，再把家里的一大堆热水瓶灌满，单等着大家晚上洗澡。"

　　到了第二天，我从弄堂口远远地看到了，华君的母亲又戴着那顶男人的小草帽，挑着一担粪便，从那扇小门出来了。她艰难地跨出门槛，将粪担换了个肩，打了一个趔趄。我以为她这次真要摔倒了，但她晃了几下，就侧着身子，从石阶上探下身，走了。

　　华君母亲前脚刚下了那台阶，华君父亲后脚就跟着出了那门槛。他一身米色风衣，一顶宽檐的咖啡色布帽，簇新的时髦打扮，让我觉得非常新奇。穿过弄堂，到了檐廊下，才看到他的手里还捏着一个袖珍型收音机。这样的收音机当时少见，此刻正播放着李铁梅的唱词："要学我爹爹心红胆壮志如坚……"

这天上午，华君父亲眯缝着细眼，晒了很久的太阳。他有点儿得意，又有点儿倦怠。

说谎的女孩

阿 心

这件事是一个叫阿雨的年轻人给我讲的,他刚刚从加拿大回到了郑州。我去他家里看他,坐在沙发上,嗑瓜子,喝茶,让他聊聊温哥华的留学生活。阿雨不善言辞,没说话脸先红。呷了一口热茶,他说:"二姨,我给你讲讲我印象最深的一件事吧。"

那时候阿雨刚到温哥华,与许多初来乍到的中国留学生一样,课余时间要找份工。他是品学兼优的好学生,英语不成问题,很快,找到了一份在麦当劳做服务生的工作。

一个星期天,天阴沉沉的,上午十点左右,店里只有稀稀拉拉几位顾客。阿雨注意到前台附近坐的三个女孩,一边喝着咖啡,一边调侃着离她们不远不近的一个小伙子。坐在临街窗边的小伙子,三十岁左右,头发有些凌乱,月白色短袖衬衣背后有几道明显的皱褶,黑色皮鞋破旧无光。他一直低着头,在笔记本电脑上查找着什么,旁边放着一杯可口可乐。

一看就是来这里寻找清净、一杯可乐喝一上午、把麦当劳当办公室的主儿。

三个女孩来了兴趣,一个长发女孩说:"亲爱的,猜猜他是干什么的?"话语中略带不屑。"是个白领吧?""我看是蓝领。瞧他那双皮鞋,多久没擦了?"

女孩盯着小伙子,阿雨注视着女孩——青春洋溢的脸庞,光鲜亮丽的衣着,她们应该是在校生,还是中产阶级家庭的孩子。

突然,一声声"呜呜——呜呜——"的狗叫打断了女孩们与阿雨的福尔摩斯思维。声音从窗外传来,店里所有人的目光都转向街上。一个瘦脸男子从电话亭出来,狠命地踢着他的小狗。可怜巴巴的小狗望着主人,除了"呜呜——呜呜——"地叫,无处躲藏。

"Havanese!Havanese!"长发女孩柔声说,眼里满是怜悯。她说的是"哈瓦那犬"。阿雨在一个加拿大同学家里见过这种乖巧可爱的哈瓦那犬,大眼,长毛,短腿。同学家的狗是纯白色的,眼前这只是巧克力色的。

正喝着可乐的小伙子把杯子猛地一放,冲出去,对着瘦脸男子迎面一拳,嘴里喊着:"你打狗,我打你!"

女孩们站在店门口，齐声拍手："打得好！打得好！"

瘦脸男子瞅了一下肌肉发达的小伙子，不敢还手，一只手捂着脸说："我的狗，想打就打！"抬脚疯狂地踢小狗。

聪明的小狗迅速躲到小伙子身后，呜呜地惨叫。小伙子又出一拳："你再打狗，我还打你！"殷红的血液从瘦脸男子的一侧鼻孔流了出来。

女孩们继续助威："好！好！"

瘦脸男子捂着鼻子，去电话亭报了警。

大约二十分钟，两个警察来了，一男一女。问情况，瘦脸男子只说了后半部分。

警察问小伙子："你为什么打他？"小伙子一脸的无辜，坦然地说："谁打他了？他自己摔倒的吧？"

瘦脸男子仗着有警察撑腰，底气十足："就是他打的！不信你们问问麦当劳里所有的人，他们可以做证。"

警察进店，问正吃冰淇淋的女孩们："他打他了吗？"长发女孩故作惊讶状，转向同伴："什么？谁打谁了？你们看见了吗？"另两个女孩说："不知道啊，没看见。""没看见！"三个女孩耸耸肩，摇着头。

阿雨惊呆了，刚刚还为小伙子助阵呐喊的女孩们，瞬间，个个事不关己、风轻云淡的样子，似乎什么事也不曾发生。超一流的演技，天生的实力派演员。

店里其他顾客早已溜走。警察问阿雨："他说他打他，你看到了吗？"阿雨的脸立刻红了，犹豫了一下，摇摇头。

警察只好对男子说："你自己以后注意点儿吧。"

警察走后，女孩们向小伙子挥手道别，脸上充满敬意。

小伙子道谢，女孩们莞尔一笑，走了。

小伙子对瘦脸男子一字一顿地说："你、不、可、以、打、狗！"

瘦脸男子低声申辩："我……我刚刚失业了。"

小伙子愣了一下，摇了一下头："这不是理由。"

瘦脸男子的眼光迷茫，嘴唇微微动了一下，想说什么，最终什么也没说，抱起小狗走了。

阿雨给我讲完这件事，低头喝茶。

"完了？"我问。

"完了，后来我也下班了。"阿雨说。

"二姨，这件事对我触动很大。"阿雨又说。

我陷入沉思，半天没动弹。

念想儿

安石榴

　　老伴儿去世之前的两年是躺在床上度过的。他觉察到她这次生病与以往不同，恐怕扛不过去，便暗暗做了一些准备。因为时间充裕，他想得蛮周全的。

　　但老伴儿去世后，他的想法大变，他把与老伴儿相关的物品能烧的都烧了：被褥、衣服、鞋帽……所有的照片，除了他们1960年的结婚照。一辈子的照片数量还是挺惊人的，他避开了儿女，把它们从影集中一张张取下来装进一只牛皮纸文件袋，仔细封好，混在衣物之间投入祭奠炉，然后盯着它们燃烧。

　　其实，那文件袋中还有别的东西，什么呢？五绺白发丝，当然是老伴儿的发丝。这是老伴儿活着的时候他精心准备的，每一绺也就十几根发丝的样子，都用红丝线束好。他打算给五个儿女一人一绺，当个念想儿。一人一绺妈妈身上之物，会不会就像妈妈陪伴在身边？但老伴儿去世之后，他想了一天一夜，决定不声不响把它们全部烧掉。反正儿女们本来也不知道这件事。

　　他为什么要这样做呢？他是这样想的，自己已经八十多岁了，患着高血压、心脏病、糖尿病，这么说吧，一个老人能得的病，他几乎都"当仁不让"了。有一天没一天的，不定哪天早上他就懒得睁眼了。他不愿意让老伴儿的物件儿在他身后四散零落，无人打理，尤其被人随意处置，扔垃圾箱、卖废品、送人……这些他想想都受不了。这不是凭空瞎琢磨出的麻烦，是有例子的。他们楼上老赵去世之后不久，有那么一天，他发现家门不远处垃圾箱外，几件老旧的衬衣衬裤堆放在脏污的地上，旁边还有一件烟色休闲夹克平摊着。他一眼就认出夹克是老赵的。那是几年前的一个大夏天，卖反季衣服的人一直卖到小区院子里了，他记得他和老赵一人买了一件，一模一样的。他心里挺悲的，就像看到老赵四仰八叉躺倒在地，不雅。然后他就明白了那一堆乱糟糟的旧衬衣衬裤也是老赵的，这就更加寒碜，让人心酸。他打算帮老赵拾掇拾掇，把它们归置到垃圾箱里去，可是垃圾箱满了，放不进去了。他就去寻了一个大一些的塑料袋，将老赵的遗物塞进去，把袋子口紧紧系好，靠在垃圾箱边。对，就因为这个，他改变主意了。他想，无论如何不能让老伴儿落得如此不堪，只要我活着。

　　那时候眼见得老伴儿已经没有多少时日了，这个决定在他心里反反复复翻腾。常常因为什么事儿，比如儿女乖顺时，他犹疑了，觉得应该给儿女留下点儿物件儿当念想儿，然后又因为一点儿什么不和谐，他再次下了决心，不留，一点儿不留……总之，挺难的，不是容易决断的。

　　老伴儿去世后最初的一天一夜，真儿真儿的一番煎熬啊。晨光熹微之时，他终于痛下决心：把一切烧成灰烬，从此无牵无挂。

　　但是，其实，他还是没有能够做到如此彻底决绝。除了那一张小小的结婚照，他还留了一件老伴儿的毛背心。这件毛背心藏蓝色，对襟，前襟有两道对称的花样。它是老伴儿的心爱之物，每年的晚春和初夏初秋之际，早晚凉一些，她都会穿一下。老伴儿白净，藏蓝色那么一衬，里面再配一件棉布白衬衣，整个人从上到下都清清爽爽、漂漂亮亮的。是不是只有他觉得她从年轻美到老呢？他总是在这件毛背心上看到老伴儿活生生的影子，他无论如何也舍不得扔，最终留下了它。

　　有一天夜里，他实在无法入眠，翻来覆去，辗转反侧。他后悔了，简直悔青肠子了。他想，为什么我把五绺发丝都烧了呢？我完全可以留一绺，给我自己啊。这时候的他已经知道，发丝是绝对不同的——照片、毛背心还是不行，发丝到底是她身上之物，或者，根本就是她呀！

　　他从被窝里爬起，把老伴儿的毛背心取出来，就着打开的包袱皮，小心翼翼地将它展开，抚平。他戴上老花镜，拿着一只俄罗斯长柄放大镜，像操控一只探雷器那般，细致地、一丝不苟地在那一片藏蓝的毛线丛中搜索，一寸寸、一丝丝，每个角落绝不放过。在兜口突出的部分，他发现了一条绵软的白色线状物。他不动声色地仔细观察它，又用那只闲着的手去抚摸、感觉，最后确定那只不过是一段白色丝线。当他探寻到后背衣领下方的时候，他停下了。凝视了很久之后，他慢慢地从毛线针脚中拉出一段三寸左右长的白发！

　　在这万籁俱静的深夜，在这万物都屏住呼吸沉入梦境的深夜，有谁知道一位暮年衰弱的老先生，捧着一根已故老伴儿的白发，泪流满面！

凤兮凰兮

陈　毓

刘平安惊呆了。他没料到40年前——不，扳着指头算，是41年前——看到的画面能重现眼前。他真的呆了，要不怎会忘了掏手机拍摄？那样，他就能给那些笑话他的人确凿的证明。他在耳朵上揪了一把，确定所见为实。

人心的寂寞莫过于此——你认真给人分享一件美好到你不忍私藏的事，人却说你胡编、吹嘘、虚荣。

41年前的一个早上，他因为早读迟到，担心老师责罚，索性不去学校。他走向学校后面的树林，一路思索旷课的理由。林子里高的是栎树，槐树大多低矮，因为槐树常被人砍了当柴烧。

他在树林中坐下，腾挪身体，确保不被槐刺扎到。他听见林中扑扑有声，抬头，就见一只鸟携着一团光辉飞过眼前，落在不远的小空地上。紧接着，另一只鸟携带又一团光辉飞了过去。两只鸟，两只他从未见过的、那么好看的鸟啊！刘平安想惊呼，却像被人卡了脖子。他瞪大眼睛，屏住呼吸，担心呼出的气被鸟闻到。他在地上半蹲半跪，眼睛大睁，嘴巴半张，欢喜不像欢喜，倒像是恐惧。多年后，刘平安意识到，被美好的事物震撼时，慌乱中会有轻微的恐惧。两只鸟翩翩起舞，在那小小的空间里盘旋低回。鸟儿前后相随，一只鸟翅膀上带起的风托起另一只鸟的翅膀，仿佛是诚意给刘平安展示它们的美与好，又压根儿没打算和他交朋友。于是，鸟双双飞出那片矮树林，携带两团光，刹那就飞没了踪影。

飞跑回教室，刘平安忘了旷课的谎言，忘了老师的责罚。他太兴奋了，他急切地把喜悦和大家分享，他讲得上气不接下气，因此显得格外啰唆。他得到全班同学的嘲笑："做梦呢！肯定早上被美梦拖住了才迟到的。"

让刘平安做梦也没想到的是，自己惦念了41年的鸟又被自己撞见了。

这天一早，在坡地那块玉米地给套种的黄豆除草，刘平安听见鸟飞过的声音，他都没抬头——这个季节，草丛里多的是野鸡。过了一会儿，他又听见鸟飞过时翅膀震动的声音，却没听见野鸡叫，于是停下来，向那边眺望。他看见黄河在远处弯成一道大水湾，朝阳照耀得河水光明、河滩幽暗。幽暗处，站着16棵有着巨大树洞的老柳树。他熟悉那些柳树，就是不走近，那些树洞也如在眼前。

正看着，眼前飞过一道彩虹，接着又一道彩虹。天啊！可不正是自己41年来无限怀想又欲说还休的鸟！41年的回想，那鸟的形象早已超越第一天所见，比第一天所见还要清晰。而且，他早在心里给那两只鸟起了名字：凤凰。那么好看的鸟若不是凤凰，又谁能是？

刘平安这一次悄悄的。他其实也不知该把发现的甜蜜分享给谁，孩子们离家去城里生活了，老了的窑院现在只住着他这个将老的人。好在他还能自食其力。他种地，地长庄稼，粮食养活他。

现在，凤凰来了，这是啥兆头啊！他欢喜，也有点儿蒙。他抬头看黄河，黄河如他几十年来看见的那样。尽管世上日新月异，黄河的水还在那里流淌，他也还是在地里种了收，收了再种。这叫他心安。

鸟是有翅膀的，他没有办法不让鸟飞走。他也不在乎拿自己的看见和谁证明什么了，鸟要飞走就飞走吧。

"欢迎你们再来。"他朝着鸟消失的地方喊了一声，自己都笑了。

让他大为惊叹的是第二天他又看到了那些鸟，这次是五只。不久后的一天，他又数了一遍，有八只鸟。

"哎呀，"刘平安在心里喊，"这可了不得了！"

刘平安想，他得招待这些稀客。地里的庄稼离成熟还早得很，他得给鸟弄点儿吃的。他想，鸟都是爱吃谷子、麦子的吧。他有的是谷子、麦子。

一大早去地里，刘平安给布袋里装了一碗金黄的小米。他把小米分五个地点撒在昨天看见鸟的地方。之后他静下心来，像往常那样照管他的地，不多走一步路，不探看一次。这一天，他没等来鸟，一只也没来。但下一个早上，他发现他撒下的小米一粒不剩。是不是那些鸟吃了？他有点儿拿不准，正在发愣，一道彩虹忽然降落到他的眼前。

"哎呀！"刘平安按住了惊呼，却坐在了地上。鸟离他太近了，近到他看清了鸟的眼神——安静，明亮。鸟静静地和他对视一眼，不慌不忙地飞走了。

刘平安大受鼓舞，他照旧用他的小米招待那些鸟儿。

这天，他亲眼看见一只鸟（他相信这是一只雄鸟）打头儿飞来，吃他撒下的小米。后来又飞来三只，它们吃了一阵，确定安全，其余的鸟才都过来，一边啄食，一边不时地张望。

这一次是十只。最多的一次，有十二只。

这都是两年前的事情了。现在，刘平安已经是柳林湾鸟类保护站的管护员，唯一的管护员。每天早晚他要定时投食两次，他看护的鸟群已经发展为三十只了。

保护站还得到了政府补贴，刘平安也不担心自家的粮食不够养活自己和鸟了。

他现在也知道，被他喊作凤凰的鸟，是红腹锦鸡。

美好的事情招引人。现在，每年都有摄影爱好者来保护站拍鸟，他可不能让他们乱走动。到了鸟的地盘，鸟就是主角，人呢，他也不能轻慢。他让摄影的人躲进他搭建的摄影棚，摄影棚用树枝、藤草特意伪装过，里边能容下十多人拍摄。这些人藏好，刘平安就在五十米开外的地方投食。只见他在大树根和石头上撒玉米、小米、小麦，一边投食，一边张望，像是说："来吧，安心吃，都是给你们的。"

二　叔

岑燮钧

人瘦成一把骨头，二叔。

祖母在世的时候，总是说："要是换成现在，你二叔也能考上大学。"只要看看堂弟，就能推知一二。堂弟是我们镇上唯一考上北大的人，如今在北京一个机关工作。农家子弟能走到这一步，还不是全靠脑袋瓜儿灵？

二叔只读过小学，可是他心灵手巧，什么都会。家里坐的藤椅，是他自编的。藤椅的纹路，一丝不乱。桌子柜子，也是自制的。这不稀奇，稀奇的是连木工的刨子也是自制的。至于当泥水匠、水电工，就更不在话下。他几乎样样都会，反正力气也不值钱，能自己搞定，就绝不叫外人，省点儿是点儿——五十多岁的人，能到哪里去挣钱呢？

他挣的都是小钱，谈起堂弟就说"总要靠他自己"。话虽这么说，到底惦记着堂弟。可是，北京的房子是几个小钱能搞定的吗？人家都说，儿子这么有出息，就等着享福吧。他只能苦笑，就是儿子有心接了去，睡到哪里去？要知道，北京一个单身公寓，每月房租就得三千多，想想都心疼。什么时候儿子自己有房了，才不花这冤枉钱。

正月里，亲戚走拢，说起这事。二叔的妻舅说："买房子最不值得了，人家外国人一辈子租房，北京这样的人多着呢。"听话听音，无非是暗示他不愿借钱给外甥。否则，他自己买那么多套干啥？二叔脸皮薄，就不好意思再开口。他自己的外甥也很有出息，做了大官。他托过一件事，没成，就再不说第二次。"大不了人家吃饭我喝粥。"他总是这样说。可是，自己能喝粥，难不成让儿子也喝粥？

自己的妻舅没指望，外甥更远了。眼下之计，是把老家能租的房子都租出去，与儿子的房租对冲一下。

可是，乡下的房子租不贵。本来嘛，就不在一个档次。只能多租，多一百是一百，多两百是两百，加起来，不就有一千多了吗？他连杂货间也租了出去。当年，这里放祖母的棺材。祖母高寿，活着时，二婶念叨过祖母的一间房，说租给外地人，每月起码也有五六百。二叔瞪了她一眼，没言语。祖母过世，做满七后，二叔开始合计这间房。这是正楼里的一间，要租给外地人，须得重开门户；中间还得打一堵墙，把它隔成两间——两间的房租比一大间多。

正好，村里一个老板拆老房子，旧砖不要了，二叔就借了手拉车，拉回好几车。他一个人搬砖，一个人和灰沙，一个人砌墙。砌到顶时，也是一个人爬上爬下，把灰沙砖头放到几个桶里，用吊钩吊上去，一会儿这个，一会儿那个。一堵墙，砌了整整三天。

这间房的南北两面，原是窗，现在须得改成门。他想想，心里有点儿舍不得。尤其是南墙，四开窗，亮堂堂，做得考究。现在儿子去了北京，家里只剩两口人，闲着浪费，也就只能忍痛割爱。他借来电锯，锯窗棂上的钢筋，火花直溅，也没个头盔。二婶几次叮嘱他当心，别伤了眼睛。好歹，拆下了其中两扇，开出一个门洞。他又拿出自制的刨子，做了一个门框，把内墙上的老门卸下来，装到外墙上。如此折腾，搞得腰酸背痛、灰头土脸。

"样样都会，是劳碌命。"二婶说。

出租房还没整好，早有外地人来看过好几趟。早日完工早日出租，时间都是钱。二叔心里急，一不小心，削一根楔子的时候，刀锋划过食指，血流如注。二婶见了，叫他赶紧去医院。二叔沉着脸，一声不响。他到处翻东西，二婶问找什么，他也不说。终于，他翻到一盒云南白药，打开胶囊，用酒调和，敷在伤口，然后缠上布条，继续削楔子。到晚上，出租房总算搞定了。一看布条，已是血红。他只吃了一碗饭，话也不说，一个人躺下。二婶过去，一摸额头，已是滚烫。他让二婶去保健站买了一板消炎药、几颗阿司匹林。第二天，二叔的脸色很难看，像棺材里扶起的一样。

"要不要去医院看一下？"二婶小心问。

"看个啥，一点儿皮外伤，碍什么事！"

到下午的时候，租房的搬了进来。二叔提着一只手，在门口，为他们装上了自来水龙头。

二叔一合计，这七八间出租房，还是不及堂弟在北京的房租。

到晚上，二叔瑟瑟发抖。他奇怪，这么一点儿外伤，咋就这么厉害？二叔摸索着起来，找出云南白药，仔细一看，这药都过期大半年了。

也是，儿子都快两年没回家了，这药还是他带回来的呢。

二叔解开布条包着的手指，里面有点儿血肉模糊。二婶又是怜惜又是埋怨："这么不小心，伤口这么深，起码得缝好几针……"

"什么好几针,你拿白酒来。"二叔拿软布在酒里蘸了一下,轻轻地擦拭伤口,疼得他咬紧牙帮"嘶嘶"吸气:"把胶囊里的药都倒出来,敷在上面,我就不信没效果。"

"你不是说已过期了吗?"

"过期也随它,以前没药时,草灰敷一敷,不也好了吗?"二叔用嘴咬着布条的一头,轻轻地缠着手指。

最后,他打了个重重的结。

金　蛋

津子围

周三早晨春雨缠绵，鸡汤婆和表情婶照例在长途公交车站见面，她们相约去东乡农舍里买鸡蛋。

鸡汤婆和表情婶住在一个社区，她们先是跳广场舞认识的，后来私底下交往频繁，渐渐成了每天都联系的密友。鸡汤婆是表情婶给起的外号，表情婶的称谓来自鸡汤婆。常言说民间有高人，别看鸡汤婆和表情婶都退休赋闲在家，玩起智能手机却不落后。从鸡汤婆微信的"个性签名"就可以看出端倪——人不能活在假象里，也不能活在真相里，要活在希望里！她每天都精心筛选并转发"心灵鸡汤"一类的段子或者图片。表情婶似乎不喜欢筛选而更喜欢创造，面对鸡汤婆推送过来的图文，每每都用表情符号回复。使用表情符号方便，表情婶颇具天赋，由开始用表情符号玩成语游戏，发展到后来竟能造句。当然，有的时候表情婶会觉得鸡汤婆推送的段子有些甜腻，而鸡汤婆会觉得表情婶的符号组合过于晦涩。

见了面就好办了，还是传统的口语交流。表情婶说："超市里的鸡蛋又涨价了，尤其是农家鸡蛋中的金蛋，一斤超过了十块钱。"她们决定去东乡农舍买鸡蛋。鸡汤婆说："钱不是主要的，关键是咱可以从鸡屁股底下拿蛋，新鲜又放心。"

"从城里跑到农村，就是麻烦一点儿。"

"反正咱闲着没事儿，权当看风景了。"

"哎，你说为啥有的鸡蛋叫金蛋呢？"

"可能是营销宣传需要吧，农家蛋中最好的称为金蛋呗。"

"金蛋，乍一听还以为蛋里有黄金呢。"

"嘻嘻，如果金蛋里真有黄金，吃了还不中毒了？"

"咱买的农家蛋算是金蛋了吧？"

"拿到超市里也得叫金蛋……"

鸡汤婆和表情婶去东乡农舍买鸡蛋主要是自己家吃，消耗量有限，十天半个月去一趟就行。谁知胃口吊起来就下不去了。开始只要农家蛋就行，后来又亲自到鸡舍前拿鸡蛋；开始一个月买一次就行，后来为求新鲜度，必须每周拿蛋。这样，每周三就固定下来，成了鸡汤婆和表情婶的结伴购物日。一到周三，长途公共汽车上就会出现一高一矮、一胖一瘦两个大妈。鸡汤婆个子偏矮，胖乎乎的；表情婶个子高些，干瘦干瘦的。出发时她们郊游一般说说笑笑，归来时脸上挂着收获的满足和疲惫。

一晃大半年过去，转眼秋雨如烟。

门厅的灯光下，鸡汤婆正准备外出的物件：保温杯、雨伞、双肩包……明天又是周三。可是到了晚上10点，表情婶一点儿声息都没有，以往她总是提前发信息确认一下，比如问鸡汤婆身体怎么样，明天是否照常；比如提示天气情况，要戴帽子、拿雨伞什么的。鸡汤婆主动给表情婶发了信息，表情婶立即用表情符号回复——不去了。鸡汤婆问为什么，表情婶仍用表情符号回复——不去了。无奈，鸡汤婆给表情婶打了电话。

电话接通，表情婶就一口气不换地抱怨开了。她说："咱俩都上当了你知道不知道哇？咱俩买的鸡蛋根本不是什么金蛋，别说金蛋了，连真正的农家蛋都不是，而是农民提前一天到城里超市买的鸡蛋放在鸡窝里的！咱从城里大老远地跑到乡下，买回来的鸡蛋可能就是家门口超市里的鸡蛋，走了冤枉路多花了冤枉钱，你说咱傻不傻！我看咱就是脑袋进水了。还有那个长途公交司机，整天拉着农村大娘进城买鸡蛋，又看着城里大妈出城下乡买鸡蛋，心眼儿歪着哩。我以前就觉得他的眼神儿古怪，他一定在心里嘲笑咱这些出城买鸡蛋的人，可又见怪不怪不肯戳破……"

"你是怎么知道的？"鸡汤婆问。

"这个你不用管，别说我没提醒你啊。反正我再也不去乡下了。"说完表情婶就挂了电话。

夜里，鸡汤婆失眠了，几次想给表情婶打电话都迟疑着，最后想出一个用表情符号发短信的办法。这方面不是她的强项，可她还是硬着头皮编了40多分钟，那一连串表情符号信息翻译过来，大意如下："十分抱歉，其实我早就知道其中的奥秘，我默默地去支持他们算是献上我的一份爱心，我也知道我们都是从农村出来的，妹妹，请理解和谅解！"

第二天早晨有人敲门，鸡汤婆透过门镜看到了表情婶。鸡汤婆一直心情忐忑，担心自己编的表情符号信息表情婶看不懂，不想，表情婶一进门就笑盈盈地说："行啊姐，你也会用表情了。"

"我编的你能看懂？"

表情婶有些自豪地说："我谁呀，我不是'表情婶'吗？姐你说得对，买鸡蛋的过程中咱也有收获，愉悦了心情，锻炼了身体，我说我的体检指标怎么不断地好转呢！"

鸡汤婆的表情有些尴尬，不过心里却十分舒朗。

戏　友

张望朝

京剧院是一座挺气派的剧院，来看戏的人却不多。

在我们这个城市，不要说那些追求新潮的年轻人，就是上了岁数的老年人，喜欢京剧的也很少。

我却是个另类。上大学的时候我就经常一个人出去看戏。

当时除我之外，台下坐的是一帮老头儿，最小的也有五六十岁。

有一次，身边一个老头儿轻轻碰了我一下，问我："你是戏校里学京剧的学生吧？"我说："不是。我是学法律的。"他很意外也很高兴："难得有这么年轻的人喜欢京剧啊！"散场的时候我发现，说话的老头儿是个盲人，他的眼睛是手里的一根竹杖。

后来看戏，经常遇见这个盲老头儿。

那天晚上下着大雨，直到散场雨也没停，路面上一些坑坑洼洼的地方积满了雨水。老头儿走得有些吃力，我便上前扶着他走，一直把他扶上公交车。上车前他问我："你这么年轻怎么会喜欢京剧呢？"我反问："你怎么知道我年轻啊？"他说："听声音。你应该知道，我们瞎子的耳朵特别灵。"我说我知道。他说："我的耳朵比一般的瞎子还要灵，只要你在我身边弄出一点儿响动，你就是不说话，我也能猜出你的年龄。只要你跟我说上两三句话，我会永远记得你的声音，你信吗？"我说："我信，我绝对信。"

其实我不信。

年轻人好奇心强，我想试他一试。再来看戏，遇见他也只当没遇见。一年之后，又见他探着手里的竹杖往剧场里走，我上前搀起他一只胳膊，只说了一句话："您慢点儿。"他停住脚步，向我侧了一下脸，问我："你有一年没来看戏了吧？"我暗吃了一惊，只好说："是啊，一年没来了。"他叹了口气："唉，太遗憾了，这一年尽是好戏呀！"我说："我们快毕业了，课程紧，没时间。"一边说一边扶着他往前走。

我们从此成了戏友。

每次看完戏,我都要扶着他走一段路,直到把他扶上公交车。他向我感叹,说他怕京剧失传。我说:"京剧是国粹,不会失传的,不过传统京剧确实存在一些问题,应当改正。"他向我侧了一下脸,问道:"传统京剧有什么问题?"那天我们看的是《红鬃烈马》,其中一折叫《武家坡》。我说:"咱就说《武家坡》吧,情节很不真实,夫妻二人才分别了十八年,再见面就不认识了,怎么可能呢?我爸和分别三十多年的同学聚会,一见面都能相互认出来。"听了我的话,他面无表情,轻轻地发了一声感叹:"哦……"

我突然意识到我不该挑这个问题说。他是个盲人,盲人怎么可能理解一个人在视觉上的记忆?

看戏的人一年比一年少,演出也就跟着一年比一年少,加上大学毕业后不得不整日忙于生计,如今屈指一算,我已经二十多年没去看戏了。二十多年过去,弹指一挥间,不知道那个萍水相逢的盲老头儿怎么样了,他还活着吗?

他还活着。一次去中央大街买书,我们竟然不期而遇。中央大街是一条很有名的步行街,街边有很多长椅,供步行走累了的人歇一歇脚。从书店里出来,我忽然听见京剧的声音,循声望去,见一条长椅上坐着一个满头白发的老人,手里拿着一个老式的小半导体收音机,腿上倚着一根褪了色的竹杖。

我有些惊喜,快步走过去,俯下身子对他说:"天快黑了,早点儿回家吧。"他抬起头,声音已经变得非常苍老:"谢谢。天黑与不黑,对我是一样的。"我有些失望,便提高了一下声音:"老人家,你喜欢京剧呀?"他点了一下头:"是的,我喜欢。你不喜欢吗?"我在他身边坐了下来,跟他聊了一阵京剧,他自始至终没能用耳朵认出我来。我彻底失望了,看来他的耳朵并不像他吹嘘的那么神奇,抑或他早就把我忘了。最后,他说他累了,该回家了,我便扶他站起来,和从前一样扶着他往前走,直到扶他上了一辆公交车。他的脚步也变得相当迟缓,跟二十多年前没法儿比了。

上车前,他缓缓地抓住我搀在他胳膊上的一只手,向我侧了一下脸,颤着苍老的充满惊喜的声音说:"是你呀!"

队　长

宁春强

队长头秃，满脸的凶相，好骂街。队长骂起街来，十个老娘们儿也顶不过。晚上，队长撂下饭碗，倒剪着手，就悠悠地晃到老庙台。抽罢一袋烟，咳出几口老痰，队长便开始骂街了。

"刘狗剩！你家的猪钻进西北洼地里祸祸地瓜了你知道不知道?！连头猪都看不住你还能干什么？你老婆的裤腰你看住了没有？娘个蛋蛋，你私人家的猪破坏集体的庄稼，知罪不知罪?！"

"宋老懒！你腿断了？不能挑水了？你老爹家水缸没水了你不知道啊？你他妈的孝心让狗给吃了不成？你不是爹妈生的，是从石壳里蹦出来的？娘个蛋蛋！"

"张二歪！你那破腰是纸糊的？说掉腰就掉腰了？这都两天没出工了，都像你这个熊吊样，共产主义猴年马月能实现啊？娘个蛋蛋，明天再不出工，送你去县劳改队！"

石门人习惯了队长骂街，连被骂者也听得津津有味，像听一出老戏。一旦哪天队长不骂街了，男女老少便都像掉了魂似的，饭也吃不香，觉也睡不沉了。

是呀，队长嘛，能不骂街？不骂街的队长，还称得上队长？

队长不仅爱骂街，也爱管闲事。哪个挑水洒了一路，他管；谁家草垛码偏了，他管。甚至夜里晚睡了的，他也管。

富农出身的大奎，暗地里跟邻居家的二丫好上了。这事队长没管，因队长一点儿都不知道。大奎跟二丫好着好着，就把二丫好成了大肚子。富农的儿子，把农民的女儿给搞了，这还了得？

狗日的，送他蹲号子！男人们全都恼怒了。二丫是石门数一数二的漂亮姑娘，居然被富农大奎给搞了，大家能不妒火中烧？就有三个汉子，自告奋勇要把大奎押送到公社。

队长没让。队长说："这是天大的事情。天大的事，轮得到你们？"队长当众打了大奎两耳光，吩咐人将他绑了。"走！"押着大奎，队长昂首挺胸，奔公社而去。

谷雨过后，家家户户粮囤里的粮食几乎都见了底，日子就越发难熬了。晚上，队长依旧骂街，只是骂得很短，有气无力的，内容也寡淡得很。

一天，队长晚上居然没出来骂街。这是怎么了？队长病了？去县里开会了？没有队长骂街的夜晚，空荡荡的，寂寥得让人心里发毛。大伙儿正要昏昏欲睡时，队长出现了。队长的声音格外洪亮，把石门的夜震得一颤，又一颤。

"娘个蛋蛋，都没睡吧？没睡就给我听仔细了！队里的那头黑犍子老了，不中用了，掉粪坑里淹死了！明天端午节，大家伙儿晌午都去队里喝牛肉汤！娘个蛋蛋，听见了的就亮下灯！"

各家各户的灯，唰的一下亮了。乖乖，还有这等好事？这老黑犍子，早不淹死，晚不淹死，偏偏在端午节期间一头淹死了？就有好事的，起身去生产队里查看。天哪，那黑犍子分明睁着双眼，在牛圈里倒嚼呢！

可第二天再去生产队，黑犍子已被剥了皮。牛到底是怎么死的，不得而知。这牛肉汤还喝得喝不得呀？私下里嘀咕着，心就都有些惶惶然了。

傍晌，牛肉飘香的时候，队长起身去公社自首。

"牛是我弄死的，我去坦白，你们就放开肚子可劲儿吃吧！"队长说，"记着给我留两份！娘个蛋蛋，队长嘛，吃两份不算多。要不，你来当队长？"说着就一悠一悠地晃去。

队长从公社回来时，大家的肚子早已鼓了起来。队长是和吴主任一同回来的。俩人盘坐在土炕上，开始喝牛肉汤。一碗接一碗，谁也不说话。直喝得额头上大汗淋漓了，队长才腾出嘴来说："娘个蛋蛋，我不主动投案，谁投案？没个担责的，乡亲们的牛肉汤就喝不踏实！"

吴主任打了个饱嗝儿，说："我要是不亲自把你押回石门来批斗，换了别人，你狗日的还能这般有滋有味地喝牛肉汤？快吃快吃，吃完了好游街批斗你！"

俩人嘿嘿嘿地一同笑了起来。队长问饲养员："都来了吗？有没有哪个给落下了的？"

饲养员说："就差大奎一个。队长，有人说在黑河那旮旯儿看见大奎了，他没去蹲号子？"

队长阴下脸来："这天底下长得一模一样的人海去了，怎么就能断定那人是大奎？娘个蛋蛋，你再胡咧咧，我割了你的舌头！"

撂下碗，队长主动让人给上了绑。锣咣嚓咣嚓地响，游斗开始了。只是大家都刚刚填饱了肚子，窝在家里，对游街不感兴趣。

"娘个蛋蛋，锣响了没听见？耳朵塞驴毛了？开游街批斗会了，还不快点儿滚出来！猫在家里下蛋呀？"队长本是被批斗的对象，却忍不住地又开始骂街了。

兄　弟

芦芙荙

得知哥哥生病，每个周末，他都开着车从城里回到乡下去陪哥哥。

他知道，哥哥得了这种病，日子不多了。或许两个月，或许三个月，之后，他要再想见到哥哥恐怕只有在梦里了。

父母去世后，哥哥的家就是他的家。过一段时间，哥哥就会打电话给他，说："樱桃熟了，回来吃樱桃吧。""地里的黄瓜能吃了，回来摘些吧。"他总是踏着家里果子和庄稼成熟的节奏回家。其实那些东西城里到处都有，可他却乐意带着家人回去，坐在院子里，坐在静静的阳光里，吃着从树上刚摘下的果子，和哥哥有一搭没一搭地说说话。听到从灶房里传出的噼里啪啦的炒菜声，日子好像一下子就踏实了，心也踏实了。

那些日子，他能明显地感觉到，哥哥的身体是越来越差了。有时候，吃完饭，两个人坐在院子里说话，说着说着，哥哥就闭上眼睡着了。

他看着哥哥那憔悴的脸，心里有点儿酸。哥哥还不到六十岁，他的头发还黑黝黝的，他清瘦的脸上竟然没有一丝皱纹。如果不知道他有病的话，谁也不会相信他在这个世上的好日子已不多了。

那个周末，他回家，还没走进院子，就听见院子里传来一阵叽叽喳喳的叫声，接着，一只鸡从院子里飞了出来，正好落在他的面前，他看见哥哥手里提着一把刀从院子里一跳一跳地追了出来。

哥哥看见他，一脸欣喜，说："咱晚上吃鸡汤。"

他看着哥哥，心想，哥哥这是怎么了？一点儿不像个病人的样子。

吃了饭，陪哥哥说了会儿话，他就回到屋子里。

这时，门被推开了，进来的是哥哥。

他有些奇怪，说："哥，有事吗？"

哥哥站在门口，突然表情变得有些羞涩，说："弟弟，今晚能和你睡吗？"

他一下子没弄明白哥哥的意思。

哥哥说:"我们几十年都没在一张床上睡过了。"

他也有些不好意思起来,心想,哥哥这是怎么了,都几十岁的人了还要他陪着睡,就笑着说:"哥,你还是去陪嫂嫂睡吧。我一个人都睡习惯了。"

哥哥没理他,脱鞋上了床。

被子和床单都是新换的,白天嫂嫂又抱到院子里放在太阳下晒过,热烘烘的,还散发着阳光的味道。

小时候,他一直和哥哥睡一张床,两个人只有一床被子,经常为被子争争吵吵,但哥哥总是让着他。特别是冬天,屋里冷,他一上床就把一双冻得冰块一样的脚塞在哥哥的肚子上。哥哥开始不愿意,感觉放在肚子上的不是一双脚,而是一块冰。哥哥就拿手指去挠他的脚板心,挠得他嘿嘿地笑个不停,不得不把脚收回来。可不一会儿,他又把一双脚架在哥哥的肚子上。那时,哥哥总是在穿着的鞋里填上玉米壳来保暖,他喜欢抱着哥哥那带着玉米壳香味的腿入睡。有时候,他也觉得奇怪,不明白为什么哥哥的脚心总是热乎乎的,而他的脚总像块冰坨坨。

他记得,有一次,哥哥和父亲要去另一个村走亲戚,他闹着也要去,最终父亲答应了。他怕早上自己睡不醒,父亲和哥哥偷偷走了不叫他,于是他半夜偷偷把哥哥的鞋藏了起来。哥哥就这一双像样一点儿的鞋,没有鞋哥哥就走不了亲戚。

几十年过去了,两个人重新又睡到一张床上,他感到了一种不适和陌生,那是一种熟悉的陌生。他先是把腿试探性地往哥哥身边靠了靠,他想让自己的腿去嗅嗅那还是不是以前的那个味道。这时,他发现哥哥的腿也在往他腿边贴,紧张而惶恐,就像两个刚谈恋爱的人都带着几分羞怯、几分好奇、几分试探,还有点儿偷偷摸摸的意思。

他希望找到曾经的那种熟悉的感觉,还有那种熟悉的玉米壳的味道,当两只腿触碰到一起的瞬间,他却什么感觉也没找到。时间冲淡了一切,记忆也有些苍白了。

都老了,他想,现在两个人的腿架在一起就如同枯朽的柴。

有好长时间,两个人都没有说话。

他的心猛然跳了几下,哥哥不会就这样走了吧?

他伸手将哥哥的一只脚抱在了怀里,然后弯起指头在哥哥的脚板心挠了一下,又挠了一下。

窗外起风了,树叶发出哗哗的一片响。有一阵,院子里的狗突然叫了几声。世界一下子就变得安静了下来。

玻璃城市

喻永军

马子义已经是第九次坐着吊篮升上去了。吊篮的绳索缓缓地牵动，吊篮离地面越来越高。在高高的楼顶，赵欣戴着草绿色的军帽，帽檐从楼顶的墙沿上偶尔露出一角。这是边城。准确地说，这是离家乡茵寨一千二百五十公里的一座城市，三面被沙漠所围。赵子扬站在马子义的身后，脸上毫无表情。赵子扬就是这样个人。他在这儿砌了四年瓷砖，原先有个搭档有事回家了，现在的搭档就成了马子义。活儿很简单，往新楼的墙体上砌瓷片。赵子扬干这活儿很有些名气了，老板开始看过几次，用手一摸就啥话也不说了。"高手。"他心里夸赵子扬。

赵欣来这里很突然，马子义来这里就更突然了。两个高中生，穿着去年军训时的军装，就站在赵子扬的面前了。

当时，赵子扬刚从工地外架上下来，又累又渴。他们过了马路，在西坡村口的那家拉面馆吃的干拌面，马子义额外吃了一个烤饼。"干啥来呢？"赵子扬看着女儿赵欣。

"打工，二十多天时间闲着呢。"

赵子扬说："耍两天回去。"口气是没有商量余地的，说完赵子扬摘下钥匙，交给赵欣，就回工地去了。

第二天，赵子扬六点去工地了。赵欣就领着马子义进入了戈壁滩，两个黑点在太阳升起的时候站在了沙漠的边沿。他们无数次在班上讨论过的沙漠，并没有带给他们浪漫的感受。万籁俱寂，空气中是沙粒游走的细微的声音，脚下是沙海，不远处是沙丘、沙浪、沙脊，金黄一片，无边无际，这是腾格里沙漠的一角。太阳从沙漠东面照射过来，刺得人睁不开眼睛。这种感受出乎意料，他们在心里第一次知道了书本和现实的距离。赵欣脚板有些疼痛，甚至有些失落。马子义笑笑说："这才是真实的腾格里。"

作为秦岭深山里的两个孩子，看看真正的腾格里沙漠，是他们来边城的最大目的。一下子实现了，时间还很富余。

女儿总是有办法说服赵子扬的。结果,马子义就成了赵子扬的搭档。赵欣也没闲着,在楼顶照看配重块。

施工吊篮一米宽三米长,马子义第一次跨进吊篮的时候,脸色有点儿发黄,手抖个不停,他疑心自己是个恐高症患者。马子义想站起来,但上升的吊篮摇晃得让人眩晕。他试探着拱起脊背,又缓缓地蹲下了身。他又试探了一次,觉着自己应该站起来,赵欣在上面看着呢。赵子扬面无表情,他觉着马子义肯定会蹲下、坐下,甚至躺下,念书的娃娃,高空干活不是玩儿的。

每当吊篮落地,马子义的脸色才恢复正常。

这个黑瘦的、长脖子的男孩,直到一个星期后才完全弄清楚了搭档的含义,并且将准备工作做得井然有序。两个一大一小的水杯泡上苦丁茶,放在吊篮的顶里边;砂浆桶里和好砂浆,吊篮起升的时候,再加上小半桶水稀释;盛灰浆的瓷盆、灰铲、瓦刀用清水抹洗一遍,摆放在赵子扬顺手的地方。

赵欣黑亮的眼睛盯着马子义。

吊篮大致在八层楼高的地方停下了,赵子扬锁定好了绳索,弯腰拾起了灰铲。马子义从砂浆桶里舀出半盆砂浆,然后开始用一块湿布抹净瓷片,一片一片过手。本来这事情可以在楼下完成的,但马子义想在吊篮里干,赵子扬就同意了——贴上墙之前,再一次检查残损,能保证质量。

活儿很单调,赵子扬伸出手,马子义就递上一片瓷片,一片一片的瓷片被赵子扬贴在了楼体上。只有赵子扬抽烟的间隙,马子义才能放眼看看四周。无数座这样的高楼遍布在这座城市里,许多栋楼的瓷片都是赵子扬他们贴的。瓷片贴好,再装上各色的玻璃,整幢楼甚至整座城市,就成了一个玻璃城市,高贵、陌生、美丽。马子义想,他赵子扬这辈子都不可能住进这样的城市里了,但赵欣有可能,比如她上大学、嫁人,就有可能住进这个玻璃样的城市里。

太阳已经照了几个小时了,赵子扬的腰往下塌了一些,他们俩在这个空间里很少说话。马子义觉着赵子扬是个很倔的人,倔得有硌人的硬度。

也就在这时候,马子义看见了西边漫天的沙尘卷了过来。他说:"叔,你看西边!"赵子扬回转身,惊得张大了嘴巴,说:"沙尘暴!"他扔下手里的东西,一把将马子义按在吊篮里坐下,说:"坐好别动。"话音刚落,风就到了眼前。

吊篮被风吹离了楼体,又被用力地抛开,重重地砸在楼体上,砸出的响声惊天裂地,有撞碎的感觉。新贴的瓷片被砸脱落了一些,"刺啦啦"顺楼体滑了下去,摔碎在地面上。接着又连续撞了七八下。然后,吊篮的失控加剧,撞击之后,被风扭动,斜着一升一落,一翻腾,将瓦刀和灰盆颠簸出去撞在楼体上,落向地面,发出碎裂的声响。风中传来赵欣的声音，马子义费了好大的劲儿才看清，赵欣在下边五层的一个窗口露出头，向他们招手，军帽已经被风吹落。马子义张嘴想喊，风中的沙子吹进嘴里，呛得他直咳嗽。马子义看见赵子扬管控升降装置的手臂，被绳索牵着在楼体上连续撞击，然后突然软了下来。风力在继续增大，天色更暗了。马子义在吊篮的摇晃中，慢慢站直身子，伸手抓住了吊篮上的绳索。绳索在风中绷得很紧，他伸出手抓住了赵子扬抓着升降机关的手，那只手垂了下去，血沿着袖管中的手臂流了下来。赵子扬瞪着眼，样子很凶。

吊篮在马子义的操控下开始慢慢下降。他眼眶开始发热，一边控制着手里的下降按钮，一边用单薄的身子抵紧赵子扬的身子，让他慢慢地坐了下去。到五层窗口，风力已经转弱，赵欣伸出一双瘦弱的手，抓紧吊篮的绳索。马子义固定好吊篮，弯下腰用肩膀顶起赵子扬的屁股，把他从窗口送了进去，接着自己也跟着翻了进去。

几天后，在返回的列车上，马子义和赵欣看见了远方的沙漠的闪光。城市退得很远，他指给她看。赵欣说："腾格里，蒙古语的意思是，白色、长生天、最高的神。"

马子义听了，不知所云，不想说话了。二人头抵着头趴在窗台上，看着远方出神。不一会儿，火车开始穿越隧道。

城市病人

奚同发

远远地眺望那丛林般的各种款式的手机,就知道又是一群爱凑热闹的人在凑热闹。走近一瞧,是一起交通事故。警察、医护人员紧张地处理现场,路人甲乙丙丁并不比他们轻松,各自忙碌地用手机抢角度,甚至趴在地面从他人两腿之间拍照或录视频。不久,他们就会发到各自的朋友圈或不同的微信群。

我曾是电视人,当年也这样拍过,尤其是车祸⋯⋯

那个激情澎湃的冬夜,犹如昨日,我与同事加班后吃了火锅,走在雪花纷飞的街头,眼前一辆货车把小轿车撞得四轮朝天,我们一身的酒热变作冷汗。小车上一对夫妻没救了,四五岁的孩子坐在两人之间,一脸血,浑身抖个不停⋯⋯

虽然平时也开车,但不亲眼看见,似乎还真没有谁把车祸跟自个儿联系在一起。大家默默地回到台里,不约而同地搜索有关车祸的信息。我查到前一年的权威统计,全国道路交通事故265204起,73484人死亡、304919人受伤。同事介绍了统计学的"海因里希法则"——1∶29∶300。通俗地解释,每1个车祸死亡人数背后,将涉及29个伤者,还有300个"潜在受伤者"(可能发生车祸却躲过的人)。

那一夜,平均年龄26岁的我们9个人,激烈地讨论到天亮,最终确定做一档《第一目击重现》节目,力图通过车祸实例,尤其是惨烈的第一现场,提醒司机,告诫观众,车祸的伤害不仅是司机,还延伸至司机的家庭和亲人,更涉及众多无辜者。录制节目时,演播间还邀请来目击者、幸存者及交警、医护人员座谈。其中"刹那之间"环节,亲历者那痛不欲生或全身战栗的镜头,特别吸引眼球。许多观众反馈,既想看又惊恐,甚至有些女性坐在电视机前,双手捂眼,透过指缝半看半听。

节目从连霍高速一起六连撞事故开播,两个月后就火了,收视率火箭般噌噌上蹿。台里及时调整,给予每周四次重播的优待。虽然比较辛苦,或出现场或通宵剪片,但观众认可、领导表扬、广告商争相登门,让项目组每个人都倍感亢奋。热线电话由一部增加至三部，以便观众提供新闻线索、参与座谈、提建议、谈观后感想……铃声从早到晚丁零零不断。刚上班的记者和摄像，兴奋得不断鼓掌，纷纷表示要大干一番。

如果不是他的到来，我们的项目做到何时，还不好说……

那是隔年后的一个傍晚，正逢我值大班，有人通过电视台门卫转来电话，问当晚的《第一目击重现》能不能不再播了。太纳闷儿了，像火红的铁块上呲地浇了一瓢冷水。新项目组建后，头一遭啊！此人是什么来头？待他进办公室，打眼一瞧，明显是一个老实巴交的普通百姓。

当期节目讲的是环城高速的一起车祸，一辆货车的前半部分冲过道路中间的隔离护栏，被迎面的车撞上，车头严重变形。等消防人员把驾驶室切割开，司机的身体已被分成几段，头仅剩半个……

死者是他的朋友，他们常结伴跑车。那天发生车祸时，他的车跟在后头，是他打了110、120，也是他陪朋友家人到殡仪馆送行。好在，经过化妆师的精心化妆，死者头部的残缺补齐了，身体各部位也缝合完整，像睡熟了，面部安详而平静，甚至有些红润。家人认为他就是那样走的，那就是他最后的样子……

白天看了节目首播，他担心极了……妻子去探询回来说，朋友的妻子和孩子确实在看电视，但神情正常，肯定没看此节目。哦，如果娘儿俩看到会怎样？未来的生活，是否可能因此而再度改变？

坐在沙发上的他，每问一句"能不能不播了"，就会焦急地站起来。后来，他蹲下，抱头抽泣说："有一天我也那样了，可怜的娃儿若看到，这一辈子咋活呀……"

有一阵子不知怎么接话，我第一次从另一个角度考虑这一问题。虽然是记者，追求新闻的轰动效应，力求画面冲击力，但为人父为人夫的情感诉求，让我静下来思考，新闻到底该怎么做。经过我三番五次找领导，当晚没再播那起车祸，栏目仍保留，内容却由车祸改为其他。后来有一期，主持人采访一个被强奸的女孩子，当事人几度掩面哽咽的画面彻底激怒了我。难道电视人都病了吗？就知道收视率第一，像今天刷流量、圈粉丝！四面八方汇集形成的城市，滋生了各色的城市疾病，患者又何止电视人？既然改变不了环境，就改变自己，我选择了离开。

此刻，瞧这些路人甲乙丙丁比当年的电视人还拼，显然不是亚健康，而是扁鹊所说的疾病早过了腠理、肌肤、肠胃，已至骨髓。我掏出手机，决定拍下路人甲乙丙丁的吃相，然后发朋友圈、发群，让人们瞧瞧自己平时的所为和病态，是否与鲁迅笔下吃人血馒头的是一伙儿。

我以一个电视人的专业技能去拍，直拍到手机提醒存储空间不足。那些高举手机的人,脸上的笑或紧张或冷漠,包括他们手机屏上那血腥的事故画面,都尽收我的手机。

突然,我陷入迷惘——到底谁病了?我,你,他,还是整座城市?

手机嘀了一声,没电了。

万病无忧丹

高国顺

"呃，呃！大清早没事干，你围着麦秸垛转啥哩？"
"冷！转转暖和。"
"哦，叫花子。"
"你才是叫花子哩！"
"瞅你穿那破衣烂衫，头发乱得像个鸡窝子，不是叫花子是啥？"
"还说我呢，你长个鹰钩鼻子吹火嘴，你像个啥？"
"别耍嘴把式，饿不？"
"饿。"
"跟我一起吃饭去。"
"你咋恁好嘞，素不相识管我饭吃？"
"饭不是白管的，吃过饭有桩生意跟你谈。"
…………
"吃饱了吗？"
"饱了。"
"附耳过来。"
"咋着附耳过来？"
"伸过来耳朵，听我给你布置。"
"哦，哦……弄这事，俺懂了。"
"前头先走，摆好场子。"
…………
"哎哟，哎哟！我肚疼得很哪！哪位婶子大爷行行好，快送我上医院吧！"
"哟哟，这十字街上围得里三层外三层的人，就没一个可怜他的！抬医院去吧。"
"我身无分文，恐怕医生也不管哪，哎哟！"

"这年头好人难当啊！我给你看看吧。哟喂，胃穿孔！不赶紧治，一时三刻就要性命！老少爷儿们，谁发发慈悲管管他的事儿？嗨！不管也不讹你，都别走哇！得亏今儿个遇上我，都不管，我管！俺有个祖传八代的秘方丸子药，百打百中，这就给他吃一粒。如果好了，算他娃子有天大的福气。救人一命，胜造七级浮屠嘛。大家围近些看，给我做个见证。来来来，张嘴吃下去，包你咽下就不疼！"

"你这丸子药管用吗？这世道骗子多，弄不好就上当了，哎哟……"

"娘那巴子，你要把我蛋气肿！大家闪个缝儿让我出去！"

"好大爷哩，你不能走，千万要救救我呀！"

"别拽住我裤腿不丢，我这丸药掏多少钱都不卖，为救你一命分文不取，竟说这腌臜人的话！"

"我吃我吃！就是咽下去给药死喽，也比疼死强！"

"既然说到这份儿上，我就积个阴德。哪位同志行个好，弄杯开水来，给他顺下药丸去。好，谢谢这位小哥，你受劳了！赠送给你一粒丸药，聊表谢意。"

"我的亲大爷，你是我的大恩人！你是活菩萨！我吃下去这药丸就一丁点儿也不疼了。我给你磕头，我给你作揖！"

"谢就不用了！回去给我多做宣传。我这药在专利局备了案，医药局有批文，名叫'万病无忧丹'，专治各种疼痛跌打损伤类风湿关节炎颈肩腰腿痛男子阳痿遗精女子宫寒不孕高血压高血脂糖尿病心脏病肾炎肝炎肝硬化咳嗽痰喘肺结核淋病梅毒艾滋病。另有一种特异功能：女胎变男！谁家光生女孩不生男孩的，尽可服用这药！嘿！说得嘴干舌燥，刚才那位小哥呢？麻烦你再给我倒杯水喝。"

"亲大爷！我老婆光叉拉腿给我生妮子。你既然把我肚疼治好了，求你再给我一粒吧，也让我有个后代香火！"

"刮大风吃炒面——咋张开嘴嘞！你以为我这药是任谁都能舍给的！病有四百四症，药有八百八方，我这祖传秘方正是用八百零八味名贵中药制成的！当着众人你把钱往外亮亮，一百块钱有不？没有。五十块钱有不？没有。不是我小看你，就是十块钱一粒你也买不起！小哥端回来茶了，我得润润喉咙。谢谢小哥！啥？大声说，你想再要一粒？刚才不是赠送给你了一粒吗？哦，那一粒给你爸治高血压，再要一粒给你妈治高血脂，真是大孝子啊！看你这富态相就是成大事的人！莫说十块钱一粒，就是一百块钱一粒，你眼也不带眨一下的！我刚才既然说到十块了，没法改口再涨价，咬咬牙狠狠心，十块钱卖给你一粒吧。仅限你一人，下不为例！好好，收到小哥十块钱。咦嗨！小哥你一人沾光就算了，切莫替别人求情！你不知道我配这料药扎多大本钱！中国四大药行我跑了个遍，给你两粒就是报你那滴水之恩。切莫替人家做这引酵儿！大家不要挤！都别乱喳喳！你这小哥算把我坑了。这样吧，限卖三十粒，一手交钱，一手交货，概不赊欠！卖丸药之前我有话说——我这是仁义之举，卖给仁义之人。事先声明，有几种人不能卖给他：反党反社会主义的人、贪污腐败的人、咒天恨地打娘骂老子的人、拐男卖女吃喝嫖赌的人、偷鸡摸狗拔蒜苗的人。大家自个儿掂量，有犯着以上几条的，二话别说，离开人群就走吧！好人都往前站，优先给药！来来来！收到这位大娘十块，给您一粒。这位大爷交十块，给您一粒拿好喽！那位大嫂往前挤，递钱慢就买不到手里啦！三十粒已经卖完，还有几个不卖了。咋！想抢？光天化日之下，不怕王法！围着我不让走也不卖了。像刚才那卖法儿，我赔得没裤子穿。哎呀呀！还讲理不，又撕又拽，一点儿也不文明！中，中，还按十块卖。这算收不住口子嘞！丸药买到手的，赶快离场子。不要起哄多要，仅限一人一份！"

…………

"卖完了？"

"净光！"

"人都走了，咱也走吧？"

"走，走，快走！"

"车站不在那个方向，别爬坡跳沟的不走正道。"

"二百五！上车站等于自投罗网！"

…………

"到了到了，哎哟我的娘！跑肚疼嘞。"

"肚疼不是治好了吗？"

"那是假疼，这会儿是真疼！"

"那咋弄？丸药卖完了。"

"就是有，我也不再吃它！麻凉腥臭，硌牙不说，后味儿还臭烘烘的！"

"你不是还巴着老婆怀上男胎吗？"

"不说那事儿！快把当托儿的工钱给我。"

"多少钱？"

"装着迷没福享，不是说好的五十吗？"

"给，阎王不欠小鬼的钱！"

"五十不中，得给一百！"

"君子一言，驷马难追。说好的五十，你咋又反口呢？"

"你不是君子！卖药的时候我在旁边数着哩，你整整卖了二百三十个药丸子。

你吃块肥肉，荤汤儿总得让我喝点儿吧！"

"那是我的财气，与你无关！"

"不给一百，我拽着吆喝你！"

"你跟我麻缠啥？眼红了你也干这一行去。"

"我手里没药，嘴又不会说，骗谁去？"

"我教你呀。这生意三天不发市，发市吃三年！"

"我这人木讷，恐怕不是那块料儿。"

"嗐！谁也不是从娘肚里爬出来就会这手艺，只要你听话，一点就破。"

"中，你教我吧！说不定以后我就时来运转了。"

"有言在先，学费一百。"

"不贵！权当今儿个这托儿白当了！"

"我出山之前，师父千叮咛万嘱咐，日后若把本事传给徒弟，立马各走各路。若是犯了门规，师徒都遭五雷轰顶！"

"全听师父您的，只要教我学会。"

"汽车过来了，我上去车，再一五一十传给你，然后你东我西，咱俩谁也不犯咒神。"

"你上去车，不把真本事传给我咋办？"

"若不给你真传，我出门双腿摔断！"

"好嘞，师父您请上车，隔车窗赶紧说给我吧。"

"徒弟你听清楚了，那丸子药的配方是……堰塘里的黑臭腥泥掺冰片，团成丸子就是'万病无忧丹'。师父我叫吴子阁，走啦哈！"

"吴子阁（我自个），吴子阁（我自个），你个龟孙王八蛋！呸呸，我这肚子好难受哟……"

夜猎者

宗 晴

仰头，举枪，眯一只眼，他瞄准那个鸟窝。

鸟窝很高，藏在竹林顶尖，被茂密的枝叶遮挡，不仔细观察，很难发现。

"儿子，只要你坚持几分钟，我就会把它们打下来。"他对儿子说。儿子站在他身旁，用强光电筒照住那个鸟窝，握电筒的手晃动得厉害。

他叹了口气，手中的枪垂下来。

"爸，这是什么地方啊？我……有些害怕。"儿子怯怯地说。

他望着干瘦的儿子，心里一阵酸楚，急忙安慰道："别怕，儿子。只有这些很少有人来的地方，我们捕猎的机会才大。"

晚饭后，他用摩托车带着儿子来到竹林外围的老岩口，杂草丛中有他事先布下的网。他捡了网住的三只野鸡，盘算着明天能卖多少钱。儿子劝他回家，他摇头，背着儿子下了岩口，沿羊肠小道钻进一片竹林。

竹林很大，很幽深，像一座迷宫，遍地枯黄竹叶，透着阴冷寒气。他清楚，这地方已临近河边了，竹林里掩映着一个农家大院，曾经有很多人居住，热闹非凡，可如今却荒废了，成了一座清冷的孤院。一旦进入竹林腹地，别说在这漆黑的夜晚，就是大白天也很难准确地辨别方位。

黑夜里传来叽叽的叫声，接着有一阵骚动。他知道这是鸟儿在给同类报信。他停住脚步，用电筒在地上晃了一圈，发现有白色的鸟粪。抬头，一种长期捕猎养成的敏感，让他瞬间就找见了那个鸟窝。

他轻蔑地笑了一下，提了提手中的枪。这是他自制的高压气枪，用旧灭火器改装而成，加满气，能打几十颗钢珠，威力巨大。

刚要扣动扳机，儿子问："爸，以前你独自一人走这么远的地方，不怕吗？"

"怕？"他苦笑，"怕有啥用？只要能治好你的病，我什么都不怕。"

儿子低下头："爸，是我拖累了你。"

"别瞎说。"他的眉毛猛地一挑，声音重重的，"我想尽早凑足钱，带你去医院。"

儿子九岁了，患了先天性心脏病——法洛氏四联症，需要很大一笔钱做手术。自从知道儿子病情的那天起，他就暗暗发誓，即便花尽毕生精力，也要还儿子一个健康的身体。那些年，他和妻子双双外出打工，希望能挣钱给儿子治病，可是钱没挣到，还倒欠了一屁股账。

儿子刚上小学一年级的时候，有一次在操场上晕倒，吓坏了班主任，班主任把他叫去说："如果不医好病，孩子就不要上学。"

他和妻子带儿子进城，准备到一家很有名气的军区医院做手术。结果和预期的一样，面对昂贵的医疗费用，他们只能焦头烂额。当他得知一些外地患心脏病的孩子，竟能在这家医院享受政府补贴医治时，他恨自己生错了地方。

最终，他和妻子再次踏上了打工之路。这次却没那么幸运，没挣到钱不说，连妻子也被别人拐走了。他回家抱着儿子放声痛哭："儿子，你放心，只要爸还有一口气，就要想方设法给你治病。"

从此，他每晚都背着电瓶行走在一块块稻田里，见啥电啥，泥鳅、黄鳝、青蛙、蛇……渐渐地，他成了一名职业捕猎者，大凡天上飞的、地下跑的、水里游的、洞里藏的，只要能卖钱的，他都捕。

他把卖来的钱一点点积攒起来，相信总有一天能凑足给儿子治病的钱。

儿子的身体一天天地衰竭，嘴唇乌紫，头大，脚指头、手指头肿胀得像蘑头，走路上气不接下气，时常一蹲就是半天。

他的脸越来越阴沉，额头上多了许多皱纹。除了儿子，他基本上不和其他任何人说话。

有时，儿子提出要和他一起出猎，他就带儿子一起去。停好摩托，他就让儿子骑在自己脖颈上。发现猎物，他才把儿子放下地。

他的身手练得异常灵活，枪法精准，一双鹰眼一旦锁定目标，几乎弹无虚发。

儿子蹲在地上，打出一束强光照住那个鸟窝。他回头对儿子笑了一下，竖起一根大拇指，马上又掉头盯住枪的准星……

两只鸟扑棱棱飞下来，惊恐地站在离他不远处的竹枝上。是两只纯黑色的鸟，他从没见过，叫不出名称。他有些不知所措，但他很快就镇定下来，嘲笑似的对鸟说："让你们见识见识我的枪法！"

这时，鸟窝里传来一连串叽叽的叫声，像哭泣，有些凄婉，有些哀怨，有些无可奈何……

儿子说："爸，是一窝小鸟。"

还没等他回答，一只大鸟扑棱着翅膀朝他迎面飞来，在他射程内离他很近的竹枝上站定。

他愣住了。

他曾听过老猎人讲述捕猎时的故事，有些动物为掩护幼崽逃生，视死如归。

他猛一哆嗦，脸抽搐着，心如针刺！枪，再次从他手中缓缓地垂下。

他呆呆地望着那支枪，这是他的心爱之物，跟随了他无数个日日夜夜，给了他胆量、信心和财富。

他抖着手把枪拆掉，一把钢珠哗哗地掉在竹叶堆里，跟着滚下的，还有他的泪水。

儿子问："你不打它们了？"

他点点头，又抬头望了望那个鸟窝。

"为什么？"

他沉默着，蹲身把儿子顶在脖颈上。儿子用电筒照着小路，父子俩向竹林外快速走去。

王医生

伍中正

　　王传武不是正儿八经的医生，只能算王家屋场的土医生。

　　二十岁那年，王传武灵光一闪，居然懂了几种草药的用处。他真的用自制的草药治过被蛇咬伤的王麻子。他把药敷在王麻子肿得发亮的腿上，不到两个月，王麻子腿上的蛇毒给拔出，肿也消了。他还用几味药治好过被蜂蜇伤的王齐贵。王齐贵被当地毒性很大的土蜂子蜇了，王传武用几味药熬成水，在他的头上、脸上反复涂擦。没出十天，王齐贵的头、脸就跟原来一样，一点儿也不肿了。

　　后来，王家屋场上的人就管王传武叫"王医生"。王传武觉得这个称呼好，只要有人叫，他就答应。叫着叫着，"王医生"的名号就叫开了。

　　二十一岁那年，王医生入赘到陈雪柔家，跟细皮嫩肉的陈雪柔结了婚。新婚夜，陈雪柔坚持不跟王医生同睡在婚床上。王医生没当回事，也不跟她闹。

　　王医生跟陈雪柔结婚一年，吵闹过三次。最凶的一次，他看着陈雪柔很放肆地摔碎了一个大碗，还有两个小碗。碗落地，碗碴儿散了一地。

　　王医生是被陈雪柔骂出门的。被骂的那天早晨，一只喜鹊在门前的树枝上不断声儿地叫着。他看了看那只喜鹊，背着行李走了。

　　再不跟陈雪柔好，也再不回家。王医生走在出村的路上，边走边想。

　　王医生是王家中学校长张丙生的学生。张丙生认为王医生要不是那年错过高考，将来肯定会是响当当的人物。

　　王医生路过王家中学时，被张丙生看见了。张丙生问他，愿意不愿意在中学食堂干活儿，管吃管住，还有点儿小工钱。

　　王医生没有犹豫，答应了。

　　王医生给食堂的徐师傅打下手，还给学校喂猪。

　　徐师傅个子大，脸皮黑，胡子拉碴的。见王医生是新来的，徐师傅看不上他，不跟他说话。王医生主动跟徐师傅搭讪。徐师傅除了摇头，还是摇头。

　　王医生看出这里头有文章，就跟张丙生商量，只在学校喂猪，不给徐师傅打下手。张丙生笑笑，算是同意了。

王医生喂猪很有一套，他一把糠一把菜把那些猪喂得膘肥肉满。平时，他还把猪圈打扫得干干净净。年底杀猪，老师分到连精带肥的猪肉，个个满意。

寒假里，王医生住在学校看校，没有回家。

新学期开学那天，徐师傅在食堂一脚没走稳，摔了一个大跟头。起来，发现左腿走路不灵便。张丙生见了，劝他让王医生看看，弄点草药敷敷，莫废了一条腿。

"一个臭喂猪的，还治得好腿伤？"徐师傅说着，还连摇了几下头。明摆着，他不要王医生治腿。

张丙生劝他拉下脸试试看。

王医生自制了三张膏药，让徐师傅敷。他还特意叮嘱，一天换一次，三天后看效果。

三天后，徐师傅走起路来灵便多了。

徐师傅腿好了，要谢王医生。他把攒下的工资拿出一部分来，买了两条烟、两瓶酒。

徐师傅提着烟酒去谢王医生，王医生没接。徐师傅回来时，嘴里说："王医生也真是的，帮了那么大的忙，一样东西都不要。"

三年后，张丙生退休。王医生也不在学校喂猪了。新任校长留他，王医生没依。

走之前，王医生跟徐师傅喝了一回酒。从黄昏喝到半夜，两人都醉了。徐师傅醒来，王医生已经离开学校了。

牛大发的养殖场很有名气。养殖场缺民工，贴了很多张招工广告。

犹豫了几天，王医生去了。

王医生每天给鱼塘的鱼投饲料。他觉得在养殖场干活儿很有意思，尤其用饲料喂鱼时，发现那些鱼争抢饲料的样子很搞笑，也很可爱，每条鱼的尾巴都摆出一些水花来。

有一回，牛大发叫住身背鱼饲料的王医生，说要给他加工资。王医生一笑，然后摇摇头，背着鱼饲料走向鱼塘。

干满三年，王医生要走。牛大发留他，王医生坚持要走。

王医生领了工资。牛大发舍不得他走，临走，还往他的袋里塞了一个红包。

王医生心一软，不走了。

鱼塘的鱼一多，需要的氧气就多。每口鱼塘，都有一台增氧机。增氧机工作时，散出来的水花很好看。开、关增氧机也是王医生要干的活儿。

热天里,有口鱼塘的增氧机不工作了。王医生心里一急,就赶紧下到鱼塘检查。

意外发生了。增氧机漏电,王医生在鱼塘里再没有上来。

等牛大发发现时,王医生已死在鱼塘里。牛大发赶紧找人通知陈雪柔。

王医生的遗体摆在鱼塘的堤岸上,陈雪柔哭得像个泪人。牛大发劝她别哭了,赶紧运回去下葬。

牛大发赔了一笔钱。在赔钱的事上,牛大发没有哆嗦一下。陈雪柔擦干眼泪接了那笔钱。

王医生没有葬在王家屋场的祖山,而是葬在了陈家屋场的祖山里。

三年后,坟草青青。陈雪柔在王医生的坟前立了一块碑,碑上刻着"王传武之墓"。

那年,陈雪柔跟一个叫姜瓜的男人好。她把姜瓜带到了王医生坟前。陈雪柔双膝跪地,磕了三个响头。

陈雪柔慢慢站起身来。

"姜瓜,你要是个男人,就给王传武磕三个响头!"陈雪柔对姜瓜大声说。

蛋蛋的夏天

王在庆

蛋蛋的这个夏天阳光灿烂。蛋蛋全身赤裸，黑不溜秋，像条泥鳅，一跳一跳地奔跑在村外池塘边，快快乐乐、无忧无虑地高唱着："晾——晾——晾干干，打火火，吸烟烟。"他的哥哥们在池塘里打闹，你用泥巴扔我，我用泥巴扔你，从水里扔到岸上，从岸上扔到水里。蛋蛋不知道他的灾难已经拉开大幕，这个七岁的男孩自由自在。

蛋蛋的歌声戛然而止——一块泥巴飞过来，正中蛋蛋头部，蛋蛋一下摔倒在地。蛋蛋醒过来时，一圈光屁股哥哥大眼小眼盯着他，二正叔的白色医疗箱就在蛋蛋头边张开着。二正叔剪掉蛋蛋伤口附近的头发，用酒精消毒，疼得蛋蛋鬼哭狼嚎。他的胳膊腿都被哥哥们按着，上药，包扎。原来砸在蛋蛋头上的，不是泥巴，是半截砖。

池塘里还有多半池水，蛋蛋被剪掉的头发还没长出来，他又在水里和哥哥们快快乐乐地嬉闹了。和哥哥们比赛谁游得快，一群哥哥在岸上叫喊着、蹦跳着给他加油，他居然赢得多输得少。他可以憋一口气潜入水底，手刨脚蹬，在水底淤泥中快速爬行，远远地在水面冒出来，大叫大笑着向抓他的哥哥挑衅。

悲苦又降临到蛋蛋头上。五英伯的宅基地紧靠池塘，游泳的孩子们在这儿上上下下，池水日渐侵蚀宅基地。五英伯不胜其烦，干脆拿来几个酒瓶，高喊着叫池塘里的野小子们看清楚了，然后砸碎，一片一片插在他家宅基地旁的池塘边。那儿从此成了雷区。蛋蛋也看得清清楚楚，但不久便忘得一干二净，于一次慌不择路的追逐中，一脚踏上雷区。

蛋蛋独自在池塘里游来游去。池塘只剩下一小片水，已见了底的部分，裂纹横七竖八，如罗中立的油画《父亲》的那张脸。有一次蛋蛋抠起一块干泥巴，底下的湿泥中居然有两三条尾巴在拼命往下钻。蛋蛋愣了一愣，赶忙去揪。尾巴哧溜滑走，钻入淤泥不见了，蛋蛋两手又黏又腥。

"池塘"已不再是池塘，应该只是池塘里的一条小水沟——说水沟也不准确，因为沟里没有水，全是泥巴。蛋蛋并不孤独，他伸伸腿就能蹬到一头猪。他和那头猪都努力把身体往下压，只把头露在烈日下。蛋蛋和那头猪的想法是一致的：泥巴太浅了，稍不小心就把脊背和屁股露出来了。太阳太毒，晒得人和猪都受不了。二正叔赤着上身站在树荫下，肚皮耷拉到皮带下，面无表情地看着他和那头猪。

后来连泥巴也没有了，蛋蛋只有坐在门楼下的墙角里，那里比较阴凉。蛋蛋一身黑垢，不能动，一动皮肤就裂开，一道一道血丝渗出来，遍身如同刮脸刀片在割。他把身体紧靠在墙壁上，每根毛细血管都张开，吸收砖块里若有若无的凉意。脚心里四五厘米长的大口子老长不好，红肿流脓，又胀又疼。蛋蛋昏昏沉沉，半睡半醒。隔壁家的伙伴们正在唱戏，有敲凳子的，有敲脸盆的，咿咿呀呀，叮叮当当，好不热闹。蛋蛋醒来时已是满天繁星，阒寂无人。

蛋蛋就像一个龇着牙的小狗，看似柔软弱小，却极不驯服。一群人在街上大声说笑。蛋蛋漫无目的地走过来，忽然从人群里伸出来一只手，一把抓住他。二正叔把蛋蛋往上一举，双手顺势往下一滑，就抓住了蛋蛋的两个脚踝，然后一圈一圈抡起来。也不知道抡了多少圈，也不知道是停下来了还是没停下来，蛋蛋只觉得天旋地转，干呕欲吐，各个方向各个角落都有笑声传过来。蛋蛋坐到能站起来，一步一步在众人的笑声中走开。走到很远了，估计他们追也追不上了，蛋蛋放声大骂："小二正！小二正！"然后飞奔而去。对于蛋蛋而言，直接叫堂叔的小名，就是最恶毒的谩骂。

蛋蛋必然要为他的不驯服付出代价。当他去奶奶家的时候，忽听背后一阵脚步声，回头一看，不远处二正叔正往他这里蹑脚飞奔。蛋蛋如受了惊吓的兔子，扭头就往奶奶家跑。进了奶奶家院子，他听见奶奶就在厨房里做饭，风箱吧嗒吧嗒一下一下响着。但蛋蛋不相信奶奶能保护得了自己，转身躲进东房里，藏在了床下面。二正叔前后脚闯进来，一把把蛋蛋从床底下拽出来，咬着牙抡起了巴掌："还敢叫我小名吗？！"

蛋蛋只觉得后背嗵的一声遭到重击，身子飞出去，脚尖几乎离了地。他并没有叫，但从胸腔里挤出半个"啊"来，眼冒金星。还没站稳，后背又是嗵的一声重击，身子再度飞起来，胸腔里又挤出的半个"啊"接上了前半个"啊"。这次蛋蛋想叫了，他想叫："二叔，我再也不敢了！"但只叫了前半个"二"，后半个"二"变成了半个"啊"。东房里响着疾风暴雨般的嗵嗵声和一个男孩不似人声的啊啊声，十米之外的厨房里响着吧嗒吧嗒不紧不慢的风箱声。

蛋蛋蜷缩在他的小床上睡着了，睡着了的蛋蛋还在一抽一抽。哭泣的蛋蛋从窗口里飞出去，白色云朵在他脚下飘来飘去。蛋蛋用手背左一下右一下抹着眼泪，他确定自己在寻找什么，却又忘记了要找什么。蛋蛋好像听到有人在叫自己，扭头一看，一个慈眉善目的人站在一朵白云上，左手托着一个瓷瓶，右手拿着一截杨柳枝，凝神瞧着他。那人用枝条在瓶里蘸一下，往他头上一洒——

"妈妈回来了！"

满脸泪痕的蛋蛋跳起来，看见将近一年不见的弟弟跨过横放大门前挡猪羊的门板，用普通话高喊着。

一桶大豆油

李士民

1986年最冷的那天，我爹起得最早。

我爹沿着沱河岸上的渣石路，卖力地蹬一辆没有闸的大架自行车。是的，我爹赶着去镇上卖藕，卖了藕就开始过年了。

路上，我爹被一辆四轮车刮倒了，而且，开四轮车的黑心司机乘着夜色逃走了。我爹小腿粉碎性骨折，疼得龇牙咧嘴，被乡亲们送进了县人民医院。我娘跑到舅舅家，借来200块钱，又让哥哥到集市上卖了200斤玉米，总算凑够了为爹做手术的钱。

爹出院的时候，已经是腊月二十九，村里不时响起清脆的鞭炮声，到处飘散着炖肉和炸丸子的香味。可是我家，还没准备一点儿年货呢。娘把我和哥召集到一起说："不管咋样，这年也不能落在后边。"然后，娘对哥说："你去集会上买鞭炮、春联和糖果。"娘又麻利地收拾了一袋子油菜籽，让我去镇上榨油，回来炸丸子。

我推出自行车，把车胎打足了气，然后把油菜籽稳稳当当地绑在后面的车座上，在车把上系了一个塑料桶，推着车子就出门了。这时候，娘补充了一句："早去早回，别耽误事。"

当然，我知道娘这句话的分量。我没多说话，顶着嗖嗖的西北风，握紧手里的车把，朝镇上赶去。

到了镇上，我身上早已出了一身汗，双手却冻得发麻。镇上总共有三家榨油的，我舍近求远，去了西桥头胡同里面最偏的那家。

是的，这是一个聪明的选择。这里人少，前面只有两个人等着榨油，不用排长队。还有，榨油的中年男子虽然个子矮，脸上有一个大疤瘌，干活儿却细致，不洒不漏，而且，每斤比别家少收五分钱。

很快就轮到我了，这时候后面已经排起了长长的榨油队伍。要不是一路上赶时间，说不定要排到啥时候呢。我一边暗自庆幸，一边卖力地帮着中年男子干活儿。当飘着淡淡清香的菜油装进塑料桶里时，我心里头也顺畅滑溜，就像镇上新修的宽宽绰绰的柏油路。

回来的时候,我是哼着小曲一路顺风的。我想着,娘这时候已经刷好了锅,拌好了丸子面,备好了柴火,只等着我凯旋,躺在床上的爹也期盼着我尽早归来。

就在那个叫梁庄的小村后面,就在那段下坡路上,就在那个土坑跟前,我的自行车突然一震,车把上系油桶的绳子开了,油桶啪啦一下就掉在了地上,炸烂开来,淡淡清清的菜油就汩汩地流到了那个土坑里。我突然觉得我的皮肉炸烂开来,我的鲜血汩汩地流淌满地。

看着一地糟糕,我无力地蹲下去,歪着身子,勾着脑袋,泪水无声地滚落下来。

一个老头儿走了过来,他看了看,也蹲在了地上。老头儿问我:"乖孩,这是菜油吧?"我点点头。老头儿和我商量说:"乖孩,这样行不,我就喜欢吃菜油,我拿一桶大豆油,换你的菜油行不?"我犹豫了一下,点了点头。

老头儿走了,很快又回来了,左手拎着一桶油,右手端一个盆,还有一把勺子。老头儿对我说:"看看,这是一桶大豆油,不比你的菜籽油少。"然后,老头儿帮忙把大豆油牢固地系在我的车把上,对我说:"你赶紧走吧,骑车的时候,要稳当。"

我推着自行车往前走,回过头,见老头儿蹲在地上,用勺子舀着土坑里的菜油,小心地倒在盆里面。老头儿见我回头,摆摆手说:"乖孩,赶紧走吧,往前看。"

快到村里时,我看见娘正站在村口朝我这边张望,两只手上还粘着面呢。走近了,娘从自行车上解下那桶大豆油,对我说:"乖孩,你真能干。"娘的话音还没掉到地上,我的泪水就哗哗地掉到地上了。

后来,我悄悄地问爹:"那个老头儿,真的喜欢吃菜油吗?"爹说:"不喜欢。"我接着问爹:"那个老头儿,是咱家亲戚吗?"我爹摇摇头。我很疑惑,又问爹:"他为啥说谎?"爹说:"那不叫说谎,那叫好心。"

花 香

何君华

深秋的一天，蒙古族作家海勒根那从他谋生的海拉尔回到故乡科尔沁，科尔沁本地蒙古族作家浩日沁夫设宴款待。在欢快的晚宴当中，海勒根那讲了一个故事，浩日沁夫认为可以写成小小说，我说行。

下面就是这个故事。

黑暗中，乌日娜举起了刀。

刀是一把蒙古刀，一把格外锋利的蒙古刀。尽管它已经足够锋利，但乌日娜觉得还不够，觉得还应该磨一磨，最好将它所有的锋芒都磨出来。为此，她在自家的磨刀石上辛勤地劳作了一个晚上。

现在，乌日娜的蒙古刀在月光的映照下闪着缕缕寒光。它看起来就像是一位骑马周游世界的蒙古侠客的马刀（只是略小），也像是一位妙手回春的蒙古老医生珍藏多年的手术刀（只是略大）。不管怎么说，乌日娜觉得它现在已经足够锋利了。

乌日娜决计要割掉它。乌日娜觉得，是时候动手了。

一旦进入八月，科尔沁草原连绵不绝的花粉开始疯了一般播散，巴垃尔的季节性过敏性鼻炎便开始犯了。接下来便是终日不停的鼻痒、打喷嚏、流鼻涕和鼻堵塞，然后是失眠、困倦、头重脚轻、浑身难受、嗅觉丧失，直至筋疲力尽。这鼻炎甚至还要引发鼻窦炎、中耳炎、鼻息肉、支气管哮喘等一系列并发症，那种痛苦连动起自杀的念头都不是难事。

如果你不是一个季节性过敏性鼻炎患者，你可能很难想象这种痛苦。旗里的医生说，这种鼻炎每年发病季节一致，季节一过症状自然消失，但在发病期间要找到较好的方案来根治它绝非易事，或者说，世界上根本就不存在所谓根治的方法。因此一旦到了发病期，巴垃尔就不得不像南飞的天鹅一样去草原南部的旗里治病。

三天前，巴垃尔照例去了旗里，但直到下午仍不见人影。

相比巴垃尔的不着家，率先抵达的是一帮陌生人，还有一辆卡车。陌生人将巴垃尔家仅有的十只羊拎上了卡车，然后头也不回地绝尘而去。

原来，一年不洗一次澡的巴垃尔在旗里的浴池要了两个女人。

没能看好那十只羊（那可是用银行贷款买的），回到家的巴垃尔不由分说将乌日娜揍了。在外人面前脾气不大的巴垃尔，揍女人却很下得去手。

乌日娜觉得，是时候动手了。巴垃尔睡梦正酣，下体立成了电线杆，是时候动手了。

令所有人都没想到的是，乌日娜的"手术"当真起了作用。

旗里的医生说，治疗季节性过敏性鼻炎无非四种方法：一是避免疗法，通过检测或经验知道对什么过敏，尽可能避免接触过敏原；二是药物疗法，以抗组胺类和糖皮质激素为主；三是减敏疗法，在测出过敏原的情况下，以微量稀释的过敏原溶液长期注射，以使人体产生耐受性；第四才是鼻内神经切断术等手术疗法。没想到乌日娜手起刀落，简洁明快地为巴垃尔找到了最佳治疗方案。

第二年的八月来得比往年似乎慢些。等到八月到来，巴垃尔再也不必为此担心了。没鼻子的巴垃尔赶着羊群走过山冈，第一次难得地在这个季节闻到了科尔沁草原上漫山遍野的花的香气。

回去后不久，海勒根那将这个故事写成了一首诗，题目叫作《巴垃尔鼻炎的治愈过程》。诗是这样写的：

> 长着一管酒糟鼻的巴垃尔
> 呼吸不畅，以治疗鼻炎的名义去城里酗酒
> 一年不洗一次澡的他
> 在浴池要了两个女人
> 第三天下午，一帮陌生人扬了一路沙尘
> 把羊圈仅有的十只羊拎走了
> 回到家，巴垃尔将他那个小个子女人
> 狠揍了一顿，她的哭声真像只乌鸦
> 女人坐在牛粪垛旁
> 旁边汪着夕阳，夕阳汪着血
> 像是天边的电线杆被阉割，流下的
> 而沉沉黑夜好似巴垃尔家
> 欠下的银行信贷，无力偿还
> 整晚，女人都在磨一把蒙古刀

她想用刀子把黑夜撬开一道缝隙
哪怕只是一点点
也好让草原透一透空气
此时,巴垃尔睡梦正酣,下体立成电线杆
女人的刀子在下手前
改变了主意,就像风在下半夜改变了风向
那正打出如雷鼾声的鼻头,仿佛一只破碎了的气球
那天,只听"噗"的一声
黎明提前降临了
那年夏季,草香飘荡
没鼻子的巴垃尔,呼吸十分通畅
在女人面前,像只温顺的绵羊
而他家的牛羊重新高过牧草,长满山冈

海勒根那说:"本故事纯属虚构,请不要对号入座。"
我说:"这不必说了吧。"

跳

于心亮

苏敏不想活了，要跳楼。张飞去讽刺她："你又不是当官的，难道也要'意外失足'吗？"苏敏扑哧就笑了，笑了就不想跳楼了，跟着张飞，乖乖从楼顶上走下来。走下来不等于还想活，苏敏又琢磨着要去跳河。张飞叹口气说："我请你吃麻辣烫吧，吃饱了有力气跳！"

俩人就坐在路边小摊上吃麻辣烫。吃着吃着，苏敏就流了泪。

苏敏说："我失恋了。"张飞说："哦。"

苏敏说："我真失恋了。"张飞说："失恋就失恋吧，有什么呢？谁没失过恋？"

苏敏说："帮我出出气吧，我不想就这么死了。"张飞问："对方猛吗？"苏敏说："猛。"张飞就掏出手机，打电话喊了几个老乡，让他们来帮忙去教训那个人。几个老乡很快就来了，摩拳擦掌问："怎么个教训法儿？"张飞看看苏敏，苏敏说："留口气就行了。"

苏敏说的那人的确挺"猛"，看到张飞他们就吓得猛跑。张飞几个人追上他，手里都握着钢管。苏敏走过去，跟他要钱。那人说没钱。张飞几个人作势要把钢管抡过去，那人就答应给钱了。

很快来了一个女人，开着车，从车窗里扔出一把钱。苏敏气疯了，扇那人一巴掌："她有我年轻漂亮吗？"那人冷冷地说："她有钱。"苏敏放掉那人，让他滚，然后低头去捡钱。有一张飞到灌木丛中，苏敏探身掏了出来。还有一张掉进阴沟里，苏敏也捞了出来。

苏敏不想死了。苏敏请张飞和他的老乡们吃饭。当然还喝酒了。

喝酒的时候，有人在叫喊，大家抬头去看，看到楼顶上有人要跳楼。苏敏跟着喊："你又不是当官的，跳什么楼呢？"喊完了，楼顶的人就跳了下来。张飞的老乡们跑过去看了，张飞和苏敏没有动。张飞说："这人是真想死，不拖泥不带水，说死就死了。"

苏敏就把一个耳光扇到张飞脸上。

张飞在医院里躺了五天，苏敏一直照顾，把捡来的那些钱都给了医院。张飞说以后一定会还的。苏敏撇着嘴说："算了吧，等你伤好了以后再说吧。"张飞听了就笑得头疼。

张飞头疼是因为苏敏。喝酒那天，苏敏拿着一大摞钱付账，旁边有俩小伙儿来抢，张飞过去帮忙，结果头上挨了一砖头。张飞说："下次遇见那俩小子，非打断他们的腿不可。"苏敏听了这话，觉得挺解恨。苏敏说："到时候叫上我，我也上去踢几脚出出气！"

头上的伤好了，张飞就想着要还苏敏的钱。苏敏说："你要还钱，我就去跳楼。"

苏敏这样说，张飞心里就很难受，他想，一码归一码，这钱是一定要还的。可是张飞没有钱，他的钱每月都寄回家。张飞也不能跟老乡借钱，找老乡干什么都行，就是借钱不行。钱这东西，是好东西，也是坏东西，但归根结底来说，钱他妈的不是个东西！

于是张飞闲着时就帮苏敏干点儿活儿。苏敏坏笑着说："怎么，想泡我？"

张飞可没这么想。也不敢想，泡妞得花钱，一想到花钱，这个念头就没了。出来辛苦为什么？不就为赚钱吗？赚了钱回去盖房、娶老婆……城市不是属于自己的地方，张飞知道。

张飞想多赚钱，只要有活儿就干。因此老乡喊他，他立刻就去了。

老乡打工的老板跑路了。老乡说人多力量大，咱们一起找政府，要是政府不管，咱们就集体去跳楼。张飞想说跳楼讨薪太没新意，可又怕老乡问他有什么好办法。张飞想不出来，因此就乖乖地和老乡们一起去讨说法……老乡说了，出门在外，就指望着老乡。

最终张飞和他的老乡们就跑到了楼顶上，做出要跳楼的样子来。楼下很快聚集起人来，人们都在喊，起初听不清，后来听清楚了，人们非常整齐地喊："跳啊跳啊跳啊……"张飞说："要不咱们跳下去？"原先找他的老乡闷声闷气地说："你要愿意跳就跳吧，没人拦着你！"

张飞听了这句话就生气了。他想，我的老板没欠我钱，我凭什么要跳呢？

正在这个时候，苏敏来了。苏敏喊张飞："你妈病了，要你赶紧回老家，我喊你能听见吗？"张飞说："能啊能啊，我妈得了什么病？"苏敏说："你下来就知道了，我骗你是狗娘养的！"张飞就跟老乡说："实在没办法，我妈病了，我要赶紧回家去了……"张飞说完就走了。

张飞下了楼，苏敏说："怎么感谢我？"张飞说："请你吃麻辣烫吧。"

当然也喝了一些酒。喝了酒，苏敏就靠在张飞身上，说："今晚我住你屋里吧。"张飞说："你想泡我啊？"苏敏说："就想泡你了，你不敢吗？"张飞说："敢，有什么不敢的？"张飞说完，就搂着苏敏摇摇晃晃往回走。想着待会儿就会发生的事情，张飞就觉得全身燥热起来了。

　　路过一个游泳池，张飞说："趁着没人，咱们进去洗洗吧？"苏敏说："不洗，我身子干净。"张飞说："那好，你看着我洗，我老家村后有个瀑布，十多米高，我都敢往下跳，我现在表演高台跳水给你看啊……"四周黑漆漆，张飞摇摇晃晃摸上跳台，说："看好了，我要跳啦！"

　　游泳池底传来一声闷响。过了一会儿，苏敏小心翼翼地喊："张飞……张飞……"

　　苏敏拿到一万块钱。管理游泳池的人说："要是嫌少，就去上访告状吧。"苏敏没觉得少，她觉得挺合适的，因此她签了字，拿上钱就离开了。苏敏离开了租住的地方。经过张飞的屋子时，苏敏心说："张飞，你把钱还给我了，咱们两清了，谁也不欠谁的了。"

千年火狐

蔡永平

那只火狐又出现了。它像一道燃烧的火焰,腾地从山坡上蹿出,如风一般掠过山梁,进了黄草沟。南巴嘴巴大张,脖子使劲儿向前抻,眼神粘在那火焰上。

南巴是赫赫有名的猎手,年轻时,大山里森林茂密,草木葳蕤,多的是狼、狐、兔、野鸡等野生动物。南巴深谙捕猎之道,布扣套、下猎夹、撒迷药,无所不精,尤其是枪法。他能射出"对对眼"——把子弹从猎物一只眼射进,从另一只眼射出,不伤猎物皮毛。倒在他枪口下的猎物,能填满山谷。南巴每天早上赶羊上山,下午赶羊回圈,肩上就扛着几只野物,在村人眼热的目光中,趾高气扬地回家。

倏忽几十年,大山让牧民践踏祸害,森林萎缩,草木枯疏,野生动物稀少。万年白狐,千年火狐。白狐成精了,一辈子捕获不到;火狐那红艳艳滑爽爽的狐皮,少说值七八千元,沉甸甸的一沓票子!

这只火狐,南巴跟它较量了三年多,下药、布扣套、挖陷阱,都让火狐侥幸逃脱了。南巴要动用那杆心爱的猎枪,他托人搞到了子弹。枪支管理严格,派出所缴枪,别的牧民都把猎枪上缴了,南巴舍不得,偷偷藏了下来。这杆猎枪陪南巴四十多年了,枪管闪着寒光,枪托泛白,显露出木头的纹理。

再狡猾的狐狸也斗不过猎手,南巴有自信。猎手和猎物的较量,比的是意志、耐心和信心。南巴具备这一切。有一段时间,火狐消失了,南巴的心空落落的,没有猎物的猎手是寂寞的。今天早上放羊上山时,南巴的左眼跳得厉害,跳财呢。这不,火狐出现了,这是好兆头啊!

"尽管撒欢儿跑吧,你蹦跶不了几天了!"南巴盯着山梁,咬牙低语。

晚上,暴风雪呼啸。南巴睁眼躺在火炕上嘿嘿笑,睡眼蒙眬的老伴儿狠狠蹬他一脚,嘟囔着嗔怪:"老鼠吃了油大豆,发啥神经!"南巴笑骂:"老妖婆,天助我呀,明天有喜事!"

第二天早上天晴了,红彤彤的太阳抚照着银亮的世界。雪后是捕猎的绝佳时机。"火狐，你是我的囊中物，你是我的盘中菜！"南巴满是沟壑的脸笑成了花。

南巴将猎枪裹在皮袄下，匆匆出村上山。雪厚，稀疏地印着动物的足印，像省略号的是老鼠的，像"个"字的是野鸡的，像梅花的是狐狸的……雪是奸细，出卖了动物的踪迹。

六十三岁的南巴身子骨硬朗，他在雪峰上走得飞快。在黄草沟的阴坡里，南巴发现了狐狸的蹄印。他的心咚咚狂跳，浑身鼓满劲儿，这是战斗前的亢奋。南巴深吸一口气，跟着蹄印跑起来。爬上一道山梁，南巴的双眼燃烧起来，全身血脉偾张。不远处的雪坡上，火狐像一块闪光的红宝石。

火狐看到南巴，掉头撒开腿跑，但雪阻碍了它的脚步，它不能像风一般消匿。

南巴蹲身、抬枪、瞄准、开枪，一气呵成。砰的一声轰响，火狐滚下了山坡。南巴一屁股坐在雪上，飞速地滑追下去。

谷底一块平坦的雪地里，火狐直挺挺地立起身，两只前爪抱在胸前，尖尖的耳朵直竖着，圆圆的眼睛如一泓深潭，平静地看着满身是雪的南巴，像迎接一个久违的朋友。

南巴第一次碰到不惧怕猎人的猎物，他的心突地战栗起来，打了一个激灵。他顾不上多想，抢起猎枪，用枪托狠狠地砸向火狐。第一下，红狐晃了一下脖子，枪托掠过了它的头顶，南巴暴怒。第二下，火狐闪了一下腰，枪托擦过了它的身子，南巴咆哮。第三下，枪托狠狠地捣向火狐那深不可测的眼睛，火狐嘴角向上一抿，微微笑了。狐狸会笑，南巴大骇。

火狐伸出两只前爪灵巧地抱住枪托，南巴往回拽枪，火狐紧抱住不放，人和狐僵持着。拉扯中，火狐的一只爪子钩住了猎枪的扳机，砰的一声轰响，震得南巴头昏，疼痛从右手汹涌而来。

南巴丢了枪，右手食指、拇指和半个手掌没有了，血咕嘟嘟直冒。火狐深潭似的双眼盯看南巴，嘴角上抿，端着枪，像个要射击的猎人，黑洞洞的枪口对着南巴。南巴成了火狐枪口下的猎物，他惊恐地大叫，掉头没命地向沟外逃去。

村人把南巴送到医院，按南巴的指点到沟里寻火狐。在空荡荡的谷底，人们看到了鲜红的血迹、凌乱的足迹，但找遍沟沟岔岔也没找到火狐，更没找到那杆猎枪。

恋爱基金

女 真

那次我回家探亲，妈妈塞给我一张信用卡，全球通用、免年费的那种。我不解，问她："干吗？我自己挣的够花。"

妈妈说："你爸给的，说这个是恋爱基金，健身、美容、约会吃饭、买衣服、买化妆品都行。这是他的副卡，你花没花钱、花钱做了什么他都能知道。"

真是亲爸呀！我无语。收下卡，我感觉"压力山大"。

他们在变相催婚。我30岁了，前两次恋爱没修成正果。爸妈着急，又不想女儿因为经济原因将就终身大事。时代变了，女生也可以主动约会、追求男生呗？我爸的观念更新还挺快呢。我还记得他们那一代做父母的老观念是：富养闺女穷养儿。我小时候，他们肯定也想富养我，可那会儿家里条件不行，我爸的小加工厂刚起步，贷不到款，进原料的资金需要亲朋好友东一家西一家凑。话说当年他们也算尽力富养我了。上小学时，夏天买雪糕我挑最便宜的，被我爸发现了，叮嘱我妈："告诉闺女，雪糕要买贵的，一分价钱一分货，吃进肚里的东西不能糊弄。"

不想让他们再催问、多操心，但我也不能挥霍我爸的钱，他不容易。我工作了，他在单位附近给我买了一套两居室，现在又塞给我信用卡。好吧，我用信用卡健身、旅游、买衣服，而我自己的工资，另作了他用。

后来我认识了车有。他学的社会学，毕业以后卖保险，又卖房子。他挺懂人的心理，卖房子业绩不错。跟他交往，我没马上告诉爸妈，担心他们嫌车有学历只是本科，又是郊区农村的，在城市里没根基。我妈妈曾经说过："找婆家最好是城市里的，知识分子家庭最好，将来生了孩子有人帮你照看，老人也会教育孩子。"

我爸我妈都没念过大学，他们对知识分子挺看重。他们鼓励我往上考，期望我把博士念下来。我研究生毕业直接工作，他们其实有点儿小失落。我是这么安慰他们的："你们不知道女博士不好找婆家噢……"

和车有恋爱，我不能总瞒着爸妈。这次我事先给他们打了预防针，电话里告诉他们，我找了一个不算很帅但还过得去的男朋友，带回去让他们过目。他们再往下问，我一概不正面回答，凭他们去猜，摆出的架势是他们必须同意，反对无效。

见了面，车有的衣着、长相、谈吐，他们没挑出毛病，但背后他们又开始审问我。我爸问："这个车有，他怎么还是农村户口？"

我回他："爸呀，农村户口多好啊！得亏上大学时他留了心眼儿，没把户口迁出来。以后我们想呼吸新鲜空气，可以回他老家，把老宅重新翻盖，多盖几层楼，那不就是别墅？他家里现在还有地呢，我们计划过几年办个有机农场。爸您知道将来什么最值钱吧？土地、有机食品。将来您不想经营加工厂了，就到农场来养老吧，保证您和我妈天天吃有机食品。"

我妈更关心将来我是否要跟公婆一起住："将来老人要跟你们在城里一起养老？"

我回她："车有他爸他妈不喜欢住城里。他有个妹妹叫车来，嫁在同一个村里，照顾老人很方便。"

车有可能不是他们想象中的女婿，但我认定的人，估计他们不会阻拦。他们只是不放心，想再多打听打听而已。

审问告一段落，我拿出信用卡，还给他们："爸、妈，谢谢你们的恋爱基金，这基金还真管用，让我找到了对的人。"

我说的是心里话。我跟车有是在买房子过程中认识的，他其实是我的售楼员。这个楼盘增值空间大，他自己贷款买了一套。他说的是真话，我后来买的这套，跟他门对门。我们俩，先做邻居，后恋爱。

临走头天晚上，妈妈把我拉到她房间，表情严肃。妈妈说："闺女，我得告诉你实话，咱家加工厂其实已经破产清算了，你爸一直不让告诉你。这几年，你爸还信用卡，其实，靠的是我们的老家底……"

真是亲爸、亲妈！我心里翻江倒海，告诉妈妈："您跟我爸说，我结婚的时候，再不用操心给我买房。这几年我把攒下的钱当首付在长白岛买了一套房子，现在增值不少，学区也不错，将来有孩子上学没问题。我原先没告诉你们，是想给你们一个惊喜。还有呢，我爸早先买的两居室，你们赶紧过来住吧！住得近些，也方便我照顾你们。告诉我爸，他该退休了，人不能一辈子操劳，身体最重要，开心最好！"

回去的路上，我沉默不语。车有忐忑不安："老人家说什么了吧？是不是我的问题？"

我告诉他："别瞎想，跟你没关系。"

但我想了想，其实我说得不对。车有马上是家里人了，给我爸我妈养老，他也有责任。想到开车时乘客说话可以帮司机提神，我马上打开了话匣子，还要时不时提醒他别超速——高速公路上，摄像头很多。

大妞的红灯笼

非 鱼

过年前,大妞就开始惦记她正月十五的灯笼了。

先从大姑父画的窗花说起。

大姑父人长得不周正,瘦小,走路一步一趔趄,没多少力气,地里的活儿也做不好,但他手巧,会在纸上画窗花,在布上画门帘。一进入腊月,大妞就喜欢去大姑家,一脸崇拜地看大姑父画画。

一张八仙桌摆在屋中央,摆满了小碟子、小碗,里面盛着各色颜料。大姑父告诉大妞,这是胭脂红、桃红、洋黄、绛色,那是翠绿、洋蓝、纯黑。大妞喜欢帮大姑父打下手,把裁好的白粉连纸条叠成方方正正一块,压出印儿,再展开。大姑父嘴里叼一根毛笔,手里握一根,毛笔先在水里蘸一下,再在小碟子里蘸一下,落到纸上一点一拧,一朵花瓣或者一只小鸟头就出现了。一条花花绿绿的窗花画好了,大妞负责拿到一边摆整齐晾干,等大姑父拿到集市上去卖。

大姑父画一天,大妞紧跟着忙活一天。有时候,趁大姑父吃饭,她会偷偷拿起笔,在剩下的小纸条上乱画。大姑父看见,笑呵呵地说她:"不是这样画的,来,我教你点梅花,画个草。"

其实,大妞的目的并不在学画,她想要窗花。大姑父赶集回来,卖剩的窗花挑出好的,下一集再卖,一些一般的就给大妞:"喏,拿回去玩儿。"

大妞怎么舍得玩儿,那么漂亮的花草小鸟,她可舍不得。

拿回观头村的窗花,一些被娘挑出来糊了窗户和风门,剩下的,大妞又分出优劣,按照和自己关系的好坏,一人一张分给她的手下喽啰,以赢得对他们的领导。眼看着快过年了,大妞压在炕席下的窗花剩下没几张,她就又去找大姑父,得攒够正月十五要用的。

吃了"破五"的饺子,年就算过完了,大妞开始操心她的灯笼了。她天天催,小和尚念经一样。娘翻出旧的竹门帘,把竹篾剪成一拃长的小段,用白线牢牢扎紧,扎出一个小兔子、小鸭子或多面体的框架,用大妞攒下的窗花糊了,再涂上颜料打扮一下,漂亮的小灯笼就成了。

当然,大姐的灯笼一个可不够,她得要仨,从十四到十六,一晚上一个。她太费灯笼了。

娘有时候会让她去找大姑父要点儿颜料。过完年,大姑父就闲了,他问大姐:"要颜料干吗?"大姐说:"做灯笼啊!"

大姑父说:"我给你做荷花灯。"

大姑父把白粉连纸裁成长方形,拿出小碟子,倒点水和桃红颜料,用小刷子由深到浅刷了,刷完晾干,一张一张叠起来,裹在酒瓶上,再拿结实的线均匀地一圈圈缠了,用手把纸从上到下使劲儿拉下来压实,解开线,一片一片的瓦楞纸就做好了。

大姑父手蘸糨糊,在深桃红的一端一拧,一片粉嫩翘起的荷花瓣做好了。十几个花瓣做好,一片叠一片糊在灯笼骨上,成了一个漂亮的荷花灯。

大姐拎着大姑父做好的荷花灯,一路走着晃着回去了。

迫不及待地等到正月十四,天还没黑透,大姐就催娘赶紧准备萝卜灯,那是送往大门口和路口,给逝去的亲人照路的。大姐要负责把那些萝卜灯送完,才能打着自己的灯笼出去显摆。

大姐十四晚上就要打着大姑父做的那盏最漂亮的荷花灯出去。一出院门,看见后沟的美婷嫂领着一群孩子去转老椿树,大姐赶紧追过去,跟在队伍后面,听美婷嫂嘴里念念有词:"转转,转椿树,顺三匝,倒三匝……"后面的也听不清楚,反正跟着队伍转就是。

转完,才开始夜晚的重头戏。打着各种形状灯笼的孩子们都集中在场院上,小小的场院被一团一团红点燃,被孩子们的喧闹点燃,比过年还热闹。他们互相比,谁家的灯笼好看,谁家的难看。被说难看的孩子脸上挂不住,故意来回晃灯笼,把小蜡烛晃倒,灯笼烧着,只剩个灯笼底和铁丝,挑着回家了。

大姐仗着大姑父做的荷花灯又大又漂亮,大呼小叫,满场院地跑。看见谁的蜡烛快倒了,她就故意去撞一下,把人家的灯笼烧着。那个孩子哭了,她跑了。当然,她也会遭到一些男孩子的围攻。大家故意去吹她的蜡烛,拿灯笼底去撞她的灯。到夜深回家时,她拎回去的,也只剩一根小棍下的铁丝和一块木头。娘说:"这女子也不知道随了谁,疯得没边没沿儿。"

好不容易熬到正月十六晚上,大姐手里还拎着一只娘做的兔子灯,好多小孩子的灯笼已经烧光了,没有灯笼可打,只能端一块白萝卜灯充数。

她突然听见美婷嫂在喊:"杜家沟有戏,谁去看戏?看戏跟我走了。"

看戏这么热闹的事怎么能少了大妞,她冲美婷嫂大喊:"等等我,我去。"又惦记着手里的灯笼要送回家。灯笼照路,只能看见眼前,原本熟悉的路,大妞着急,一路小跑,一下子就从别人家的崖头上跑下去,掉进邻居的地坑院里了。

据邻居说,正在窑里,听见扑通一声响,出来一看,先看见灯笼着火,接着看见大妞在地上踢着脚大哭小叫唤;还没问清楚咋回事,她就爬起来往院外跑,一边跑一边大哭。

后来,娘问大妞:"哭啥?"她说:"哭我的灯笼烧着了,哭怕跟不上看戏了。"娘又问:"那掉进别人院里你不疼?"大妞说:"疼,顾不上。"

一道折痕

穗　子

"你来一趟吧，老郑死了，我有话要说。"我苏醒过来的第一件事儿，就是给巧玲打电话，语气很强硬。我有百分之百的理由强硬，妈的。

得往前说。不久前，我和老郑新买了一辆红色起亚，我知道他喜欢车，就咬牙掏出了家里的全部积蓄。昨天，他带我去兜风，在高速公路大桥上出了车祸。老郑死了，我以为我也死了。

再往前说，巧玲是和老郑光腚一起长大的大明的老婆。老郑娶我之前的那两年，天天在他们家蹭饭。我和巧玲只是在我和老郑的婚礼上见过一面，这个女人面庞白净，身段婀娜，在给我们送祝福时目光在老郑身上一勾的瞬间被我看到了，不爽。这一定是个妩媚妖娆的主儿，尽管她只是个开成衣铺的。老郑在她家混了那么长时间他俩会不会有事儿？老郑现在是我的，我不许任何人染指，不许他再跟巧玲来往，甚至大明也不行。老郑还真听话。六年来，我们的日子过得太太平平的。

巧玲走进病房后，我撵走了我妈。屋子里就我们俩，她站在我床前。我没有抬头——抬不了，脑袋上打了两个洞，坠着个大铁砣子做牵引——颈椎断了；眼睛也没睁——眼睛肿得一点儿缝都没有，想睁也睁不开。我使尽所有的力气说了几句话："老郑跟我发誓说如果他跟你有事儿就让车撞死。现在他真被撞死了，所以是你害死了他。我恨你，恨死你了！我说完了，你走吧。"

我试图摆摆手，可胳膊也是断的，抬不起来。等我确定她关上门走了，眼泪才从我的眼角奔涌出来。我要放声大哭，可我哭不出声来，我还没有力气哭得响亮一些，只是喑哑地号。

昨天的情景历历在目。早上八点老郑来到洗衣店，非要带我出去玩儿，结婚以来老郑一直这么黏人。

"媳妇，走，我带你去镜泊湖，咱们走高速公路！"老郑高兴时，大眼睛里就往外冒火星子，让人不忍拒绝。这个整天笑呵呵的男人大我五岁，可他明明就是个永远长不大的孩子，我总怕他太淘气。

"你看，我这儿还有一堆衣服要洗呢。"

"啥活儿也不干了。走人！"话没说完，他咔地拉下了电闸。老郑是一家国企的电工，四十几岁了还这么不着调。这是老郑第一次上高速公路，我能感受到他的兴奋和紧张。

"媳妇，美吧？"

"你不用管我，专心开车就是！"坐在自己家的新车上吃无花果，我心里可美了。

美美地玩了一天，游湖，看瀑布，逛地下森林，开心到了极点。日子就这么过下去吧，美到沉醉。眼看着天擦黑儿了，我们才急急地往回开。一回到高速公路，我又暗暗紧张。

老郑的手机忽然响了，我拿起一看是巧玲打来的，顿时火冒三丈："跟那个狐狸精居然还有来往，你个王八蛋！"

"哟，哪个狐狸精这么有魅力呀，让我媳妇变得这么不淑女？"老郑分明没意识到事情的严重性。

"还有谁？那个死不要脸的巧玲！"

"媳妇你咋就不信我呢？我跟她要是有事儿，就立刻让车撞死！"

"这话，你敢瞅着我的眼睛说吗？"

"心里又没鬼，我怕啥！"他一回身……他一回身，车撞断了桥栏杆。

老郑死了，我也不想活，真的。躺在床上一动不能动地做了两个多月的牵引，生不如死，骨头仍然没有长上，最后还是做了三次大手术。体无完肤，九死一生。出院时已经是冬天了，家里冰冷冰冷的，老郑带走了我生活的全部热度。没有了老郑我不知道我还活着干吗，可我妈二十四小时死盯着我。闭上眼睛就是老郑乐呵呵的样子，睁开眼睛是空荡荡的屋子，我宁愿闭着眼。

第二年清明我总算能爬起来了，我得去给老郑扫墓，去看看他。最近老是梦见他又有了别的女人，我怀疑他墓地周边有哪个大姑娘或是小媳妇的孤魂。

在老郑坟前，我遇到了巧玲和大明。

"嫂子，郑哥出事儿那天是我爸的生日聚会。俺家大明不知咋的一上桌就把自己喝醉了，饭局散了后他躺在路边不肯起来，说想郑哥想得扛不了，闹着要找郑哥喝酒。我咋也弄不回去他，所以才给郑哥打了电话。"巧玲说这些时眼睛并不瞅我，大明在她身后直点头。她又说："那天在医院我没敢争辩，你都那样了。"

"哼，在他坟前你还敢抵赖，我们结婚那天你瞅老郑的眼神就不对！"

巧玲把视线从天上的云朵拉回到我的身上，瞪了好一会儿才幽幽地说道："那天，郑哥衣襟上有一道没熨开的折痕。"

天旋地转，天旋地转。瞅着墓碑上老郑的名字，我软软地撞了过去。

鸟　人

屯里人

老憨是个鸟人。

在传统概念里,"鸟人"的意思有两种。一种是指玩鸟的人,比如大清年间,那些提着鸟笼在街头晃悠的八旗子弟。清代文士金农《白鹇词·小序》中说:"白鹇,羽族之幽奇也,神貌闲暇,不杂于众,鸟人莫得而驯狎之。"第二种意思跟羽族无关,连读音也不同,是一句典型的詈词,借《水浒传》里的话为例:"你是甚么鸟人,敢来消遣我!"

老憨这两种人都不是。但我偏要说,他是鸟人。他爱鸟却不玩鸟,比普通鸟人境界更高,是超级鸟人。

老憨真名叫王成章。也不知怎么弄的,才二十出头儿,就得了个"老憨"的绰号,一叫多年,真名反倒少有人知。

几年前我下乡扶贫,经常住在老憨家里。这时老憨已经把自己打造成桥头镇的大棚王,专门侍弄大棚果树,以樱桃和油桃为主,远近闻名。作为一个新的绰号,"大棚王"的名声越来越响,但老憨的夫人娟子仍一如既往,人前人后"老憨老憨"地叫他。

我在桥头镇蹲点扶贫那几年,只做成了一件事,就是推举老憨为领头羊,成立了产供销为一体的桥头镇大棚果蔬协会,在不到三年时间里,就让全镇的人均收入提高了二十几个百分点。我与老憨也由最初的工作关系,渐渐转化为酒友。一杯桥头大曲下肚,老憨的话匣子就打开了,但他聊得最多的不是樱桃,不是油桃,而是各种各样的鸟。

老憨说他从十二三岁开始,就有"鸟缘"了。我和老憨年龄相仿,我了解那个年代和年龄段的乡下孩子,大多是热衷于用弹弓打鸟的懵懂少年。老憨却从不打鸟。他听鸟。连续很多个春天,他都盘桓在村东的柞树林,或者村西的湿地里,听鸟。时间久了,他能分辨每一种鸟声,谁都问不倒他。

"大喜鹊怎么叫?"

"喳喳喳喳。"

"小喜鹊怎么叫？"

"啾啾啾啾。"

不光大喜鹊、小喜鹊，还有很多其他的鸟，柳莺、百灵、杜鹃、黄雀、金丝雀、金翅、画眉、绣眼等鸟的叫声，老憨都能模仿。鸟鸣春蝉鸣夏，蝉声一起，鸟声就渐渐歇了，直到这时，老憨的魂才会慢慢回到自己的躯壳里。

老憨不仅能辨鸟声，对各种鸟的婚配、繁殖等生活习性，以及鸟语中的寓意，也都说得头头是道。小小年纪，一说鸟，保准滔滔不绝，谁都插不上嘴。老憨他爹经常叹息："这孩子，说不定就是鸟变的。"

谁能想到老憨的恋爱婚姻，也跟鸟有着扯不清道不明的关系呢？这事是娟子跟我说的。娟子喜欢看我和老憨小酌，有时还有一搭无一搭地陪我们说话。

老憨跟娟子是小学同学，也是初中同学，住前后屯，在一起待了九年，彼此却很少搭腔。那时候的男女同学都很保守，不像现在，还没等小学毕业，一个个小男生小女生，都失恋好几回了。

娟子说她二十一岁那年春天，受她妈差遣，去桥头镇的集市上买鸡崽，路上碰到老憨。恰好老憨也是去镇上赶集。老憨握住手闸，一脚撑地，望着身材凹凸有致的娟子，郑重发出邀请："顺路嘛，又不是特意送你。"老憨把话说到这份儿上，娟子也不好推辞，红着脸，默默抓住自行车的后架，腿一跷，坐了上去。

结果那天娟子一只鸡崽也没买，陪老憨在镇上逛了一整天，直到黄昏才结伴而归。

在卖鸡崽的摊位前，老憨对娟子说："俺家有只老母鸡，正好抱了一窝小鸡，刚刚出壳，你明天去拿，想拿多少拿多少。"

"那怎么好意思啊？"娟子小声说。

"那有什么不好意思啊！"老憨说，"老母鸡抱窝上瘾了，抱一窝又一窝，俺家养不了那么多，随便你拿多少。"

沉默好一阵子，娟子才说了句："好的，俺依你。"

娟子用脚尖在泥地上写正字，写一个，又写一个，说这话的时候，已经写到第三个。

那天从桥头镇返程，老憨吹了一路跑调的口哨，还《洪湖水浪打浪》呢！娟子在他身后掩着嘴，不出声地笑了。

第二天上午，老憨在村东的柞树林边上，接到如约而来的娟子。两人刚走到家门口，老憨突然止住脚步，随即将右手食指竖在嘴巴上，示意娟子别出声。老憨歪着脑袋听一阵,随后猫着腰,踮着脚,往房西头柴火垛的方向,一步步挪过去。娟子不明就里,愣在原地,心说:"老憨你要干吗?"

也就一两分钟工夫,老憨手上捧了一只鸟,面带微笑回到娟子身边。娟子看清了,是一只燕子。

"血!"娟子吓一跳,"它身上有血!"

老憨招呼娟子赶紧进家,从屉柜里找出一小瓶红药水,指导娟子给燕子上药。两人手忙脚乱,不经意间,手指与手指触碰到一起,竟过电般弹开。娟子被老憨烫了一下,半边身子发热。老憨也被娟子烫了一下,也是半边身子发热。娟子和老憨迅速对视一眼,又赶紧别过脸去。

从那天起,娟子几乎每天都往老憨家里跑,去看望那只燕子。老憨给它起名叫小带,"纽带"那个"带"。

一个星期以后,小带痊愈了。老憨拉上娟子,一起到家门口放飞。

小带围绕老憨家的院落,飞了一圈又一圈,一直飞了三圈才离开。

可是没过几天,便有一对燕子,到老憨家屋檐下筑窝了。老憨认出来了,娟子也认出来了,其中一只,是小带。

就这样,在老憨的引导下,娟子也成了一个鸟人。第二年春天,燕子归来之际,两位鸟人喜结良缘。

就这样,老憨家的屋檐下,年年都有燕子来筑窝。无论旧屋还是新房,都一样。最多的一年,一共筑了七窝。

听完娟子的讲述,我心头一热,敬了老憨满满一杯酒。

来自老家的音信

闻 樟

正月十五回了趟老家,给已故的父母送个"灯"。回来没几天,老家那边就传来令我惊讶的消息:木昆死了。

在我的老家,木昆也算是个人物。木昆年轻时气盛,为了一点儿小事,竟失手将邻屯一个壮汉打成了植物人,因此入狱,一蹲就是二十年。出狱那年,儿子大头也刚好是二十岁,一个残缺的家庭,恢复了完整。出狱后的木昆,有一股驴劲儿,声称要把耽误的二十年补回来。木昆第一个在屯子里搭蔬菜大棚。屯里人开始时都怀疑,这能成吗?到了春节,家家的餐桌上,都有一盘韭菜炒鸡蛋。神话里的故事,在木昆的努力下变成了现实。人们暗中又不由得佩服起木昆来。木昆扣了几年大棚,家里的日子殷实了,儿子大头也娶上了媳妇。我父母健在时,每年我都要回趟老家。遇见木昆,总要聊上一会儿。我说:"当农民,也须有头脑。你木昆是个有头脑的人,这不,带头富起来了。"木昆跟我打哈哈,说:"富了也招人恨,要不是为了大头,我早就不干了。"我说:"大头有福气呀!"木昆说:"是我前世欠下他的,妈的,这世做他爹,还债来的。"木昆扣大棚富起来了,确也让屯中的一些人感到心里面不痛快。为首的是武二爷。打我记事时起,武二爷一直都是屯子里的头儿,"铁打的"官。"木昆算个什么东西,一个劳改犯嘛!改造二十年,也没能改造好,还是那副熊德行!"武二爷是当着他的那伙人说的。武二爷骨子里对木昆有一种道不明的畏惧。从旁,有人瞧得明白,武二爷是怕自己的"江山"有个动摇。相反,大头妈在屯中颇有好人缘。木昆蹲了二十年大牢,大头妈带着大头守了二十年活寡,着实让人心服。早些年,武二爷动辄就在村民大会上讲:"咱屯,欠大头妈一座贞节牌坊!"

在我看来,木昆是个有担当的人,他或多或少改变了屯子里的一些陈腐风气。木昆七十有三了,但他的身板一向结实得很,怎么突然就死了呢?

消息是老家二哥传来的。

"木昆到底是怎么死的?"我握着电话问二哥。

二哥在电话那端说——

"就在你走的那天，正月十六嘛，半晌午了，邻屯有辆拉柴草的三轮车，路过木昆家门口，木昆不知犯的哪股疯，拦住人家，愣是不让过。三轮车司机是个小伙子，下来跟他理论，说：'这路是公家的，你有什么权力不让俺过？'木昆就跟人家放横，说：'没道理可讲，就是不让你过，怎么的吧你？！'小伙子说：'你这老爷子，这样说话就有点儿胡搅蛮缠了……'木昆薅住人家脖领不松手，嘴里反复叨咕：'你说谁胡搅蛮缠！你说谁胡搅蛮缠……'这一闹腾，街坊四邻们都出来了，袖着手围观，没一个出面劝解的。人家小伙子一直都是好态度，任木昆怎么撕扯，始终不还手，处处赔着小心。小伙子说：'老爷子您消消气儿，您……'小伙子的话还没说完，木昆自个儿倒下了，没一会儿工夫就死了。武二爷自始至终都在旁观。见木昆咽气了，武二爷才评判道：'嘿，这事不怪人家小伙子，木昆这是活腻歪了，自个儿找死！'木昆的儿子大头闻讯赶到，一见爹死了，就赖上了人家。摊上这种事，小伙子只好认倒霉。小伙子说：'这么着吧，我出点儿丧葬费，你看如何？'大头仍不依不饶，说：'你光赔点儿钱就了事了？那是我爹一条命啊！'这个时候，大头妈出面了。大头妈说：'大头，快松手，这件事跟人家一点儿关系都没有，放人家走吧。'大头这才松开手。那小伙子整理一下衣裳领，慌忙给大头妈鞠了个躬。小伙子说：'老太太您心肠好，必有好报！'就这样，小伙子开着三轮车走了。木昆的人缘不咋地，街坊四邻都不愿掺和他家的事。是武二爷喊了一嗓子，大伙儿才肯留下来帮着料理木昆的后事。武二爷跟木昆是死对头。武二爷这时候的表现，令屯中人心服口服。"

说到这里，二哥略微停顿了一会儿。

"其实，木昆的死是另有原因的。"二嫂接过二哥的电话继续跟我聊。二嫂说——

"正月十五那个晚上，木昆家吵翻了天。大头媳妇可不是个善茬儿，整日游手好闲，吵起架来可不含糊，竟然跟木昆对着骂，什么难听骂什么。木昆这辈子怕过谁？如今却栽在儿媳妇手里。木昆难咽下这口气，在里屋间打转转，猛然就想到了在冰城读大学的孙女。孙女读大四了，应该懂得一些事理。再者，孙女自小到大，都是木昆一手团弄大的。孙女上小学，上学放学，木昆去送去接，都是把孙女驮在背上的，一来一往，要走十几里山路呢。孙女读高中，木昆每月去一趟县城，为孙女送吃送穿的……木昆遇到堵心窝的事，自然想跟孙女诉诉苦衷。深夜里，木昆躲在里屋间偷偷地跟孙女通电话。没承想，只说了两句，就遭到孙女一顿数落。最让木昆伤心的是，孙女竟然在电话里说：'你和俺奶合伙欺负俺妈，这么多年了，你当我不知道呀？！'这是什么话呢！木昆撂下电话，一腚蹾坐在了里屋间地上，一坐坐到大天亮。第二天，就出事了。这些，都是大头妈亲口对我说的。大头妈心里明镜似的，孙女若是能开导木昆几句，说说暖心话，木昆是不会死的，啧啧……"

"你猜邻屯那小伙子是谁？"二哥又对着话筒跟我说，"就是被木昆打成植物人那个人的孙子。这算是个奇闻吧！"

通话结束了，我仍呆呆地握着电话。

木昆死了，老家的屯子里，重归于沉寂。我心里多期望老家的屯子，能再多一分祥和。

拂晓莅临

王小忠

达拉草捎话过来，说狼成群结伙骚扰牧场，她很害怕。

旺秀已经走了四十多里路，可离牧场还有二十多里。等他到了牧场，达拉草就不会害怕了。有一个剽悍的男子在，狼就不会轻易进犯。狼的嗅觉十分灵敏，隔山隔水都能闻见男人的汗味。

太阳滑下西山，天边立刻布满红彤彤的云霞。初春，山梁上的风依然凶猛，旺秀裹紧了敞开的单衣，黑黝黝的胸膛立刻被藏进一片黑暗里去了。

旺秀走到大沟梁北坡时，夜色渐渐重了起来。大沟梁北坡靠右是百丈悬崖，旺秀行走如飞，这条路上哪儿有凹坑，哪儿堆着石头，他一清二楚。

走到牧场，星星大概也就出齐了，旺秀边走边想。走到悬崖边的时候，他突然听见几声粗粗的呼吸，同时也看见了眼前的石头旁蹲着一只狼。那狼打着一对"绿灯盏"，那对灯盏绿莹莹的，晃都不晃。旺秀吸了一口凉风，腿不由自主地颤抖起来。"大沟梁上狼多，碰见了别害怕，你要和它死对。"老人们这么说过，但想不到他真就遇到了，于是他咬紧了牙，和那对绿莹莹的灯盏死死地对视。狼的尾巴一下一下地左右摆动着，扫起的沙砾滚到崖底，传来沙啦啦的声音。四周很静，狼急促的呼吸声时断时续，时细时粗。旺秀心里很害怕，不住地祈祷："天，快快亮吧！太阳，快快出来吧！"于是，他似乎看见了牧场上散着的牛羊，漂亮的达拉草提着奶桶，乳沟发出熠熠夺目的光芒……

大约过了半小时，天完全黑了，狼站起身来，那对绿莹莹的灯盏比原先低了一尺多。旺秀紧握着拳头，眼皮都没眨。狼在下边，他敢肯定它不会直扑上来。果然那狼站起身不久，便从旺秀面前一掠而过。一会儿，山右边很远的地方传来了一声低沉的狼嚎。这时候，旺秀才发觉衣服已完全被汗水浸透了。

星星还没出齐，旺秀就赶到了牧场。达拉草没睡着，煤油灯亮着。她似乎知道旺秀今天一定能赶到，于是就拿掉帐房里铺盖用的旧皮袄，换上了新的。旺秀揭开皮袄，这是他和达拉草结婚以来第一次看她的全身。达拉草羞红了脸，用被子捂住下身，开始穿上衣。旺秀坐在地上，不说话，贪婪地吸着烟。

达拉草说："最近狼很多，不敢把羊放在远处，煤油灯整夜没灭，二斤煤油快完了。"又说："羊被狼咬死了几只，肉和皮都丢到河底了。"达拉草一边唠叨，一边煮奶子，取糌粑。旺秀木讷地坐着，他根本没有吃糌粑和说话的心思。达拉草见他不吃不说，便又蜷到皮袄里，静静地看着他。

旺秀开始一件一件把衣服扔到地上，达拉草也无声无息地脱衣服，火一样的身子烤着他乱动的心，两只细长的手捆住他粗壮的腰。旺秀吹灭了灯盏，轻声对达拉草说："睡吧！"旺秀本想告诉达拉草今夜惊心动魄的历险，但他又怕吓着达拉草。真的，那是无法用语言表述的历险，太可怕了。

旺秀在帐房里睡了三天，达拉草以为他病了。她干完活儿，就匆忙回到帐房里守护着旺秀。

旺秀起来了。离旺秀五里之外的扎西也来了，他一脸沮丧，说昨夜有八只羊被狼咬死了。扎西说："这狼再不收拾，恐怕住不多久了。"又说："到县城买点儿药，打到羊身上，毒死几只狼，它就再不敢来了。"

旺秀说："狼会复仇的。"

扎西说："狼会复仇，人也会。"

旺秀和扎西动身了。

太阳刚爬上山顶时，他和扎西已走了很长一段路。一路上，旺秀重复着给扎西说旧事。

旺秀在牧场四周胆大得出了名，大家不叫他的名字，都说他是"娄干"（傻子）。旺秀敢赤膊和牛斗殴，也敢夜里出帐进林。有一年远行时，他碰见一只母狼，母狼带着三个孩子正在石夹崖的一处二台（崖壁上的平台）上走着。一只狼就够羊群和牧民提心吊胆了，那些狼崽子长大后，不知还要生多少个狼崽子。

石夹崖奇险无比，二台离山顶有三丈多高，离崖底也有三丈多高。二台上的小道只容一个人行走，但没人敢在那条道上走，常住牧场的牧民们都说那是条狼路。他坐在山顶上，吸了几口烟，然后便毫无顾忌地搬起脚下的石头，对准那只母狼扔了下去。他在上面听见一声尖厉的嗥叫，接着又扔下一块石头。过了一会儿，他向下一看，见那母狼已转过身子，舔着被砸伤的孩子。当他扔下第三块石头时，那母狼望见了他，没有跑。当他再次搬石头时，凄厉的嗥叫声又传了上来。他慌忙向下看去，见那只母狼用嘴衔起孩子，并把它们一一扔到崖底，然后自己也飞身而下。他当时心里非常害怕——狼发给同伴儿最强的信号就是嗥叫，说不定过上一阵，这条小路上会出现成群结队的狼……

旺秀给扎西说这个旧事，已不是第一次了，但他说起来依旧绘声绘色，而扎西似乎也听得津津有味。

他对扎西说："其实狼很少吃与它为邻的东西，可碰上羊，它就收不住自己的凶性。"

扎西说："羊遇见狼就会伸长脖子，专门让狼咬，这是天意。"

旺秀说："羊是怕狼的，但狼却怕人。"

扎西说："其实人也是怕狼的。"

旺秀和扎西回到牧场时天已很晚了，达拉草早已为他们做好了饭。吃完后，旺秀和扎西摸黑把药打到了羊身上，当然扎西家好几只羊也被打了药。

旺秀还没起来，扎西就来了。

扎西说："昨夜狼叫了半个晚上，羊被咬死了十三只，狼死了一只。"旺秀连忙起来，跑到用牛粪围成的羊圈里，发现自家的羊死了五只。

他回到帐房里时，扎西已走了。旺秀告诉达拉草，羊死了五只，不是狼咬死的。达拉草没开口，眼眶里盈满了清汪汪的泪水。

旺秀和扎西进城卖掉了那只被毒死的狼，然后买了些盐巴和煤油，回来时依然很晚了。

夜里，达拉草像小绵羊一样蜷在旺秀怀里，旺秀抚摸着她光滑的脊背，心里有种说不出的难过。

旺秀的身子被达拉草缠得快要着火了。这时候，他们突然听见羊群发出骚动的声音，接着传来悠长而低沉的狼的嗥叫声。叫声渐渐连成一片，像是一只，又像是一群，直到后半夜才停止。旺秀准备到外面看一看，而达拉草的手像钳子一样死死地钳住了他。

天快亮了，旺秀点着灯盏，达拉草也起来了。外面低低的冷风迎面吹着，草原异样安详寂静。他们直奔向羊圈，听不到羊骚动的声音。旺秀划着火柴，看见一圈羊都静静地躺着，地上没有一匹狼。

达拉草哇的一声哭了，这时候，旺秀听见那边的扎西也发出揪心的哭叫。

旺秀扶着达拉草向帐房走去。

旺秀说："达拉草，不要哭了，明天我们就搬走，定居下来，再不让你害怕。"

达拉草不哭了，她抬头望着东方，东方已滚翻着绯红的云团——拂晓莅临了。

镜子里那人是谁

罗 箫

人老了，都想安度晚年，可有人不这样想，而是只看当前，不考虑今后。换句话说，是不动脑子，得过且过，不管春夏与秋冬。这就是老年痴呆症患者，不记事，也不想事，脑子里干净得像一张白纸。

一天早晨，我正在厨房做饭，听见娘在我的卧室里跟人说话。饭做熟，仍听到她在说话。我清楚我的卧室里没有别人，就进去查看，娘正面对挂在墙壁上的那块巴掌大小的照脸镜絮叨。我问："您在跟谁说话？""那不，一个来看我的老太太。"娘说。"那不是您吗？""不是我，我在这儿，她在那儿。"唉！娘竟然把镜子里的自己当成外人了。

我拉娘去厨房吃饭，她却不走："光叫我？也叫她去吃饭呀！"我说："她回家了，您赶紧去厨房吃饭吧，别放凉了。"她扭头看看镜子，恼火道："瞎说！她没走，那不，还在呢！"我只好把那块照脸镜摘下，递给她。

娘手捧照脸镜走进厨房，把照脸镜靠墙放在对面，坐下呼噜呼噜喝饭。照脸镜里的她也在呼噜呼噜喝饭，"俩人"那高兴劲儿，感染得我直揉眼睛。吃罢饭，娘捧起那块照脸镜往外走，边走边和镜子里面的她说笑。我轻松之余，忽然想起有件事要办，刻不容缓。

我从秤钩集回来，见娘坐在梧桐树下的小马扎上，仍在和照脸镜里的她说笑。"没想到，您有伴儿了，还是铁杆儿的。"我逗趣道。娘乐呵呵地说："可不是呗！我说啥，她就说啥，我俩可说得来啦！""天快黑了，您回屋吧。"我去夺那块照脸镜，她不给："你不能撵走她，撵走她，我会闷死的，你不想让我活了？"我说："哪能呢？这不，我把她喊回来了。"她说："哪有？哪有？哪有？"我指指她的卧室："您不进屋看不到，进屋就看到了。"娘进屋看一眼那块大水银镜里的她，高兴得直叫唤："啊哟！屋里真有人啊！"我说："是真有，不是假有吧？"她说："真有！真有！不是假有。"灵感忽现，我匆忙回屋，将一首小诗敲打进电脑E盘文件夹：

阿尔茨海默病

老娘整天胡喊乱叫
人呢？都不管我了？
她想找人陪她唠嗑
我灵机一动
给她买来一块大水银镜
（五十乘七十厘米）
老娘和那个老太太聊个没完没了
老娘走了
那个老太太就走了
老娘来了
那个老太太就来了
老娘是在和自己说话
她在镜子外面
也在镜子里面

  我浏览一遍，感觉有那么一点点小空灵在内。突然听到娘在喊饿。每隔个把小时，娘就要吃的，这早已成为她的习惯。我关掉电脑，拿块蛋糕去到西屋递给娘。娘问镜子里的老太太："你吃吗？哎，你也有啊，谁给你的？"我说："我给她的。"娘咬一口，说："好吃。"眯眼问对方："好吃吗？"那个老太太点点头，和娘一样，边吃边笑。不一会儿，俩人就一齐把蛋糕吃完了。娘问："还有吗？""有，"我说，"待会儿我再给您拿。""记着也给她拿，不能光我吃，让陪我说话的人眼馋。"我说："有您的，就有她的，待会儿我就给你俩拿。"

  北院邻居焕琴来串门儿，以为那屋有两个人，进去一看，娘手舞足蹈，正在和镜子里的自己哇啦哇啦说话。这情景确实滑稽。焕琴乐得合不拢嘴。我心里酸不溜秋的，差点儿落泪。

紫禁城的鲟鱼汤

蒙福森

康熙三十一年春日,树木葳蕤,草长莺飞,春意盎然。一大早,江宁渔民刘老六和儿子在大江上捕鱼。

这是一个寻常的日子,依旧是斜风细雨,江水苍茫,远山如黛。大江两岸的屋舍、田野、丘陵、树木都笼罩在雨霭之中,烟岚缥缈,若隐若现,恍如一幅杏花烟雨江南的水墨画。刘老六父子箬笠蓑衣,在白浪滔天的大江中撑一叶渔舟,撒网捕鱼。

第一网,一无所获。

第二网,捞到一些小鱼小虾、几根水草。

接着,第三网、第四网……第十五网,渔网刚拖离水面,突然间,刘老六心跳加速,手脚颤抖。——渔网中,一条罕见珍稀的鲟鱼在挣扎着。

"鲟鱼!鲟鱼!鲟鱼!"刘老六连声惊叫,手脚无措,几乎跌坐在船舷上。

这确实是一条鲟鱼,一条价值不菲的鲟鱼!算起来,江宁的渔民已经有两年多没有捕捞到鲟鱼了。

渔船随即撑回岸边。"鲟鱼——鲟鱼——"刘老六向长年守候在江边等候鲟鱼的几名官差大声喊叫,"捕到了一条大鲟鱼!"

不一会儿,官府的大批人马携带着冰块策马奔驰而来。岸边,围了许多看热闹的人。刘老六父子小心翼翼地捞起这条有两斤多重的鲟鱼,交到官差的手中。

鲟鱼娇贵,离水很快就会死掉。官差们把鲟鱼放入一个放满冰块的盒中,盒子外再淋上一层猪油,以防止冰块过快融化。随后,数匹快马立刻如离弦之箭,沿官道快马加鞭,一路驰奔京城。

刘老六随后到官府,领到了一笔丰厚的奖赏——十五两银子。这笔银子,相当于刘老六打鱼一年的收入。

几个官差,背插令旗,一个马背上绑着放鲟鱼的盒子,两个护卫,一前一后,最前面还有一个官差手举令旗,一路不断大呼:"八百里加急,闲杂人等立刻避让！"

　　他们出了江宁城，一路狂奔，不想，路边有几个孩子在玩耍，突然见到几匹快马飞奔而来，吓呆了，不知避让。几匹快马迎头踩踏过去，其中一个六七岁的男孩被一匹快马撞倒，另一匹马踩中他的头部，顿时，头破血流，不省人事。

　　官差们仅犹豫一下，随即，快马加鞭，飞驰而过。

　　从江宁到京城，有三千多里路，沿途官府接到快报，早已准备了大批快马，等候从江宁送鱼上京的官差。每一处驿站，都煮好蛋汤，等官差们一到，端上来，匆忙喝上几口。每一处驿站，换一次马，换马不换人。每两处驿站，换一次人。如此日夜不停，向京城疾驰。晚上，沿路官府点起火把，为他们夜奔照明，一路火光映照，不耽误片刻。马蹄声急，尘土飞扬，泥水飞溅。嘚嘚嘚，嘚嘚嘚，马蹄声在寂静的深夜里显得特别清晰。

　　三日后，鲥鱼送到了京城。御膳房总管吩咐："立刻交给御厨张和烹制。"张和打开盒子，一看，一闻，点点头："好。"鲥鱼虽死，有冰块保鲜，依然像刚从江里捕捞到一样。张和跟御厨们说过，鲥鱼之味，世间罕有，贵在鲜美、滑嫩、无腥、无泥味，肉如凝珠，其色如玉，非寻常鱼可比，极其珍贵。古诗有云："青杏黄梅朱阁上，鲥鱼苦笋玉盘中……"总之，鲥鱼之味，人间至味也。

　　张和刮鱼鳞，除内脏，洗净，冷水泡浸，去杂味；剔去鱼骨和鱼刺，切鱼片，此时需万分小心，一丝不苟，容不得有一根鱼刺存在，否则，有杀身之祸；放入陈皮、花椒、香蕈、姜片、蒜瓣、八角、香油等多种作料腌制；加上鸿兴楼送来的鲜豆腐，切块，再放入白果、红枣、草果、笋丝等一起下砂锅，文火炖熬，豆腐和鲥鱼水乳交融，融为一体，不分彼此；出锅后，撒上少许葱花，一道色、香、味、鲜俱佳的鲥鱼豆腐汤做好了。正好，到了皇上用膳的时候，侍膳太监轻轻地揭开锅盖，一股浓香立刻飘散开来，泅入鼻翼，沁人心脾。

　　这次，张和烹制的是鲥鱼豆腐汤。如果红烧鲥鱼，又是另一种做法。据说，张和有十多种烹制鲥鱼之法。不同的做法有不同的味道，各有特色，皇上百吃不厌，喜欢着呢。可惜，鲥鱼只产于南方浙江、福建等地，珍稀昂贵，少之又少，很难捕到。朝廷定鲥鱼为皇宫贡品，南方各地捕捞到的鲥鱼，不论大小，一律送入京城。

　　张和烹制鲥鱼水平之高，他人望尘莫及。京城里久负盛名的八大楼、八大居、八大春等大酒楼的名厨，烹制鲥鱼的水平远远比不上张和；甚至，皇宫中所有的御厨，跟张和比，都差了一大截儿。

　　张和自小在江宁乡下长大，祖上出过御厨，家学渊源，传到张和时，他聪明勤学，饱读诗书，悟性甚高，厨艺比祖上更胜一筹。

张和的父母妻儿留在江宁，耕田种地。他有一子一女，儿子今年七岁了，聪明伶俐。做鲥鱼汤的那晚，张和做了一个梦，梦见儿子哭着向他跑来。张和跟御膳房总管请假两个月，他已经有一年多没回家了。

　　从京城回江宁，到枣庄时，有两条路，一条大路，一条小路。张和在岔路口，和从江宁老家日夜兼程赶去京城报信的堂弟擦肩而过，差一点儿就碰到了。

　　堂弟去京城，有一个悲痛欲绝的消息要告诉张和：十几天前，张和的儿子被送鲥鱼上京的官差的快马踏破头颅，不治身亡。

求　婚

安　宁

　　老陈还是小陈的时候，经历过一桩求婚事件。

　　老陈那时年轻气盛，在县城的派出所户籍室上班，是通过读书考取的公务员的"功名"，所以在外人眼里，擅长舞文弄墨的老陈前途无量，将来指不定能够混到市里去。一个人有了出息，七大姑八大姨自然会关注他的婚姻大事，不会让这样一个翩翩公子落到别人枝上栖息。但老陈根本不屑别人介绍的那些歪瓜裂枣，面对她们，他连一点儿精气神也没有，空壳子枪一样，一颗激情的子弹也射不出来。老陈需要红颜知己型的爱人，能红袖添香，也能柴米油盐。这听起来有些浪漫和不着调，可是二十多岁的老陈，坐在办公室里喝茶看报纸的老陈，却咬定了这一点，始终不肯放弃。

　　这段有些落寞的空窗期，无意中走进来一个开理发店的女人。女人在东北待过几年，后来随父亲回到小县城，在派出所附近开了一家理发店谋生，同时兼卖一些保健品。因为一次理发闲聊时，老陈提及可以帮女人在单位推销一些保健品，再加上每天上下班，老陈路过理发店，都会礼貌地朝门口闲看风景的女人挥手或者点头，女人便记住了老陈。老陈闲来无事，会在脑子里想一想女人的样子，觉得这个有着好看的尖下巴和杨柳细腰的女人，其实很有一种风情韵致，尤其是她斜倚在门口，看着来往车辆行人的时候，眼睛里有一种她始终不属于这个小城的漂泊感，这让老陈心中忍不住就生出一种怜惜来。老陈想，之所以他能脱口而出要帮女人推销保健品，大约也是被女人这一点儿美好给吸引住了吧，否则他这样一个事业单位的文人，怎么就会对一个理发店的女人如此热情侠义？

　　如果女人没有向老陈示好并求婚，他与这个女人之间，也就仅仅是顾客与店主或者熟悉的路人的关系。偏偏女人就对老陈多看了一眼，于是在老陈暂且看不上庸常女人的单身期，发生了一段可供日后回忆的故事。

　　老陈那天路过理发店的时候，看到女人在嗑瓜子。不过她不像别的女人那样随处乱扔瓜子壳，而是全都放在手心里。老陈几乎可以想象出女人的手心里潮乎乎的，于是他忍不住冲她笑了笑，并问了声好。女人似乎一直在期待着什么，抿嘴微笑，并朝老陈挥了挥手，示意他过来。老陈想自己恰好该理发了，于是便点点头，进了理发店。

店里女人的父亲正收拾着货架上的保健品，见老陈进来，说了几句闲话，便进了里间。老陈一边理发，一边有一句没一句地和女人扯着闲话。阳光暖洋洋地透过窗照进来，有那么一小片，落在梳妆台的一角，像一只蠢蠢欲动的蝴蝶。老陈的头发被女人温柔的手撩拨着，他有想要闭眼睡上一会儿的慵懒。

老陈终究没有睡过去，因为女人忽然间问他："是否有合适的人？"老陈明白她指的是爱人，他本可以照实直说没有，但又碍于颜面，不想告诉她这样的隐私，便转换话题，问女人有没有结婚。老陈问完这话，便知道错了，因为他看到镜子里女人的脸红了，理发的手也微微颤动了一下，差点儿就剪到老陈的头皮。女人的声音很轻，但老陈却是听清楚了，她说："我还没有，你呢？"老陈大约被女人的羞涩给感染了，这次很清晰地回答了她的问题："我也没有。"一个"也"字，不知为何，让老陈忽然觉得自己的心跟女人贴近了一些，好像男才女貌，就差那么一层纸，两人便可以在一起了。这当然是老陈想象中文艺小说里的桥段，事实上，他并未对女人有过怎样的想法，他只是顺着女人的话说下去，如此而已。

可是，女人却瞬间动了真情。也或许，她早就看上了老陈，只是一直不曾有机会说出来。是到阳光暖融融地照进门的那一刻，她才忽然鼓足勇气，轻声说了一句："你觉得我合适吗？"

老陈有些慌乱，他不知道该如何回答女人的问话。里间静悄悄的，想来女人的父亲早就有所准备，为他和女人腾出安静的一角，讨论这个让彼此不知所措的问题。头发已经剪完，只剩下冲洗和吹干，但老陈却不想进行剩下的程序，只希望快快地离去，最好什么也不说，就落荒而逃。

是的，老陈是逃走的，在草草地丢下一句"我回去想想"之后，便逃走了。老陈没敢回头看女人的身影，他猜想她不会像过去那样，倚在门口目送他离去。或许，以后她再也不会这样目送他了。因为，逃走的老陈不会再回转身，冲一个主动求婚讨要幸福的理发女人点头、微笑、问好，说一些无关紧要却偶然触动了女人的闲话。

第二天，老陈特意绕开那条马路回家。尽管这样要多走一些路程，却可以心无障碍，舒畅自由，好像终于丢掉了一个沉重的包袱一样。

半年后，老陈无意中又经过那条马路，看到理发店已换成副食店，一对胖胖的中年夫妇在进进出出地忙碌。老陈隔着马路看了片刻，好像隔着时光，看过去那个虚伪的自己。而后，他扭头走开了。

那是老陈一生中，唯一一次被女人主动求婚，不问他是否有房有车，只问他是否觉得她合适。

"眼镜"的友谊

郭建朵

在 H 城工作了五年，"眼镜"没有交到一个朋友。每天夜里，在单位吃好晚饭回到住处，舍友已经化好妆，收拾桌子准备出门（有时去酒店上晚班，有时跟男友约会）。"眼镜"就把电脑搬到桌上，开始看一个叫"圆脸"的人写的博客。这几乎成了她的习惯。而"圆脸"也像是感应到了这个叫"眼镜"的读者的期待似的，博客每天保持更新。有一天到了深夜，"眼镜"改完第二天就要上交的核心筒挑架方案，拖拖拉拉不想睡觉，再次点开博客，发现"圆脸"又发上来一篇博文（从更新时间看，还热乎着），内容只有四个字：睡了睡了。这让"眼镜"大为惊讶。她想留一条评论，写什么她都想好了，但鼠标点了点，最终还是一个字没发，随后关机，带着一丝满足和感动爬上了床。

那段时间"眼镜"读博尔赫斯、纳博科夫、多丽丝·莱辛，当然是受了"圆脸"的影响。"圆脸"在博客上写书评（末尾都加上三个字：稿已用），也写点日常，写得隐晦，很难通过文字推测她的真实生活。"眼镜"每篇都看，有时一边看一边嘴里念出声（确定舍友已出门）。她想学着"圆脸"写写博客，但又清楚自己没有时间（也没有信心，大学毕业后除了述职报告，她没有写过长篇大论的东西）。她在一个工程部上班，忙，看书都是利用午休时间，在单位楼下的麦当劳餐厅，一杯咖啡，两个小时，书页唰唰唰往后翻。到了周五晚上，她就想：该去图书馆了。

于是第二天上午（周六，偶尔周日），九点多钟的样子，"眼镜"出现在公交站台，一只手拿着书，一只手提着电脑包，时不时伸长脖子，朝公交车过来的方向眺望。车子迟迟不来（在 H 城，堵车是常事），她的眼神里闪烁着焦虑。

有一次旁边等车的一位老人指指马路对面巷子里的单车租赁点问"眼镜"："年轻人怎么不去做一件更方便、更能节约时间的事情？"她（那位阿姨）的语气有点儿冲，可能觉得公交太挤的原因是年轻人也来占用这个空间。她说："年轻人应该是长翅膀的，应该是随时准备起飞，想飞的时候就能飞起来的。""眼镜"一下子没能理解她那句话（后来也不能，她希望有一天能跟"圆脸"认识，一起坐在运河边聊聊这句话），就朝她笑了笑，笑容友好、温柔，显得有涵养（"眼镜"的自我感觉），但依然站着不动。"眼镜"不爱骑车，或者说她不擅长骑车，或由于公交站正好在她宿舍的大门口，她习惯一出门就朝站台方向走。不过"眼镜"没有把这些理由告诉那位老人家，开始不想说，想说时发现公交车来了。

　　"眼镜"进借阅室的时候，书架周围那一圈座位总是满的。那些人抬起头，一个个显得自大、气势逼人，搞得"眼镜"缩手缩脚。有时她想，"圆脸"会不会就坐在这些人中间？"圆脸"是不是在这里写出她的博文的？想法一闪而过。随后她就捧着书去借书处了。等她从安检门出来，已经到了中午，就直奔旁边的一家咖啡店，去吃一份想了一周的豆豉蒸排骨饭。

　　她是这家店的常客。开始几次点单，服务员问她咖啡是先上还是后上，她总要想一想，仿佛那是面前的两条路，选哪一条就得承担哪一种命运。现在，服务员什么都不问，或者说，不等服务员开口，"眼镜"就交代，吃什么饭（豆豉蒸排骨饭），喝什么咖啡（最开始是甜的，杯面浮一层奶油，后来试了不加糖只加牛奶的，现在固定美式）。当然，咖啡要后上，她还想多逗留一会儿呢。她发现坐在这里的一个好处：如果你想暂时远离人群（或者说生活），想把自己藏起来，这里比任何地方都隐蔽。

　　有一天，"眼镜"正在吃蒸蛋（排骨饭附送的小菜），忽然听见邻桌有人在谈论纳博科夫。女的说："读着顺畅并不是优点。"男的问："怎么说？"女的回答："不是你说的纳博科夫的小说读着爽吗？"男的说："哦，我觉得是优点。"女的说："那说明你还读得远远不够。"男的叹了口气，笑了笑（他们坐在右后方，"眼镜"看不到男的脸上的表情，但是从笑声里听出一丝无可奈何，听出对女的不是他同类的失望），没有说话。紧接着是沉默，过了一会儿，又听到女的问："吃过绿豆糕吗？"男的说："吃过。"女的问："吃过现在流行的没有豆皮的细腻的那种还是老式的口感粗糙的？"男的说："都吃过，粗糙的好吃。"女的拍着桌子说："这就对了。"

　　那一刻，"眼镜"做了一个大胆的判断：女的可能是"圆脸"。她听下去，听他们谈论阿列克塞（之后又用"阿辽沙"称呼，"眼镜"脑袋里跳出三年前跟着"圆脸"读的《卡拉马佐夫兄弟》）。女的说："是的，阿辽沙说得对，善良比诚实重要。"男的说："不对，你下结论了。你不是向来都反对'结论'的吗？"这时，"眼镜"对自己说，没错，这人是"圆脸"。

　　她转头发现，那　男一女正在吃一份果盘。男的穿黑色外套，只看见他的背；女的穿墨绿色毛衣，齐肩直发，大耳环，右手叉一块哈密瓜。她非常警觉，把眼睛从男的脸上移开，盯住"眼镜"，有点儿厌烦、责问的意思。"眼镜"心虚了，转回头继续吃她的蒸蛋，但再吃不出滋味。

　　中间她去了洗手间，在那里想了想下一步该怎么做，患得患失比干一场重活儿累得多。她依然下不了决心，推门出去，发现穿墨绿色毛衣的女人在镜子前补妆，"眼镜"鼓起勇气，盯着镜子里的那张脸问："你是'圆脸'？"

　　墨绿色毛衣女说："是啊，怎么啦？"她没有回头，继续画眉毛。"眼镜"说："我看过你的博客。""圆脸"说："是吗？""眼镜"说："喜欢你的书评。""圆脸"说："每次来这里都有人跟我说这句话。"

　　"眼镜"就不知道怎么接下去了，站了一会儿，觉得"圆脸"不会再说什么，就说："再见。"回到了座位上。"圆脸"没有回来，男的也不见了。服务员收走了果盘和两只装过柠檬水的杯子。

　　"眼镜"怅然若失，感觉一段友谊结束了。

青 钱

高沧海

馆驿街老老少少的人都知道，在我娘生我的头天夜里，我娘梦见一只抱着青钱柳的兔子，推开了我家的大门。

我很小的时候便也晓得，兔子是远道而来，翻越青青的南山顶，蹚过长着黄菖蒲的护城河来到我家的。老桂的爹更是信誓旦旦地说他在梦里也见过，那是一只非常高贵英俊的灰兔子。兔子穿过了他家的莴苣地，他邀请它到家里的桂树下喝茶，兔子很有礼貌地拒绝了他。

众人便开玩笑说："若是兔子喝了老桂爹的茶，青钱就极有可能是老桂爹家的女儿了。"

"青钱——"

老桂在喊我，我们是邻居。

老桂的家在馆驿街的西巷首，西厢房为饭馆，外面就是繁华喧闹的步行街。老桂亲自掌勺，每天只开三桌素品，故而店名为"三桌"。西厢里轻纱布幔层层叠叠，宫灯点缀，屏风为隔，桌上素瓶孑然，淡菊怒梅暗香悠然。就有那三五好友、一二知己、独行人特地来寻访这家店，或浅啜或轻酌，或忆那西厢往事，竟然要三天五日地提前预约了。

偶有闲暇，老桂会喊我去门前的青钱柳下喝茶。

青钱柳自我小时便有。老桂说那时他也就十四五岁吧，一个外乡人路经此地种下的。老桂说："你当然不会记得，那时你才出生不久。你娘喜欢这棵树，所以为你取名'青钱'。"

老桂哈哈大笑起来，他说："青钱，青钱，谁人不知谁人不晓啊！"老桂又说起他爹，他爹还要邀请那只兔子来家喝茶……哈哈……

转眼，老桂爹娘和我爹娘早已去世好多年了。

"还好，还好，馆驿街一直还保持着当年大致面貌。"老桂感叹，"苍苔不改，白墙青瓦依旧在，好，好！"

馆驿街是半截儿巷，如今只有六七户人家，房屋古旧，间住三五位老人；老人故去，便上了锁。老桂在巷里植竹栽花，花间柳色，氤氤氲氲，三桌的生意更胜从前。

老桂说："那日响晴的天，突然就下起了小雨。小雨十分温润，街上的行人并未慌张，甚至步态里更比往日多了些从容，男人们的蓝格衬衫比远山更洁净。"老桂坐在西厢的窗前，抽烟。很快，他就注意到了一个男人，确切地说，是个上了年纪的男人，站在馆驿街的巷口，在熙熙攘攘的人流里。

男人显然刚哭过。老桂说，虽然小雨跟眼泪一样，虽然他没有抬手去擦眼睛，但男人是懂男人的。老桂说我不知道，他老桂自己也这样哭过，所以更懂。

"或许这个人原来住在这里，或许他想起了他故去的父母双亲，像你我一样。"我对老桂说。

"不。"老桂摇头。

老桂说："青钱你还记得吗？那年你十四岁吧，有一个清晨，我不停地喊你：'青钱，你去巷口折几枝石竹，插在三桌的花瓶里。'又喊：'青钱，去巷口捡些樱花，夹在我的书页里，书架上也要放一些。'我还喊：'青钱，去看看水槽里的睡莲开了没……'你知道吗，青钱？那天，你穿一条白裙跑来跑去，你朝气蓬勃的样子，真好看。"

我说："我一直想着这事呢，老桂，当时你好奇怪。"

老桂说，隔了好几年，他还是一眼就认出了那个上了年纪的男人。只不过，这一次，男人身边多了一位眉清目秀的老太太。

他们在馆驿街的巷口，慌乱地看着巷子里一个穿白裙的姑娘抱着一些花儿跑来跑去。他们的耳朵一定捕捞到了一个声音，这个声音反反复复地喊这姑娘："青钱，青钱……"

老桂好像是为了平复心潮，深深地吸了一口手中的烟。

老桂说："五十年前，你爹救了一位年轻的外乡人。当时外乡人身无分文，几近命丧异乡。外乡人痊愈后告辞，言定他年再来重谢再造之恩情。五年后，外乡人携妻怀抱一女婴前来，植青钱柳两棵。离去之时，在你爹娘面前下跪并发重誓——女婴从此为馆驿街高耀祖之女，姓高名青钱；此生绝不相认，如有违誓，定遭天谴！"

我紧紧地抓住老桂的手："老桂，老桂……"

老桂说："你爹你娘成亲多年无生养，咱馆驿街的街坊实诚哪，这么多年没在你跟前漏过一丝丝外话儿。你爹去世早，你娘临终前，让我找机会告诉你。她知道,我从小看你长大,你跟我亲,把我当成亲哥哥。"

"他们……还会来看我吗?"

"会的,他们一定还会来看你,人间的、天上的,他们都爱你……"老桂擦着眼睛说。

在老桂西厢的窗外,我经常不由得对着熙熙攘攘的街市微微笑,善待每一张可爱的面孔。我的亲人,跨越千山万水来看我,他们就在这熙熙攘攘的人群里。我更要与植物相近,汲取美好的气息。或许,我的亲人,他们还会化身为高贵的灰兔子,来造访。

木瓜红

老 海

她径直走到他跟前，打了个招呼，坐在对面的卡座上。

他惊讶地看到她似乎又老了些，当然是与他之前的印象相比。她的头发也留长了，如黑瀑，末尾打个卷儿，感觉不如短发那么干练。脸色也似乎不如以前白了，还有不严重的、花粉过敏的红癣。这一切都影响了她在他心中的美好形象。不过，总体还是瑕不掩瑜，她依然算得上漂亮。

这不奇怪，人总是在向老走着。好久不见，在别人眼里，自己也大约如此。

牛排，红酒。西餐，刀叉叮当。他没吃出什么好来。

"你还在那个公司？"

"嗯，是。"

"就你们仨人？"

"嗯，是。"

"你们仨挺能干呀！"他确实羡慕他们。

"糊口而已。"她倒谦虚。

说话期间，她的神情没变，笑起来的时候，会露出红红的牙龈。这没什么，不露更好，露了也不会减分，许多女人都会露牙龈。关键是她的眼神，迷离，飘忽，不会固定在一个地方超过三秒。可以断定她不痴情，不专心，看上去老是有那么点儿心不在焉。可是他若再问他说的内容，她答得都对。据此他判断她是个聪明人，那迷离的目光，是她的风格、她的个性。

"你们做的书画展情况怎样？"

"还行。"

"上次我给你介绍的我同学怎样？你们联系了吗？"

"联系了。不过，他的要价太高。"

"他确实画得不错。"

"画成他那样的多了去了。"她一副见惯不惊的模样。

"征稿够了吗？"

"早够了。"

他知道她在做书画生意。看来一年不见，挣着钱了，请他来这高档饭店就是证明。还有她说她已考了驾照，上周开公司的车出差到西城小试了一把兜风的潇洒，而她自己买车似乎也是分分钟的事。还有一万三一平方米的房子，九十多平方米，也已入囊中。

她穿着一件黑色外套，有点儿像风衣的那种，从料子上看，没有三千块下不来。他已老朽，她愿意与他会面，于他已属荣幸。谁都愿意年轻，可谁都不会永远年轻，这样与年轻人会面也就等于延长了年轻，或者说弥补了年轻。他感激她的馈赠。何况她还馈赠了他物质——一盒信阳毛尖，很精致的盒子，还搭配有一个同样精致的袋子。礼品似乎并不贵重，却是他的最爱。她怎么知道他喜欢喝信阳毛尖？他不记得他告诉过她。

"你儿子最近怎样？"她突然问。

"哦，就那样。"他并不想谈他的孩子，在这样的环境中。

"还在东莞？"可她却好像对此饶有兴趣。

"嗯，是。"

"太远了。你怎么舍得让他去那么远？"

"在咱们这儿，我给他找不来工作啊！"他感叹，"你知道（事实上他并不知道她知不知道），我不擅长也特别怕跑人事关系。"

"还在那个什么公司？"

"是，他上鲁院认识的一个哥们儿的影视公司。"

"你儿子的小说写得不错。"她说。

上次见面时他将儿子新出的小说集给了她一本。她的夸赞并非虚言，这一点一直使他大仲马式地骄傲。"嘿，他的语言比我好多了！"他这才有了兴致，"就是太懒，轻易不写。上班工作忙，双休日除了睡大头觉，就是看NBA。"

"天才都是这样。"

"天才都不是这样吧。天才出自勤奋，没听说过天才出自懒蛋。"

"总之你儿子够优秀了。怎么，不打算回来了？"

"应该是不打算回来了。去年咱们市晚报社一个哥们儿透露消息说他们那里招聘编辑，我打电话让他回来考考。他说感觉在那里还可以，老板很欣赏他，刚给他提了职，加了薪。他现在已是编导，公司骨干了。"

"那真不错。"他看到她这样说的时候，眼睛却看着桌面，"有女朋友了吧？"

"没有吧。他没说，我也懒得问。快三十的人了，随他去吧。"

"三十也还是孩子啊，该管还是要管的。"

"是啊，是啊……"

这时，二马来了。她和男人交往很有分寸，他注意到，她一来就把她的那只白色坤包放在身边的另一只椅子上，这样，后来的二马就只有坐在了他这边。在杯盏叮当中，二马当然答应了给她画画，并十分慷慨，表示分文不取。他们从饭店出来时，他和二马的脸都被她的那瓶木瓜青红酒染得通红。只有她仍旧面不改色心不跳，阿庆嫂风范。

下楼到外面，他果然看到她换了一辆新的电动车，造型好看的女式。他趁着酒劲儿，握了握她的手。看着她裙裾飘逸的背影，他不禁感叹："精致的女人，能干的女人，美丽的女人……"他往回走时，不自禁地闻了闻手心，自然没闻出什么味道。这不奇怪，他清楚地记得，她的手上戴着白色手套。

一星期后，二马打来电话，说："我早把画画好了，怎么不见她来取啊？"

"我问问。"

其实他没有问。他知道她不去取，一定是不需要了。

鹊桥仙

尚培元

收罢新麦，秀芳就该去河那边看娘了。

洛河沿岸有个习俗，新麦收进场，闺女回家去看娘。这习俗，叫"望夏"。

看娘的礼物早就准备好了，有水果、点心，还有松软的蛋糕。装好了，秀芳又剪一朵鲜艳的牡丹盖在上面，礼物便显得红红火火、闹闹喧喧了。洛河两岸的乡村里，四时八节女人走亲戚，都要剪个团花或吉祥图案盖在礼物上。若是订婚，就剪一对"戏水鸳鸯"；若是祝寿，则剪一幅"延年松鹤"。如果没有剪纸烘托，再厚重的礼物也会显得轻飘飘的。秀芳爱剪纸，爱剪盛开的牡丹、恋花的蝴蝶，还爱剪石窟寺里雕刻的飞天。秀芳体态比较丰满，像唐朝的杨贵妃。她剪的蝴蝶，肥胖而圆润，像在跳着灵动的舞蹈；她剪出的牡丹，娇艳富贵，几片花瓣儿似是带露颤动，两片叶子薄薄的，筋脉毕现。有这样的一朵牡丹开在心里，人生便不会荒芜。

秀芳拎着礼物，喊大牛："走，开车看娘去。"

大牛磨磨蹭蹭上车，有些不太情愿。

秀芳斜眼瞟一下大牛，说："串个亲戚，还得拿轿抬你？"

大牛也不说话，慢慢启动了车子。

出了村，就到洛河边了。望一眼悠然东逝的河水，秀芳忽而觉得，这条洛河，一如铺陈在大地上的一条白练，仿佛在她剪出的一幅山水图中。

洛河汤汤，流过洛阳，流到巩义。接着，洛河似是听见了黄河的召唤，稍稍松了口气，收了匆忙，洒脱地汇入黄河去了。洛河水清，黄河水浊，两河交汇后，流出数里，仍清浊分明，便形成一处景观——河洛汇流。洛河与黄河，并肩携手，共同滋养着这块古老的土地。

秀芳生长在洛河北岸，却嫁给了洛河南岸的大牛。

秀芳的娘家在邙岭脚下的寺湾村，离豫剧大师常香玉的老家董沟不远。一道邙岭苍苍莽莽，如一条黄龙，蜿蜒在洛河跟黄河之间，在这儿高高昂起龙头，看洛河、黄河在此汇流。龙头下的黄土里，天生一块百丈见方的褐色巨石，北魏时于巨石上雕刻出三处石窟,叫作石窟寺。绕着寺院,形成一处村落,叫作寺湾村。村庄小巧,如秀芳剪出的一只鸟巢,又似陈天然版画里的一条渔船,依附在洛河的臂弯里,任河水缠绕抚慰,婴儿一般,安然熟睡。

那年秋天,秀芳去石窟寺,可巧碰上了大牛。

大牛的家在洛河南岸的南瑶湾村,紧挨着笔架山,走几步就能看见诗圣杜甫出生的那孔窑洞,还有窑洞前的那棵枣树。枣树很干瘦,跟瘦弱的诗人一样瘦骨嶙峋。如果穿越回唐朝,大牛跟杜甫肯定是和睦相处的邻居。高中毕业的大牛,心里装着繁盛的唐朝,装着忧愤的诗圣,装着悲悯的杜诗。他曾在秋日的午后,坐在笔架山下的阳光里,把胸中的诗句拿出来晾晒,也把杜诗的灵魂和神韵赋予一幅幅诗意的剪纸。大牛也是喜欢剪纸的,善剪石榴、葫芦,尤其擅长剪牛。牛是通人性的生灵。大牛剪过一幅老子骑跨青牛的《出关图》,剪过鞭打春牛的《打春》。他剪的牛,英武而壮实,顶着两只威猛的犄角,面目狰狞倔强,眼里带着魔气,泛着妖气;脑门上一个弯弯的月牙儿,就像一盏灯,又像一只眼睛,深邃幽远,充满原始而神秘的色彩。

大牛从洛河南岸渡到洛河北岸,是去石窟寺看石刻的飞天,看飞天凌空飘舞的线条。大牛随意地穿了一件夹克衫、一条发白的牛仔裤、一双半旧的旅游鞋,头发很短,一根一根抖擞地直立着。他嘴唇紧抿,眉头微蹙,眼里是云烟一样的忧郁。阳光照在大牛脸上,他坚毅的面庞显得轮廓分明。大牛拿出剪刀,刚刚剪出一条飘带,秀芳便趋近来,说:"你在剪纸吗?"秀芳奇怪,这样的男人,咋也喜欢剪纸呢?大牛抬眼看一眼秀芳,点点头。秀芳亮出包里的剪刀和彩纸,说:"我呀,也爱剪纸。"大牛又抬眼看一下秀芳,埋下头去,手腕左扭右转,剪刀逶迤曲行,纸屑飘散如落花。不多时,一个飞天的形象出现在秀芳眼前。秀芳看着大牛手上的飞天剪纸,忽然感受到剪纸艺术的玄秘和微妙,感受到一种来自远古的肃穆。

秀芳心里,忽地生出一丝情愫、一缕爱慕。

可娘,说啥都不同意这门亲事,娘不愿把闺女嫁到河那边去。自老辈起,河水就阻隔着两边人家往来。许多年来,洛河两边很少结亲,这边的姑娘不愿嫁到河那边去,那边的姑娘也不会嫁到河这边来。两边的姑娘,都嫌隔着河水不方便呢。一条洛河,似是王母娘娘拿金簪划开的那道隔断了牛郎和织女的天河。秀芳望着河水说:"南来北往的喜鹊啊,给我搭个鹊桥吧,让我去到河那边,去会大牛。"

喜鹊没有为她搭起鹊桥,秀芳乘着一条小船渡过河去,跟大牛成婚了。

然而,洛河却又将秀芳跟娘隔在两边。逢年过节,回一趟娘家,秀芳要攒几天劲儿,准备好长时间。每次渡河踏上河北岸,秀芳的心就突地长出了翅膀,鸟儿一般，提前飞回娘住的窑洞。上次秀芳回到娘家，她看见，阳光下，娘在窑洞前的菜园里拿铲子给菜地松土，松过的虚土换了一种姿势护卫着菜根。菜园里种的有辣椒、茄子、韭菜，还有豆角。一枝梅豆秧伸过娘的头顶，像蜻蜓绿色的翅膀。娘顺手铲去几棵杂草，就像掩去几页岁月。娘发丝银白，不知经历了多少岁月的风霜。菜园里，忽而还会听到虫鸣，如丝弦轻弹。娘儿俩回到窑里，秀芳看见，窗棂上还留有过年时她给娘剪的祈福的"福"字窗花。秀芳搬来两只小凳，跟娘对坐聊天。聊着聊着，门外树上忽然响起蝉的嘶鸣，如不可遏制的狂想曲。晌午了，秀芳给娘擀面条，娘把锅坐在火上，去菜园里薅回一把青菜，择了，洗净，留待下锅。水开了，氤氲的水汽如一朵祥云在窑洞里升腾而起。呀，在娘身边，多幸福！可是，嫁到河那边了，这幸福，常有吗？秀芳忽而就懂了当初娘的心思。娘肯定也懂了当初的秀芳。这些年，娘不是一句也没埋怨过她吗？秀芳轻叹一声，心里说："南来北往的喜鹊啊，给我搭个鹊桥吧，让我经常回来看娘。"

　　一架"鹊桥"，说搭就搭起来了。可不是喜鹊们搭的，是政府为百姓建的。桥一通，两边的人们往来就频繁了。也有人家买了车，过河办事，走亲访友，一忽儿就打个来回。比方说现在，大牛不是也开车拉着秀芳回家看娘吗？

　　车子上了大桥，秀芳说声"慢点儿"，大牛赶紧放慢了车速。已是夏季，河水不倦地汹涌，翻腾得如同一个人的青春期。河面的风款款吹拂，空气里飘着些许薄雾，轻轻淡淡，丝丝绵绵。远处，生命一样壮美的洛河在那里跟黄河交汇，气象恢宏。

　　秀芳轻轻说声"走吧"，车子便缓缓地下了桥头。

　　秀芳转脸看着大牛说："回去看娘，咋苦着个脸？"

　　大牛咧咧嘴，想笑，却没笑出来。

　　秀芳又说："小心眼儿吧你，还跟娘记仇？"

　　大牛摇摇头，说："记啥仇？只是想着，当初她不愿意咱俩在一起。"

　　秀芳撇撇嘴，说："其实，娘早就想通了。"

　　秀芳又说："娘跟我说过，桥一通，她的心就也通了。"

　　大牛沉默了一会儿，忽然说："下回看娘，我剪个葫芦吧。"

　　葫芦，谐音"福禄"，是个吉祥的剪纸符号。

　　秀芳听了，亲昵地看一眼大牛，嘴角露出了浅笑。

　　车子快起来了，秀芳从后视镜里看着洛河上凌空飞架的大桥，忽然觉得，这桥，真像鹊桥呢！

那些事儿都不是问题了

巴图尔

刚到胡杨林他还是闻到一点儿冬天的气息，背阴的地方还残留着冬天的痕迹。胡杨林里的野草只露出一点儿小嫩尖，羊群忙活了一天肚子还没有吃饱。晚上，牧羊人买买提还是爬到牧羊小屋顶上，扯几捆干苜蓿甩到羊圈里。马无夜草不肥，羊也要加一点儿夜草，补充一下胃里的不足。眼见着就要到产羔期了，那些母羊不吃好怎么生产出健壮的小羊羔？

他坐在牧羊小屋的门槛上，看着胡杨林懒洋洋的样子，心里就有一点儿着急。铜钱大的树叶泛着浅黄色光泽，他知道这是缺水分造成的，本该绿油油的叶片，现在都透着一种病态的黄色。如果干旱持续下去是很令人担忧的，草场没有草羊群吃什么？他不知不觉叹口气，自言自语地嘟囔着："唉！胡杨林太干旱了，要是能下一点儿雨就好了，什么就都绿了。"

夜里，外面发出沙沙的响声，买买提腾地一下就从小土炕上爬起来，衣服都没披就推开了屋门。一股寒潮的气息迎面扑来，让他不禁打了一个寒战，腿脚刚迈出门槛，细细的雨丝就冰凉地落在他的身上。他赶紧退回屋里披上衣服，站在门里听着春雨沙沙的脚步声，心里一下子敞亮了。这场春雨来得太是时候了。人说，春雨贵如油。在胡杨林里，这场春雨岂止贵如油？简直下的就是香油。有了这场春雨，胡杨林就热闹起来了，多年没有长出一片绿叶的老树也能发出新枝。买买提感觉凉丝丝的春雨就像下在他的心上，感觉心上也长出嫩嫩的小草。

买买提没有一点儿睡意，他就坐在小土炕上敞着门听着春雨沙沙。牧羊犬塔西卧在他的身旁，它对身边发生的这一切一点儿都不感兴趣，草长花开和它根本没有关系，睡觉才是它最主要的事情。天快亮的时候雨停了，冷飕飕的凉风直往牧羊小屋里灌，还一个劲儿地往买买提身上扑。春天的早晚还是挺冷的，再加上这场春雨显得更冷了。买买提看着东方的天空已经亮出鱼肚白了，他知道一会儿天就亮了，这才站起来把炉灶点着了，先烧了一锅开水，泡了一碗浓浓的酽茶用一只盘子扣上，然后又打了一锅乌玛什。这是他的早餐，也是塔西一天的饭。在胡杨林里没有那些讲究，不饿肚子就行了。泡一碗盖碗茶算是对这场春雨的庆贺吧。

喝了一碗乌玛什，再揭开茶碗上的盘子，茯砖茶的香味儿一下子就弥漫在整个小屋。喝完热茶身子便热起来了，塔西也吃饱了，舔着嘴丫子看着他。他瞅了一眼小土炕上的天窗，天空已经微微放亮了。他穿上老羊皮皮袄对塔西说："走吧，天亮了，我们该去放羊了。"塔西一转身就蹲在门口等着了。羊圈里的羊听到他的脚步声，就都挤在圈门口咩咩地叫了起来。买买提把圈门一打开，羊就争先恐后地往外挤，一头扎进胡杨林，头也不抬，把嫩绿的野草囫囵吞枣地吞进肚子，等闲下来再反刍细嚼。

刚下过一场春雨，水淋淋的胡杨林仿佛一下子就有了生气。明显感觉到胡杨树叶变得翠绿了许多，地上的小草挺直了腰杆儿噌噌地往上长，各色的小野花也争相开放。粉红色的红柳花显得更加妖艳了，大有不争第一不罢休的感觉。胡杨林生机盎然，买买提不知为什么，总感觉一种力量在他的体内滋生着。羊群不怕树林里还没晒干的雨水落在身上，绿草的诱惑是无限的。

太阳跃上地平线，暖洋洋地照在买买提的脸上和身上。他感觉非常舒服，湿漉漉的寒潮之气慢慢地减退，时不时吹来的野风也变得柔和了。买买提找了一处阳光充足的沙丘，解开腰巾，脱下皮袄铺在地上，他想睡上一会儿。春天本就爱犯困，再加上昨半夜听到下雨声起来他就没再睡，这个时候瞌睡得眼皮都睁不开了。塔西很无聊地在胡杨林里钻来钻去，把身上的毛都弄湿了。他刚躺下闭上眼睛，享受春日阳光的温暖，塔西就跑到他跟前抖搂了一下毛上的雨水。冰凉的水滴溅到他的脸上和身上，就把他满脑子的困倦一扫而光。

睡不着干躺着也不舒服，他就坐起来看着羊群在胡杨林里吃草。无意间，看到两只麻雀在胡杨树上叽叽喳喳，买买提不知道这两个小东西在商量什么。它们飞走了，不大一会儿又飞回来，嘴里衔着细小的树枝钻进胡杨树洞，他这才知道两只麻雀要在树洞里做巢。他不知道胡杨树洞有多深，可他知道那是两只麻雀的爱巢，它们选中了树洞就选择了家，也选择了爱和哺育后代。

买买提吃过午饭后，又回到胡杨林里看吃草的羊群，看到两只麻雀还在不停地忙活着，最先衔来的是树枝，然后是草根。当太阳偏西的时候，两只麻雀才开始衔羽毛和羊毛、棉絮之类软的东西。买买提知道，一个温馨可爱的巢穴完工了。

买买提赶着羊群往回走，心里升腾着一种渴望。一眨巴眼三十好几岁了，还是光棍一条，他想，自己也该有个家了。那个脑子有点儿问题的托拉克孜，虽然离过一次婚还有一个孩子，现在那些事儿都不是问题了。

握着锋利的斧头等着那人

邓建华

风拼命摇晃着铁皮屋，雪子毫不留情地砸向屋顶，我唯一能做的就是抱紧、抱紧再抱紧身上这件捡来的已经穿了两个冬天的破棉袄。

我以为我听错了，好像有人在敲门。

在雪子的爆炒声里，我还是听清楚了，真是有人在敲我的门。

我恨恨地说："谁啊？就是要查个什么证也该挑个日子啊！"我颤颤巍巍地开门。

一个小老头儿背着一个蛇皮袋跳了进来。他一边跺脚，一边将袋子丢下，将两手放嘴边哈热气。

我说："今天你就算是送块金子来，我也懒得过秤了。"

小老头儿就笑，一脸皱纹水波一样漾开。他说："就一些柴火，现在用得着。"

我依旧抱紧自己，没有请他落座，没有给他水喝。当然，我的铁皮屋也没有一条板凳，没有第二个茶缸。

小老头儿四处打量，说："也难怪，这火是没法生啊！"小老头儿就出去了。不一会儿小老头儿又回来了，这回，他带来了一只缺了口的陶盆、一些引火柴、半瓶谷酒。

小老头儿开始生火。引火柴可能被雨夹雪打过，有些湿，烟就冒了出来。他干咳了好久。咳过了，就又趴在地上，死劲儿吹火。终于显出明火。火一亮，我就看清楚了他那张脸。

唉，那脸，彻底像个被毁坏的沙盘。

这火，终于把我的话给暖了出来。我说："我不管你是谁，请你别对我太好。比如说这火，我今天烤了，明天还是会冷。我这人，贱，和这狗日的天气一样。"

第二天，天还是冷，我还是抱紧自己。

他又来了，还是让火旺着。

一连半个月，老天处于冰冻模式，小老头儿却处于温暖模式，我们的话题也就多了起来。

小老头儿说:"我也在这个小县城捡了十多年的废品,也租过铁皮屋。我积攒了一点儿钱后就买了个小挖掘机,来钱就快多了。"我说:"这柴火也是买的?"他就笑,说:"挖坑挖渠还没有一些树蔸?捡了回去就能够派上用场的。"

小老头儿看见我不再抱紧自己了,就说:"人啊,要有点儿想法才行,有想法心里就有一团火。"

我说:"那好,等我也有钱了,买个推土机,和你搭伙,接土方工程去。"

小老头儿在我的背上轻轻地拍了一巴掌,拍出了我心里的火星子。

一天夜里,他离开我的铁皮屋时,我悄悄地跟着他。大约走了一两里路,我看见他拐进了一个小院子。院子里有个敞棚子,一台瘦弱得如同小老头儿的小挖掘机歇在那儿,一堆杂乱无章的树蔸占据各个角落。小老头儿没有歇,他往手心吐了一口唾沫,拿起一把柴刀,狠狠地剁着。柴刀好像很不给力。小老头儿不时将握刀的右手虎口,轻轻放在嘴里衔一下,像是有活生生的疼痛,可以细细品尝。

我的泪就流了出来。

回到铁皮屋,我就拼命寻找所有的零钱。

第二天我就去了县城最大的杂货店。

带着一把锋利的斧头,我穿越寒风和冷雨,守在那个小院的柴门前,我在等一个小老头儿。

迎春照相馆

丛 棣

她轻装上路，只背了个双肩包，目的地是那座海滨城市。

曾经山水迢迢的，如今有了高铁，感觉打个盹儿就到了。她没打盹儿，倚窗而坐，把脸扭向外面，而窗外有什么好看的呢？无非是起伏的山野、倒退的林木，一幕幕、一帧帧，疾速滑过。她现在有的是时间，早就退休了，老伴儿也走了，儿女都不在跟前，有时她会觉得自己无拘无束，像个多余的存在。

不知怎么，她竟想到了那个小站，就在这条线上，靠近终点。

没记错的话，那个小站叫"皮镇"，候车室是俄式的，有尖顶的那种。至今，沿途还有很多那样的小站，只是都粉刷一新，换了屋顶，形同摆设。没有列车停靠，它们都是寂寥的，越来越小，倏忽而过。为此，她睁大了眼睛，生怕错过了记忆深处那个针尖般闪耀的小站。

皮镇她只去过一次，确切地说是只停留过一个多小时，对于皮镇的了解也仅限于一座有着异域风情的建筑、一棵不甚真实的银杏树、一个面目模糊的少年。那年她十九岁，正在读大学，和同学结伴去那座海滨城市游玩。那时候的火车可真慢啊！咣咣当当，走走停停，她们一路说说笑笑，好像并不着急。是啊，她们有的是时间，以致途经这里时，一个女伴提议可以先下车，大不了到时候再换乘下一列。有人积极响应，她默不作声，但也跟着下了车。显然大家都看到了那棵银杏树，还都被它深深地震撼到了，她也是。之前她从没见过那么大一棵银杏树，两个人勉强能合抱，正是树叶转黄的时节，蓊蓊郁郁的，像披戴着层层叠叠的金片，吸储着阳光，也折射着阳光，看上去如梦似幻的。同伴们在用自带的傻瓜相机拍照，欢叫蹦跳，她没有加入她们，而是拾起地上的一片"小扇子"，缓缓举起来，眯着眼睛看，仿佛能看出什么。午后的阳光穿过薄脆的叶片，变得丝丝缕缕，有了温柔的质地……

现在想想，还是不怎么真实，而"皮镇"的站牌就在她愣神的瞬间，一闪即逝。她没有看错，那座别致的建筑已被改造得极其平庸，只是那棵标志性的银杏树不见了，让人不禁怀疑过往的不是记忆，而是梦境……

同伴在喊她拍照，她犹疑着过去了，有些恍惚。她刚刚站定，却听见手持相机的那个同伴喊了声"糟糕"，之前大家都没少拍，但到她这儿没胶卷了。大家很沮丧，她倒觉得没什么，她本来就不爱拍照，虽然她是她们当中最漂亮的那个。那个少年正是此时被发现的，一个女伴问他："有胶卷卖吗？"少年说："没有。"女伴有些悻悻，还"切"了一声。少年跟她们差不多大，个子有点儿矮，好像在一旁站了很久，只是之前谁都没注意，包括他身旁立着的那块半人高的纸板。纸板上面粘着一些照片，人物很小，背景皆是这棵有些耀眼的银杏树。他对她说："我给你拍吧。"她没作答，有同伴拽了一下她，她也没理会，就那么定定地站在那里，站在清风里，站在阳光下，有什么在半空沙沙作响……

时至今日，那个小镇少年的样子已模糊不清了，只有那双眼睛她还记得，眸子闪亮，目光潮湿。他给她拍了不止一张照片，在余下的一小段时间里，他俩走走停停，好像还说过一些话，能说什么呢？少年应该很羡慕她们，说她们漂亮，她更漂亮。也许他们还谈到过各自的理想，她早忘了自己曾经的向往，隐约记得少年说他想开个照相馆，那将是皮镇的第一家照相馆。或许这些都没发生过，寥寥的枝蔓都是她臆想出来的。她只在皮镇停留过一个多小时，如果再没那棵震撼人心的银杏树作为参照，所谓细节无一不是失真的，包括少年在站台上不懈地奔跑，包括她仓促间写下的名字及那半截地址，包括自己的怅然若失及同伴们的冷嘲热讽……

多像是影视剧里的一些画面啊！

她不可能收到自己的照片。遗憾之余，大伙儿也曾安慰她："不亏，那个傻瓜也忘记收你钱了。"

是这样的吧？返程时她们都疲惫不堪，没有谁还会在中途下车，几乎都昏睡了一路，包括她。是的，她也睡着了，尤其是在路过皮镇的时候。

她到底还是过去了一趟，从终点站换乘一辆大巴。在几十年后的一个黄昏，她的双脚终于再次挨上皮镇的土地，嗯，有那么点儿鬼使神差的意思。

她换个角度打量着那座火车站，庸常而陌生。其时夕阳西下，一大片火烧云将小镇映得红彤彤的，所见街景像罩了一层玻璃，流光溢彩，也触不可及。

就在站前，她发现了那个斑驳的牌匾，"迎春照相馆"。她的心陡然一沉，只希望这是一种巧合。"叶迎春"这个名字曾出现在一张纸片上，紧贴在一面车窗玻璃上，可她从来没有想过还会驻足此处，风里雨里的。门是锁着的，旁边有橱窗，罗列着一些样片，都是同一个白衣少女，仿佛是穿越时空而来的天使，背对一树金黄。居中的那张放大照片是少女手擎一枚银杏树叶仰望的特写，满怀憧憬，莞尔而笑。她的眼睛随之湿润了，她曾经的侧影真的很美，很美……

此时正好有个老人朝这边走来，她本想问他："知道这是谁开的吗？他现在人在哪里？"

可她说出口的却是："你好，我想问一下，火车站的那棵银杏树哪儿去了？"

今天吃点儿好的

七 戒

村民阿光没有手艺,也不种地,靠出大力打短工谋生。有时候活儿多,忙不过来,有时候一个月两个月没有活儿,日子过得饥一顿饱一顿。年轻的时候他有机会参军,由于当时的村干部陈大财作梗,兵没当成。陈大财的侄子当了兵,复员转业后进了国企。

这一天阿光又没有啥活儿,一大早起来晃荡,趿拉着板鞋,背着手,溜达到路边,看同村的老王杀牛。老王是屠牛老手,干卖牛肉赚钱的行当已有二十余年。但见老王一铁锤把牛砸晕,然后手持利刃,三下五除二,就把牛头卸了下来。老王一边忙活一边和阿光打招呼:"你小子今天又没揽着活儿?"阿光说:"可不是,闹心吧唧。"

老王说:"我看,你不如跟我学杀牛算了。跟我干,亏不了你。"阿光说:"杀牛?不干,伤天害理的事。"老王有点儿不悦,说:"老子杀牛二十余年,什么天什么理,谁还能把我怎么着?再说,你个兔崽子不也吃牛肉?没有杀牛的你从活牛身上直接啃肉?人啊,要是被逼急眼了,别说牛,人你都敢杀!"

阿光笑笑说:"牛肉太贵,今天我没钱赚,吃不起啊!"

"这个大牛头便宜点儿卖给你,有四十多斤,只收你三百块,怎么样?"老王用有点儿不屑的眼神看着阿光。

阿光说:"三百?那倒是真不贵,不过我真没钱。"

老王说:"没钱可以赊账嘛,我都不怕瞎钱,你怕啥?"

"赊账?"阿光眼睛一亮,继而又说,"还是算了吧,少吃一口肉也不会馋死。"

老王不再搭理阿光,熟练地把一块块牛肉剔下来,抛在肉案上。

阿光正要离开,手机响了,接听,是邻村老主顾张顺打来的电话,找阿光去扛水泥,明天开工,估计能干一个月……

接完电话,阿光兴奋地一跺脚,指着地上的牛头对老王说:"个老鳖犊子,牛头俺要了,赊账!"

阿光把四十多斤重的大牛头扛回家，用火把牛毛燎干净，用斧头从中间破开，放进大铁锅里焯水，捞出洗净。大铁锅擦干，灶下点柴火，锅里放油，油烧到快冒烟了，放入姜片、大蒜、干红辣椒，爆出香味，倒入半瓶料酒，再加一勺大酱搅开，放入生抽和老抽，再放入八角、花椒与桂皮，然后放入两半牛头，加清水没过牛头，盖上锅盖……

牛头没有几个小时出不了锅，大火把锅烧开，再文火咕嘟。阿光不急，好饭不怕晚嘛。阿光到自家菜地里又弄回来一些黄瓜、生菜、辣椒，只吃肉不行，得荤素搭配。用电饭锅蒸上大米饭，放一把豇豆，再到村头小卖部买一瓶五块钱的白酒……忙活得差不多了，阿光给在村办服装厂上班的媳妇打电话。服装厂效益不好，已经几个月没开工资了。

阿光说："你中午回家吃饭吧，不要吃食堂了，我烀了一个牛头，牛头脸肉，绝了。"

媳妇在电话那头很诧异，说："不年不节的，吃啥牛头呢？哪来的钱？"

阿光解释说："你忘了吗？今天我过生日，牛头是赊账。我揽着活儿了，明天去扛水泥……"

媳妇在电话那头声音温柔了许多，不过还是责备阿光说："你是粑粑没拉，先把狗唤来等着。你钱没到手，先把牛头弄回家吃，日子能这么过吗？行，中午我回家吃饭……"

阿光再给父母打电话。二老住得不远，父亲骑着三轮车载着母亲，二十分钟就能来到。二老听说吃牛肉，很高兴。

锅里的牛肉逐渐冒出阵阵香味。家里的花狗闻着肉味，急得团团转。阿光看看时间，再炖半小时就可以出锅，等媳妇和父母一到家，就可以开饭了。阿光有点儿着急，把酒打开，闻闻，忍不住先灌了一大口，辣得筋鼻夹眼。阿光吧唧吧唧嘴，忍不住又灌了几大口。阿光的父亲也能喝点儿白酒，酒量浅，只能喝二两。

阿光把桌子放好，碗筷都收拾妥当，看看时间，再过十分钟，牛头就可以出锅。手机忽然响了，阿光接听，是张顺的电话。

张顺问："阿光啊，在家干啥呢？"

阿光说："没事，准备吃午饭。"

张顺说："我早晨是不是给你打过电话，说明天去扛水泥？那什么……这个活儿吧，黄了……"

阿光的脑袋"嗡"一声大了，大如牛头，甚至觉得有一大团牛屎塞进了脑壳……

他抄起一把铁锹，直奔老王在路边的牛肉摊。老王正在凳子上眯眼午休。阿光奔过来，一铁锹把老王脑袋劈开。不管老王死活，阿光骑着老王的电动车，腰里别着一把宰牛刀，直奔张顺家。到了，敲门，开门的正是张顺。阿光一手撑门，一手持刀，捅向张顺的腹部……反正杀人了，杀一个与杀十个没有区别！阿光骑着电动车直奔陈大财家，在门外大喊："陈大财老狗，出来！"陈大财刚推门出来，阿光一刀砍在他脖子上……

"阿光，你呆坐在那里伤什么神？！不是叫我回家吃牛头吗？都弄好没有啊？"

一个女人的大嗓门儿让阿光一个激灵从椅子上弹了起来，一脑门子汗："媳妇，你……你回来了？那什么……弄好了，弄好了，马上开饭。"

五分钟后，阿光的父母也到了。

阿光吃着肉，不知肉味；陪父亲喝点儿酒，心里老是疙疙瘩瘩。喝完一杯酒，电话又响，阿光不耐烦地接了。

张顺在电话里说："阿光啊，还有一个活儿……"

阿光说："兄弟啊，你这个电话来得太及时了，不然，有可能出人命哦……"

偶 遇

解高岩

起初女人向他走来时,他并没有在意,直到女人站住,迟疑着问:"你是……林振明吗?"

他才抬起头,疑惑地看着她:"是啊。"

女人说:"我是刘霞。"刘霞!这个名字让他一激灵,他怎么也不会想到能在这儿遇见她。

这是个简陋的车站候车室,空气中弥漫着烟味、汗味和方便面的味道。林振明坐在靠近角落的位置,旁边是一个面无表情的中年男人,一个手提袋放在他俩之间的地面上。

刘霞在林振明旁边坐下,问:"你怎么来这儿了?出差?"

林振明点点头:"你呢?"

"我有个亲戚在这儿,住了几天。"她看了看旁边的男人,问,"一起的?"

"一起的。"中年男人点点头,算是打个招呼。

刘霞看着林振明:"咱们有十年没见了吧?"

"有了。"

"真没想到能在这儿碰见你。"

"是啊,世界真小。"

刘霞和林振明是一个村长大的,从小学到初中一直都是同学。刘霞的爸爸是村支书,家境比较富裕。而林振明家穷,守寡多年的老娘含辛茹苦把林振明拉扯大,日子一直过得紧巴巴。上学时林振明成绩好,刘霞成绩差,林振明总帮她,情愫在两人心中滋生。初中毕业后,林振明考上了县一中,刘霞没考上。第二年,刘霞家里给她订了门亲,是副乡长的儿子。刘霞死活不同意,她爸连打带骂,硬逼着她上了接亲的汽车。车队开走的那一刻,林振明躲在家里哭出了声。

高三那年,林振明母亲得病死了,林振明退学了。那年冬天他报名参军。去乡里报到那天,他特意拐了个弯儿,从刘霞家门前经过。院子里静悄悄的,走出老远，林振明一回头，看见有个人影在门口一闪……

刘霞说："十年了，你没变。"

林振明笑了一下："怎么可能，十年时间，变化很大。"

两人太长时间没见，好多话一时不知从何说起。过了一会儿，刘霞问："你孩子多大了？"

"我还没结婚。"

"没结婚？"刘霞有些吃惊。

"嗯，谈过几个，没合适的，就拖下来了。"

刘霞停顿一下，不知道该说什么。林振明问她："你怎么样，过得好吗？"

没想到这句话却让刘霞的眼眶有些湿润，她摇摇头："不好，他爱喝酒，喝完就打我、打孩子……"

这回换成林振明不知如何回答了。

过了一会儿，刘霞又问："参军以后，你怎么再也没回村里呢？村里人都惦记你呢，都说你去大城市当干部了。"

林振明呼了一口气："娘没了，回去看谁啊！"

刘霞低下头："是，没值得你看的人了……有时候，我真恨我爹和我哥。都怨他们，毁了我一辈子。"

林振明抬起头，什么也没说。刘霞说："要不咱们出去走走吧。"

"不行！"林振明脱口而出。

"为什么？"刘霞有些惊异地看着他。

林振明咳嗽了几声。"因为……"他指了指旁边的男人，"我们俩得在一起。"没等刘霞说话，保洁大妈拎着笤帚走过来，掏椅子底下一个烟头，不小心带倒了地上的手提袋，里面的物品散落出来，其中一个锃亮的手铐格外扎眼。

刘霞惊讶地看着林振明和男人把东西捡进手提袋重新放好，低声问："你……是干什么的？怎么有这东西？"

没等林振明说话，中年男人转过头来问道："林警官，几点了？"

林振明愣了一下，随即抬头看看墙上的挂钟说："三点四十。"

中年男人"嗯"了一声，转过头去。

"林警官？！"刘霞吃惊地看着林振明，"你是警察？！嚯，真了不起！"林振明表情复杂地笑了笑。刘霞兴奋地说："回去我告诉村里人，他们肯定替你娘高兴。"说完她突然想起了什么，压低声音问："你是在执行任务吧？"林振明犹豫了一下，说："是。"

刘霞恍然大悟，指了指旁边的男人，悄悄地问："他……是罪犯？"

"嗯。"

"他干什么了？"

"骗了别人8万块钱。"

刘霞"哦"了一声。

林振明说："人难免有犯糊涂的时候。"

刘霞突然有些紧张，低声说："你怎么不铐上他？万一跑了呢？"林振明看了看男人："不会的，放心吧，他已经悔悟了。"

中年男人没有看他俩，也不知道听到谈话了没有。

刘霞有些伤感，幽幽地说："我就知道你会有出息，是干大事的人。"她叹了口气，又说道："也不能全怪我爹和我哥，是我自己太软弱。"

一个车站值班员从他们身边走过，走到检票口旁的小黑板前，拿起一截粉笔，咔咔写下几个字，然后扯着嗓子喊了一声："1227次开始检票啦！"候车室里一阵骚动，很多人站起来，把行李背在身上或扛在肩上，向检票口走去。刘霞掏出手机，对林振明说："留个号码吧，好联系。"林振明犹豫了一下说："真不巧，我的手机刚丢了。"刘霞有些失望地缩回手，随即从兜里掏出一支笔，从旁边座位的旧报纸上撕下一条空白边，在上面飞快地写下一串数字，递给林振明说："这是我的手机号，记得给我打电话。"林振明接过纸条说："好的。"刘霞站起身，背上小包，拉着行李箱，说："再见。"又看了一眼旁边的男人，对林振明说："注意安全。"林振明点点头："好，一路顺风！"

看着刘霞的身影消失在检票口通道里，林振明低下头，把手里的纸条慢慢地揉成一团，然后抬起头，对旁边的中年男人说："谢谢你，陈警官。"

七只羊

原上秋

男人是一个人。男人活到五十岁,还是一个人。

之前,男人想找马寡妇成家,马寡妇的头摇得像拨浪鼓。想想也是,不单马寡妇,羊各庄村的人谁提起他,都会摇头。

男人在五十岁的时候,得到七只羊。

天一亮,男人就赶着七只羊到南大坡吃草。夜色拥抱灯盏的时候,他把七只羊赶回自己的院子,再赶进自己的屋子。一个男人和七只羊挤满了屋子。夜晚,男人呼噜睡觉,七只羊也呼噜睡觉。他们都心思简单,似乎没有梦。梦在另一个男人心里。

另一个男人是老廖。

"永善,你买的羊吗?"男人赶羊走过村庄,总有人发问。

"不是,是老廖的。"

"永善,老廖是给你了吗?"

"不是,他让我放的。"

永善就是我们说的男人,一个吃着低保的人,一个贫困户。老廖是驻村第一书记。

在七只羊之前,老廖给过男人一只。老廖的梦想是把这一只当作种子,脱贫的种子。男人辜负了老廖的期望,男人把羊放死了。男人的行为激怒了村干部,他们不想让男人再吃低保。男人四肢健壮,用国家的好政策养一个懒汉,是对他的放纵。

老廖说:"我们就是要把他们扶起,给他们补钙,让他们学着自己行走。"

但在许多人眼里,男人不像个男人,他扶不起。

那天老廖给男人送来一只山羊,村里人笑着说:"看吧,不久就有羊肉吃了。"羊果然不久就死了。但是,羊肉没吃。不但没让男人吃,村里人谁都没吃。老廖说:"这羊不是让吃的。"

老廖把死羊放在一个土岗上,四周围了好多村民。老廖说:"这是邻村一个脱了贫的村民,回赠给乡里的礼物。我把它送到咱们羊各庄村,现在它竟然死了。它是被杀死的,我们都是凶手。"

村民都蒙了:"明明是男人懒,把羊饿死的。"

"不,是杀死的。"老廖说,"是我们冷漠的心杀死的。"

村里人都愤怒:"让永善赔,让永善赔!"

男人一贫如洗,家徒四壁。

男人低着头,像接受批判。

老廖走过去,拍拍他的肩膀,说:"一切都要改变……"

老廖又送过来七只羊,老廖说:"帮我个忙。"

男人就成了老廖的羊倌儿。老廖说:"死一只,你就是凶手。"老廖又说:"放养好了,给你介绍个媳妇。"

男人从没有过这样的压力,也从没遇到这样的诱惑。

"永善,你给老廖放羊,开给你多少钱?"村民总喜欢问。

"没钱。"

"永善,你给自己干活儿没劲儿,给老廖放羊怪积极的。"

"我欠他的。"

男人把羊赶到南大坡。南大坡的草一望无际。羊在南大坡默默地吃草,吃饱了抬起头,默默地看男人。男人和每只羊对视,慢慢记住了它们。男人管大母羊叫大妮儿,中不溜儿的叫二妮儿,小母羊当然就是三妮儿。男人管大的公羊叫大小儿,小的叫二小儿,然后,三小儿、四小儿。

羊有了名字,男人就和它们说话。说着说着,男人和羊就有了感情。男人在心里发誓,不让一只羊死去。

有一天,南大坡来了一帮人。为首的一个问男人:"你叫荆永善?"

男人说:"是的。"

又问:"家里几口人?"

男人说:"就一个。"

又问:"放了几只羊?"

"都在这里,不是我的,都是老廖的。"

一帮人一惊,又一笑。

不久,上级拨下来5000元钱,说是养羊专用款。这钱只让男人知道一下,老廖就揣走了。

羊是老廖的，这钱，男人觉得应该让老廖拿去。

羊在南大坡吃了几个月的草，一个个膘肥体壮。男人感觉，到了将羊还给老廖的时候了。

说话间到了年底，村里通知男人开会。

是群众大会，主席台上坐着几个面熟的人。男人想起来了，那天在南大坡，他们见过一面。

男人被大喇叭喊到了主席台上，和他一起上台的有十几个人。他们站成两排，逐个从领导手里接过大红的证书。一名记者扛着录像机，让他们都打开证书。他的镜头放大着一行黑体字：光荣脱贫。

这时候，老廖上台，他讲了一只羊和七只羊的故事，故事里说的就是男人。老廖把一个装着5000元的红包，庄重地递给男人。他说："政府为了鼓励脱贫，农户养够七只羊，就给奖励5000元。现在该是物归原主的时候了。"

老廖大声宣布，那七只羊，也是男人的。

男人一蒙，又一惊。

老廖的话从大喇叭出来，很响亮。老廖说："就这样干，有了七只羊，将来大羊再生小羊，能发展到一大群羊。不但要脱贫，还要往致富的道路上猛跑，还要娶媳妇、生孩子……"

老廖语带激动，男人听着也有些激动。老廖就让男人代表脱贫乡亲说几句。男人往台下一望，心有些慌乱。都是熟悉的面孔，所不同的是，平日里没人正眼看自己。此刻，台下是一张张惊奇欢乐的脸，目光齐刷刷地盯着自己。

男人说了一句："大妮儿怀孕了。"

台下一阵哄笑，都不知道他说谁。男人又补充一句："是羊，那只大母羊怀孕了。"

不知道谁在台下大声喊："你的功劳吧？"

又是一阵哄笑，男人的脸唰的一下红了。

都没有在意，台下一个角落，站着织毛衣的马寡妇，她的脸也在这个冬季里热了一下。

又到苹果红时

李伶伶

水莲一晚上都有点儿心不在焉似的，儿子想吃烙馅饼，她说太累改天做。儿子有道数学题不会做，她连看都没看，直接让儿子去找他爸。这是以前从来没有过的事。大峰觉得水莲心里有事，辅导完儿子的作业，过来问水莲怎么了。水莲没吱声，大峰又问了一遍。水莲答非所问地说："秋萍把苹果摘了。"大峰说："摘就摘呗，碍你啥事了？"水莲说："没碍我事，可是她为什么偏偏在我回娘家的时候摘？"大峰说："人家的苹果，人家爱啥时候摘啥时候摘，跟你有啥关系？"水莲说："我摘李子的时候，都是当她的面摘的，还挑好的给她拿过去了一兜。她摘苹果的时候，趁我不在的时候摘，她啥意思？"大峰说："可能就是赶巧，你别那么小心眼儿。"水莲说："不是我小心眼儿，是她这事做得让人心里不舒服。"

水莲和秋萍住邻居，水莲家住西院，秋萍家住东院，中间隔了一道墙。水莲在墙这边栽了棵李子树，秋萍在墙那边栽了棵苹果树。李子树结果早，水莲都吃两年李子了，秋萍的苹果树才挂果。红红的苹果挂在枝头煞是好看，水莲的儿子总想摘一个尝尝，每次都被水莲制止了。她以为秋萍摘苹果的时候能给她几个，没想到不但没给，还是趁她不在家的时候摘的，这事咋想咋别扭。她是哪里得罪她了吗？水莲回想俩人之间的过往，没觉得有不妥的地方。如果真像大峰说的，是赶巧，那过后秋萍会过来跟她解释一下的。可是第二天秋萍没来，第三天也没来。水莲去集上给儿子买了一兜苹果，她自己一个也没吃。

没过几天，秋萍家摘梨，找了好几个人帮忙。以前秋萍家有事，不用吱声水莲就会去帮忙，这次秋萍没找她，水莲也没去，她帮父母起了一天花生。后来听说秋萍家的梨没摘完，晚上刮大风，梨掉了一地，秋萍家损失不小。大家都说，秋萍要是多找一两个人，梨就能摘完了。水莲听了心里有点儿愧疚，觉得自己不该这么小心眼儿。

水莲家的地瓜好吃，每年她都在山上栽不少地瓜。今年因为母亲生病，她跑了好几天医院，起地瓜的事就耽搁了。上冻前，她找了几个人帮忙，还是没能起完，地瓜冻坏了不少，少卖不少钱。秋萍最会起地瓜，干起活儿来一个顶俩，但是水莲没找她，秋萍也没主动过来帮忙。水莲没有怪秋萍，因为她也没帮她的忙。

大峰在工地干活儿时脚受伤了，伤好后就没再出去打工，在家养了十来头猪。猪粪没处放，就堆在了大门外。大峰会定期处理，但有时候活儿忙处理得不及时，猪粪就占了道。这天大峰接到村主任电话，让他把大门外的猪粪处理一下，别影响邻居走路。大峰当时不在家，打电话转告了水莲。水莲家的邻居只有秋萍一家，猪粪影响她走路，她直接跟她或者大峰说一下，他们也会处理，何必要告到村主任那里？水莲觉得很没面子，心里对秋萍多了分怨恨。

水莲找人帮忙把大门外的猪粪拉到了地里，再起新猪粪时，也不往大门外堆了，而是堆到了院子东墙角。院子不大，西墙边盖了一排猪圈，东墙边放了一个鸡笼，还栽了一棵李子树，就剩墙角还有点儿地方。

这事之前，水莲总想找个机会缓和一下两家人之间的关系，现在，她完全没有了这样的想法，心里对秋萍的那点儿愧疚也没有了。两家人的关系变得越来越僵，彼此见面都不说话了。

这天，水莲去村里商店买酱油，商店老板娘胖嫂正在讲村里丢洗衣机的事。桐林媳妇为了放水方便，洗衣服的时候把洗衣机搬到了院子里，洗完衣服有事出去了一趟，忘了关大门，回来时发现洗衣机不见了，桐林媳妇就报了警。警察追查了半个多月，才找到窃贼。是外县的，每到农忙时就趁大伙儿都去地里干活儿时开三轮车进村偷东西，洗衣机、电动自行车、花生、玉米等见啥偷啥，哪次都不空手。水莲说："这人也太缺德了。"大伙儿说："就是啊，忙秋的时候，谁能不去地里干活儿呀！"

这时秋萍也来商店买东西，看见水莲也在，转身要走，被胖嫂叫住了。胖嫂说："秋萍，你来得正好，去年偷你家苹果的人找到了，跟今年偷桐林家洗衣机的是一个人。"秋萍显然很意外，她下意识地看向水莲。水莲从她的眼神里明白，原来秋萍一直以为是她摘了她家的苹果。秋萍被发现了心事，有点儿尴尬，说："可是……我……没报案啊，小偷是不是记错了？"胖嫂说："小偷为了坦白从宽，没报案的也招了，他说他还偷过他偷洗衣机那家后院的苹果，那不就是你家吗？"秋萍没敢再看水莲，应付几句后匆匆走了。

水莲也很尴尬，同时很气愤，秋萍怎么能怀疑是她摘的苹果呢？把她想成什么人了！水莲不知道自己是怎么回到家的。进院后，她习惯性地往东墙边看了一眼，秋天还没过完，她家的李子树叶子已经掉光了，不是因为天冷，是旁边的猪粪水渗到了地里，把树根烧死了。墙那边的苹果树也没能幸免，树叶也开始往下掉，连半红的苹果也掉到了地上。

水莲呆呆地看着，心里涌起一种说不清道不明的疼痛。

楼上的小提琴声

王 溱

房东太太推开门的时候，小提琴声刚好就响起，仿佛她推开的不是门而是音乐盒的开关。

"是楼上那个小姑娘在拉小提琴。"房东太太解释道。

见他愣着不说话，房东太太又说："木房子隔音是要差一些的，但你放心，她只在这个时间拉，晚上不会吵的。"

"不不不，挺好的。"他赶紧摆手。怎么能把一种乐器的声音归入噪音呢？

房东太太把他这句话理解为"没事我能接受"，叮嘱了几句就走了。如果她知道他那句话真实的意思是"太棒了我喜欢这里"的话，一定会为自己没有趁机把房租报高一点儿而后悔。

现在他终于可以全神贯注地欣赏来自楼上的音乐了。那应该是一位新手，拉得并不算流畅，让那首原本十分哀伤的《笼中鸟之歌》间或出现很有喜感的叠音，像是葬礼上的哭声忽然高了几个声调又跳回来，或者是滚落的泪珠猛地跳回眼眶重新滚落下来。但总体来说曲子还是哀伤的。他哀伤地把行李箱里的衣服挂到衣柜里，哀伤地把毛巾牙刷什么的摆放到浴室里，哀伤地拿起手机点了外卖，然后有个小伙子莽莽撞撞送来了一份剁椒鱼头饭。当他用一次性筷子把鱼眼睛从一堆辣椒里抠出来时，他莫名其妙地流了眼泪。

"对不起！"他对那条只剩下一个头的鱼说，然后愣住了，为什么要说对不起？

到了第二天状况就好了许多。楼上的演奏家似乎并不喜欢老是重复一首曲子，今天就换了首十分欢快愉悦的。虽然也照样会有卡住后短暂的重复，但欢乐是允许打岔的，就好像在喜剧电影里，忽然冒出观众的笑声反而会增添欢快的气氛。他努力想了一下，没想起来这是什么曲子。也没关系，那些什么 A 啊 G 啊大调小调的标签原本就苍白无力。他破天荒开了一瓶啤酒，好庆祝今天的外卖里莫名其妙多了一个煎蛋。但他很快就觉得为一只蛋而庆祝有些草率，于是决定改为庆祝自己搬到新的公寓。这里可比之前租的那个破房间强多了，那里隔壁有一对老夫妻天天吵架，狠毒的咒骂声常穿透墙壁钻过来，钻进他的梦里。他不堪其扰，只好跟房东提出终止合约，但房东的咒骂声并不比那对老夫妻弱，他只好舍弃两个月的押金落荒而逃。

第三天，第四天……音乐总在他下班后的某个时间准时响起。房东太太没有骗人，小提琴响起的时间十分固定，结束的时间也十分固定。这种规范化的操作让他想起了去年参加的一场盛大的音乐会，在全市最高级的音乐厅举行的，他阴错阳差得到了一张十分昂贵的票。记得那天他刻意打扮了一下，皮鞋擦得发亮，脖子上的丝巾打了蝴蝶结的女检票员对他点头微笑，做了个"请"的手势。他走进一个很大的演奏厅，据说能提供全方位立体环绕声。他手中的票上有个很棒的号码，他走向座位的时候，穿西装的小伙子很有礼貌地引领着他，最后单手放在胸口鞠了个九十度的躬。

整场音乐会让人十分愉悦，除了各种乐器的声音外就没有别的什么声响，连呼吸声都没有。演出结束的时候他暂时忘记了自己是坐公交车去的，像开宝马的人一样优雅地跟工作人员挥手道别。这种愉悦感一直持续了好几天，那几天不管电话那头传来的声音有多暴躁、多无礼，都被一直回转在他脑中的优美旋律化解了。他轻而易举就把对方的怒气化为无形，然后语气优雅地背诵那些每天都要重复很多遍的说辞。有时候他会怀疑"客服"这个职位的必要性，明明是按照规范来回复客户的问题，为什么不直接放录音就好了？

他的经理是这样答复他的："人和机器，哪能一样呢？"

后来他渐渐理解了这句话的意思。人和机器，确实不一样，就像手机上下载的音乐，跟现场演奏的能一样吗？

"情怀无价，"他说，"尤其是音乐。"

但新公寓带给他的情怀并没有持续很久。一个多月以后的某一天，他照常点了外卖，红焖猪手饭，筷子都拆好了，就等着音乐声起好准时开吃。但等啊等啊，猪手上的汁都凝固了，小提琴声还是没有响起。他咽了咽口水，扔下筷子就往外跑，找到正对自己上方的那一间房，砰砰砰敲起门来。

开门的是个瘦弱的小姑娘，诧异地望着他："你找谁？"

他支支吾吾地问小提琴是不是她拉的，又问她为什么今天不拉了，这下小姑娘更诧异了："我拉不拉小提琴跟你有什么关系呢？"

他鼓起勇气说："请你继续每天在那个时间拉小提琴吧，我可以付你钱，你开个价。"

小姑娘砰地关上门。

"有钱了不起呀？神经病！"门内传来一声咒骂。

床前明月光

刘 夏

床前明月光大概是中国最著名的一道光,一直照进中国人的脑沟里,很多人甚至还没出生就在母腹里听说了这道光。就凭这一点,李白完全称得上是国民诗人。所以你多少能理解,见到一个人当众宣布说"床前明月光"是他写的时,我那种诧异的心情。

很多年前,我曾去国家图书馆的珍藏馆查阅资料。来这里的人并不多,一旦某本书被珍藏起来,要看它就很难了。它简直成了绣楼上的小姐,要去拜见她,需专人通报,有专人将其扶出,看时还有专人监管。看的时候不能拍照,只能抄写。有的虽可以拍照,但收费颇高。据说这些珍藏本脆弱得很,经不起折腾。我有一次曾问一个胖胖的管理员:"为什么不能把原本珍藏起来,提供几个复印本供读者查阅?这样一方面方便读者,一方面也有利于保存。"管理员很奇怪地看了我一眼,我觉出了她眼神里的鄙夷和不屑。

为了找书,我曾去过国内外很多图书馆。有时为了查一个注释,我甚至体会到了"上穷碧落下黄泉"的那种深情。我喜欢走进幽深的图书馆里,就像走进幽深的丛林,一排排的书架立在那里,犹如一排排的参天大树。你看那些泛黄脱落的书页,就是凋落的黄叶。我喜欢一个人在里面静静地待着,或坐或站,可惜不能躺着。你从书架上取下一本书,打开它,便开启了一段奇妙的情缘。如果只是从别人的嘴里听说过它,它跟你便只是"过耳之缘",可是你曾经捧着它,敞开心扉聊过天,那就不一样了,你会记得它,甚至会记得你们相遇时的天气、那时的氛围。如果你曾为它欢笑或流泪,它就成了你的一个密友。

那天在国家图书馆的珍藏馆,就在我低头准备抄写之时,忽听得一阵洪亮的男人的声音,声音里带着自信。我抬起头,只见一个气宇轩昂的中年男子,迈着有力的步子,边走边问:"请问这是珍藏馆吧?"桌子后面年轻清瘦的女馆员点点头:"是的。请问您想查阅什么资料?"男子走到桌子旁,没有说什么资料,而是开始了自我介绍:"你好!我是一名诗人。"女馆员面无表情地点了点头。这似乎有点儿出乎男子的意料。看他微微一愣的表情，我想他有点儿失落。或者在他的预期中，报上"诗人"这个名号，就应该收到对方大大的惊叹，特别是来自年轻女性的惊叹。但显然，年轻的女馆员对"诗人"这个名号不感兴趣。也有可能，她生活在首都，见多识广，自有一种沉稳的气质。我们老家有一个俗语，叫"钟鼓楼里的麻雀"，意思是见多不怪。看到女馆员爱搭不理的样子，中年男子又锲而不舍地问："你知道《××》和《××》吗？就是收进中学课本里的两首诗，那就是我写的。"因为他说得很快，我没听清，但看他的神情，是极其认真的。我想换作是我，一定会表示敬意的。中国有世界上最庞大的中学生队伍，能够在中学课本上谋到一席之地，那可不是件容易的事。可惜那女馆员仍然没表现出惊讶的样子，甚至开始低头忙自己手头的工作了。中年男子似乎有点儿伤了自尊，又说："你知道'床前明月光'吧？那也是我写的。"我定力不够，悚然一惊，便问他："你怎么证明是你写的呢？"听到终于有人回应了，中年男子松了一口气，转过身来对我说："我今天就是为这事儿来的。"他脸上露出一个研究者的认真劲儿："我今天来是想把《宋诗全集》从头到尾查一遍，如果没有找到这首诗，就证明是我写的。"我刚要说什么，那年轻的女馆员淡定地站起来，彬彬有礼地说："请您跟我来，我去给您取书。"于是那男子就跟着走了，临走时还颇有礼貌地冲我点点头，我于是也冲他点点头。

接下来的几个小时，中年男子都在靠窗的桌子边孜孜不倦地查阅资料。随着时间的流逝，我能感觉到他的欣喜在不断增长，那个大胆假设小心求证的结果呼之欲出。终于，闭馆的时候，他满意地站起来，步履轻盈地走到还书处，刚要说什么，女馆员抢先一步，冲他点点头："祝贺你。"他于是只好看看我，我的学术良知告诉我，我不能祝贺他。

但我觉得似乎应该说点儿什么，在他如此期待的目光中。如同一个自我感觉演出成功的名角，却没有收获预期中台下的掌声，此时他大概只体会到了人世的冷漠与残忍。我想了想，准备讲一个从别处听来的外国笑话，如同拿出一束失了水分的花，献给一个落寞的演员："你听说过一个故事吗？"他有些茫然，不知道该不该接过这来自"台下"的莫名其妙的礼物。我接着说："话说有一个人老觉得自己是颗谷粒，而且整天很害怕，担心会被鸡吃掉。家人把他送到医院，医生竭力让他相信，他不是颗谷粒，而是个男人。有一天，他终于被说服了，离开了医院，但很快他又回来了，且浑身发抖。原来出门时遇到了一只鸡，他害怕鸡会吃掉他。'我亲爱的朋友，'医生劝导他，'你很清楚，你不是颗谷粒，而是个男人。''我当然知道，'那病人说，'可是那只鸡不知道啊！'"

中年男子听后，急切地说："是啊，那只鸡不知道啊，关键得让那只鸡知道才行！"旁边的女馆员淡淡地插话："既然那个男人都知道自己不是颗谷粒，那只鸡肯定也知道了，全世界的鸡也都会知道。"我赞赏地说："是啊，如此一来，那个男人的病就会好了，浑身通畅，有了行走天下的自由。或者，过些日子，他还会有能力径直走进肯德基，点一个豪华炸鸡桶。如果照此想象下去，他某一天还可以背起猎枪，到山林里去打野鸡呢！"

那一刻，我真心喜欢这个女馆员，甚至想邀请她一起吃个饭聊聊天，可惜她说完话就开始收拾桌上的东西，没再瞧我们一眼。在众多像麻雀一般聚在一起聊天的女馆员中，她是多么别致啊！不该说话的时候，像一个冰美人；不得不说话的时候，则像个哲人。看着她纤瘦的背影，我感觉她仿佛随时都可以翩然飞起。我瞅瞅自己沉重的肉身，忽然有些自卑。中年男子仿佛还站在舞台上没下来，犹如一个"谷粒王子"，陷入了沉思。我耳边响起古老的箴言："不要照愚昧人的愚妄话回答他，恐怕你与他一样。要照愚昧人的愚妄话回答他，免得他自以为有智慧。"年轻超然的女馆员，显然懂得其中的奥妙。

炸八块

曹洪蔚

听人说，百行之中，唯有烹饪业可免于饿肚之苦。于是，谢昆玉选择了做厨师。

15岁那年，他南渡黄河，从长垣县来到汴梁城，一把菜刀闯天下，师从"又一家"名厨赵德良，学习烹饪技术。学艺十年，他不但精通豫菜，连满汉全席、全羊宴、全素席等高端宴席，都能应对自如。尤其他制作的豫菜名肴炸八块，堪称汴梁一绝。

炸八块，又称八块鸡，是以鸡翅膀、脯肉、大腿剁成块，经油炸而成。正宗的炸八块，外表酥脆，肉质鲜嫩，吃起来满口冒油生香。

俗话说，鸡吃骨头鱼吃刺，是说鸡肉、鱼肉附骨的部位是最香的。

在汴梁城的餐饮业界，谢昆玉厨艺高超、德艺双馨，被同行视为楷模。师父赵德良中年丧妻，老年丧子，十分不幸。至晚年，谢昆玉把师父接到家里，床前尽孝，视同生身父亲。老人仙逝后，谢昆玉披麻戴孝，护送师父入土为安，让师父活着死后都尊严满满，为业界称道。

过完60岁大寿，谢昆玉才开始收徒传艺，先后招了七位正式行磕头拜师礼的徒弟，之后封门谢客，不再收徒。对此，谢昆玉半开玩笑地解释说："众所周知，我的拿手好戏是炸八块。收徒以后，逢年过节，师徒相聚，我会亲自操刀，制作一道炸八块。徒弟收多了，到时候，谁吃谁不吃呀？弄不好，再打起架来，我可没力气去劝。即使不争不打，相互礼让，有吃的，有看的，也不像话。"

对收来的徒弟，谢昆玉教学传艺格外上心，每每扶上马，再送一程，直到能独立掌厨开店。几年间，"又一家曹门店""又一家宋门店""又一家大梁门店"等相继开业。

谢昆玉说："炸八块是'又一家'的灵魂所在，不可偷工减料，自砸招牌，谁的门店因此出了问题，我就与谁断绝师徒关系。"

对炸八块的制作工艺，谢昆玉总是手把手反复示范传授，毫无保留。一只肥嫩的白条鸡置于红案，先去掉鸡头、鸡颈、鸡爪骨和鸡架骨，将鸡翅膀去掉膀尖分为两块，鸡脯分作两块，鸡大腿一分为二，作四块，共计八块，且块块有骨。分好块，再将每块的鸡肉剔开，将小骨的一端掀起，另一端连着鸡肉，放于清水浸泡，洗净血污。沥干后，以粗盐、料酒、姜汁、酱油腌至入味，下入八成热的油锅里，炸成柿黄色时，起锅，顿火，待鸡块在油锅内酱透捞出，再用八成热的油复炸一次，至外表酥脆，捞出装盘，撒上一层麻椒粉即成。

一道炸八块做成后，谢昆玉总会再来一次总结提点：制作这菜的要领在于"一炸一酱"。先用热油炸，使原料表面急剧紧缩，封闭其失水的孔道，锁住水分。再顿火酱制，利用原料本身的蒸汽致熟，鸡肉才会鲜嫩离骨。最后复炸，使外皮焦香酥脆。

所有门店开业立足后，谢昆玉会隔三岔五去检查巡视，如部门领导突击检查，事先不打招呼，直接进店。他头戴鸭舌帽，着中式对襟上衣，捧一浮着枸杞的大号茶杯，一副闲云野鹤的样子。进店，直接入后厨，看完食料选材，就坐下眯眼品茶。那天，徒弟小来正手忙脚乱地制作一道炸八块，装完盘，一扭脸，看见师父驾到，连忙过去打招呼行礼。谢昆玉眼皮还耷拉着，说："小来，你的这道炸八块做老了，颜色不是柿黄色，是暗红色。入锅时，油太热了。"

小来听罢，当即汗就下来了，顺着脊梁骨疯淌。小来知道，师父能从原料下锅的响声，判断出一道菜肴的老嫩程度、成功与否，能分辨出火是大还是小了、油温是高还是低了，准得很。

戊戌年的春节，师徒们如约相聚。六个凉拼上桌，酒宴开席。三杯酒下肚，谢昆玉的话就稠了。谢昆玉说："人上了岁数，好怀旧，爱想以前的事儿。记得师父给我讲过，他学徒的时候，相国寺周边每天都晃动着一群没手艺没活计的'光腚猴'。师父的师父看见了，不忍心他们挨饿受冻，于是他每天晚上打烊前，去刘家面条铺买来十多斤绿豆面条，用12印的铁锅做一锅汤面，招呼那些'光腚猴'进店来吃。吃完，安排他们在店面里歇息避寒。师父的师父还长年跟相国寺的僧人一起施粥，接济那些靠讨饭为生的穷人。后来，师父的师父年迈过世，社会各界、五行八作的从业者，还有僧人、'光腚猴'、讨饭的，闻讯都来吊唁送行，一里多长的胡同挤得水泄不通，场面壮观感人。大伙儿都说，人活到这个份儿上，值了。"

喝完一瓶酒，谢昆玉去端做好的炸八块。一上桌，徒弟们都冷了脸——师父做的炸八块怎么只有七块？是酒喝晕看花眼了吗？晃晃头，再看，还是七块。

正疑惑，师父说话了："今天的炸八块，我只做了七块，是因为我觉得有个人没资格享用。你们猜，这人是谁？"

诚信经营，真材实料，不店大欺客，不偷工减料，视顾客为衣食父母，大家都是按师父的叮嘱去做的啊，一点儿也没敢走样，难道……

见徒弟们都在扪心自问、低头反思，谢昆玉暗暗笑了，说："都别在那里对号入座了。没资格吃的是我，原因我来讲给你们。年前，朋友拉我出席一个活动，是汴梁城的年度慈善晚会。长长的募捐名单，从头到尾，我没看到'又一家'的名字。这些年，咱们'又一家'，开了一家又一家，家家生意火爆，收入年年增长，可我们为公益、为慈善，做得太少了。想来想去，不怪你们，是我没教会你们这一课，责任全在我呀！"

徒弟们如梦方醒，一起举起杯，说："请师父明示。"

谢昆玉也举起杯，说："扶危济困，不分早晚，今年咱们补上这一课。"

"当——"八只酒杯碰在一起，把天上的雪给震落了。飞雪飘舞，天地间顿时生动起来。

十一有一只羊

王秋珍

"一只羊长大要多久?"

这是我父亲的问题。

那时他才7岁。我姑且称他"十一"吧。

"看你还干不干坏事!"啪啪啪,枣木棍子落在十一的屁股上,就像十一的弹弓落在芦花母鸡的翅膀上,就像弹弓上的小石头击碎别人家的玻璃,那么有力,又那么空洞。

十一的空洞、无聊,犹如乡下泥土冒出的湿气,小孩子看不见,大人们习以为常。

十一是第十一个孩子。他之前的哥哥姐姐死了七个,只活下了他和三个姐姐。十一出生没多久,妈妈就去世了。

一天到晚,爸爸必做的一件事,是找棍子。他拿起棍子,在宽宽的矮木凳上狠狠地敲一下,仿佛给棍子做热身运动。

那根枣木棍子,原本有粗糙的外皮,后来,外皮掉了,整根棍子越来越亮,越来越滑。

矮木凳嘭地一呻吟,十一就主动扒下裤子。裤子一年到头只有一条,不能打破了。当然,裤子早就磨破了,洞眼儿像一只眼睛整天忧伤着。左屁股打过了,就打右屁股;右屁股打过了,又换成左屁股。

三月的一天,十一用两只小手把屁股全部按了一遍,找到一处不大疼的地方,用灶口的木炭画了一个圆圈:"爸爸,您打这儿。"爸爸正要开打,门外闪过一个人影:"十一,看我带了什么!"

只见大姐的手里拎了一个竹条编的深口篮子,篮子里有一个毛茸茸的东西。

女儿回娘家,爸爸自然收了棍子。十一来不及拉上裤子,就飞到了大姐面前。

一只小羊,正用水一样清澈的眼睛看着十一。十一想上前,却分明后退了一步:"大姐,它多久才会长大呀?"

羊实在太小了。十一真担心它经不起父亲的枣木棍子，经不起路上随时会刮起的风、随时会落下的雨。

"放心，半个月就长一岁，七个月就成年了。你让它吃最嫩的草，它长得可快了。到时，你和爸爸就有新衣服穿啦！"大姐说着，去水缸里舀了水，咕咚咕咚喝了几大口。家里从来不烧开水。井水挑来倒入水缸，渴了就喝上一勺。

十一给羊取名"十二"。自从有了羊，他就把自己做的弹弓收起来了。他再也不用一个人在路上踢小石头了，再也不用琢磨捡哪块石头打哪块玻璃了。他带着羊吃青草，和羊聊天。他有好多的话，从来没有说出口。现在，他的话停在青草上，青草冲他弯弯腰；停在羊的屁股上，羊摆了摆屁股；停在羊的眼睛上，羊就抬头看看他。

十二的毛色越来越亮，头上长出了角，两只角慢慢地有了凹沟和角轮。它会用角开门和关门，它会击退那只扬起脖子想攻击它的白鹅，它会让一群母鸡大叫着四下散开。

人们纷纷夸赞：

"好壮的羊啊！"

"漂亮，真漂亮！"

十一的头扬得高高的，他看见天上的云白白的，但它们没有他的十二白；他看见远方的山高高的，但没有他的十二高大。

"十一他爸，羊长大了，可以卖了。"这是邻居奶奶的声音。

十一急了，他叫道："还没长大，还没！"

以前，他多么希望羊快快长大！现在，他多么希望羊能小回去啊！

十一用求助的眼神，看着爸爸。他害怕爸爸说："卖了卖了，谁出的钱高就卖给谁。"

可是，爸爸没有吭声。他是没有听见吗？

十一又补上一句："我不用做新衣服。我有衣服。"他担心爸爸没听见，把声音拔得高高的。

"这是你养的羊，你做主。"爸爸说的话，从来没有这么好听。十一恨不得冲上去拥抱一下爸爸，但他没有。从小，他和爸爸之间，似乎就是枣木棍子和屁股的接触。十一仰起头，看见先前飘过来的那朵乌云，不知什么时候，被风吹走了。

秋风起，有的叶子顶不住，从树上落了下来，落在十二的背上，黄着脸，陷入了喧嚣的尘土。气氛突然变得诡异。那个长着络腮胡子的男人，有事没事地在十一的家门口转。十二一见到他，就晃着脑袋叫起来，叫声和往常不一样。

十一想起来了,这个络腮胡子是村里的杀猪佬。小村代销店的门口,隔几天就会有人卖猪肉。他并不吆喝,一把脸盆一样大的刀,能把黑黑的案板剁得哇哇大叫。

十一身上粘的目光,变多了:

"这孩子,犯傻了。哪有养羊不卖的?"

"没妈的娃,可怜。"

十一抖了抖肩膀,抖掉水珠一样把这些声音抖落在地。

但他怎么也抖不掉"络腮胡子"的目光。"络腮胡子"的眼睛里,好像藏着一把刀。对,那是一把杀猪刀、杀羊刀。

"你的羊,什么时候卖给我?""络腮胡子"问。

"不卖!"十一的声音,弹弓上的石头一样射出去,有着决绝的气势。

"没有一只羊,能过得了冬天。""络腮胡子"很确定地说。他的声音不是很响,却好像有回声,十一的耳朵瞬间游窜着黄白的闪电,滚动着作响的雷雨。

"为什么?"十一不想听到原因,但他还是问了。

"冬天所有的草都枯死了,羊没有吃的,怎么活?"

十一被问住了。

"如果死了,就卖不了多少钱了。你和爸爸的衣服拿什么做?""络腮胡子"显然是有备而来,他的这套道理,让7岁的十一不知道手该放哪儿,脚该放哪儿。沉思了几秒,十一用右手揞了一下屁股,大声说:"不用你管!"

他把响亮的态度扔给"络腮胡子",撒腿跑进家,关上了门。

家,赤贫如洗。但自从有了羊,十一就觉得自己很富有。他的眼睛变得富有,他的手变得富有,他的日子变得富有。没有羊,他就没有快乐。

可是,冬天所有的草都枯死了,羊没有吃的,怎么活?——"络腮胡子"发出的雷声又一次隆隆而来。再说了,自己不做新衣服,爸爸也不做了吗?两人已经好几年没做衣服了,寒冷的冬天怎么过呢?十一真希望自己和爸爸都能像羊一样,全身上下都长出毛来,真希望冬天也能有满山坡绿得发亮的青草。

深秋的一天,大姐再次登门:"十一好能干,把羊养得这么肥,过年可以有新衣服了。"

十一抱着大姐的腿,呜呜地哭了。

"大姐,你把羊带走吧。大姐,可以不杀它吗?大姐,可以不让它太疼吗?"十一边说边哭,一张小脸,抹成了被羊啃过的草地。他小小的心,实在装不下这么大的忧伤啊!

大姐抚摸着他的小脑袋，不知道该怎么安慰他。她不想伤害小弟，但除了伤害，她没有别的选择。

　　冬天来了。十一有了新衣服和新裤子，但一直被他宝贝一样带身边的，是一副弹弓。那是大姐带来的羊骨头。十一磨呀磨，把这块羊屁股上的骨头，磨成了他最爱的形状。

　　十一——我的父亲此生都没有吃过羊肉。

　　几年前，他得了帕金森病，说话已经很费劲儿，但他还是断断续续地给我讲了他那只叫十二的羊，那只陪伴了他七个月又十二天的羊。

　　那不仅是一只羊，那是他童年的全部，是他成长的开始。

突　围

薛培政

在一座农家小院里，我见到了老英雄李子良。他看上去就是个非常普通的老农，可县退役军人事务局负责信息采集的人说，他极不平凡的经历，足够写一本书。

尽管老人言谈清晰，但一听说我要采访，他一句"比起那些死难的战友，俺没有啥好显摆的"，就让我吃了闭门羹。

眼看采访要冷场，我忙给陪同的乡村干部使眼色。在大伙儿的恳求下，老人用一双布满老茧的大手，从床头柜里取出个黄色布袋，将一枚枚荣誉勋章，一股脑儿抖在方桌上。在场的人不由得啧啧称赞，说："了不起，真是名副其实的老英雄！"

"俺不是英雄，廖国栋才是真正的英雄！"老人情绪激动，眼含泪花，陷入了深深的回忆——

那是1942年冬天，日本鬼子调集重兵向鲁中抗日根据地发动了大规模的"扫荡"，企图"铁壁合围"一举歼灭根据地党政机关和主力部队。

战斗在傍晚打响，八路军某营凭借险要的地势顽强地进行阻击。敌人利用炮火优势向我方阵地发起一阵阵炮击，阵地变成了一片焦土。空气中呛鼻的硝烟还未散尽，山下集结的日伪军，又蝗虫般向山上冲锋。

苦战多天，坚守在前沿的某营营长报告，全营只剩下十几个人，且弹药几近消耗殆尽……面对敌众我寡、异常严峻的情势，军区首长和地方领导紧急磋商，决定立刻分路突围。

天渐渐昏暗下来，夜幕终于降临了。一阵刺骨的寒风迎面吹来，吹得残留的灌木叶子瑟瑟作响，我不禁全身颤抖了一下。

这时，就觉得一个宽大的巴掌拍在我后背上，回身一看，是保卫干事廖国栋。他将我拉到一旁，小声命令道："一会儿突围开始，你跟机关转移，我随营掩护！"

"不，我是一名战士，我要留下掩护！"我握紧了手中的"汉阳造"。

"你个犟驴子，这时候还跟我较劲儿？忘了谁带你参加八路军的？"他声音虽不高，却带着几分严厉。

"廖老师——"望着他那严肃的面孔，我仿佛又像以往见到学堂里威严的廖先生一样，含泪轻轻地叫了一声，将头扭向一边。

"听话，都是八路军战士了，还掉眼泪？"他上前替我擦了擦眼泪，"我是共产党员，必须坚守到最后！"他又为我紧了紧身上的衣服，神情严肃地叮嘱我："突围时要跟紧，千万别掉队！"

"嗯！"我抬头凝望着他，一股难以名状的离别滋味，顿时涌上心头。

"不用为我担心，我好歹兄弟三人，有个三长两短，还有人为爹娘养老送终。"他说到这里，深情地望着我，"李大叔为打鬼子献出了生命，李大婶就你这根独苗，将来仗打完了，要好好孝敬她老人家。"说着，他掏出一张纸条和一支钢笔，塞到我手中："这是我家的地址，将来有机会了，替我回家看看双亲。——哦，革命成功别忘了学文化，要积极向党组织靠拢，争取早日成为一名共产党员啊！"说完，他一把夺过我手中的枪，趁着夜色冲向阵地最前沿。

突围开始，首长铁青着脸命令营长："我现在带着机关人员突围，你带战士们坚守阵地钳制敌人兵力。我们走后半个小时，你们也迅速撤离！"

营长郑重地举起右手，敬了个军礼："请首长放心，我们绝不放过一个敌人！"

一阵密集的枪炮声过后，首长带机关突围的方向，渐渐平息下来。

在连续进攻失利后，敌人以数倍的兵力，疯狂向阵地上逼压过来。营长带领战士们边打边退，最后被敌人紧逼到悬崖顶上。为了不当俘虏，他们纵身跳下崖去。

老人讲到这里，已是泣不成声。过了好一阵子，他缓过情绪后道："仗打完了，全国解放了，俺做的头件事，就是去拜望廖干事的父母。费了好大劲儿，才在深山区的廖家坳找到他的家。"

老人说着，眼泪又不由得涌了出来，他说："唉，直到这时，俺才晓得，他哪有兄弟三人？他也是个独子，家里就剩个老娘，他是用自己的命换来了俺的命啊！"

老人顿了顿，呷了一口茶，道："若是说战争年代里'生死'是一面镜子，廖国栋就是俺身边最好的镜子。大半辈子了，俺没有忘记他嘱咐俺的话，入党后处处照着他的样子做。俺本来在部队已提为排长，可考虑再三，还是申请复员，在廖家坳安了家，一是要替廖国栋尽孝，二是要带领乡亲们战胜贫穷过上好日子。"

老人讲完这段往事，又在旱烟袋里装上烟丝，重重地吸了一口烟后，长叹一口气，说道："相比那些年纪轻轻就牺牲在战场上的战友，俺有什么值得炫耀呢？"

听了老人质朴的话语，我们不由得肃然起敬。

四 儿

张国平

大小、二小、三儿、四儿、五得、老六……家里的男孩,在豫北,长辈们都是这样喊,平辈中的年长者也这样喊。这样的称呼要伴随他们一生,即便他们长大成人,为人夫、为人父了,还这样喊。

"三儿"和"四儿"并非特指第几个儿子,"儿"只是个儿化音,饱含着浓浓的亲昵。

亲戚中连襟排行老四、妹夫排行老四,还有个排行老四的内弟,我通通喊他们"四儿"。

要说的四儿是我妹夫。

四儿又黑又瘦,很单薄,印象中典型的四川人体形。四儿的老家在绵阳山区,家里穷,上面三个哥哥,只有老大成了家,二哥、三哥都过了成亲的年龄,却仍旧单身。四儿也过了而立之年,仍光棍一条,这时我表妹便将他介绍给了我妹妹。

表妹在绵阳做生意,认识四儿。

那时我妹夫刚刚在一场车祸中丧生,那年妹妹年仅二十八岁,两个孩子一个三岁,一个刚刚半岁。多人劝妹妹改嫁,可她舍不下孩子,便将他们托付给公婆,出去打工。好端端的家,被一场车祸撞得七零八落,不打工怎么行?妹妹在我家最小,父母娇惯她,但现实迫使她成了"女汉子"。可是孩子的爷爷奶奶并未尽心,妹妹每次回家,孩子身上都青一块紫一块的。不出门打工无以为继,出去了孩子受委屈,妹妹万般无奈。论相貌,四儿绝对配不上妹妹,但现实让她不得不向生活妥协。

四儿在老家叫什么名字我没问过,他入赘而来,妹妹的公爹按辈分给他起了"国军"这名字,不过我一直喊他"四儿"。

一直打光棍,却突然有了家,日子有了奔头,四儿大喜过望,乐意得很。四儿勤快,不惜力,谁家的忙都肯帮。邻居们都喜欢他,也喊他"四儿"。

初来乍到,人地两生,该怎样让这个家尽快好起来?四儿听说贩菜赚钱,便东拼西凑买了辆三轮车，从菜农那里收菜，到县城去卖。

四儿童叟无欺，实在，菜价比其他菜贩的都便宜。四儿的菜很好销，一车菜半天就卖完了。四儿就再返回去，一天要卖两车菜，起早贪黑，不辞劳苦。

"一十、二十、三十……"四儿每次回家，便像得胜而归的将军，呸呸地吐湿手指，数那堆零零散散的票子。"哟，今天赚了一百七！""哟，今天快赚二百了。"四儿一阵沾沾自喜之后，便会小饮一杯，犒赏犒赏自己。

为了能尽快让这个家爬上岸，四儿起得更早，回得更晚，披星戴月，有时一天要往返三次。没出一个月，四儿更黑，也更瘦了，不过他脸上的笑容却更加灿烂。

那天，突然来了几名城管，二话没说便将四儿的菜和车没收了。菜没了可以再买，车没了还怎么维持生计？四儿追了半天也没追上，蹲在地上呜呜地哭。

这时，一个女人走过来，拉起四儿说："他们哪是城管？是假城管，带头的那个娃子叫韩三。你菜卖得便宜，把其他菜贩得罪了，他们才让韩三砸你的生意。"

四儿一听是老家人口音，便抬头看，原来是街边川菜馆的老板雪莲。

雪莲说："你一个外地人，黄了别人的生意，人家能不排挤你？算了，算了，你车子也没了，我看你菜也卖不成了，不如来我们饭馆干吧。"

两人一聊，居然还是绵阳老乡。于是，四儿便成了雪莲川菜馆的帮厨。

四儿勤快，忙这忙那，不闲着。雪莲很满意，说："洗菜刷碗这类活儿你少干，今后学学做菜吧。"

四儿不笨，经师傅指点，仨月之后便能独当一面了。四儿从帮厨，升为二厨。

川菜馆生意渐渐冷清，没了顾客，别人都在大堂休息，四儿却待在厨房里。雪莲不明原因，进去看，只见他仍在忙活。四儿说："咱饭馆总是那老几样，想广招顾客，要有新花样。我在网上看到几道菜的做法，正在试做。"

雪莲笑，说："好得很，耍吧，别怕浪费食材，大胆耍。"

几天后，四儿端上几道菜，让雪莲品尝。一道藤椒腰花，一道绝色猪肝，一道擂椒猪手。

"嗯，色香味俱佳。"雪莲品尝后连声称赞，说，"从明天起就把这三道菜列入菜谱。"

心里还是没底儿，雪莲想先试试看，将它们列为特价菜，一周之内五折优惠。谁承想，四儿做的这三道菜很受欢迎，很快就成了雪莲川菜馆的招牌菜。

"耍，继续耍。"雪莲鼓励四儿，要他继续试做新菜。四儿还真没让雪莲失望，又搞出了几道招牌菜，雪莲川菜馆渐渐顾客盈门，四儿也成了川菜馆首屈一指的大厨。雪莲也不亏待四儿，一连给他加了三次薪。

那年春节，四儿见了我，呜里哇啦地说了好一阵。他的四川话我虽然没全听懂，但能看出他脸上洋溢的憧憬。四儿的意思是说，将来一定让两个孩子上大学，有文化才有奔头。

可是，正当四儿满怀希望时，雪莲却因家庭的变故，要转卖饭馆，回四川了。

第二天就要签署转卖协议，这天晚上四儿一口散伙饭也没吃，喝了个烂醉，捶着桌子呜呜地哭。

雪莲心里五味杂陈，也落了泪，说："不这样还有什么办法呢？"

四儿突然抬头说："把饭馆转给我，可是……可是我没有钱啊！"四儿低下头，又呜呜地哭。

雪莲抹了一把泪，又抹一把泪，突然说："我不转卖了，把饭馆留给你。姐信得过你，今后咱五五分成。"

"姐！"四儿"呼"地站起来，一把抓住雪莲的手，哽咽着大喊了一声。

呜呜呜，四儿喜极而泣。

戴口罩的苦楝花

蒋静波

邻家后院的苦楝树，仿佛在一夜间，忽然开花了。一簇簇的紫花，散发着一种特别的气味。

"喀喀喀，喀喀喀……"隔壁又传来水伯伯的咳嗽声，连续、激烈，像一发发爆炸的炮弹，震得楼板和木床轻轻地抖动。

妈妈从院子里摘来两朵海棠花，拿起梳子，给我梳头。

"妈妈，我要戴这花。"我指着窗外。

"这花不好看。"

"好看，好看。茶花、月季花、海棠花都已轮流戴过，现在，我只觉得苦楝花才新奇好看。"

"那花太苦，妈妈给你戴海棠花，这花才香、甜。"

"真是奇怪，我又不吃苦楝花。"

"离隔壁家远一点儿。"妈妈再一次警告。妈妈和阊门里别的大人们一样，每天总要发出这种警告。

一种熟悉的气味钻进了我的鼻子。我知道，水伯伯家的胖女人又在煎药了。妈妈说，药煎好后，黑乎乎的药汁会被水伯伯喝下，黑乎乎的药渣就被撒在通向小河的石板路上，任人踩踏——只有被很多只脚踩过踏过，水伯伯的病才会好起来。我每次去小河边，就特意在药渣上重重地踩上很多脚。

水伯伯喝药的时候，一定摘下口罩了吧？我突然很想知道水伯伯不戴口罩时的模样。

妈妈出去了。我溜出家门，走到水伯伯家的矮门外，朝里面张望。

水伯伯的家，暗淡无光。一个又高又瘦的男人像一只破风箱，蜷在一把黑乎乎的旧藤椅里，皱着眉头，喉咙发出呼啦啦、呼啦啦的声响。桌旁的一只小白碗里剩着一点黑乎乎的药汁。水伯伯脸上的那只白口罩，仿佛藏着很多秘密。

我又来晚了。

戴着大口罩的胖女人捧着黑不溜秋的药罐，刚出矮门，一脚踩在青苔上，差点儿滑倒。"该死的。"她骂了一句后，马上摘下口罩，面无表情地对我说："别进我的家。"

我站在矮门旁，轻轻地叫了一声："伯伯。"

那只口罩一震。

"你叫阿波吧？长得真快呀！"沙沙的声音从口罩里流出，很好听。

"伯伯，你生病了吗？疼不疼？"

他的眼睛突然一亮，好像快要熄灭的一支蜡烛被人拨了下烛芯。他将手伸进衣袋，掏来掏去，掏出一颗小糖，在空中停顿了一下，摇摇头，又放进了衣袋。

桌上的一沓口罩像层层冰块，散发着阵阵寒气。旁边的一只瓦罐，满满地插着花。呀，是苦楝花！我眼睛一亮，灰暗的屋子里似乎也一下子亮堂了许多。

"你喜欢苦楝花？喏，给你。"

水伯伯见我一直盯着花，从瓦罐中抽出两三枝，伸直着手，远远地，递到我的手上。

我满心欢喜，捧着花，闻了又闻，心想：这就是苦的气味吗？

"这花从哪里来的？你跑到哪里去了？"妈妈指着窗外高大的苦楝树，厉声责问。

我将花藏在身后，低着头，不说话。

"还不快去洗手。"妈妈一把夺过苦楝花，扔进灶膛。

我嘤嘤地哭泣着，恨妈妈夺了我的花，更怕隔壁的水伯伯听见伤心。

爹爹进来了，皱着眉，一声不发。

妈妈用手指着墙壁，轻声说："连他家的儿子也送到外婆家去了。这孩子，就是不听话，传染起来要死的呀……"

爹爹狠狠地瞪了我一眼。

天气晴好时，苦楝花开得更艳了。水伯伯走到我跟前，拉起我的手，说："阿波，我们一起去摘苦楝花好吗？"

"好呀好呀。"

他像猴子一样，噌噌噌爬到苦楝树上，摘一枝，递给我一枝，直到我捧不住才罢休。

下来时，他的口罩不见了。树上的一串苦楝花，却戴上了一只白口罩。

哈，真有趣。

水伯伯哈哈大笑起来，"喀喀喀……"的咳嗽声没有了，喉咙里的那只破风箱也不拉了。我终于看见了水伯伯的面容：白白的牙齿、大大的嘴巴、高高的鼻子。是一个好看的伯伯。

"喀喀喀，喀喀喀……"楼板和木床又轻轻地抖了起来……啊，刚才我在做梦。以后的几天夜里，我好几次梦见水伯伯爬到高高的苦楝树上给我摘花。

"阿水，开门呀，你快开门呀！"一天傍晚，胖女人的哭声，伴随着震天动地的拍门声、踢门声响起，仿佛地震一般。

妈妈好像忘记了她自己对我的警告，飞奔出去。许多人一齐拥进平常连蚂蚁也不想爬进去的家。"咚咚咚，砰砰砰……"隔壁传来各种各样东西的碰撞声、说话声、哭声，吵吵闹闹。

我缩在家里，吓得心怦怦乱跳。

不一会儿，妈妈跌跌撞撞地跑进来，吓得浑身发抖。

妈妈说："水伯伯死了，用一根绳子。他不愿意拖累一家。"

窗外，下着大雨，后院的苦楝花，落了一地。

看电影

马 静

月亮定然是属于夜空的水果,圆时枇杷弯时蕉。

而阴雨天月亮就不复存在了,寇晓清因此有点儿寂寥,心里空落落的。缺了明月光,像火车在黑暗的隧道里呼啸。

寇晓清一个人在街上,自己把自己安排在秋风秋雨里,果真像一个失恋的人。

爱情的结局时常不遂人愿,所以要撤出来,一个人呼吸,一个人微笑,一个人去看一场电影。

不用买连着座位的两张电影票。捏紧自己的票,借着暗淡的光,寻找自己票面上的座位。耐心地一格一格找过去,找到那个属于自己的座位后,就安心地坐下来。

无论它有多么远、多么偏,或者在挤进去的过程中要说多少声"对不起",只要找到它,就在心理上坦荡起来。有票据的保护,没有人会赶走你,也不用动脑子去找什么更好的座位了。

其实,我们都是认命的人,永远相信宿命,曾经相信爱情。

坐下来,电影已经放映了一半。因为是自己看过的电影,寇晓清踏实了下来。看过的片子好比熟人,是可以倾吐心事的——假若你真有一腔心事的话。

寇晓清的心事由他而起。他在心事里,自然总关情。而情要生情,孽要生孽的。起因要从三年前说起。

那时,寇晓清大学毕业后参加工作了,可还算一个小小的孩子,对什么都胆怯和新奇,傻里傻气,但总算傻得有点儿讨人喜欢。

就有一个他接近寇晓清了。他和寇晓清一个属相,猴。他大寇晓清十二岁,是单位的一个部门领导,也是结过婚的成熟男人,风度和谈吐都很不凡俗的一个男人。至少在寇晓清自己看来是这样的。

他愿意教她在单位里怎么做事和怎么做人,把在寇晓清看来复杂深奥的东西四两拨千斤地轻松整治好,放在寇晓清眼前,让她有眼前一亮的惊喜。

下班了，回到家里，他也不忘打个电话，声音低低的，像在窃窃私语。

寇晓清的心扑通扑通的，声音颤颤地唤他"老师"。他不要寇晓清叫他"老师"，他要她叫他的名字，并且要寇晓清马上就要叫出来。

他的名字是胡炯明，一个要命的名字。

寇晓清的心尖儿立了一个跳芭蕾舞的小人儿，小人儿一点足，寇晓清就很好听地叫了出来。

这一叫，就是一段不明不白的缠绵情事。

后来，寇晓清在单位站稳了脚跟，自然和胡炯明最亲近，私下里要好。她为了他拒绝了许多追求者。她甘心做他私密的爱人，尽管胡炯明有一个大学同窗的爱人和一个读五年级的小孩儿。

流言把他们淹没，寇晓清却不在乎，以为自己是幸福的。

他们的确有幸福和浪漫的时光，可是这幸福和浪漫总要被他们消耗干净。寇晓清觉察出来了，但自己已经无路可退了，只是心里有不能言说的绝望。

蝉在黑暗的土里蛰伏数年之期，好歹可以换来一个夏天的清风朗月。所以，夏日里，寇晓清不敢听蝉声。

寇晓清最没有兴致的时候，胡炯明偏不知好歹地给她讲他曾经的爱情故事，说他和他的爱人上大学的时候，经常跑去看电影，看了很多场电影，就是没有一场看完整的。说完嘿嘿笑，像在回味。

寇晓清听了，心里有了许多联想，不知从哪儿鼓起的劲儿，动了孩子脾气，拉了胡炯明的手，非要马上去看一回电影。

那天月亮很好，极清极明的。"月亮是夜空的水果"的话就来源于那次。是胡炯明说的，完整的说法是："月亮是夜空的水果，你是我的小点心。"

本来胡炯明是想逗寇晓清开心的，寇晓清听了这话却高兴不起来，酸酸地说："我是你的小点心，谁是你的大米饭？"

胡炯明干巴巴地笑了笑，没有解释。他不知道为什么突然感觉有点儿累，一种人到中年后特有的累，整个骨架都要散掉的累。

胡炯明指指放映大厅门口"禁烟"的牌子，说："你先进去吧，我在外面吸一根烟。"说完，把两张放在一起的票抽出一张塞到了寇晓清的手里。

寇晓清愣了一下，一个人进去了。一进厅才发现是令人窒息的黑暗。黑暗的尽头是幕布上的光与影，离人远，在不可抵达的彼岸。

寇晓清进了放映大厅后，老半天，胡炯明才摸进来。

两个人坐在一处，无比认真地看，不再说一句话了。

寇晓清闻到了身边这个男人身上熟悉的烟草味道，没有缘故地在黑暗中流了眼泪，她把头歪在了胡炯明的身上。

胡炯明一动不动，身体坚硬而冰冷。

这时候，电影里男主角说："我必爱你，且以温柔相待。"

电影上的话语是温柔深情的，看电影的寇晓清却把自己的头埋在胡炯明的怀里，说了一句："我迟早要离开你的。我们的爱，到头了。"

胡炯明不知道听没听见，但寇晓清抬头看他时发现他也流泪了。寇晓清突然发现流泪的胡炯明那么苍老，自己都不忍去看他。

"胡炯明，我是爱你的，可是……"寇晓清在心中默念着。这时，电影里飘出一句女主人公的话："你的爱应该沉于海底并被水草覆盖。"

狂乱的夏天过去了。寇晓清已经是一个人了，一个人来看电影。可是和胡炯明分手时的情景仿佛就在昨天，像电影一样可以一遍遍重来。

只能说或许这一切与电影有关，电影与爱情有关吧。

电影里又在说："我必爱你，且以温柔相待。"

电影里的女主人公迟迟不答，画面上只有空旷在填补空旷。

寇晓清记得下面的台词是："你的爱应该沉于海底并被水草覆盖。"

那是一个女人绝望的声音。

寇晓清的眼泪潺潺而下，眼睛却不眨不动。

电影里，大段的音乐响起，里面有风笛的声音和小鼓的声音。风笛的声音在旗子里翻腾，小鼓的声音在旗子下跳跃，预示着爱情的分道扬镳。

至此，已经有人起身退场，俗套的爱情故事的结尾让人在开头便一望可知——看到了尽头就可以撤退了吗？

寇晓清不就撤退了吗？她撤到了电影院里，而电影院里也不是安静的地方，散场时有喧杂，眼前人影叠着人影。

寇晓清坐着不动，在人影的缝隙里看到幕布上电影结束时英文字幕滚屏而过，如过眼的烟云，如似水流逝的光阴，如上一个季节缥缈的欢爱。

吵 架

九峰云

　　我一路小跑往家赶，比他早五分钟到家，换上宽松的运动服，梳整齐头发，将昨晚没吵完的架重新理了理思路。昨晚，我们约定今天回家后十分钟内吵完，吵完他还得送孩子去上补习班，我得洗碗，收拾乱糟糟的屋子。孩子回家后，我还得辅导他写作业，督促他洗澡，吃维生素、酸奶水果，每晚九点半他必须睡觉。

　　等了将近六分钟，他们还没回来。我正准备打电话问他被什么事耽搁了，他的信息就抢先一步发来："车快没油了，我去加个油，随便吃点儿，直接送他去补习班，回家再吵。"

　　我回复："那得等到他睡着后再吵架了，声音不太大的话，吵十分钟也行。"先生回复："好的，哦对了，如果你还有时间，替我把置物架的滑轮脚修一下，本来我想刚才回来吵完后自己修的，现在……只能烦劳你了，否则我怕没时间吵架了。"

　　我说："我试试吧，你开车别发信息了。"我快速收拾完屋子，开始修置物架，不知怎么划伤了手指，口子不小，血瞬间滴落下来。我将手指举过头顶，奔向卧室的抽屉柜翻找碘伏和创可贴。血一路从厨房滴到卧室，连成一条线，足足有3米多长。该死，创可贴没了，我抓了一把纸巾压住伤口，准备出门去药店包扎一下。

　　我忍着伤痛，快速跑到家附近的药店。药店老板正在关门，说有急事离开一会儿，让我过一小时再去，或者去远一些的药店看看，不过那家药店还有不到半小时就关门了，我要是决定去就赶紧去。

　　我站在十字街头，手指淌着血，举过头顶，一边快速算了下，走路过去兴许来得及赶在药店关门前到，但是再走回来，就有可能来不及写报告，这样下去最终会耽误和先生吵架。本来骑自行车去应该来得及，可是手不给力只得作罢。此刻路上的出租车几乎都载了乘客，我只能拿手机打车了，刚拿出手机，才发现手机刚才没充上电，此刻只剩10%的电量，我得留着接先生的电话，他会在孩子下课出发后告知我，以便我算好他们到家的时间，做好各项家务和准备工作，尽量不浪费我们和孩子的每一分钟时间。

我咬咬牙，看着自己的运动服，告诉自己就当夜跑运动吧，开始发狂似的奔跑起来。我举着手超过头顶，驮着我那一身被熬夜、焦虑、压力逼出来的肥肉，没命地奔跑，终于在药店关门前三分钟到达。当我正喘着粗气告知需要止血用品时，先生来电："孩子下课了，我们半小时后到家……"我放开伤口，任血继续滴在地板上，喘着气回话："好的，我知道了。"便马上挂上电话。

药剂师看了眼地上的血，瞪大眼睛看着我。我吼道："难道我是来这儿买可乐的？快拿纱布绷带创可贴，随便什么能止血的都行。"药剂师这才回过神来："哦哦，抱歉，我刚才就想告诉你，半小时前店门口发生了一场群殴事件，店里的所有止血器械都卖完了。隔壁就是医院，你去包扎一下吧。"

我看了一下时间，举着手算计着：孩子还有二十五分钟到家，去医院包扎肯定来不及回去吵架了，如果此刻就往回跑，可能还来得及，最多晚五分钟到，那么吵架时间只剩五分钟。看来原本设想的回顾之前吵到什么地方的那部分可以省略了，直接切入主题，把我的论点阐述时间从原来的三分钟缩减到一分钟，把他的反驳时间也缩减到一分钟，自由辩论环节从两个回合砍到一个回合，这样就有一分钟时间来结束吵架了，五分钟吵完这个架，也变得现实可能了。这样既不耽误孩子学习、睡觉，也不耽误明天我俩上班。明天他得早起赶早班飞机，我有一个年度重要会议主持，都得比平时早起半小时。要命的半小时，孩子也得跟着我们早半小时到学校，睡眠也被剥夺了半小时，只为了我们能够吵完这该死的十分钟，哦不，五分钟的架。

总是举着手淌血，我感到有点儿头晕，先生来电说："路况好，早到家十分钟，修了架子，整理了行李箱，孩子也快洗完澡准备睡觉。"他已经做好吵架的准备了，就等我了。

我好奇地问他："地上的血，你看到没？"他说："什么血？我没看到，你怎么喘得那么厉害？"我说："我马上到家。"对面没反应，我这才发现手机已自动关机。

我望着一片漆黑的屏幕，发现血止住了，于是我决定，干脆再慢跑一会儿。架可以跑完再约嘛。

爱

阿 痴

　　我上大学以后很长时间都没有谈恋爱，这个事情挺让我着急的。因为当时，我觉得谈恋爱这个东西很重要，它可以带我体会到很多新的情感，思想也可以更深刻。总体来说，是有助于学习和写作的。我需要一次那样的体验来让自己提升到一个更高的高度。到了大二的时候，学校运动会，我们和大三的同学坐在一起，我抬眼看见一个很漂亮的侧脸，鼻子很高，眼睛深邃，眉毛又黑又浓。我立刻喜欢上这个侧影了。我打算从这个侧影入手，进入一个完全陌生的领域，这可能算是我给自己布置的作业。

　　我开始到处寻找这个人。食堂、开水房、化学系的教学楼、图书馆、校园里的小道、超市、石凳子上……偶尔看到他，我常常紧张得手脚不知道该怎么放。如果在食堂遇到，我可能饭都吃不踏实。日子过得飞快，转眼就到了大三。我们参加考研经验汇报会，我喜欢的那个人，赫然在列！他还以高分代表的身份，简单说了几句考大连理工需要注意的事项。

　　还有三个月，这帮人就要离开大学了。我再不说出来，这个人就要消失了。我下定决心，决定找人问问这个人到底是谁，叫什么名字，什么来头。我得知道他的电话号码，把我这个事情跟他说一下！

　　关键时刻，铁杆闺密出马了。她说我春心荡漾，特别恶心。她很快就要来了他的姓名和寝室电话，把纸条拿给了我。我吓得一哆嗦，就跟过年不敢点烟花似的："你来吧！你来吧！"

　　闺密气定神闲地打过去："那个×××在吧？"

　　"在的。"

　　"叫他接电话。"

　　过了一会儿，一个声音说："谁找我？"

　　"我有个朋友，喜欢你。"闺密说完，就把话筒递给我。

　　砰！我感觉过年点的那个巨无霸烟花炸了。

我哆哆嗦嗦，一瘸一拐地走向话筒。太艰难了，我只是想体验一下谈恋爱的感觉，并不是想体验上战场的感觉。

我抱着视死如归的心态说："是，没错，我喜欢你，我在运动会上看到你，就喜欢你了。"

话筒那头，对方沉默了一会儿，他问得很迟疑："你确定？你见过我？"

我说："见过呀！你不需要知道我是谁，你只要知道，我很喜欢你！"

然后我就噼里啪啦说了无数情话，把我自己能想到的最羞涩的柔情蜜意、沉思默想，全部告诉了对方。我说："第一次见到你的时候，你的身后就是夕阳，你在晚霞之下站着，我就那样喜欢你了。我喜欢你，非常喜欢你！"

他默默听完了，说："好的，谢谢你。不过我还是觉得很突然。"

我们约定，我可以在任何时候想打电话找他就找他。我也告诉了他我寝室的电话号码。挂了电话之后，我如释重负，非常爽快，当晚睡了一个好觉。

这之后，我的记忆出现了一个模糊地带。那次我和他通了电话之后，我在校园里再看到他，就不再紧张了。我知道我和他之间有一种隐秘的联系，这是一个只属于我的秘密，我很知足。

大概打了三四次电话之后，闺密有一天来找我，说："搞错了！你喜欢的那个人叫另外一个名字，住另外一个寝室！这才是他的电话号码！"

我说："啊？！"

闺密说："赶紧给这个打电话吧，不要磨蹭了，时间宝贵。"

我想到那个错误的通话对象，尴尬到恨不得消失在墙里。但是我想，错误还是得赶紧停止，不能给别人造成更深的误导了。我立刻拨通那个错误的电话，告诉他："对不起，我打错了电话，是朋友给的信息出现了问题，我的那些话，都不是对你说的。抱歉！抱歉！"

电话那头是沉默。我心虚得没等他回复我，就匆匆挂断了电话。

然后我的记忆开始鲜活起来。我找到了正确的电话号码，找到了正确的人。我约他出来，和他聊天，对他倾诉衷肠。然后我们有了亲吻和拥抱，慌乱火热，像小动物。我把他的手从腰间拿走了，我并没有准备好更进一步。他对我说了很多话，最后说，我们是没有结果的，他要去大连读研究生，而我的未来，还不知道在哪里。

他和我上过自习，发现我对化学和计算机 C 语言都不太精通，他说："你成绩不太好，这样想要考上一流大学的研究生，是不太可能的，我们没结果的。"我问他："没有结果的事情，就不能开始吗？就不能异地恋吗？"他摇摇头，说："不行，做不到。"

  我颓废地走回宿舍,想了一晚上,给他打了个分手电话,说了点儿回忆,说了点儿有的没的。最后在自尊心的驱使之下,我说:"那这就是我给你打的最后一个电话了。"他说:"好的。"随后我挂断了电话。很多年以后,我明白了,他对我这样一个在大学毕业之前突然闯出来的人,是没有感觉的。他不喜欢这个突然,这个突然只是一个意外的插曲,被安置到记忆的某个角落里,仅此就可以了。

  那天晚上,临近十二点,我宿舍的电话突然响了起来。我毫无准备地接起来,声音有点儿陌生。对方平淡地说出自己的名字,我才惊觉,他是之前我打错电话的那个人。我感觉到紧张和不好意思,还有一点儿内疚。我还没想好要跟他说什么,他就说:"还有十分钟,我就要离开校园,去四川宜宾当老师了。我是一个农村人,从小到大一直很平凡,从来都没有人说过喜欢我,从来没有过。可是自从你那么不顾一切地对我说喜欢我的话以后,我就变了。我从来都没有体会过这么开心的感觉。我给你打这个电话就是想要谢谢你,虽然你打错了电话,但是你是我生命中第一个那么坚定地说喜欢我的人,我的生命因为你而变得不同了。谢谢你!再见。"

  我怅然地放回话筒。一切,好像有了别的解释,有了别的意义。我还不能确定那个意义是什么,当时也无法表达出来。我觉得极其尴尬、极其内疚,又觉得遍地尘埃中有一点儿金黄色的光。我不是光的制造者,我也是光的受益者,只是当时我惘然其中,不解其味。我出于私心,刻意去创造爱,体味了其中的忧愁与苦涩,但也在最最意外的地方,收获了爱的真谛。

巨　坑

索南才让

索南闹洛把冻得铁一样的小牛拖下车，费力拖到车前面的坑里，摆好，说："就在附近找个地方一扔完事，干吗非要去那个大坑？"

他在摆弄坑里的小牛。这个坑他怕微型货车过不去，用牛的尸体当垫路石是一妙招儿。

"扔在别人的地盘，不缺德吗？"他说。新的东西就是麻烦，包括新来的干活的人。

"你可以直说你要去看看那老家伙。"索南闹洛说。

"是啊。"他说，"你再敢对他不敬试试看。"

"'老家伙'不是贬义词。"

"在我这儿，就是。"

"好，你说了算。"索南闹洛转身上车，车轮压过死牛，很轻松地过了坑。他不怕把死牛从车上拖下来，他怕抬上去——死沉死沉的，再有两个人还差不多。

"现在我已经调到了宰杀组，"索南闹洛说，"但折磨人的是每一次都要写报告。"

车里的空气焕然一新，依然还有新鲜的空气从关不严实的车门缝隙中钻进来。过了一会儿，他问："写什么报告？"

"对内脏进行评判，分出等级。我想，吃这些内脏的人也可能分出了等级。"

"这是一份好差事。"

"好差事你来干？"

车在两村交界处朝东面的山里一拐，索南闹洛欢叫一声："看，那股烟。"

老人又把坑里的牛羊尸体点燃了。每隔一段时间，等到坑里的尸体多一些，他就会自己掏钱去买一些汽油，洒在那些尸体上，烧掉。

"他为什么就是不听？有什么好烧的？让其他动物吃掉不好吗？"索南闹洛说。

"他自有他的道理。"

"什么道理？我看是因为离他家太近了，他怕染上什么不好的东西。"

"那也是他的道理。"

他知道老人的担忧。老人对他说起过，死尸一旦多了，哪怕是冬天，也会有不好的事情发生。再说，来这里吃这些尸体的动物真的没有几个，老鹰……老鹰能吃多少？而且其他地方那些没有运过来的尸体还有那么多。

"这个灾年没有那么厉害，不是最可怕的。"老人对他说，"牛羊把这一关挨过去，就会疯了一样生崽子，而且都会好好地活下来。"

他们来到大坑边上，老人在大坑的另一边。隔着从坑里的尸体上冒出来的颜色诡异的紫烟，他觉得老人憔悴不堪。他们将尸体从车上往坑里扔的时候，老人绕过大坑朝他们走过来。

"他知道吗？"索南闹洛问道。

他点点头："他老早就知道。"

索南闹洛很郑重地说："你是一个有担当的人，她……"

老人的脸冻得发青，脚上套着一双很不合适的棉布保暖鞋，左脚后跟已经破了，用白色细线粗劣地缝补了。他没有手套，手背的颜色是和这烟一样的紫青色。他显得很高兴，看着他们，又看看他们抬着的一条牛腿。

"这是我宰杀的。"他跳下车，在索南闹洛的帮扶下背上牛腿，往老人的家走去。那间用山坡上的硬牛皮草堆叠成的小土屋一半掩埋在地下，这是专门用来在冬季住的地窝，是老人唯一的住处。老人已经有十几年没有自己的毡包了。

把牛腿放在地窝里仅有的矮桌上，他环视一圈，和上次来时没有任何区别，连小小的圆炉子上的茶壶的位置都没有变动。地窝里很冷，老人节省烧柴。过冬用的牛粪都是老人一袋子一袋子从一公里外背回来的，因为他住的这个地方周围没有牛来，也就没有牛粪。他的周围，常年处在禁牧的状态，也许在很多时间里，这一带只有他一个活动的物体。直到开始下大雪，开始死牛，这个巨坑里开始有了尸体，一些兀鹫用大翅膀扇动的气流才会给这片区域带来一丝生气。

他知道老人为了把自己那点儿可怜的过冬肉省下来而偷偷地吃那些死牛肉。也不是不能吃，但那些牛都是饿死的，瘦得只剩一身皮，仅有的一点儿肉又柴又涩，味道非常古怪，难吃极了。

现在早已不是那个吃不饱的年代，谁还吃这种东西？再穷的人家也有吃不完的粮食。但老人不一样，他仿佛经过那一场灾难后重回到过去了。老人跟他说过，饿肚子的那个年月，首先想到的只有吃。老人曾经很惋惜地看着第一批牛被倒进坑里，为自己看到了浪费食物而愧疚，但他不会跟别人说"我要吃"。

第一次他没动手，因为那批死牛冻得太硬了。后来不知道是第几批，肯定有一些刚死掉就拉过来的牛，他挑着有肉的割了一些。老人藏这些紫黑紫黑的肉的那个大塑料袋，上上一次他来的时候找出来了。他一声不吭地背出去，扔到了第一次点燃的死牛尸体上面。老人也跟了出来，和他站在一起，也默不作声地看着那些肉像木柴一样熊熊燃烧。

　　这次他在地窝里检查，没有发现死肉。老人很开心地笑着，给他指明被窝里没搜。他瞪了老人一眼，这表情像极了她。老人一愣，扭过头去，看向摆在碗柜上的相框，里面是他女儿，那么年轻，那么漂亮。他随着老人的目光一起看去。他从进来，已经看了很多次了。这个相框是他买来的，照片也是他装进去的。同样的照片，他贴身也有一张，从来不离身。他看着照片里的女孩，自他们相识，到她突然离世，总共一百二十二天。她在第整一百天的时候成了他的女人。他们幸福了二十二天。现在他凝视着她，这个还没来得及好好爱就死去的女人，却好像已经被他爱了一百年。

我 俩

赫恩曼尼

最后一次和他见面,是在一个百货公司,偶遇。

我正和未婚夫在百货公司里挑选婚戒,转角就看见一个熟悉的背影:身材魁梧,虎背熊腰,肩膀微微倾斜,站在卖玩具的柜台前,低头抚摸一只雪白的兔子。

我走过去,和他寒暄了几句,才知道他的远房表妹最近住了院,白血病,他在为她挑选玩具。

算起来,我俩已经十年没见了。我竟然还能一眼认出他的背影,简直是孽缘。我曾数次在梦中幻想和他见面,场景之魔幻让人说不出口,不是在战火中看见他从战壕里向我奔来,就是在大雨里晕倒在他面前,要么就是从天桥上看见他站在车流中间……每一次,我都看不见他的脸,但却在醒来之后无比确信——那就是他。

这次真的见了面,竟然连一句完整的话都说不出来,只剩下傻笑,攥紧的手微微出着汗。

他抱着那只兔子,转身的刹那,我才想起十年前的冬夜,我曾经和他在大雪冰封的家乡,肩并着肩,走过一段漆黑的路。雪在脚下咯吱咯吱地响,没人说话,万籁寂静,了无生气。那段路走到尽头,我俩就分开了。十年。

我心里清楚,高中那段和雪夜一般黑暗和寂寞的日子,要是没他,我熬不过来。高中到了最后关头,四处都是"背水一战"的横幅,而我却因为精力不济学业堪忧。原本顺风顺水,我却因为压力太大一下子跌入低谷,不仅失眠、精神恍惚、视力衰退,还变得脾气暴躁,难以自控。他却安安稳稳地坐在我身后,像一个入定的佛,既不焦躁也不愤怒,仿佛"背水一战"和他没太大关联。

如果说丝毫感觉不到他的存在,是不可能的。早上因为赶路来不及吃早饭,来到教室,书桌上总摆着一枚茶鸡蛋。过生日,哪怕自己忘了,还是能收到一张小小的卡片,写着"生日快乐",夹在我的课本里。偶尔做值日,擦黑板,他总不怕麻烦,绕路到地下室的热水房,用水盆接来温水,放在教室进门处的板凳上。因为回答不上问题,我被老师批一通,哭着回到座位,就收到了一张神奇的"治愈"纸条。

现在想想，这些细节都太微小，以至于很难清晰地记起。但在当时，对一门心思只知道拼搏努力、把自己逼到死路的我而言，的确是莫大的安慰。

再之后，种种机缘巧合，总能让我和他遇见。放了学，一出校门就能看见他在不远处站着，眼神对上了就打个招呼，我假装没看见他也不会开口，就那么不远不近地走。上羽毛球课，老师让男女生组队，他会主动走过来，向我挥拍示意，然后冲我微微一笑。他打过来的球，都容易接，我送过去的球，都七扭八歪，他在场子那边来回奔跑着，灵活得像在山野间飞奔的鹿。

他那个时候瘦削、少言，高我一头，走起路来微微斜着肩膀。几次校门口的偶遇之后，我就开始悄悄关注他。声乐课上，我才知道他的歌声原来那么好听。他弹吉他的时候，手指飞快地跳动，指甲在琴弦之间拨弄，仿佛要将人吸入琴弦后面的黑色音响中去。他做广播体操的时候，会在转身运动的时候假装扭过去，却将眼神抛向我，直到和我的眼神相遇。运动会上，他最擅长的是沙坑跳远。结束比赛之后，他会摩挲着双手向我们走过来，将事先准备好的手帕围在脖子上。

只是以上这些，他都轻易不向人展露。我像一个拙劣的特工，通过他的一举一动了解他的点滴，怕自己错过，又怕他发觉。

我们就这样，相安无事地过了高中三年，准确地说，是两年半。

高考前的最后半年，我们都有了手机。不是智能机，不能拍照，短信的存储量有限，铃声丁零零响得刺耳。我们彼此记下手机号码，期待着什么事情发生，却又害怕真的有什么事情发生。

我惴惴不安地等待，日子过得躁动不安，每一条短信都可能是他。但最终，我们有限的短信仅仅停留在考试、习题、作业、上课上，除此之外什么都没有。

高考，估分，填报志愿。夏天的到来是一场潮湿而闷热的劫难，我们的旧时光一去不复返。

后来，我们考入不同的城市，天各一方。

直到读大学的那个冬天，我在无聊中想起他，于是按下了信息发送键："最近还好吧？"

这一次，他什么都没保留。他近乎直白地告诉我，他当时有多喜欢我，他见我的第一面就知道我会是那个对他而言意义重大的人。

像是多年的问题终于得到了答案，我坐在寝室发疯一样笑起来，整整笑了一个下午。第二天，我们买了一张回家的车票，在纷纷扬扬的大雪中见了面。

那一晚，是我们认识以来话最多的一晚。从那个时候开始，我才知道原来说话会产生醉酒的感觉。我们聊啊聊啊,沿着冰封的江面,顶着纷飞的大雪,路过一个一个冰雕,最终在那条漆黑的路上停下脚步。

我们对视了一下,或许没有。他说:"我过两天就要去上学了。"我说:"我也是。"

没有牵手,没有拥抱,没有亲吻,只是肩并肩走过一段漆黑的路。雪在脚下咯吱咯吱地响,没人说话,万籁寂静,了无生气。

走到路的尽头,我俩的话说完了,就分开了。

在那之后,我的所有恋爱,表面上都是爱情,却又好似和爱情无关。我的爱情,已经在那个冬夜,随着飞雪,在寒夜里悄悄绽放,又悄悄冰冻、枯萎。留下的,只是对于爱情的幻影的渴求,以及对于那个贯穿在幻影之中的某个人,义无反顾的遗忘。

卖锅记

胡弃暗

大概是不服自己没有经商头脑吧,我热衷于在网上卖东西。

先是在孔夫子旧书网上卖看不下去、不想再看或者以为不需要再看的二手书。

生意出乎意料地好。陆续挂上去的一百多本书,竟然大约卖掉了十分之一。甚至有的书,刚刚挂上去,就被人拍下了,弄得我莫名振奋,心想自己作为一名二手书网商,已经有了相当的影响力。过了好久寡人才终于悟到了:这些被秒拍的书,都属于短期不会再版但又拥有固定读者群的长销书,因而二手书的市场价被哄抬到了定价的数倍,而我未做市场调研,想当然按定价的一折两折标价,自然抢手。核查过才发现,以迅雷不及掩耳之速买我那些书的人,无一例外都是"同行"——正儿八经的二手书商。他们的日常工作内容之一,恐怕就是在"孔夫子"等二手书交易平台上搜索、截杀我们这种涉"市"未深的二不愣。

摸清个中门道后,我也学精了,再挂二手书之前,必先搜一下别人的开价,然后参照着标价。效果是非常显著的——从那以后,再没卖出过一本。

这一点点挫挫折折不灭我做网商的热情。在"孔夫子"上沦为"僵尸店主"后,我决定转战"这也能卖出去"的闲鱼App,把家里各类闲置物品,从数码产品到锅碗瓢盆,通通搜罗出来,挂上去卖,三年来陆续卖出了18单,总营业额3612元,可谓业绩喜人。

最新出掉的是一口用了两三次的电饭锅,是那种功能简单的基本款,原价也就一百多块钱。

买家问:"三十卖不卖?"

我说:"可以。"

买家问:"上门取货行吗?"

我这才注意到对方是同城的,住城北,而我住在城西南。

我十分抵触地说:"我不常在家,上门取货不方便,三十块给你包邮还不行吗?"

对方说："我要当场试试电饭锅是不是好用才能买呀。"

我气得差点儿喷出一口黑血来——我他妈要骗你三十块钱?!

不知说什么好，只好"呵呵"。

对方感受到了我的不快，忙解释："我是刚毕业的，来苏州被职业中介骗了一千块。一个人在这里，总担心人家骗我。"

我的心口被什么撞了一下，脱口而出："你来拿吧，我送给你，让你对人类恢复一点儿信心。"

说完我立刻被自己感动了。我竟无私到要白送人家一口原本要卖三十块的锅。我的形象顿时伟岸了许多。跟着我意识到自己竟享受着这份自我感动，于是我的形象又倏地缩小了，比正常大小还小。随即又悄悄冒出一丝得意——我终究要比一般人多些自省精神呀！这一丝得意又牵出了更多的羞耻感。

于是我开始后悔。这出送锅的"义举"不仅测出了自己精神世界的猥琐，而且在现实生活层面也给自己添了几丝麻烦——我必须在特定的时间等在家里，等被自己施惠的人上门取锅。

晚饭时分，他来了，在木渎地铁站附近给我发来了短信。

我刚下班到家，累得半死，只想倒下睡一会儿。

收到短信我非常窝火，遂冷冰冰地回复："你找错地方了。"

对方："我对这边不熟，我们能在木渎地铁站碰头吗？"

我："我家离最近的地铁站有2公里，从那儿到木渎站还有四站，你觉得让我跑过去给你送锅合适吗？你打个的过来吧，也就十来块钱。"

对方好一阵没动静。我猛然意识到，自己刚刚那句话，是不是有点儿"何不食肉糜"的意味？三十块钱买口锅都要踌躇很久的人，会舍得一掷十多块钱去打的吗？

我自然也在loser之列，但这世上永远有比你更low的loser（这里的low和loser不含贬义），比底层更底层的生活之艰困永远超乎你的想象，以至于你随意一句无心之言，都有可能重重刺痛他人的自尊心。

我很想补条消息致歉，可又担心这道歉无论怎样表达，都难免显得矫饰，结果只会加重伤害。

"我现在就坐公交过去，行吗？很方便的。"对方终于回了消息。

我长长地松了一口气，好像对方帮了自己一个大忙。

我把那口电饭锅搬出来，装进一只足够大的环保袋，又找了几件别的闲置物品塞进去，想了想，又取了出来。

我告诫自己，等会儿把锅递给人家的时候，一句废话也别说。

屠格涅夫

大 正

最近读了篇小说，屠格涅夫的《县城的医生》，很想推荐给她看，开墨绿色 MINI Cooper 的女孩。为什么非得是开墨绿色 MINI Cooper 的女孩不可呢？答案很简单，因为车的主人是个身材高挑、长相可爱的女孩。

她在我隔壁公司上班，做什么工作不清楚，但我总是能在楼道里看到她。她喜欢穿牛仔短裙，各种各样的牛仔短裙，长度、颜色、宽窄、纽扣的位置、裙摆的造型都有细微的差别，牛仔短裙竟然有这么多花样，真是不可思议。

有一天，我跟公司里要好的同事坐电梯，电梯门正缓缓闭合，突然外面传来跑步的声音，我立刻伸胳膊挡住电梯的门，进来的竟然是开 MINI Cooper 的女孩。电梯轻微地抖动了一下，开始上升，淡淡的香味飘散开来，不管同事、我，还是女孩，都没有说话，只听得到外面齿轮运转的声音。

"好漂亮的女孩。"进入公司后，同事对我说。

"知道吗？她对我笑过。"

"我可不信。"

"千真万确。前两天，我去卫生间，正好遇到她从公司里面出来，手里面拿着一大摞打印纸，边走边整理。我正在数她牛仔短裙上的黄铜扣子，刚数到第四颗，脑袋里面突然有个声音要我抬头，赶快抬头，于是我望向她的脸，她正在对我笑。"

"怕不是在对其他什么人笑？"

"绝对不是，当时我还前后左右地看了个遍，整条楼道里只有她和我两个人。"

"那你怎么回应？"

"什么都没做。"

"为什么？要是这么漂亮的女孩对我笑，我准会立刻请她吃饭，至少也要喝杯咖啡。"

"就是因为我当时和你想得一样，怀疑她是对我后面什么人在笑，等我看了一圈再回头，已经和她错过了。"

"遗憾，说不定还能发展成恋人。"朋友叹息。

"是呀。"我脑袋里想象她和我推着超市购物车选购澳洲牛奶，有个宝宝面对着我们坐在购物车里，两条腿不停地上下踢，正在喝促销人员给他的小杯养乐多。

"如果是我，一定想办法补救。"

"还能补救？"我问。

"主动去要电话号码什么的，对你笑过，多半不会拒绝。"

"如果被拒绝怎么办？"

"无非就是像现在这样了，你不是也没对她笑吗？"

是呀，说得不错。我应该弥补之前犯下的错误，如果可能，还要推荐她看屠格涅夫。屠格涅夫的小说的确精彩。她的公司在写字楼二层最东边，我们的公司在中间，二层的最西面有个自动售卖机。我从自动售卖机走到她的公司门口，再从她的公司门口走到自动售卖机的面前，一个来回正好是四百六十八步。我走完第七趟，在自动售卖机里面买了瓶无糖雪碧，开始向她公司的方向移动，脑袋里面想着一句不知道是哪里看来的名人名言："人的一生就是在不停地改变自己的位置。"到底是谁说的呢？

她出现了。

她正站在楼梯处，歪着头和另外一个人说话。她依然穿着牛仔短裙，这次没有扣子。上身是件米黄色的T恤，掖在裙子里。

等到我反应过来，发现自己正站在楼下墨绿色的MINI Cooper前喝雪碧，心跳得简直像是连喝了六杯意式浓缩咖啡。怎么回事？我可是相当有恋爱经验的成年男人，怎么像个刚长了三根胡子的中学生？

"电话号码。"我对着玻璃里面的驾驶位说，"我想要你的电话号码。"

就在这时候，我突然发现，墨绿色MINI Cooper前挡风玻璃下有个牌子，牌子上写着：临时停靠，挪车请拨打电话××××××××××。我眨了眨眼睛，朝左右看了看，右边的景观池塘里的水一动不动，左边有两个穿着白衬衫的科技园区保安正走过来。

罗素。我突然想了起来。"人的一生就是在不停地改变自己的位置"这句话是罗素说的，是王小波在文章中引用了罗素的话。

想明白了这件事，我拿出手机，把电话号码打进微信，搜索出来的是一个卡通人物头像，性别女，签名栏里写着：上辈子可能是猫，这辈子也许是鱼。

"是我，隔壁公司。"我发送了好友申请。

"知道。"她回。

"知道？怎么知道？"我吃了一惊。

"还知道你每天都跑步，小腿肌肉硬邦邦，每次都把按摩阿姨累得够呛。"她这都知道，难道专门调查过？

"何至于专门调查你，是你们公司的按摩阿姨和保洁阿姨聊天，把信息透露了出来，我们公司用的也是这名保洁阿姨，消息自然就传了过来。——女人专有的消息通道。你们公司的CEO最近辞职，发邮件说要去澳洲开始新的人生，是吧？"

"是。"

"在他辞职之前，是不是还有个女大学生辞职？她个子很高，常常在年会上跳舞，跳得相当专业。"

"是。"

"澳洲是说给你们听，其实两人去了台湾。"

"看来信息社会也是女人的天下。"我说。

"什么意思？"

"没什么。总之，加微信的目的是要向你道歉。"

"道歉？为了什么事？"

"上次我们在楼道里遇见，你对我笑，而我四处张望，很没有礼貌，正式向你道歉。"

"是那件事呀，的确很伤人，到现在想起，心还在痛。知道吗？我可是第一次主动同不认识的男生打招呼。"

"明白。千刀万剐，打入十八层地狱。"

"可以，可以，再给你根蛛丝，让你爬上来。"

我愣了下，才想到她是在说芥川龙之介的小说，于是对给她推荐屠格涅夫立刻产生了信心。我就知道自己没有看错人，她是个会读小说的人。

我说："哈哈哈，为了感谢蛛丝之恩，请你吃鱼。"

"我不吃鱼，虾可以。"

"那就吃虾，吃完看电影。今晚东区有克林特·伊斯特伍德的新片上映。"

"喜欢伍德？"

"《老爷车》看了三遍，每次都想起祖父。"我说。

"看完电影怎么安排？"

"沿着湖边散步，在码头酒吧喝汽水酒，看月亮。"我知道有一家在卖杰克·丹尼汽水，非常好喝。

"打算把我灌醉带去酒店？"她问。

"如果你愿意。"

"去酒店做什么？"

"读小说。"我说。

"小说？什么小说？"她说。

"屠格涅夫《县城的医生》。"我说。

"好看？"她问。

"好看得不得了。"我说。

"能保证？"她问。

"保证。向杰克·丹尼汽水保证。"

"好，那我们就去酒店看屠格涅夫。先说好了，不准动手动脚。"她说。

"明白了。"我说。

"发誓？"她说。

"发誓，去酒店看屠格涅夫，如果乱动，就让蛛丝断掉——不读小说的人，只配在地狱里面待着。"我说。

"好，算你机灵，给你一次机会。不说了，为了晚上能够看屠格涅夫，我现在得努力工作。"

"我也要工作了。"

发完消息，我绕过墨绿色的 MINI Cooper，从电动旋转门进入写字楼。她还站在楼梯口，对面是个四十岁左右的女人，身穿丝绸质地的紧身连衣裙，把腰和臀部的曲线展现得很美，头发又黑又直，眉心间的皱纹很重，显得很严肃。我快步从她们身边走开。

"要到电话了？"同事问。

我点头。

"不错呀，进展如何？"

"得指望屠格涅夫。"

"屠格涅夫？"

"是的，屠格涅夫一定得加油才行。"我戴上耳机，开始工作。

雨中的猫

吕世奇

他不知道那只猫为什么还在外面。外面下着雨，猫已经叫了好一会儿了。它应该是被方便面的味道吸引过来的，他想，可惜我吃完就把汤倒掉了，不然可以让它尝一尝。

他租住在一栋三层小楼的阁楼，窗外是小楼旁边车库的铁皮屋顶。天黑后雨渐渐大起来，风带着雨水往屋里钻，他就把窗户关起来了。

本来心情还不错，他正边喝茶边看书，然后就听见窗外传来了猫的叫声。"喵……喵……喵……"猫的叫声仿佛浸透了凄凉，和着雨水滴落在屋顶的声音，显得格外瘆人。怎么回事？他走近窗边，借着室内投出去的灯光搜索猫，可看到的只是白茫茫的一片雨幕。

好吧，他又回去喝茶。阁楼太小了，只放着一张床和一张小桌，他就坐在床上喝茶，鼻子里还闻到一股刚才吃的方便面的味道。可怜的猫，听声音还很小，它不应该在外面的。下那么大的雨，早就淋得湿透了吧，也许我应该让它进来，再给它点儿吃的。它可能饿很久了，不然也不会一直待在外面不肯走。

他又马上否定了这个想法。阁楼本来就够小的了，要是再让一只来路不明的猫进来，肯定会弄得乱七八糟；如果这只猫带有虱子和跳蚤之类的，可就够受的了。

"喵……喵……喵……"这叫声听起来像是婴儿的哭声。他极力排遣内心的愧疚：我对它并不负有责任，它就这样找上门来又何尝想过我的处境？因为帮助别人而倒霉的事我做过不少了，猫啊猫，你应该去找有钱人家才是……

他尽快喝完茶，把灯关掉，然后躺在床上。

它该走了吧……

可是并没有，猫的叫声像雨滴一样敲打着窗户。够了！可恶的家伙，我对你的境况根本就无能为力，为什么还缠着我不放？就凭这无耻的做法，就算淋死在我窗前我也不管。

他用两片纸巾堵住耳朵，又用被子蒙过头，尽力想睡去；可是这种做法只是把雨声过滤掉了，猫的叫声却很清晰地传到耳朵里，仿佛那叫声是从他心里发出来的。

　　这时他想起了另一只猫，他还很清楚地记得它们出生的日子。那是端午节，大家吃完晚饭后才发现家里的母猫不见了，最后在阁楼发现它生了三只小猫。它们闯了不少祸，也给家里带来了不少欢乐。因为养不起，后来都把它们送人了。有一天放学回家路过一户人家时，一只小猫竟然跟了上来！他认出那正是送人的其中一只小猫。它一直跟着，他也想带它回家，可是走着走着他又开始犹豫了。他开始奔跑，可是小猫还是紧紧地跟着。回家的路上有一条浅浅的河，河道里摆了几块石头以免弄湿鞋，他很快就过去了，回头看时，却发现小猫坐在河的另一边——它太小了，根本过不来。他始终没跟人说过这件事，后来在那户人家又见过那只猫，它长大了，已经不认得他了。后来母猫也走丢了，家里就再没养过猫。

　　他忘不了那只小猫咪在河对岸看着他的样子。

　　它以为我会带它回家的吧。

　　后来他也离开了家，住在一个陌生的地方。现在听着窗外那只猫的叫声，他的心里被某种柔软的东西填满了，眼角流下的泪水濡湿了堵着耳朵的纸巾。

　　我应该帮帮它！

　　他抹了抹眼泪，一把掀开被子，开了灯后光着脚走到窗前，一打开窗户雨水就直打在脸上。他伸出头，左右张望一下，就发现一双直勾勾地瞪着他的黄澄澄的眼珠。顾不得倾盆大雨，他双手攀附着窗户，上身尽力往外倾。没等他满怀深情地"喵"出来，那只猫已飞快地转过身，悄无声息地消失在黑暗中了。

破镜重圆

阡麻香

苗苗坐在阶梯教室的最后一排，看着身穿裘皮大衣的光头老师，神采飞扬地讲哲学讲艺术，下面的法国同学默契地接过老师的笑话，会心一笑，和谐融洽。苗苗似懂非懂、断断续续地听，脑袋里突然浮现出八岁时的一个场景：她趴在学校的走廊栏杆上，学同桌用上海话念一篇叫《捉鱼》的课文。

说同桌是苗苗的上海话启蒙老师，是不为过的。苗苗听到的第一句上海普通话，就来自这位同桌。

她对苗苗说："你后面那个女生很妖的，你记牢不要睬她。"苗苗似懂非懂，什么叫"很妖"？"记牢"是记什么？为什么我要"睬"她？"睬"到她了会怎样？……

同桌为了巩固和苗苗的友谊，提出教她上海话。每到课间就拉着苗苗去走廊，一字一句地，用上海话念语文课文给她听，让苗苗复述。有时候碰到自己也翻译不出的词句，就解释说："我们不这样讲。"苗苗认真点头，对同桌，她感激敬佩，无以言表。

然而年少的友谊，免不了磕磕绊绊。

几周之后，同桌对于苗苗开始和后桌女同学一起去上厕所的举动，终于忍无可忍了。她说："我让你不要睬她，你为什么要睬她？以后再也不教你说上海话了。"苗苗嘴笨口拙，无从反驳。

同桌的这番话，让苗苗终于知道同桌是要自己"不要睬她"，并不是"不要踩她"，也给苗苗上了人生交往的第一课。她心里五味杂陈，但是八岁的年纪，还不足以给她能力消化这里面的道理。

十几年后，苗苗身处满是新面孔的大学课堂，想起年少时的这一幕，方才参透那遥远一课的人生智慧。

那是成人世界的法则在孩童间的映射，是一个外来人，进入新环境的必经之路——学会那群人的言谈方式，被强者要求站队或盲从，尝试和弱者保持距离，懂得没有无缘无故的施舍与帮助，然后变成他们中的一员，让新的外来者，重复同样的必经之路。

对于苗苗的爸爸妈妈来说，学会上海方言，自然是更难的一件事情。他们从苗苗的嘴里学一点儿，从买来的上海话磁带里学一点儿，从说浦东话的房东嘴里学一点儿，从广播里的滑稽王小毛那里学一点儿，从公交车司机的数落里学一点儿。他们慢慢知道了洗澡叫"打浴"，钱叫"钞票"，下车叫"捂粗"，等等。

他们学起上海话来，比苗苗慢很多很多。慢的原因，大概是他们需要比苗苗摆脱更多过往的言谈举止，放下更多的亲朋老友，用更赴汤蹈火的气魄适应新的身份，摸清新世界的节奏规律。

相比之下，苗苗的自我认同就容易多了。到小学毕业的时候，她已经可以流畅地用上海话和同学交流了，也和他们一起，送往迎来了许多转学生。同桌并没有因为那次争吵而真的孤立她，两个人反而在一次次小矛小盾里变成了好朋友。只是让同桌始终不解和恼怒的是，在每次有新转学生来到的时候，苗苗总要比班里其他人多伸出些橄榄枝，分摊多一些的情谊给这些外来者。大概因为苗苗曾经也是他们中的一员，了解他们独自站在操场边上的寂寞和不安。

转眼上初中，在入学前的军训中，苗苗结识了新的小伙伴。

两人在花坛乘凉的时候，苗苗捉住了一只小飞虫，用上海话对新朋友说："你看这只虫子呀。"新朋友说："我们不说'虫子'，我们只说'虫'。"苗苗感激新朋友的提醒，却一时间好像回到了和小学同桌的第一次争吵，意识到自己永远成为不了她们口中的"我们"。苗苗对上海话的向往和学习，在这一刻停滞。

长大的过程中，常有别人问起她是哪里人，苗苗总是絮絮叨叨："我是八岁来到上海，老家是徐州。"然后对方会说："哦，那基本就是上海人了。"她又连忙解释："不不不，我是徐州人。"

高中时，家乡来了爸爸妈妈旧时的挚友，是曾经抱着苗苗拍照的叔叔阿姨。苗苗放下功课前去作陪，席间叔叔阿姨讲了许多家乡的人和事，她全都不知晓不记得，甚至连叔叔阿姨的乡音，其中很多词句都让苗苗感到陌生迷茫。——所以，自己也不是徐州人了对吗？上海话没有学成归来，连徐州话也落了个半吊子，以后再有人问我是哪里人，要怎么回答呢？

苗苗心里认定，语言这件事，永远是一个屏障。它保护在其中的人，给他们安全感，同时把外面的人隔离开来。人和人的关系拉近，微笑也好拥抱也罢，都及不上一句方言的力量。而自己已经流落在所有方言的屏障之外了，在上海如此，在巴黎也是如此。

异国生活时间一长，人难免会怀念家乡的味道。苗苗最怀念的，除了妈妈做的菜,竟然是上海清晨的粢饭团。突然意识到这点,苗苗心里小鹿乱撞。原来自己早就是上海人了,从每天早上的一个粢饭团开始;原来自己也早就是巴黎人了,从每天早上的一杯咖啡开始。所谓方言外语,也许并不是上海或者巴黎给自己的屏障,而是自己出于敏感和自我保护,把上海和巴黎推开的借口。

成人世界是很复杂,但同桌不也磕磕绊绊地接受了自己吗?"裘皮大衣"不也在相遇时和自己问好了吗?新的环境是很难融入,但自己不也早就习惯吃粢饭团,习惯了每天一杯咖啡吗?

上海和巴黎,其实从来未曾抗拒过她。它们都怀着最大限度的耐心等着苗苗,它们对苗苗说:"小姑娘,你慢慢来,我们在这里等你哦。"

想到这里,苗苗和这个世界,恩怨消解,破镜重圆。

突然的爱情

黑 桃

深夜，五角场某酒吧门口，一个年轻女孩气呼呼地上车，用力关上副驾驶的门，说完目的地，似乎厌倦地哭了两声，特别烦躁，没有眼泪的那种。

还没出发，跟在她身后的酒吧侍应装扮的男孩也上车了，坐在了后座。

我刚想说"已经有乘客了"，女孩扭头朝后座问道："你干吗？"

男孩反问："你把客人的酒都掀了你知道吗？"

女孩淡然地说："我知道啊，我赔。"

我不得不插嘴问道："那还走不走？"

男孩说："先往前走吧。"

我挂挡起步，向前出发，驶入单行道。

女孩说："你要跟着我回家吗？我家里没地方睡，你只能睡地板。"

男孩轻声说："不是说好不闹了吗？你怎么又把客人的酒掀了？"

女孩说："你管我啊！"

男孩说："那一桌子酒，也得不少钱。"

女孩说："那怎么，掀了就掀了呗！我承认啊，我赔。"

男孩说："我帮你赔了。"

女孩说："不要你赔，现在去我家，我上楼拿钱，我赔。我打电话问问多少钱。"

女孩开始打电话："喂，今天我弄翻的酒多少钱啊？你为什么不说话？"

男孩说："你记我号码倒是记得挺清楚啊。"

我才反应过来，女孩原来打的是男孩的电话。

女孩笑了，对着手机说："你倒是说啊，多少钱？"

…………

进了小区，在指定的位置停下车，男孩说："你先把车费给付了啊！——算了，我来吧。"

女孩说:"不让你付,我自己来。"然后扫码付钱,对我说:"他是陌生人,有可能是坏人,不能让陌生人付钱。"

他们下车后,我不经意地往窗外瞥了一眼,看到两个人紧紧地抱在了一起。

多去转转

同 学

　　看得出，王科已经算铺垫过了，开始就发了个"爱上这座城市的 20 个瞬间"。尽管作为新广州人，在城市就是谋个生活，没必要投入什么真情实感，但陈桦仍尽力附和着。两个人还顺便煞有介事地给各大城市把了把脉，主要就是哀广州之不争，怒深圳之抢位。等他说出"小陈啊，有个事我还是要提醒一下"的时候，陈桦已经做好了准备，心想大概自己又闯了什么除了她之外人尽皆知的祸。结果王科说了一句："你有事没事多去李局那儿转转，你没看见其他几个小姑娘多勤快吗？"

　　转转？她又不是在火车上卖花生瓜子火腿肠，一趟一趟来回转。第一反应是诧异，她在心里冷笑，一个姿色平庸的副主任科员也需要出台？王科接着说："我就不多说了，你自己琢磨。"你倒是说啊，我琢磨什么？陈桦回了句："嗯，好的，谢谢王科。"感觉可笑之余，作为一个工科毕业生，她倒开始琢磨起来，反正闲着也是闲着。

　　首先，"转转"是什么意思？虽然她最近很有意志力地在减肥，但不至于"饿令智昏"。她不是个美女，美人还讲究"犹抱琵琶半遮面"，她顶着一张平庸的面容没必要占多大版面。她有一种"正房自觉"，不发嗲不忸怩，跟老公的情话也只是点到"早点回来"为止。要她两张面孔去阿谀奉承，心有余而力不足。

　　其次，"有事没事多去"要如何操作？话说回来，"其他几个小姑娘"是谁？而且为什么强调是"小姑娘"？她陈桦就不能勉强归到"小姑娘"之列吗？反正在机关里，多的是四五十岁的油腻男性。"小姑娘"都是这两年招进来的，不见得漂亮，但确实年轻；虽然被迫穿得保守正经了点儿，脸上的胶原蛋白却是真的。这么一思考，陈桦明白了"有事没事多去"是什么意思了，就是忠告她"笨鸟多飞"，勤能补拙。

　　可是这一切的目的是什么？陈桦辞掉上一份"996"的工作，到这里不就是图个清闲安稳？为什么要开历史的倒车蝇营狗苟起来？如果她长得好看，资源交换也师出有名，但她没这个天资，也就不需要有这份冲劲儿，不是吗？不过，王科的话也没那么龌龊，不过就是希望她多利用利用规则。中国人到哪儿都讲究一个人情，伸手不打笑脸人，礼多人不怪，林林总总，总有那些仔细想想都是狗屁但马马虎虎也就得过且过的道理。

没想到活了三十多年，陈桦还要面对这种境况——别人出于一片好心，但自己却完全不想领受的尴尬局面。既不能说"你别扶我了，就让我瘫着"，也不能说"行啊，明天我就打扮起来"。她能做什么？就先从开会少盯着手机多抬头注视领导开始？走过传达室的时候多看看有没有李局的快递？至于吃饭的时候，当着大家的面夸李局是学术型官员，既专业过"硬"又关爱下属，她恐怕还没这个道行。

等下班回到家，她突然想起来关心下老公的事业。

"那个之前说要提拔你的翟总还有找你吗？"

"就日常工作交流啊，怎么了？"

"没怎么，你啊，有事没事多去翟总那儿转转，多琢磨琢磨。"

等说完这句，陈桦心里没来由地松快起来。——转移了。

回　忆

秦雨萍

你还记得五年前的那起黑客事件吗？我正是那场黑客事件的亲历者之一。

那时我还是飞讯旗下的一名开发人员。每天下班回家，我做的第一件事便是打开电脑。——事实上现在我还是如此，打我见到电脑的第一眼起这个习惯就一直跟我到现在，只有那天例外，因为我的电脑已经被提前开好了。

"也许是莎莎先回来了吧。"起初我并没在意，给自己倒了杯水又回到电脑前，这时我才发现——

我的电脑被黑了！岂有此理！居然有人敢黑我？要知道方圆十里的熟人电脑坏了可都是找我修的！黑我？你很有勇气！

我晃了下鼠标，屏幕上跳出了一个相貌猥琐的火柴人，还依次出现了如下文字：

"欢迎回来，我已在此恭候多时——"

"然而我们也许不会相处太久——"

"我想跟你一起欣赏一点儿东西！"

"还是让我先给你点儿颜色看看吧！"

我再次晃动鼠标，指针从火柴人头上划过。让我没想到的是，那个火柴人居然一把抓住指针，将其揉成一团，然后对准回收站的图标做了个投篮的姿势："好……三分！"

随即，指针在屏幕上碎了一地，任我再怎么晃鼠标也没有用了，这让我很生气。于是我又抽出键盘，噼噼啪啪一通狂敲。屏幕的四周开始出现一堆字符，向屏幕中央的火柴人飞去。火柴人便将这些字符收集起来，组成了一个键盘，然后往膝盖上一顶——我的键盘就这么随鼠标去了！

"看来你还有两下子……"最后我决定使用最新的全息设备与之决战！

虽然现在全息输入设备已经走进了千家万户，但五年前我用的那套设备还在测试阶段。为了输入全息信号，你需要一台红外测距仪、一个信号翻译器。当时的全息设备也不能识别手指，你还需要戴上特制的手套。最糟糕的是当时手势语言还没被开发，我们用的还是投影出一套的全息键盘，你能想象那种手腕悬在半空中打字一小时的酸爽吗？

尽管如此，它还是有诸多优点：首先，因为它还在测试阶段，为了方便开发，我们为它赋予了极高的权限，在本机管理员说话都不一定管用的时候，全息输入设备的指令依然能让电脑服服帖帖；其次，因为它还在测试阶段，我就不信黑客还能针对到它身上；当然，最重要的是，它能让我在莎莎面前成为整条街最靓的仔。

现在我已经全副武装。投影仪，到！手套，到！很好，现在……等等！那个火柴人在做什么？

它居然跳到了投影区内！还自在地跳起了街舞！我完全看呆了。它跳了一会儿之后显然还不够过瘾，于是便抱着全息键盘当吉他弹！过了一会儿它又厌倦了弹吉他，于是便将全息键盘一摔，全息键盘便炸了，碎片四处飞溅，我还下意识地闭上了眼睛——

不要问我当时是什么心情，我真的是什么想法都没有了。

接着它又跳回屏幕桌面，抓住文档的图标，轻轻一抖，一张张照片就唰唰唰地飘落下来。——等等，这些不都被我删掉了吗？它怎么连这些都翻出来了？

它把这些照片贴了一屏幕，仔细地观察着这些照片，然后大概是利用了一些模式识别的程序，把其中包含一男一女的情侣照都挑了出来，打包成一个包裹背在身上，大摇大摆地向我的联系人名册走去。

我突然意识到了问题的严重性，手忙脚乱，连碰倒了杯子被溅了一裤腿的水也没感觉。我用力地摁主机开关——该死！居然连强制关机都不顶用了！我当时真的很想一拳把屏幕打穿。我简直要疯了！冷静，我突然想到这种时候应该拔插头才对！然而已经太晚了。

它翻开了我的联系人名册，挑了几个和我聊天最频繁的联系人——其中当然包括莎莎——掏出一根魔术棒一挥，背上的包裹就变成好几封长着翅膀的信，向那几个联系人的图标飞去。接着，屏幕上就出现了好几条"您的邮件发送成功"的提示窗。

"不！"我尖叫出声，仿佛死期近在眼前，往事如走马灯般闪过——

那晚月色正美，一切都显得那么梦幻。

"你是我的初恋。"那晚，莎莎的表白让我猝不及防，"我也是你的初恋吗？"

"啊，当然！"

她并不知道，当时的我其实正在跟另一个女子交往……尽管我后来和她分手了，但这总归是一种欺骗吧。

就在我瘫倒在电脑前，想象着即将来临的灾难时，那个火柴人却突然对我挥了挥手，接着，就把那几个"您的邮件发送成功"的提示窗使劲儿掰碎，用智能合成的声音对我说："伙计，我刚才是逗你玩儿的！"

"什么？"

"我并没有真的把照片发出去，只是想看看当你的相片被翻出来揭示给你亲密的人的时候，你会是什么表情。

"如果你看着它们，满心怀念和喜悦，那么你是幸福的；但如果你看着它们，满怀抵触和惶恐，那是什么造成了这种情绪呢？

"我将你在看这些照片时的表现录成了影片，现在请看——"

说完，火柴人向我鞠了一躬，桌面壁纸像舞台大幕一样拉开，露出一段录像，我这时才注意到摄像头不知何时开了。我看着画面中的自己，他先是一脸震惊，然后便开始歇斯底里地试图挽回什么；当一切似乎尘埃落定之时，他又失魂落魄地瘫坐在椅子上。这个人，真的就这么不敢面对过去吗？

火柴人又鞠了一躬，桌面壁纸又像舞台闭幕一样拉上。不久，电脑恢复正常，仿佛什么都没发生。

我缓过神来，沉思良久，最后缓缓地掏出手机：

"亲爱的，我有事情要向你坦白……"

一句引一万句

蒋 寒

老马束手无策了。

让老马领导一群机器人，以这种方式考验老马的担当精神，单位也是别出心裁了！换句话说，单位也是下了血本了！一台智能机器人的价值远超一个自然人。机器人无所不能，关键是，可以一天二十四小时连轴转。人行吗？不行。

看来，给老马的这个岗位，并不是单位可有可无的，之前甚至一度成为"实力派"们争抢的香饽饽。抢到手，发现是烫手的山芋，赶紧扔；后面排着队抢，抢过去，又扔。扔来扔去，这个岗位成了皮球，最后被踢给了老马。老马曾经是军人，上过老山前线，捍卫过国家领土，有强烈的阵地意识。看来，单位还是想守住这块阵地，故而把这摊事交给了老马。

义无反顾！老马一腔热情，不过担心机器人感受不到，便选择少说话，一切看行动吧！他计划先延续之前的运作方式，再一步步调整到理想的模式上来。

机器人却冷眼看老马，打他面前经过，鼻孔就发出一声不屑："哼！"

这让老马大吃一惊，深感意外。

目睹大家手头儿的工作一成不变，老马咬牙尽量牺牲休息时间，默默地进行补充、完善。一天天下来，老马人困马乏，身体瘦了几圈，黑眼圈也越来越重。机器人却依旧精力充沛，情绪饱满，有时见了他也点头致意，偶尔还伴随弱弱的一声"马总"。老马听了，却感到一阵酸楚，心里说："你们一个个才是老总，老子才是你们的打工仔！"

实在扛不住了，老马决定让机器人们调整一下工作思路，不得不对机器人丁说："下次你这样……"

不等老马说完，机器人丁立马打断他："以前就是这么干的，贾总还说'很好，就这么干！'，一直是按照他的意思办的。不信，你问问贾总……"嗓门儿奇大，吼得整个办公大厅如山洪暴发，差点儿淹没了老马。许多人与机器人抬起头，睁大眼睛看着几乎面红耳赤的老马。人被机器人吼了，不尴尬吗？

尤其那个贾总，正坐在工位上偷着乐呢！他正是那个最后把皮球踢给老马的人。他把皮球踢给老马后，并不甘心，手里还拽着根绳子，将皮球紧紧拴住，让老马感到别扭。那群机器人，程序已经被他设定死了，别人一时很难修改过来。

老马真是哭笑不得，原来被媒体炒作得无所不能的智能机器人，也有不少弊端——认人，认死理，一切由人操控。缺乏的，就是创意。是的，机器人永远没有创意。

如果一切还按照过去的路数，单位就没必要请老马出山了。换将，就证明过去的做法已经被否了，但为什么没给机器人更新相关的指令信息呢？

老马感到着急，向部门领导皮力手反映，要求将机器人换成自然人。

皮力手反问老马："人呢？"

没人了。退休的退休了，下岗的下岗了，大部分岗位被机器人取代了。花高价购买一批又一批机器人，就是为响应智能时代的有关政策，跟紧时代的步伐。皮力手问得老马哑口无言，言下之意，单位要是有人，这皮球也不会踢给你了。

老马四处看看，确实没什么人了，四周静悄悄的，他仿佛置身一个智能生产车间，到处是运转的机器，井然有序，按部就班，却毫无生气。

咬牙坚持。修正机器人的"行为"相当费劲儿，经过一番折腾，依然未达到老马的理想状态，好在整个工作比以前有了一丝改观，让单位领导看到了希望。可老马的眼睛却充血了，熬夜熬的，内心也处在崩溃的边缘。当年在老山前线，在猫耳洞里，在执行战斗任务的堑壕里，面对越军的炮火，老马也没气馁过，偏偏在和平时期，在科技大发展的时代，在平凡的岗位上，却几乎绝望了。老马内心气愤，见了机器人，也懒得搭理了。人与机器人共存的时代，纯粹是人类闹的笑话。

老马克制着，毕竟他是人类，人类的内心，机器人永远也不会明白。连之前扔烫手山芋踢皮球的人也未必明白，光换人，不换机器，还巴望着"事在人为"，看你有多大能耐！看着那些按部就班的机器人，老马只是摇摇头，暗自叹气。

马上要过年了，辞旧迎新了。来年的工作再无大变化，这烂摊子就算彻底不可救药了。老马想在年前抓紧时间赶工，以便争取更多的时间修正，便吩咐机器人们有个准备。

没料到，话一出口，机器人甲便怨声载道："哪有时间啊！除了你这一摊事，我还有其他工作呢！别以为我们是机器，就拿我们不当人看。我们也有耗损啊，连轴转，也有寿命磨损啊！也应该有个缓冲啊！……"

噼里啪啦，如冰雹突降，砸得老马哭笑不得。他惹不起这帮机器人。

根本无法交流。是机器在为人服务，还是人在为机器服务，其实早已不必争论。人发明了机器人，让机器人有了生存机会，可最终似乎是人在为机器人服务。

机器人这么一吼，整个大厅的人和机器人都看着老马。人都冲老马意会地笑，机器人却一脸挑衅地瞪着他，那意思：到底未来是谁主宰谁？

老马立马想到了刘作家的《一句顶一万句》！可不，这些家伙却是"一句引一万句"，仿佛他们活在人间就带着委屈，满肚子牢骚正等着人戳出来。只要你开口，一万句话等着你呢！老马想想都后怕。

中午去食堂午餐时，与同事聊起机器人，老马猛然明白，那些话，是程序员早已输入他们的芯片中的，除非，你有让机器人保持沉默的本事。

老马端起玉米羹，猛喝了一口，说："还是自己先保持沉默吧！"

同事根本不懂他在说什么。

宇宙中最好的动物园

马瑛

小朋友们一到暑假就很开心,尤其是双年份八月的第一个周六,像是特别的节日,因为就在那一天,牛萌博士跟荧光星动物园搭乘的宇宙飞船将降落在广州。博士每两年才来一次,荧光星动物园在广州停留7小时7分7秒,不知这个时间是不是正好等于荧光星的一个时间计量单位。

从上午开始,参观的人群就开始聚集了,尽管飞船到达是在中午。大人领着孩子,高年级同学则集体行动。大家踊跃排队购票,每个人都怀着强烈的好奇心,急切地要看看牛萌博士在地球人遭受新冠肺炎病毒侵袭之后会带来什么奇怪的外星生物。

博士以往带给人们看过来自不同星球的棱柱人、无腿旋转生物,甚至还有半隐形怪物。今年,庞大的棱锥体飞船在穿广州城而过的珠江上降落。飞船伸出三足支架分别插入两岸和江中,稳稳地撑住渐渐膨胀的船体,飞船四围的门像饮料罐的易拉环一样徐徐开启。人们看到了飞船里那些熟悉的金属隔离笼,那里装着一些人们从不曾见过的外星物种。笼中的生物体形不大,仿佛压缩过似的,扁平得有些失真,看上去像锥头蝗与蓝斑条尾魟的杂交后代。他们移动起来的速度非常快,并不时地发出一种空灵带回响的声音。人们簇拥着往前,牛萌博士手下的工作人员迅速地扫描成年人的手机或儿童胸前的电子感应牌,逐一收取门票费。很快,牛萌博士本人出现在众人面前。他穿着多彩的鳞甲轻氅,头戴红色缨帽。

"同胞们——"他调整了一下耳麦开始说话。嘈杂的人群顿时安静下来。博士接着说:"去年我还在外太空时,得知地球发生了罕见的疫情,所以我们这次在引进生物时非常小心,谨慎又谨慎,但是你们可以放百分之一万个心,今年的生物绝对安全、绝对温顺。你们只要付80元,就将看到罕见的水陆两栖人。我们付出了高昂的代价才把他们带来这里,因为他们来自5亿公里之外的荧光星球。请大家看一看,观察他们,研究他们,听他们说话,把你眼见耳闻的一切告诉你的亲朋好友。动作一定要快!我的飞船在这里只能停留1荧点。"他怕人们不懂,又补充道:"就相当于地球时间 7 个小时。抓紧了，千万别错过这千载难逢的机会！"

人们排成长龙，绕着飞船参观。这些奇形怪状的生物令他们既惊恐、好奇又着迷。荧光星人头部看上去像蓝斑条尾魟。当他们跳入透明飞船底部从珠江吸上来的水里时，立即变得色彩艳丽；当他们跃出水面在笼壁上跑起来时，却又像锥头蝗，头部呈锥形，从侧边看面部向后倾斜，有时近似波状。

"这太有趣了。"一个女人感叹道，她匆匆忙忙离开队伍走到旁边，"我赶紧打电话叫所有亲戚都来看看。"

那一天，飞船动物园从中午到晚间一直繁忙不已，迎接争相前来参观荧光星人的地球人。不知不觉，7 小时 7 分 7 秒的期限到了，牛萌博士再次拿起耳麦说："非常抱歉，我们现在必须走了，但后年这个时候我们还会回来的。如果你们觉得今年的动物园不错，请告诉你们在其他城市的朋友吧。我们明天将降落在北京，下周到伦敦、纽约和悉尼，然后我们将继续星际旅行，飞往其他星球！"

博士向人们道别。宇宙飞船关闭所有舱门，收起三足支架，然后缩形收身，船体变小，从地面上升起。地球上的人们纷纷说，这是他们到目前为止看到的最好的动物园……

大约经过 20 个月、飞行 15 亿公里、去过 4 颗远地星球之后，牛萌博士的棱锥体宇宙飞船又到达了地表被嶙峋的岩石覆盖的荧光星。飞船降落，舱门打开，怪形异状的荧光星人从笼子里鱼贯而出。牛萌博士站在舱口，说着告别的话，并挥动手臂。荧光星人见状，就向着四面八方疾走而去，寻找他们在水岸边石头之间各自的家。

在一个荧光星人的家里，女水陆两栖人看见男水陆两栖人带着孩子回来，非常开心。她和男水陆两栖人说了话，接着相互碰了碰对方的脑门儿，然后就紧紧地拥抱在一起，在地上亲昵地滚了滚。

"你和儿子离开家太久了。"女水陆两栖人说，"这次远行怎么样？"

男水陆两栖人满意地说："非常好。孩子特别开心。我们去了很多地方，见了很多新奇的事物。"

小水陆两栖人蹦上了墙，兴奋地说："最好玩儿的是一个叫'地球'的地方。不知为什么，那边的生物居然穿着一层衣服，他们只用两条腿走路。"

女水陆两栖人担心地问："那不危险吗？"

"一点儿也不！我们一步也没离开过飞船。"男水陆两栖人自鸣得意，"有笼子保护，特别安全，他们根本无法靠近我们。下次你一定要和我们一起去。这 7 个荧币花得太值了。"

小水陆两栖人深有同感："那是我所见过的最好的动物园，没有'之一'……"

客 人

张玉强

我们把打麦场上的雪全糟蹋了。我参加了杨大傻子的队伍，我们叫"杨家将"。岳红兵领着另外七八个孩子，他们是"岳家军"。我们从这个麦秸垛打到那个麦秸垛，抓住俘虏就强行收编。我被俘了三次，反水了三次。打红了眼的杨大傻子掏出一挂炮仗要火攻，岳红兵尖叫一声冲过来，劈手夺过火柴："我操你妈你玩儿真的啊！"

我们累得打不动了，敌我不分地趴到麦秸垛上休息。天空阴云密布，冷风呼啸，看来还有一场雪。远处的田野，一片白茫茫。村子里偶尔响起一两声炮仗。快过年了。我不太清楚今天是腊月二十几，但我知道，快过年了。

我慢吞吞地走回家。院子里停着一辆大金鹿自行车，不是我们家的。我走进堂屋，一个陌生人坐在八仙桌东边的大椅子上。他抽着烟，跟前摆着一碗茶。他看看我，没吱声儿。

我父亲坐着个小马扎，坐在炉子跟前，左手夹着烟，右手拿着火钩子扒拉煤核。

我望了望父亲，等着他让我叫人。凡是来了我没见过的客人他都要逼着我打招呼，表大爷三姨夫什么的。可是这次父亲没理我，他沉默着，若有所思，烟头上的烟灰已经长得打弯了也不弹一下。

我拐进里间，跳上炕，叠我的元宝，同时支着耳朵听堂屋里的动静。

好久都没有声音。我父亲用铲子添了一次煤，给客人续了一杯水。

"喝水啊。"他终于开口说话了。

"喝着呢。"这是那个陌生人的声音，很低沉，有点儿嘶哑。

又隔了一会儿。

"路上不好走吧？"我父亲说。

"还行。大路上的雪都轧瓷实了，还不如小路好走。"陌生人说。

"年集不好赶了。"

"那也得去啊。就趁着年下卖点儿货哩。"

"上一集行啵？我听说人不少，乌泱乌泱的。"

"还行吧。也没卖多少东西。挤热闹的多。"

我父亲用鼻子哼了一声表示赞同："人都好热闹！"

"过年嘛，都这样。——你没去？"

"没去。驮着你嫂子上刘庄看病去了。"

"哦。还没好啊？"

"好一阵儿歹一阵儿。刘瞎子抓了几服中药，喝了两服了，也没见好。"

"我说，老这样可不行。还是上县医院看看西医吧，透透视，那个看得准。"

"过了年再说吧。"

陌生人似乎给我父亲扔了一根烟："抽我的。"

我听见火钩子捅炉子的声音，我知道我父亲是要烧红了它好点烟。

陌生人继续说："你弟妹她侄女在县医院，你去的时候找她就行。"

我父亲闷闷地嗯了一声。我听见他抽出了火钩子。

屋子里又静了一会儿。

我父亲忽然长长地叹了一口气："唉，年难过啊！"

陌生人没说话，咳了一口痰拉开屋门吐了出去。

他又坐下了，椅子咯吱咯吱响。

他喝了一口茶："年前没开工？"

"没有。停工两三个月了，厂子不行了。"

陌生人停顿了一会儿，慢吞吞地说："都一样，都不易。我这点子东西卖完了就算了，赔就赔吧，没法儿。"

"你还在乎这点儿事儿啊，这里不行那里找补呗。"

陌生人也叹口气："唉，各人有各人的难处，哪里有你说得那么好！"

我父亲好久不作声。半晌才听见他自言自语般地说："都是没法儿。慢慢来吧，日子长着哩。"

陌生人也好久不作声，后来他也自言自语般地说："慢慢来吧。"

又静下来。只听见炉子呼呼作响，火旺起来了。

椅子又咯吱响了一声，同时传来的还有衣服发出的窸窸窣窣的声音。陌生人好像是站起来了，他说："我走了。以后再说吧。"

我父亲好像也站起来了："吃了饭走吧。"

陌生人说："不了。"

他们推开房门走了出去。我隔着窗户往院子里看。父亲推起那个人的自行车，两个男人一前一后走出了院子。

我溜下炕,去厨房找母亲。母亲坐在灶膛前,火光照着她的脸,看不清表情。我问母亲:"这个人是谁呀?我怎么不认识?"

母亲看了我一眼,又扭回头去。

"到底谁呀?"

母亲没好气地说:"要账的!"

那些瞬间

刘晶辉

沸 腾

一片维生素 C 泡腾片跳进水杯里，在和水接触的瞬间快速沸腾起来。水面上泛起细密的比小米粒还要小的水泡，密密麻麻地挤在一起。水里冒出来阵阵淡黄色的烟雾，还能听到呲呲的响声，就像蛇在吐芯子。

我呆呆地望着眼前的场景出神，我能感觉到自己大脑的迟钝。泡腾片的溶解只需几秒钟，在这几秒钟里，我找不出合适的词来形容这个场面。

我凑近了听，我的耳廓被水汽熏得发热。声音越小，我越是努力去听。我甚至都不敢呼吸了，生怕错过，那声音像放鞭炮般噼里啪啦，微弱而急促，让我兴奋不已。

说成翻江倒海，好像并不合适，因为相对于水杯的狭小空间，这个词的确显得过于大了。像夏日打开的一瓶冰汽水，砰的一声，瓶盖起开了，大汗淋漓的我接过来，仰起脖子，咕咚咕咚，一饮而尽。可冰汽水给我带来了消夏的凉爽，泡腾片显然不会。

我又想起烟火在天空中绽放，那短暂却绚烂的美，让每一个仰望她的观众驻足、出神。那是一种视觉的盛宴，但是泡腾片只能产生一股雾气，老实说，毫无美感可言。

但是我却难以忽视，在寂静的房间里，阳光从窗户照射进来，没有任何声音。如果和一缕缕阳光洒落在地面的声音相比，泡腾片的沸腾声简直是惊天动地。

有那么一瞬间，我有些紧张地左右看了看，我天真地期待在我房间里会有其他的人——或者也许不是人，都没有关系，那不重要，我希望有谁能和我一起分享这种偷窃般微妙的快乐。

很快，我就意识到这个想法的荒诞——除了我，屋子里空无一人。

对，那是空气燃烧的声音，细微却尖厉无比，似乎每一粒气泡都用尽全力去绽放自己的色彩，以博得些许的存在感。它成功了，在这方寸大的书桌上，它成功地吸引了我的注意。

我想到我那只破旧的电水壶，即便用最快的速度让一升左右的水沸腾，也要五到十分钟。通常，水从加热到煮沸，那只铁皮水壶一直在产生轰鸣的噪音，越往后声音越大，使我心烦。这段时间里，我会走出房间，拿起我的手机，去卫生间方便一下；或者取出洗衣液，认真地泡上几件衣服，以消磨这几分钟对我来说稍显漫长的等待时间；又或者我干脆抓起沐浴液去洗个澡，等我出来的时候，一壶热水已经烧开，我的耳朵却没有受到丝毫的惊扰，这让我觉得惬意。

难得听到的意外之音，我会侧耳倾听，视同天籁，它带给我惊喜。铁皮水壶咕嘟咕嘟，我习以为常，避之唯恐不及，因为我知道我要的只是一壶热水。我也考虑过，去换一只好一点儿的电水壶，可是我每次都忘记，只有烧水的时候，我才想到这件事。几次以后，我连这个想法都没有了。

泡腾片早已经溶化殆尽，水的颜色变成了淡淡的黄色，很好看，一如那喧闹过后的安静。我端起来喝一口，太烫了，我的嘴巴本能地躲开，杯身晃动，几滴水溅到我刚洗的白衬衣上，立刻就泅出一片淡淡的污渍。

只是一片泡腾片而已，我扫兴地盖上水杯，心想。杯盖用力亲吻杯体，发出啪的一声脆响，之后，整间屋子变得更加安静了。

羽 毛

早上起来，身子轻飘飘的，像一根羽毛。

进了地铁，怎么过安检，怎么刷的卡，怎么进站的，她都不记得了。就像一根羽毛那样，她轻轻地飘进了地铁。每天都会多看一眼的小帅哥安检员，这次她头都没抬，没看。出门匆匆，急着赶车，又没吃早饭，这个习惯不太好，她默默地责怪自己。她觉得头有些晕。

高峰期，地铁里的人很多。黑压压的脑袋挤在一起，有的人发型帅气，有的人发质柔软——她也会注意漂亮的女孩，有的人则是"地中海"发型，虽然看着岁数并不大。多半是程序员，她想。今天，她不想看这个，她好像有轻微的密集事物恐惧症似的。

那就看下漂亮的衣服吧。红色的风衣、白色的衬裙、紫粉色的连衣裙、米黄色的小鞋子、绿色的围巾……乘坐地铁的路途是漫长而无聊的，她喜欢研究地铁上女孩子们的穿戴搭配，很多女孩每天的打扮都不一样，尤其那些漂亮的女孩，她可以由此获得自己穿衣的灵感。也许，这也是乘坐地铁的好处吧。想到这里，她的嘴角轻轻上扬。五颜六色的衣服在她眼前晃过来又闪过去，有的就是一带而过，就像一片片缤纷多彩的羽毛那样转瞬即逝，却又让人流连忘返。

对，像孔雀，美丽的孔雀。她最喜欢去动物园看孔雀了。开屏的孔雀静谧、高雅、端庄，她觉得符合她的气质，用再多辞藻赞美也不过。这天她脑海里最后的印象就是孔雀。她只记得有很多很多的孔雀开了屏，在她眼前转呀转、跳呀跳，无数片孔雀的羽毛也在眼前转呀转，触手可及。

真的是太美了，沉浸其中，她感觉自己都要醉了。随后这些孔雀的羽毛纷纷落下，一片一片的，她在惊恐中去伸手挽留。接着，她就什么也不知道了。

低血糖犯了，她晕倒了。醒来的时候，地铁的工作人员一脸关切地看着她。有人递过来一杯水，还有一包糖。

"给你们添麻烦了。"她有点儿不好意思。她的声音很虚弱，她觉得自己此刻比一根羽毛还要轻。

"您没事吧？"穿黑色制服的大姐问。

她说没事，又在椅子上休息了一会儿。有点儿精神以后，她开始观察这些工作人员的制服。那是很好看的黑色。地铁人流量大，每天要靠这些穿黑制服的工作人员执勤，以防意外事件发生。她想起刚才晕倒前看到的孔雀和羽毛，这些穿黑衣服的"大盖帽"，每日穿梭在人的潮流中，也就像一根根黑色的羽毛，沉稳、内敛、让人有安全感。想到这里她笑了，谢过，离开，接着去上班——当然是迟到了。

这一天她浑浑噩噩，不知道是怎么过去的。她就想着，以后一定要按时吃早饭。

晚上，下班回家。

"妈妈，你回来啦！生日快乐！"女儿不知道从哪里跳出来，手捧一束素雅的康乃馨。

扑哧一声，她笑了。

啪的一声细响，她听到心里的一根羽毛，轻轻地落了地。

别　墅

赵淑萍

那天，他对她说："我造了一幢别墅。"

她几乎已濒临绝望，一听，喜形于色。但是，她还是疑惑地问："你造了别墅？真的吗？怎么看不出你有这个能耐？"

他的衣服上留着不易察觉的颜料。他数次求婚，她总是说："房子，有了房子我就嫁给你，总不能住大街上去吧？"

他居无定所。大多数时间住在父母那里，房子小得可怜。他又有很多朋友，经常去朋友那儿聚会，完了就留宿在那里，就这样东一夜西一夜地凑合着。他常常想象未来的房子。这回华厦房地产开发公司冠名举办一项奖额高的美术大赛，他赶出了参赛作品《别墅》。

她一下黯然了，说："这是画，能住吗？你老是画饼充饥，我可受不了。"

他完全沉浸在《别墅》的后期完善之中。一周后，她去找他。她打算下最后通牒。可是，他那小房间的门虚掩着。他的父母很热情，说，他大概出去不久，"他不准我们打扰他，我们也从不进他的房间，你进去坐坐吧"。

她端详着这幅已经完成的画。这就是他无数次说过的他想象的别墅，在树林中，周围有小桥、流水，花木掩映的小楼幽雅、气派。她甚至能听到林中小鸟的鸣啭。她还是依恋着他，因为他潜在的艺术才能。

她知道征稿的截止日期已到，必须当日送交。她取下画板上的"别墅"，感到一种厚重感。她径直送到征稿办公室。她在来稿登记处，登记了他的姓名、地址和联系方式。

接着，是等待。她又去了他家两趟，门还是虚掩着，没有他回来过的迹象。他的父母都不知道他去哪儿了，以为又在朋友家留宿了。她想，是不是她的话伤了他的心？他那么孩子气、那么阳光，只是，一提房子，他的脸似乎就有一片乌云笼了上来。每次，他都摊开手，说："对不起。"

大赛揭晓，获奖通知寄到他家。他母亲打电话给她，让她去看看那份请柬——

他获了一等奖！算一算奖额，加上他俩存的钱，刚好能购一套房子。她打他的手机，响了半天没人接。她想，他一定会出现在颁奖现场，电视、报纸都公布了获奖名单，他在和她闹着玩儿呢。

她如期到了颁奖现场，直到颁奖开始，仍未见他的身影。她隐约觉得他出事了。他的自卑偶尔流露，碰上她要给他下最后通牒，加之她用那么轻蔑的口气说他的《别墅》，他会不会……她不敢往深处想了。

她替他领了奖，一个精美的奖杯还有一张支票，而且凭此还可以在华厦房地产开发公司优惠购房。她恨起他来，多么值得分享的事儿啊！一幅《别墅》可以买到一套房子，精神换得了物质。

她掏出手机，拨他的号码。她听到大厅里响起手机的声音，是她替他设置的音乐铃声。她乐了，原来，他就在大厅呀！

可是，她四处寻找，却不见他的踪影，只听见那音乐。她循着音乐，慢慢地走近他的获奖作品面前，那声音是从画——《别墅》里传出的。别墅的门虚掩着，一道门缝似乎专为她留着，可她进入不了画中的别墅。她挂了电话，然后再次拨通他的手机号码，他确实在"别墅"里。他住进了想象已久的别墅。她想，他已不能走出来了，或许，他不肯出来，他多么固执。

垂钓者

金 光

　　起初,他钓鱼的时候要带一个小水桶,把钓来的鱼放进盛着水的桶里,待收竿后将鱼带回家。后来慢慢技术熟练了,鱼越钓越多,他索性什么也不带,直接把钓上来的鱼扔在眼前的地上。那些鱼儿就翻着白色的肚皮,跳来跳去。少数幸运的又跳进水里游走了,但更多的鱼儿跳上几分钟便慢慢地死去。

　　作为垂钓爱好者,他每到周末就会带着鱼竿到涧河边抛竿垂钓。他钓鱼不为消闲,也不为口腹之欲,而是为了比赛。他先是拿了区里的冠军,之后又拿了市里的冠军,家里摆放了好几个钓鱼大赛的奖牌和奖杯,个个都亮闪闪的。后来再垂钓的时候,为显示水平,他不再到水草丰盛鱼多的地方了,而是专选一片无水草且鱼少的水域。即便这样,他仍然能钓出精彩来。他总向人炫耀说:"没办法,水平高,这就叫'姜太公钓鱼——愿者上钩'。"

　　那天,他到涧河上游的交口河段垂钓。这是清水地段,上下百十米没有水潭也没有水草,他心里默默地说:"水至清则无鱼,我偏要钓他几条上来。"他找了个缓坡坐下,打开鱼竿,粘上鱼食,往上一提便抛了出去。两分钟不到,鱼浮被沉沉地拖下去,鱼钩像被什么咬住了。他猛一收竿,一条半斤重的鲤鱼便跃水而出被送到了左手上。他摘了鱼钩,"叭"的一下把鱼扔到了地上。一位手持鱼竿的老者,缓缓坐到他的身边,看着他潇洒娴熟的动作,赞许地点了点头,将鱼竿抛进了水里。他精神抖擞起来,手中的鱼竿轻轻地点动着,不一会儿又钓上来一条红鲤鱼。摘了钩,他用余光瞟了一眼老者,将鱼扔在地上,鱼跳了一会儿,渐渐不动了。

　　两个小时过去,他的身边已经扔了白花花的一片鱼。他得意地看了一眼一无所获的老者,突然发现一条大鱼正在咬老者的鱼钩,便提醒道:"你快提竿,鱼咬钩了。"老者凝望着河水,仍然不动,直到鱼咬完了食,从容地游走。

　　他不解:"你为什么不收竿?"

　　老者这才转脸看着他,又看着他眼前的那片死鱼,反问道:"这鱼,你能吃完?"

他笑了："我钓鱼不完全为了吃鱼。"

老者不说话了，提了竿又粘了些鱼食，放进水里。

他的竿动了，猛一提，又一条鱼被钓了上来，他顺手摘下扔在地上。

老者站了起来，捡起跳动的鱼，一甩，扔进了河的远处："每一条鱼就是一条生命啊……"

他心里一震，扬起的鱼竿良久没有抛出去。

后来，他不再钓鱼了，不但把鱼竿收了起来，连家里摆放的奖杯和奖牌也悄悄用被单包着藏了起来。每当钓友们邀他或是钓鱼协会请他，他都找个理由推掉了。他甚至不想往涧河边去散步，即使去了，也不敢往河里看，生怕看见那一条条游动的鱼儿。

许多年过去，他变成了一位白发苍苍的老人，他早已忘记了自己曾是一个垂钓者。有一天，小外孙缠着他出去玩儿，不经意间他们来到了涧河边上。一对男女正坐在河边的马扎上垂钓，身边已经扔了一片筷子长的鲫鱼。小外孙蹲在那儿看了半天，说："爷爷，鱼儿都死了。"

他的脸抽搐了一下。说话时，年轻人又钓上来一条鱼，女人一伸手从钩上摘了下来，顺手扔到了地上。

他心疼地捡起鱼，问道："你们钓这么多鱼能吃完吗？"还没等他们回答，他便将手中的鱼抛进了河里，然后指着眼前的死鱼说："它们可都是一条条生命啊！"

年轻人一愣，扬起的鱼竿久久没有抛出去。

造塔记

仲艳婷

彭涛，字天直，曲靖罗平人。十五岁便志于修塔，到今三十而立，已阅塔无数。北京燃灯塔、吉林灵光塔、西安大雁塔，倘若一塔就是一诗友、一画伴，那彭涛的好友真可谓遍布大江南北，无处不相逢了。可他坐在轿上，只觉得寂寥。就连领路的童子、抬轿的壮士，都能感到轿里的温度是低的。

"师父，您内心有何不适？"童子宋生小心翼翼趋随彭涛下轿，入庭院，过松竹。

"修了多年的塔，到头只是个空。千百年之后，塔还是塔，可刻着我姓氏的碑亭早不在了啊！"

"怎么会呢？依师父大名……"宋生讲到一半，自觉他也说不清后来的事，就刹住了。他重重地跺了一脚，想吓唬躲在绿竹深处的猫。

"罢了。你退下吧。"

次日醒来，窗外公鸡咯咯叫。环顾四周，窗棂外仍有残月，不过很小了，在一堆散漫的霞云中，像一粒米冒尖在油花花的汤水里。彭涛翻身，单手往斜后摸被子，竟摸到一片黏糊糊的汗，先前的幻象可是真的？

"但去莫复问，白云无尽时。"

彭涛忆起这句诗，那熟悉的眩晕感再次席卷而来，如同这句诗本身就是一把钥匙、一个旋涡，凭意志去解读它的过程，并不能寻一个确定的答案，而是潜入更深奥、更悠远，也更难解的意境里。

"师父！师父！"宋生见屋内烛光晃动，一下破门而入。

"嗯，有何急事？"

"一姓韩的叫花子赖在门外，赶也赶不走，非要见你。"

"那么，请他进来吧。"

"哼，到底便宜了那赖皮。"走出门外，宋生忍不住嘀咕。近日，师父总神情恍惚，现在更是如此。

"哈，彭涛兄，久仰大名。"这叫花子衣裳破烂，毡帽上的蜘蛛网都未掸干净，撞面有刺鼻的鸡屎味儿。

宋生看也不看他，只别过脸。

"你是——?"彭涛问道。

"彭涛兄，我们在大明宫殿外见过！在下是贬至潮州的韩愈啊！"

"吹牛。赖皮只管胡说。"宋生再也忍不住。

"不得无礼。你先下去。"彭涛呵斥宋生。

"是，师父。"宋生甩甩衣袖，出门踢了一下门槛，骂了句脏话。

"你真是韩兄?"彭涛自然也是一阵惊异。眼前人黑面瘦骨，那时韩愈可是个白白净净的大胖子。

"我们在醉霄楼嚼过大饼，吃过烤鸭。你当我面还放过三声响屁。我劝你别修塔，找媳妇、种田要紧。你都忘了?"话落，这人就拍拍腿上的灰，毫不客气地找了椅子坐下。

彭涛羞得脸一阵红。

"韩兄，真是你！不过，你怎会沦落至此?"

"嘻！都是年少无知惹的祸。愈当年挥毫写《论佛骨表》交圣上，以为会如左思《三都赋》，传得一时洛阳纸贵呢。没料到呀，昏聩文坛不欣赏吾辈散文，专爱矫揉造作的骈文哪！另外，圣上还误解我，以为我要借文诅咒他短命。不是一帮老友说人情，我这脑袋早不保啦！"

"唉，韩兄，你都写了啥?"

"写了啥？你忘了在醉霄楼喝酒，我对你说的那掏心掏肺的话?！"

"那话，私下说就行了，你还——"彭涛心内一热，又补道，"韩兄，我知道你是个十足的死心眼儿，一心向儒学，但信仰坚定的人，如今实在不多。上次你劝我，我还常反省，这些年，修了不少佛塔，自然碰上不少口说信佛可心头无佛的人。一个个磕头时，嘴上念如来、唤观音，其实只为自己而磕。活好了，就有佛；活不好，就没佛。我常怀疑，我造塔，是在助他们轻蔑佛……"

一阵挠人的静默。两人一下交了心，言语交流就显得可有可无了。

"韩兄前来，可有我彭涛能相助之事?"彭涛恍惚忆起当年醉酒后，他拉住韩愈的手，称有朝一日，对方若有要事，可投奔他。

"实不相瞒，愈确有一事相求。"

原来，韩愈要请他造塔。不是世俗之塔，而是精神之塔。所造之塔，要无论尊儒抑或信佛之人，入内观之，无不震撼。此塔包罗万物，又不私藏万物。人置身其中，一瞬间便可领略"银河落九天"的玄妙，又可体会"浅草没马蹄"的意趣。

"愈被贬之途，餐风饮露，无人对话，暗自吟诗唱曲，自找乐子。有一天，遇大雨。我躲避茅屋下，眼前乌云灰黯黯，远处的山腰全白了，四周尽是雾气。这时，孔子的谆谆教导好像全被我忘光了，倚靠茅屋，杜甫的脸却渐渐放大，变得清晰。李杜文章在，光焰万丈长……愈不才，终顿悟，大唐之美，不在道，而是文。真正的大唐，是诗的大唐。"

彭涛喉舌一紧，顿觉韩愈眸中金光噼里啪啦，看得他仿佛身子着了火。

"韩兄，你博才多学，一句'但去莫复问，白云无尽时'你可知是何含义？"

"王摩诘写的，你竟也知？哈，彭涛兄也是个文学青年。"

"不，这是我梦中所得。"彭涛拉了把椅子，凑近韩愈，将他近来荒谬的幻象一一道来。

蓦地，韩愈听完猛站起，手直哆嗦。

"天意，天意啊！彭涛兄，我猜这是佛祖暗示，你注定要造精神之塔！白云尽头是什么？什么都没有，可又蕴藏一切，这就是精神之塔的真谛呀！"韩愈越讲越来劲儿，口中唾沫喷了彭涛半脸。

彭涛两眼瞪得如蛙眼。

"喀喀，世间怎会有这样的塔？就算有，也是神人才造得出。"他不想立即给韩愈泼冷水，但又想不出一个好答复，只好埋头不停地假咳嗽。

"给。"韩愈仿佛看穿了他，从裤袋里掏出皱巴巴的图纸，上面一股馊肉包子味儿。

彭涛犹犹豫豫地展开薄纸，像撕开一层有着虫眼的桃子皮，捧在手心，纸张如水流般涌动。

彭涛静静地读着。不单是韩愈，就连彭涛都陷入纸张里所描述的幻想与沉思中。此后，两人谁也没再征求谁造塔的意见。

次日，彭涛辞退宋生，预备余生只去造精神之塔。宋生走时哭哭啼啼，咒骂韩愈是害人精，自己得了疯病，又将疯病传人，还恳请彭涛赏他几两银子，回去供奉八十有六的老母。

数月过后，全罗平县的人都道彭涛疯了。

白蜡山脚，只两个黑点，没日没夜种翠竹，上山运雪水填瓦缸，又将名贵的石材敲碎。唯彭涛心知，他不再做夜夜盗汗的梦。无数硬币交叠的声音，无数妇人、才子、乡绅祈祷生子、中举、发财的声音，自此也都远离他了。

开会的存在与虚无

碎 碎

连续开了几场冗长的会议之后,小秦觉得,开会,真是一个比赛耐心、体力、智商与情商的舞台。

这个月的大部分时间,都用来开会了。关于单位展馆这个主题的会,一连开过七八回了。说它重要呢也不见得多重要,只不过,一旦定下来,就不好再改了,会牵扯到未来数年甚至数十年的格局。所以呢,就开了一次又一次。

下午又得到要开会的通知,说是最后一次,要敲定关于展馆的种种事宜。

A 先发言。据说 A 常年坚持跑步,每天的步数都是 15000 以上。难怪,小秦发现,A 说话的节奏、语气、身体语言,有着小鹿飞驰的弹性与韵律,有运动的连贯性,像他的身材,无一丝赘肉。

那种平和的语气,毫无渲染与铺排,是人间风景看透、历尽外界与自我的锻打之后才会有的,轻简而洁净。小秦想,等自己到了他那个年纪,希望也能这样清透。

B 说话好重复。一个简单的意思,他车轱辘一样滚过来倒过去说三四遍,带着他所在的那个位置的疲沓与主宰感。小秦心想,他应该从来没健过身吧,时间在他那里湿答答的,黏滞混沌。

B 的形象并不差,但是脸上腮边,沉积有大大小小的老年斑,不应该是他这个年龄就有的斑。小秦想,一个人思想僵滞,一定会影响血液的流通,造成血管堵塞,沉积为脸上的锈。或许就是这样。

要不你看,B 身边那个与他同龄的 C,脸上舒展干净,看起来年轻许多。C 的讲话,让人感觉思想活泼通透。与锈色脸比起来,C 一定血液运行畅通,所以脸色年轻。小秦感觉,他的身上,写满阳光与星光、风声和雨声、霜色与露迹。

D 的发言时间好长,展示的 PPT 内容漫无边际。上面的一些字句,大都是在报纸上看过一万遍的。那些放之四海而皆准的语词,叫人发痒。PPT 上的内容删掉三分之一或二分之一,也不会少点儿什么,不会影响别人的理解。小秦感觉,他讲得太累了。他脸上的纹路、他的眼神、他干燥的似笑非笑、他的用词和语气,都在注释他的一生有过的太多枯燥生活，说过的太多乏味之语。小秦想，他有过的内心慰藉应该很少，他一定是几十年都活于重复和服从。

E 讲话时姿势和别人不一样，他从里到外的气息都是新鲜的，像果园里刚摘下来的熟得恰到好处的苹果，有清脆的汁液流动。有活力的人，自带光辉，他说话时周围的空气都鲜亮起来。小秦想，幸亏还有 E 这样的。

F 讲话的声音低沉。需要稍微费力地竖起耳朵捕捉，才能采集到他吐出的每个词。他略带迟疑的笑、他间或的沉吟与停顿，让人即刻进入他的思考，进入他的广阔与辽远。小秦感到，他有无限的过去与未来。他是博物架，他一定是所让人很难毕业的大学。F 讲话的时候，小秦暗暗咽了两次唾沫。

G 很漂亮。但是小秦感到，由于她对自己漂亮得过于自知，和对自己职务的自觉，使她的漂亮显得僵硬而冷冽，没有活气，像是定格的石膏像。那是一种死去了的漂亮。

会从 9 点开到 12 点，还没有结束的意思。小秦还发现，有的人不停地看手机，偶尔还会露出明显是不属于这个会场的表情。有人从头至尾都没有看过手机，一直安定地坐在那里。小秦想，所谓定力，就是这样吧。

会应该快开完了，小秦通过对会上这些人一路阅读下来，感觉每个人都是她的镜子。她从他们那里看到了自己的过去、现在和将来。她忽然想到，在他们眼里，自己又是什么样的呢？她在这个上午，多次扭头看窗外，在笔记本上画了两个小人儿……这么一想，她马上坐正，忍住了呼之欲出的那个呵欠。

名　字

恩　雅

夏日午睡时刻，我沿着滚烫的街道朝莉莉家走去。

镇上很静。人们在阴凉的地方打盹儿。商店虚掩着门。路边的垃圾堆上苍蝇嗡嗡作响。

我想快点儿见到莉莉，可我的两只塑料凉鞋的带子快要断了，我担心鞋子会从脚上飞出去。

我走过五金店、干洗店、水果摊、文具店和一所中学。经过熟食店时，我觉得自己像是在一个台子上跳芭蕾舞，被许多眼睛盯着，踮着脚尖从一端旋转到另一端。

那家店是赵浩的爸爸开的。

我和莉莉经常在一起讨论镇上的男人和男孩们。莉莉依照外貌和风度把镇上的异性分成了五个等级，第一等级的名字像太阳一样出现在我们口中，第五等级的那批却像一块肥肉被我们毫不留情地贬低。

赵浩属于第二等级。莉莉说虽然他模样不错，个子也高，可就是稍微有点儿驼背，挺可惜。

我从没有主动谈过赵浩，即使在莉莉面前。他的名字我说不出口。每当莉莉提起那两个字——赵浩，我都像听到一阵打雷的声音。

那是被我在内心无声呼唤的名字，赵浩，赵浩，那是我在黑夜里的群星和寂静。从三年前他跟着爸爸搬到镇上那天起，他就像火一样，燃烧着我的梦魂。

我来到镇上找莉莉就是为了他，为了跟莉莉谈论男孩们时不经意间听到他的名字。

我站在莉莉家门前准备敲门的时候，莉莉穿着一条白色吊带裙走出来。她的胳膊很白，裸露在外面，胸脯那里空荡荡的，里面没有内衣。

"我就知道今天会有人来找我，不是你就是赵浩。"莉莉说。

"他说要来找你吗？"

"没有。"

"你刚才说他会来找你。"

"我家的猫又生了,我带你看看。冰箱里冻有冰棍,我给你拿一根。你这几天身体没有不舒服吧?"

"没关系。"

莉莉把我领到院子里的一个凉棚下面。那里一堆破布,一只黑色母猫躺在上面给小猫哺乳。

"这次本来生了三只的,死了一只。"莉莉说,"送你一只吧?"

"家里不准我养猫。它们可真小。"我说。

"是啊,不过很快就长大了。下次你过来,它们就跟现在不一样了。"

"莉莉,你刚才说他要来找你。"

"等我一下。"

莉莉跑进厨房拿出一个空油壶,朝街上喊:"这个,拿走吧。"

一对老夫妻正推着轮椅经过莉莉家门口。男人没了双腿,垂着头坐在轮椅上。女人在后面推着。轮椅后面的扶手上挂着一个很大的编织袋。他们在捡能卖钱的东西。两只脏兮兮的狗跟在轮椅后面。

女人接过油壶放进袋子里,推着男人离开了。

"他们多可怜啊!"莉莉说。

我们又看了一会儿小猫。莉莉没再说话,我也没有。

过了好一会儿,莉莉才说:"天气真热。"

"是啊。"我说。

"闷热。怕是会下雨。"

"是啊,"我站了起来说,"我得回家了。"

"再玩一会儿吧。"

"我的弟弟应该已经睡醒了,我得回去照顾他。"我说。

从莉莉家出来,再次经过赵浩家门店的时候,我在路对面站了一会儿。也许不止一会儿。我离开的时候已经开始下雨了。

二楼就是他跟爸爸睡觉的地方。一个房间的窗户开着。那就是赵浩的房间。他就在里面。

我想大喊一声"赵浩",我想喊他的名字,在他的窗户下面。这样做不合适,我对自己说,还是不要丢脸了。

我继续站在那里,仰着脸,像傻瓜一样。

莉莉要跟赵浩谈恋爱了。他们会牵手,会在镇上偷偷约会,他们甚至会在没人看见的地方接吻。

事情就是这样的,我想,就是这样的。

天上开始出现乌云,开始起风了。人们从睡梦中醒来,镇上有了声音,渐渐热闹起来。

风把那扇窗户吹得砰砰响。

我必须离开了,在被人发现之前。

"赵浩。"我听见有人喊他的名字,有人喊,"赵浩,赵浩。"当我意识到这声音是从我口中发出时,我打了个哆嗦。

我踢掉脚上的凉鞋,跑开了。

全宅配

赵德清

小宋加盟"全宅配"三年了。

在朋友的介绍下，我抽空去看小宋的加盟店。其实家里还有许多老家具老人们舍不得丢，新装修添不了几件家具。但是经不住朋友宣传鼓动，我还是决定去看一下。

全宅配是家居广场众多品牌店之一。一进门，眼睛顿时放亮光，空调真给力，够冷，店里有一股新鲜的现代气息扑面而来，各式各样的家具怎么看怎么舒服。

"这是欧式，这是美式，这是新中式，这是日式……"小宋如数家珍地介绍着，"赵哥，你看中哪个款式？我们可以上门设计，包你满意。"

"赵哥，这是总店活动价，满一万送三千，最后一天了啊！"小宋一边说一边比画着，拿出一沓签约的单子给我看。

生意确实好，来店里看样品的人络绎不绝。要不看我是朋友介绍来的，小宋都没时间接待我。

看了半天，我还是下不了决心，毕竟全宅配下来要大几万呢。"我再看看其他家，回头再来好吧？"我有点儿心虚地说。

"行！赵哥，随时欢迎你来！"小宋满面笑容地说着，陪我走下三楼，走到门口时他忽然想起了什么，"赵哥，差点儿忘了，我们今天还有个砸金蛋活动，再过十分钟就开始了，您再等一会儿吧。"

"那就不要了吧。"我推辞说，"我的手气向来差，没拿过一次大奖。"

"嗐，赵哥，您别担心，今天肯定有大奖。最后一天了，特等奖还没出现，机会难得啊！"小宋热情地爆料。

周边的人也听到了，一下子从外面又拥进来不少。

"那就等一等？"我有点儿不好意思。

"没事，来，赵哥，先喝杯茶，就一小会儿。"

"好吧。"我缩回迈出店的一只脚，"那就砸一个试试。"

小宋把我迎回展厅，拿了一张表给我："赵哥，你填一下，砸蛋活动的登记表。"

我看了看，无非是些个人信息，本想不填的，但看在小宋这么热心的情分上填填也无所谓。就是不填，我家装修的信息也几乎个个家装店都知道，一天要接上七八个电话，都是很熟悉的口气："赵哥啊，到我们家看看吧！""赵哥啊，家里门定做了没？我们店刚刚有个优惠活动呢，快来看看吧！"还有的干脆直接上门，逮着我在装修现场就在眼前转悠个不停。不是靓妹就是帅哥，个个小嘴甜得很，你跟他们发火他们也还是笑眯眯的。

砸蛋活动开始啦！全宅配门面里挤满了人。

我的号排在中间，前面几个砸的奖都不大，轮到我时我真有点儿紧张，手心直冒汗。

"亲爱的亲们！下面，让我们以热烈的掌声邀请我最亲爱的赵哥上台！"小宋可劲儿地吆喝着，"我的赵哥可是个大老板啊，今天难得到现场参与助兴，让我们共同期待特等奖的出现！"

给他这一吆喝，我差点儿不想上去了，多硌碜人！俺就是个打工的，工作稍微稳定些，收入不高不低。

看看没什么熟人，我还是给小宋忽悠上台了。

举起金锤，我眼睛一闭，"砰"的一下，竟没砸烂。

台下哄堂大笑。

"赵哥，加油！大奖就是你的了，满一万减五千哪！"小宋再次鼓动起来。

豁出去了，连个蛋都砸不烂，太丢人了。

"砰、砰、砰！"我连敲三下，击在一个点上，金蛋"哗"地碎了，一张金纸飘了出来。

"中了！中了！中了！"全场的人大呼小叫，比我还兴奋。

接下来，很简单，我十分痛快地签单，订下四万多的合约，交了一万订金。没带钱，没事，手机支付，信用卡也行，我晕乎乎地办完了。等回到家，我还有点儿蒙。

过了一个月，尺寸都量过了，款式也设计好了，又要打八千块预付款过去。小宋说："这都是公司程序，很正规的，放心吧哥！"

我还真没担心，因为其他家装店的付款方式也大同小异。再说，小宋是朋友介绍的，是青年创业协会的理事呢，可靠得很。

这一等就是三个月。

我也没在意，家具不着急用。

眼看快中秋节了，家里人催我去店里望望，什么时候送货上门安装。

到了全宅配的店里，见装修风格全变了，一打听，已不是小宋老板开的店。

"小宋呢？！"我急着问店员。

"谁啊？不认识。"店员不耐烦地说，"我们是新开的，原先的那个跑了吧。"

"跑了？"

"可不是！"店员有点儿得意地说，"全宅配总厂倒了。你还是看看我们公司的设计吧！"

"倒了？跑了？"我丢了魂儿似的走出店门，怔了半天，连忙打电话给朋友问情况。

"这个……老赵啊，不是不告诉你，小宋他也没说有你的单子啊！"朋友宽慰我说，"这样吧，我联系看能不能找到小宋。"

一万八扔水里了。我真恨不起来。

年三十晚，一家人正看着春晚，唱着《我们都是追梦人》，手机响了。今年禁放烟花，手机一响就能听到。

"赵哥，您出来一下，我在门口。"小宋的声音。

我激动，三步两步下床开门。

"赵哥，过年好！没法子，对不住您，我先给您一万，剩下的再等等。"

我拿着厚厚的一沓钱，久久说不出话来。

上　海

杨　宁

　　最近春天镇总是丢东西，木头、钉子、铁皮之类的。因为都是些不值钱的东西，大人们起初没在意，还以为随手放在哪里忘记了。直到有一天，我家的窗玻璃被偷走了，这才引起大家的警觉，毕竟，没人会把窗玻璃随手放在哪儿忘掉。大家立刻想到了杨光哥，我爸领着其他几个家长，要去和杨光哥的爸爸谈一谈。当然他们会说，他们并不在乎丢的那点儿东西，但杨光还小，这种行为要及时制止。杨光哥的爸爸很没面子，他当着所有人的面扇了杨光哥两个耳光，又踢了他三脚。我哆嗦着躲在人群后面，从腿缝里看到杨光哥冲着我做鬼脸。等到大人们开始劝杨光哥的爸爸原谅他，并有人张罗着回家吃晚饭，我终于松了一口气，他到底没把我供出来。

　　东西是我偷的，但这事真的不能全怪我，是杨光哥指挥我偷的。有一天他拿出一本厚厚的汉语词典（这是我有生以来见过最厚的一本书了，我一直对写这部书的人佩服得五体投地），把我从镇幼儿园领到杨树林深处，背着整个春天镇，神圣地翻开词典，从里面抽出一张对折的白纸，然后冲着从枝叶罅隙间漏过来的阳光，缓缓打开。我被那种神秘感掐住了脖子，无法呼吸。当纸上密密麻麻的线条和标记完全展现在我面前时，我忍不住惊呼起来。杨光哥捂住我的嘴，小声警告我："不要讲话。"

　　我吓得不敢问他这是什么。

　　过了好久，他才慢慢地对我说："这是我设计的飞机。"

　　我张大嘴巴，惊讶得讲不出话来。

　　他接着说："我要开着这架飞机，离开春天镇了。"

　　我问他："你要去哪儿？"

　　他仰起头，从杨树枝叶的缝隙里望出去，缓缓地对我说："上海。"

　　我跟着他抬起头，那是我第一次听说上海这座城市，那一定是一个很遥远很遥远的地方。

我被杨光哥的计划深深震撼，晚上很晚才回家。我爸问我去哪儿了，我告诉他："我和杨光哥一块玩儿了。"他很严肃地告诉我："以后不要再跟他玩儿，否则我打断你的腿。"

后来我听大人讲，杨光哥因高考失利，精神有些失常，但我不知道高考是什么，我还没上小学，我也并没觉得他精神有些失常。我只是隐约得知，这件事对他影响很大，让他无法离开春天镇去上海，他只能驾驶着自己的飞机，才有可能做到这一切。

"你知道吗？"有一次他和我讲，"我爸让我去煤矿，和他一起挖煤。"

我不觉得挖煤怎么了，我爸爸也在煤矿挖煤。我们春天镇的人，有一半在煤矿挖煤。

"等我长大了，我和你一起去挖煤。"

杨光哥扇了我一个耳光，他生气地说："你什么也不懂。我要飞到天上去，我不要往地下钻。"

他让我帮他偷东西，那时候我已经知道偷东西会被抓起来，但我不在乎，我期待看到他驾驶着我帮他制作的飞机飞到上海去。

他为这次逃离做了万全的准备，他记熟了中国地图和上海地图。上海地图也是我帮他从老师书柜里偷来的。他曾经指给我看，说上海是世界上最繁华的城市，上海的一栋楼，就比整个春天镇还要大；那里的街道穿插在一起，织成世界上最大的一座迷宫，就算是从小在那里生活的人，也只有每天拿着地图才不会迷路。

"这里，你看。"他指着地图说，"这里是上海最高的楼，晚上从这里能登到月球上去。"

我终于明白，他为什么对上海如此魂牵梦萦。

除此之外，他还记熟了星座的名称和位置。他告诉我："以前人们没有指南针，就靠辨识星座来指引方向。"

我们躺在屋顶上，他指着一颗星星对我说："上海在春天镇的正南方，我只要背着北极星的方向，就可以飞到上海。"

"你是从什么时候开始想去上海的？"我问他。

他说："我像你这么大吧，不对，还大一些，我上小学了。有一次学校组织夏令营，去上海，我向我爸要钱，他不仅没有给我，还打了我，说我不懂事，整天只想着玩儿。那天晚上，我爬到春天镇最高的楼顶上，看到了上海。夜晚的上海很亮，像一颗巨大的钻石。从那一刻起，我就发誓一定要去上海。"

几周后的一个晚上，星星在银河里闪烁着光芒，我尾随杨光哥爬到了春天镇最高的楼顶，这还是我第一次爬上这里。这是一座烂尾楼，大人说它随时会倒塌，严禁我们走进。我抬起头，发现星星就贴着我的脸。杨光哥就要从这里出发，离开春天镇，飞向他日思夜念的上海。他和我握了手，向我告别，我又激动又难过，眼泪像银河一样流下来。他戴上防护镜，启动发动机，螺旋桨开始旋转。就在起飞的前一刻，他在马达巨大的轰鸣声中告诉我："我像你这么大的时候，第一次爬上这里，伸手摘下了一颗星星。星星挂在天上的时候很好看，可落在我手里就熄灭了，变得像一块丑陋的煤球。"

第二天，整个春天镇都不知道杨光哥的下落。我兴奋地和大人们讲，杨光哥驾驶着自己制造的飞机去了上海。大家哈哈大笑，似乎没人相信我的话。

二十二岁那年，我在大学毕业后一意孤行去了上海。飞机抵达上海的时候，已经是深夜。我特意选了一个靠窗的位置，从飞机上望下去，辉煌的夜上海仿佛漫天的星光，我感觉自己落在了银河里。几年后我终于决定逃离上海。和几个来送别的朋友喝酒到深夜，一个外地人拍着我的肩膀，醉醺醺地问我："早知道这样，为什么要来上海呢？"

我想了想，告诉他说："你摘过星星吗？星星挂在银河里的时候很漂亮，可落在我们手上，它就会很快熄灭，变得像一块丑陋的煤球。"

买 肉

高玉昆

　　王小二，面庞干瘦，双眉紧锁，眉心里经常刻着两道深深的沟壑。他为人谨小慎微，处处精于算计，遇事踌躇不定、犹豫不决，日子过得紧巴。

　　按说家务事本是老婆料理，可王小二却放心不下，脑子里每天紧围着锅台转。譬如买菜，王小二都要亲自去。他总是等着别人家炊烟熄了、饭点过后才溜出家门，随便挑拣些商贩摊上的剩菜，凑合着买了。不图质量，就图便宜。

　　八月十五闹中秋。在县城上学的孩子们回家休假团圆。王小二和老婆商量着，割块肉，改善一下伙食，给孩子们解解馋。

　　王小二骑上自行车，朝村西胡老三的肉铺奔去。

　　胡老三，村里出名的屠户。谁家有红白事都是请胡老三去杀猪。胡老三肥头大耳，腰粗膀阔，是远近闻名的杀猪把式。胡老三杀猪，手法独特。他先放净猪血，然后手起刀落，猪头滚落在地。猪毛燖净以后，他就从肚皮处开一豁口，几分钟，就将整张猪皮剥了下来，然后双手掂起干干净净的这张皮子，朝拴在两棵树之间的铁丝上一搭，晾晒起来。

　　每到此时，胡老三便会把手里的刀朝树上狠狠地一插，双脚踩到猪圈的矮墙上，蹲下身子，双眼一眨不眨地瞅着那只肥胖的无头白条猪和搭在绳子上的猪皮子，缓缓地抽一根烟。

　　待烟将烧到烟嘴处时，他利索地把烟蒂朝猪圈里一抛，下墙捉刀。

　　接着，胡老三如庖丁解牛将猪肢解。

　　当王小二来到肉铺时，胡老三刚杀完一头猪，用秤钩子提着一块后座肉从后院里走进来，重重地摔到肉案上。

　　王小二吓得往后趔趄了一下。

　　"要啥？"胡老三粗声粗气地喝道。

　　"来……来二斤猪肉。"王小二轻声答道，声音有些哆嗦。

　　"后座吧！刚杀的，很新鲜。"胡老三用杀猪刀叭叭地拍着猪后座。

"好，好，多少钱一斤？"王小二绽开一丝微笑，怯怯地问。

"10块！"

"好吧，就要二斤后座。"

胡老三攥着大腿骨，来回在案板上翻了两下，双目对着猪后座瞅了一圈，随后挑选了一个位置，把刀落下去，来回划拉两下就割下一块肉来。

胡老三把割下来的肉朝远处秤盘子上扔去。秤是老式的台秤。秤杆子被震得上下蹦跳叮当响，片刻，就撅着不动了。

胡老三走近台秤，用刀尖把秤砣左右拨拉了两下，秤杆子上下忽悠，趋于平衡了。

"二斤整！"胡老三冲着王小二又吼了一声。

王小二赶忙伸手到裤兜里摸去，窸窸窣窣地摸了好一番，抓出一把零钱，堆在柜台上。

胡老三一看都是零钱，不免有些愁烦。

"这么多钱，咋数啊？"胡老三眼睛瞪着他，一脸愠怒。

"不用数，整20块！"王小二却高声应道。

"好啦好啦，俺信你，不数了！"胡老三抓起那一堆钱，朝钱柜里一扔就开始忙活别的了。

王小二接过胡老三用塑料袋装起来的那块肉，提溜着朝家里走去。他没有骑自行车，而是推着自行车慢慢地走着，边走边想着一件事。王小二心里嘀咕，脑子里开始犯别扭。"胡老三为啥不数我的钱呢？万一回头又说我的钱不够数呢？……也许是人家大度，别多想了。"王小二自言自语，安慰起自己。

可王小二又想："他给我的肉万一不够数呢？我可是见他称量时好像很不用心啊！"

王小二边走边想，一眨眼就到了家里。

王小二直奔厨房，把挂在门后的秤取出来。他把塑料袋挂在秤钩子上，一称，竟是一斤半！王小二霎时有些晕眩，一股热流在心头涌动，像火烤。他急忙把老婆唤来。老婆一听一看，竟也呆了。

"狗娘养的胡老三竟坑咱！"王小二和老婆异口同声地大骂起来。

"找他算账去！"老婆鼓动着王小二，一起朝胡老三肉铺跑去。

"如果胡老三赖账怎么办？"老婆忽然停下脚步。

"咋赖账？"王小二反问道。

"如果说咱们给他的钱不够怎么办？"老婆知道给王小二买肉的钱都是零币。

"胡呲！我那是整整 20 块！咱一分没少他的！"王小二一急，蹦了起来。

说话间，两人到了胡老三的肉铺。

胡老三正躺在柜台里的躺椅上，一边懒洋洋地啃着一个猪蹄子，一边看电视。

当王小二和他老婆走进铺子里时，胡老三就像没看见他俩一样，一直瞅着电视，没错半个眼珠。

王小二的手高高地举起来，擎着那块肉："胡老三，我买的肉咋是一斤半哩？整整少了半斤！"王小二平时从没直呼其名。

这时，胡老三才扭过头来瞅瞅王小二。他的目光根本就没扫那肉一下。

"咋少俺们半斤肉哩？"王小二老婆接着又高喊一声。

听到尖声细嗓的一个女人的声音，胡老三像听到一头小猪挨宰时的叫唤一样，觉得刺耳。他下意识地把小拇指伸进耳朵里，用力地掏了掏，似乎想掏出一大块耳屎来。

胡老三狠狠地瞪了王小二老婆一眼，把没啃完的猪蹄子朝盘子里一摔，懒洋洋地从躺椅上站起身来。

忽然，胡老三冲着王小二夫妻俩笑起来："谁让你窜得恁快哩！你瞅瞅，案板上落了那么一大块肉，你丢下就走了。"胡老三拿起杀猪刀，用刀尖指向大肉案。

肉案上的确孤零零地搁着一块肉，足有半斤重，像块鸡血石。

王小二实在想不通，刚才走的时候明明没有落下什么啊！可现在，胡老三的案板上确实还有一块肉，他还亲口证实是自己落下的，莫非真是当时大意才丢下了？

胡老三一伸手把王小二手上的袋子夺下来，把案板上的那块肉狠狠地朝里一投，随手又掷到台秤上，一称，竟有二斤一两。

胡老三把袋子塞回王小二的手里，一本正经地说："那一两肉送你了！以后从我这里买东西，别再丢三落四了。关键是你丢下了，再找回来，我还得往里搭！"

王小二接过肉，怔怔地站在那里，一时回不过神来。

胡老三大声哈哈笑起来，满脸横肉颤悠着，真像一头贪吃不够的老母猪，眼角和颧骨下扭曲的褶皱像虫子一样蠕动。

王小二顿时感到一阵惊悚，老婆伸手拽拽他的衣角，他转头便走，却被门槛儿绊了个大趔趄。老婆慌忙把他搀扶起来，两人一路狂奔而去。

此时，胡老三的笑声更大了，有些瘆人。那笑声像风一样从肉铺里一直追赶到王小二的家里。

娘儿俩

史 越

"你爹去哪儿了？"奶奶拄着拐棍，颤巍巍地问我。我无言以对。"那天，你爹从地里回来，手也没洗，也不用筷子，拿起凉饺子就吃。我怕他吃了胃疼，说了他几句，他就一声不吭地出去了，这都一个星期了还不见影儿……"奶奶哽咽着说不下去了。我忍住眼里的泪水，说："我爹的肝炎严重了，还得住几天院。"

爹和奶奶经常吵架，芝麻绿豆的小事儿，也能掰扯半天。

有一年，家里买了二十只小鸡。怕跟邻居家的小鸡弄混了，奶奶把小鸡身上染了一道红一道蓝。爹说："这样没用，人家要是想昧你的小鸡，可以染成别的颜色，让你认不出来，不如在鸡腿上拴个布条做记号。"奶奶说："我喂了大半辈子鸡，知道咋弄，不用你教。"爹说："前年两只鸡都能孵蛋了，跑出去让老九家给昧了，你急得两顿没吃饭，难道忘了？"奶奶说："哪壶不开提哪壶！你咋不说，那回咱家的猪跑到刘庄，我'乐乐乐'叫了几声，猪跟着我回来了。年底卖了猪，咱家买了缝纫机，你咋不说呀？"打人不打脸，骂人不揭短，奶奶觉得爹揭了她的短，本来说好下午一起去棉花地里打花杈，奶奶说头疼，没去。

有一年临近春节，爹在院子里走来走去。奶奶说："甭乱转悠了，把院子再扫一扫。"爹"嗯"了一声。奶奶说："光说不动，你倒是拿扫帚扫呀！"爹说："屁股大一片地儿，说扫就扫了，值当一个劲儿催？"奶奶说："要不是快过年了，我催你干啥？"爹说："甭说了，好像谁要在这儿打滚儿似的，赶黑我给你扫了中不？"奶奶说："给我扫？你千万别给我扫，我不去那儿打滚儿。"奶奶说着把围裙拽下来，使劲儿在门板上摔。

爹知道自己说错话了，赶紧铲土，搅上煤粉，掺水，不声不响地打煤膏。

天黑了，奶奶到院子里转了一圈，回屋躺倒就睡。娘去叫她吃饭，奶奶说："不饥。"爹出去了，奶奶叹了一口气，说："多大的人了，就不会说一句软话，说话难听得能在地上砸个大坑。唉！不能心疼他，还是叫他忙点儿吧，忙开了就顾不上跟我瞪眼犟嘴了。"奶奶一边说一边用袖子擦眼。娘说："甭生气了，我好好说说他，叫他改。"奶奶说："狗能改了吃屎？我生就的孩儿啥秉性脾气我知道。"说话间，院子里炮仗响了几声，两个弟弟欢叫着跑进来。爹紧跟着进来，在奶奶床边坐下，拍拍奶奶身上的被子，说："娘，你去看看吧，不知道是谁，把你心坎上的院子给扫了。"奶奶腾地坐起来，穿鞋下地往外走，爹伸手想搀扶，被奶奶甩开了。"哈哈哈！"奶奶的嗓门儿本来就大，笑起来更像一挂点燃的炮仗，"老天爷知道要过年了，派人把院子扫干净了。扫干净了我也不在这儿打滚儿，我要在这儿给老天爷磕头……"见爹嘿嘿直乐，奶奶拍拍腿上的土，冲他喊："说你哩，傻笑个啥？我这会儿心里亮堂了也饥了，还不赶紧给我热饭去！"

奶奶耳朵背了，跟她说啥必须耐着性子大声多说几遍，有时候声音大得像吵架她才能听清楚。弟弟参加奥林匹克数学竞赛，得了全省第一，爹兴高采烈地跟奶奶说了两遍，奶奶没听清，支棱着耳朵，眼睛使劲儿瞪，脖子抻得老长。爹摇头笑一笑，让我跟奶奶说。我说了三遍喊了五遍，奶奶听清了，拍着巴掌一连声说："好好好，二小就是有出息，这要是放到旧社会，咱家这可是出状元了。"爹在一旁嘟囔了句啥，我没听清，没想到那么小的声音被奶奶听见了。奶奶说："照你这么说，我是装聋？你说啥就是啥吧，我不跟你说一般多，等你老了也学我装聋呗。"爹没说话，扶奶奶回屋睡觉。这是奶奶第一次没有跟爹较真儿，爹第一次没有跟奶奶顶嘴。

爹感冒发烧，去诊所打了五天针，烧退了，可过了两天又发烧。娘忙着做地里的活儿。爹像一根面条摊在床上。奶奶一趟又一趟地往屋里送水送饭，见爹眼皮都抬不起来，奶奶拄着拐棍，去小卖铺给我打了电话。

从肝硬化到肝癌，爹抗争了三年，我们始终不敢跟他说实话，也一直瞒着奶奶，奶奶只知道爹不能干重活儿了。那年八月十五吃团圆饭，奶奶夹一块排骨搁到爹碗里，说："多吃点儿，啥好吃啥，吃胖胖的，甭说没病，有病也能扛住，胖人有抵抗力。"爹嚼一口排骨说："娘，我都胖了二十斤了，你这样一直叫我吃好的，不怕我身体好了跟你吵架？"奶奶揉了揉眼睛，说："怕啥哩？我不怕你跟我吵，我盼着你每天跟我犟嘴瞪眼，咱娘儿俩再吵个三十年五十年才好哩，这辈子吵不够，下辈子接着吵。"爹肝癌晚期，支撑不了几天了，医生建议出院，不出院就得进重症监护室，一天五千块钱。我们围着爹，想听听他的意见。爹说："在这儿吧，回去就没指望了，我得治好，我还有老娘呢！小文你回去看看你奶奶，买买年货，告诉你奶奶，过几天我就回去了。"我连连点头。娘和弟弟转过身，肩头抖动。

突然，病房的门开了，白发凌乱的奶奶拄着拐棍，颤巍巍地进来了。我说："奶奶，你怎么找到这里来了？"奶奶不言语，径直走到床边，手哆哆嗦嗦，嘴唇哆哆嗦嗦，一沓子钱掉下来。奶奶摩挲着爹的脸，大喊一声："我的儿啊……"

红马甲

张忠霞

二月二刚过，柳树才冒个芽芽，刘老师就穿不住大衣了。

刘老师忙啊！两个孩子，一个要初升高，一个要小升初。接接送送，洗洗刷刷，辅导功课，分身乏术。课实在调不开，就让孩子放学去高三理化办公室等。好在离得近，孩子们跑不了几步。往往是等她下课了，两个孩子正在打闹。路过学生餐厅买几个夹菜烧饼，打算凑合一顿，可儿子嘴刁，一脸生无可恋地咽着他娘的烧饼夹菜。刘老师知道这样是不行的，可是不行又能咋样？而且，娘儿几个也省得回去了。要是中午，就在办公室监督孩子写写作业。午休是不现实的，儿子不到一点就要到校，女儿一点半也要准时到校。儿女上学走后，趁这个空当，可以到学校新开的教工健身房活动一下，按摩椅这会儿空的多，躺上去松松筋骨，顺便看几眼教案。按摩椅紧紧裹着刘老师，从脚底板到后脑勺，揉捏、指压、捶打，挤挤按按，刘老师的困劲儿上来了。筋骨皮肉似泡在温泉中，浑身的疲乏似污垢褪去，这是刘老师的极乐时刻。下午，儿子有晚自习。六点半，女儿在办公室写作业，刘老师该上晚自习还得上晚自习，学生高三了，正是焦麦炸豆的收获季。

其实，刘老师儿女的学业也都是焦麦炸豆的时刻，刘老师每时每刻都在焦麦炸豆的焦灼中。现实焦头烂额，征程漫漫无尽头。刘老师弱女子不弱，不管是烈日还是猛雨，头顶无人遮伞，无人能度己，只有自度。比如，刘老师善于酿造美好。把儿子暖男时的西红柿炒蛋、闺女贴心的小粉纸条，分享到朋友圈，评论区小红心挤爆。别人读不出她的焦麦炸豆，当然，她也不想让人读出她的焦麦炸豆。再说了，又有几个人不是焦麦炸豆的呢？不是信不过老公，而是花花世界遍地都是诱惑。可是，刘老师知道，花花世界才有生意，一个男人死守着家，也不是个事儿。所以，她得时不时地带孩子去探亲。挣钱重要，家更重要，刘老师拎得清。这个世界，不是男人都想变坏，而是男人一不留神就变坏。所以，既要叫男人不想变坏又要叫男人不能变坏，刘老师焦麦炸豆。让刘老师焦麦炸豆的还有，儿子读高中要不要放在自己的班里。同行警告她，自己孩子千万千万不能自己教。刘老师自觉儿子自制力不够，放手给别人，她着实不放心。还有另一层意思就是，肥水不流外人田，她想浇灌儿子，使儿子茁壮成长。怎么选择都可能会后悔，刘老师陷入选择的两难境地。试错的成本就是儿子的人生。刘老师感觉自己时时刻刻处于两难境地，刘老师很气愤也很无奈。刘老师陷入六亲无靠的无力感。刘老师幻想，等孩子大了，自己的高级职称也评过以后，会有气定神闲的日子。如今，老公在郑州忙着生意，刘老师一周跑一次，事业家庭哪头儿都不能丢。婆婆帮着带了几年孩子，也回去陪老伴儿了。硬是叫老两口儿分居了几年，刘老师实在张不开口再挽留婆婆。自己生的孩子自己养，这不，刘老师的人生充实得每分每秒都掐算到点，齿轮合牙。

刘老师一个师专生，欣逢各地高中扩招，毕业即签下一所高中。尽管在国家级贫困县，可学校是省级示范高中，档次在。档次在，风景就在。说起来就是，高中老师，重点班老师，优秀啊，模范啊，逢"一"必夺，逢冠必争。你是怎样的，你娃就是怎样的。刘老师致力于把自己打造成优质父母。

优质父母都是全心全意为孩子，比如，孩子班家长群里通知，今天该刘老师值日。学校门口、东西路口，家长的红马甲和旗子像一道防线挡住机动车，把孩子们的安全捧在了手心。

刘老师五点半就起床。小米搁绿豆，得多熬一会儿。孩子们早上吃不了多少，多喝点儿稀饭吧。六点再一个个叫醒孩子，不中啊，得培养他们自觉起床的习惯。谁说不是啊！就是不好培养。你一叫，他一哼，再一叫，他还是一哼。不是人家不起来，是人家起不来。刘老师想起自己小时候，母亲小棍一掂，谁敢不起？可是，如今不兴掂小棍啦。于是，每天起床，一场硬战。千呼万唤后，儿子和闺女才一个个眯着眼晃出来。六点半，饭菜盛好。潦草地洗漱后，孩子们在饭菜面前毫无斗志。鸡蛋吃清不吃黄，青菜非得强塞才碰几口。潦潦草草一顿早饭，容不得多哄哄，一看表，快七点了，方大梦初醒一般，要迟到了，要迟到了！刘老师便耐着性子趁机教育："时间管理，时间管理很重要！"孩子们慌里慌张，哪有心思听你唠叨！闺女喊："妈，今天你值日！"刘老师的红马甲早就套在大衣底下了。

黄池路有点儿小拥堵，三轮电动车被人流车流裹挟着，刘老师急得背上燥热。好在小学和初中在一起，七点十分，孩子们进了教室，就像饺子丢进了锅，哇哇的读书声刘老师听起来很熨帖。

刘老师三两下扯下大衣，搭在电动自行车把上，加入红马甲的防线阵营。七点半了，刘老师给右手同一道防线的家长说："对不住，我得撤，马上上课。"对方说："也是的，再等十分钟我也撤。"都是"体制人"，有钟有点的，刷脸打卡。世界这么大，少我一个都不行。刘老师没工夫牢骚，七点四十到校刷过脸，抓起书本就往教室冲。年级主任就在楼道门口，年级主任就是"那摩温"。刘老师猫腰绕过柱子，避开主任。四十五分，刘老师已经气定神闲地站在二十二班门口，腰侧悬着扩音器。随着耳麦嗒的一声，刘老师跨上讲台。若科学也像宗教的话，刘老师就是虔诚的传教士。牛顿的定律们列队以待，静待刘老师的召唤。牛顿附体的刘老师在黑板上左右开弓，横写竖画，一个个字母数字好像精灵在跳跃。刘老师忘了儿子的逆反，忘了娘家兄弟的拖累，忘了想借风赚几个钱却砸在手里的小产权房。脚下三尺，就是刘老师的舞台。

刘老师激情澎湃，热汗冒了出来。三两下扯下大衣，一团巴塞进桌肚里，刘老师轻装上阵，闪转腾挪，袖子撸高，耷拉下来的碎发掖到耳后，一副与谁搏斗的彪悍相。牛顿的定律迫不及待，鱼贯而出。

铃声响起，课本还没合上，一群学生冲上讲台，裹挟着刘老师继续和牛顿缠斗。刘老师身陷旋涡，脱不了身。刘老师太想喝口热水了。刘老师快刀斩乱麻，抓起大衣和书本，冲出重围，逃到隔壁的教休室。忘了带杯子，拧下同事的杯子盖，沾着粉笔末的中指重重地摁住"热水"按钮，哗啦，热水四溅。刘老师差点儿扔掉杯子盖，两只手倒换着往后边退边呼呼吹着："冷冷冷冷，小狗等等。"冒烟的嗓子等不得，嘬着唇轻轻吸溜一下，舌头烫得上挑回转。水呼啦溃坝，顺嘴下流。刘老师忙不迭地后撤一步，硬扎扎塑料一样布料的红马甲，前胸洇湿，似中了弹，红牡丹一样耀眼绽放。

潦草地灌了几口水，刘老师裹上大衣，转战二十一班。还是牛顿和牛顿的定律，只是刘老师优雅起来。牛顿就是牛顿，刘老师就是刘老师。

打碎玻璃

李谷平

肖新颜一边砸门一边大叫:"出事了,开门!"

透过门上的猫眼儿,我看见肖新颜脸不是脸,鼻子不是鼻子,像某部动画片里的坏蛋。我给他打开门,扔了双拖鞋过去。

"昨天夜里——"肖新颜脱掉一只鞋,把脚扳到鼻子底下嗅了嗅,接着说:"有人把我家玻璃打碎了。"

"你还是穿上鞋吧。"我捂着鼻子揶揄道。

"真的。我正做梦呢——战战兢兢地走在玻璃栈道上,左边是巉岩峭壁,右边是万丈深渊——突然,哗啦一声,把我吓得……醒来一看,窗玻璃碎了。"

"抓着人没?"

"早跑了。"

"最近你得罪谁了?"

"多了。"肖新颜坐到沙发上,从口袋里掏出一张写满人名的便签拍在茶几上。

"我分析过了,可能是他。"肖新颜指着"赵进士"说道。

"不可能吧?他是你的领导,怎么能干这么下作的事?"

"怎么不可能?干部选拔测评时,我没说他的好话。"

"测评是上面组织部门找你个别谈话,他不会知道。"

"难说。"

"前天,他不是还送你了一盒老家快递来的扇贝吗?"我提醒道。

"是啊,一盒扇贝五六十块钱呢!他送你了吗?"

"没有。"

"他对我还是不错的。——那会不会是她?"肖新颜指着"钱风流"说道。

"她这个人开朗乐观,不可能。"

"怎么不可能?她对我一直怀恨在心。"

"嗯?"我表示疑问。

"她和司机班的孙阳刚在办公室颠鸾倒凤那事，就是我发现的。"

"这事儿是从你嘴里传出来的？"

"匿名举报而已。她还到处散布谣言，说我在单位洗家里的床单呢。"

"你家住九楼，她一个四十多岁的妇女扔什么也砸不着你家玻璃，除非坐上消防车的云梯。"

"她够不着，孙阳刚够得着啊，他可在咱们系统的运动会上拿过标枪冠军！"

"上个月他中风了。"

"中风了？我怎么不知道。"肖新颜的脸上露出诡秘的微笑，"钱风流如狼似虎，他哪里吃得消！"

"一对单身男女，无可厚非。"

"无可厚非，无可厚非。"肖新颜摆出一副不屑与我争辩的神态，"你没看见他俩当时那样子，啧啧啧，想起来我都不好意思。"他闭着眼睛摇了摇头。

"那就是他了。"过了一会儿，肖新颜指着"李无能"说道。

"这个人是谁？"

"我女儿的男朋友。"

"他们不是准备结婚了吗？"

"他没钱，结啥婚？我给搅黄了。"肖新颜像搅动锅里的面条似的转着手腕。

"说句实话，我看人家不错，你女儿的模样一般，还有点儿残疾。能找着这样的人不容易。再说，他恨你，但不恨你女儿呀？"

"你说得对。——那就是他了！"肖新颜指着"周小哥"。

"这个人我不认识。"

"我也不认识。他是送外卖的。上个星期，我老婆不给我做饭，我只好订了外卖。这小子晚了5分钟才把饭送到，我气不打一处来，给他打了差评。"

"不会。得个差评最多扣点儿钱，砸你家玻璃就是犯法，孰轻孰重他分得清楚。"

"也是。"肖新颜点点头表示同意，然后望着天花板默默不语。过了一会儿，他喃喃道："这么说来是她了。"肖新颜指着"?"说道。

"谁？"

"我老婆。"

"你老婆？"

"那天夜里——"肖新颜下意识地看一眼大门，又看了一眼窗户，"她不在家。"

"你们闹矛盾了？"

"她要离婚,还扬言如果我不同意就砸烂我的狗头。"

我忍不住笑了起来。

肖新颜马上对说出的话感到后悔:"离婚的事你可不能告诉别人,否则,我砸烂你的狗头。"说完,他悻悻地起身走了。

两天后,肖新颜给我发来微信:"派出所把砸碎我家玻璃的人抓到了。妈的,是个醉汉。我的心终于落下了,不然它总是七上八下,像《忐忑》那首歌里唱的:'啊咿呀咿,啊咿呀咿,嘚咯哒嘚咯哒嘚咯哒……'"

独角龙

梁永琦

又到了黄叶落地鸡瘦羊肥的季节，看着衰草遍地，让人不由得想起独角龙。

它当种羊纯属意外。刚开春，二黑大娘把所有两个月大的小公羊请刘斜子全部阉割。刘斜子用手按住公羊的后腿稍微向上抬，膝盖压在羊身上后半部，半跪着，手起刀落。公羊一声惨叫，两只带点儿血迹的椭圆形的腥鲜的外腰（羊蛋）被扔在事先准备好的瓷盆里，算是给二黑大爷陪刘斜子晚上喝酒的一道下酒菜。刘斜子手段极高，干净利索，在羊的刀口上洒些白酒，从来不动针缝。公羊们勉勉强强起来拉着后腿，咩咩叫着逃了。它们结束了一生传宗接代的自然功能，从此有了另外一个名字——骟羯。而独角龙却是个幸运儿，刘斜子按住它，把外毛都刷了，刀刃上都涂了白酒。毕竟，刘斜子是方圆百里名副其实的兽医，向下一瞧，便说这只公羊拉稀，这一刀，它挨不了，春季易感染，弄不好会要命。这是八只公羊唯一免此一劫的一只。感谢命运中一次非常及时的拉稀，感谢刘斜子刀下留情、不阉之恩。

春草嫩嫩的，刚刚露出地皮，小六就带着他的那群山羊浩浩荡荡地开到苗桥运粮河——大青沟去了。沿途少不了有偷嘴的山羊吃别家的庄稼，自然有找到二黑大爷家理论的，老两口儿一边骂小六，一边赔不是。偷嘴最多的就是那只没有阉割的公羊，每次它都雄性十足地表现自己，撒着欢地啃人家庄稼，好像有点儿故意似的。一挥鞭赶它，它一蹦三跳，日趋显现的外腰一甩一甩，很有挑逗性。其他伙伴净顾吃自己的。偶尔有发情的母羊朝它友好地叫几声，每遇到这场景，那家伙总是出尽风头，独领风骚。

时间随着春草生长一天天过得很快，它已经出脱得有模有样：身体日渐健硕，脊背上浓密的鬃毛一直延伸到尾椎，一撮"V"字形胡子，头上触角慢慢变成像一对带鞘的短剑，浑身雪白，四蹄被长长的毛覆盖，真是十分霸气，八面威风！特别是雄性标志的外腰，挂上一层短短的毛茸茸的白毛，不松不紧地贴在腹部，毫不掩饰它美得出众。渐渐地，它成为一只无可替代的头羊，顺理成章地成为一头种羊，好像一切都是那样实至名归。若是没有别的羊群出现，它的霸主地位不会动摇。

盛夏季节，苗桥大青沟变成羊的世界，英雄辈出。哪个羊群里没有自己的首领？羊群间争地盘，争清水，也存在弱肉强食，战争时有发生，往往是领头羊之间一决高下。夏天的夕阳红得像染透的盖头，气温稍稍下降，羊儿们开始有些胃口，在水草鲜美的大青沟开始吃草。这也是争夺最激烈的时候。它借助有利地势向另外一只头羊发起攻势，两只触角齐齐地抵在那只头羊的一对触角上。"咣当"一声，那只头羊足足后退三尺，两眼放光，疼得一个劲儿甩头，再也没有招架的勇气。就这样，连续几场胜仗，使整个大青沟的羊儿们对它刮目相看，俯首称臣，更多的时候避而远之。它一下成为这个羊群的英雄、斗士、偶像，它身上顿时披上了几层荣耀的光环，使它走起路来都熠熠生辉、光彩照人。有一天，来了一群生羊（原来没有来过），占了一块儿好地盘。它咩的一声冲了过去，一下将头羊抵个仰面朝天，仿佛在教训这个不知天高地厚的家伙。它好像没过瘾，冲上去想再来一下。这下惨了，正好一只触角着实地碰到一块青石头上，平时被茂密的青草覆盖，谁也没有注意那废旧的大石头。当时它就扑倒在地，左边触角断了下来。它只叫了一声，便突然站了起来，鬃毛直直地竖着，俨然一副英雄的姿态！那群羊吓得逃之夭夭了。这一幕不仅惊呆了所有的羊群，所有放羊人也个个瞠目结舌，从此大家都管它叫"独角龙"。

独角龙的霸主地位在整个大青沟仍是悍然未动。偶尔，面对气势汹汹的挑战者，它稳如磐石，不再正面迎敌，而是机灵地闪过对方的那对触角，然后对准腹部狠狠顶上一角。只听咩的一声惨叫，对手便拼命地跑了。独角龙学会新的作战方法了，由原来的强攻改为重点出击，一招制胜。英雄就是英雄，它独特的处事风格和富有智慧的战斗技巧始终是无可复制、卓尔不群。

秋天的风吹黄了这片庄稼，羊群也变得井然有序，独角龙在它的羊群帝国里唯我独尊。它偶尔去临幸它后宫的"嫔妃"，历经一个年头，它已是子孙满堂。雨后的羊群从庄稼地里经过，独角龙用自己硕大的肚子友好地去蹭几下母羊，显示自己的博爱。羊群里一阵咩咩乱叫，声音特别温柔。白云悠悠地飘过，在讥笑天底下这个享有特权的情种。似乎独角龙这样做才配得上英雄的地位，而它所做的一切是它与生俱来的使命！

那年禽类、畜类价格涨得厉害，二黑大爷为给大儿子东顺盖房子把羊几乎卖光了，当然独角龙也不例外。孙北京从二黑大娘手里接过羊绳。看着一沓整齐的票子，老两口儿合不拢嘴，独角龙和它的臣民们共赴刑场的命运已成定局。英雄赴难，草木含悲，寒风凛凛，天地动容！

那是星期四，中午放学，小六经过苗桥街肉市场，远远看见倒挂在肉架上的独角羊头，还有半扇羊肉上钉着一对鲜红的外腰——硕大、修长，特别醒目。他悲凄的泪水夺眶而出，踉踉跄跄地跑回家去……后来，小六上了大学，在一所城市安了家，一年也回不了几次苗桥。但只要回家，经过大青沟，他就会放慢车速，指着断桥处，告诉妻子独角龙的故事，不知不觉眼圈又红了！

纳　凉

袁正华

一

吃过晚饭，华子和往常一样，到串场河边的小桥上去纳凉。

月光如水，河风徐徐，圩堤上已经有了不少或坐或躺的纳凉的人。小荣扛来了一张小饭桌，华子连忙去帮忙抬下来，找块平坦的地儿放好。他理所当然地和小荣一起，坐到小饭桌上纳凉。

根奶奶顶着一头白发，光着上身坐在一张长凳上，两只瘪茄子一般的奶子垂在胸前，手里拿着一把蓝布条包边的蒲扇，半天摇一下。老根嗲（"嗲"指爷爷等长辈）也光着膀子，坐在长凳另一头儿"日白假"（讲故事）：

"那一年，还乡团从东河开小汽艇过来，把庄上帮新四军送过粮的老达福抓住了。就在这串场河大圩坎里挖了个坑，把老达福捆好了，让他站在坑里，再填上土，只留个头在外面。等血都冲上了头，脸憋得像个紫茄子，拿大锹一铲。那个血哦，冒了丈把高。

"狗日的还乡团说，这叫'铲大头菜'。

"老达福死了个把月，'铲大头菜'的那个人的儿子晚上在串场河边上煨蟹缆。早更头，收了几十斤螃蟹，准备天亮上东河去卖。

"天刚蒙蒙亮，来了个人，戴个凉帽，帽檐子压得低低的，跟他买螃蟹。

"那小伙儿把螃蟹卖给了来人，那人按价给了钱，转身就走。那小伙儿收了钱，回头想想，觉得买螃蟹的人有点儿眼熟，又追了过去。来到那个人身后，拍了拍那个人的肩头。那个人慢慢回过头来，那小伙儿魂都吓没了。"

老根嗲讲到这里停了下来。旁边侧头斜脑听故事的忍不住了：

"后来呢？"

"是啊，后来怎么样了？"

看看胃口吊得差不多了，老根嗲慢条斯理地接着讲：

"凉帽底下没有头!

"那小伙儿没命地跑到家,头往被子里一拱,死都不肯出来。家里人问他什么事,他说是望见老达福了。家里人不相信,往他口袋里掏,结果掏出一刀黄草纸来。没过几天,那小伙儿就死掉了。"

"老根嗲,照你这么说,这世上还真有鬼啊?"

"有鬼没鬼我不晓得,我只晓得人不能做亏心事。做了亏心事,后辈儿都跟着遭报应。"

华子和小荣原本挂在小饭桌下的脚,不知道什么时候都已经蜷到小饭桌上了。

二

晚上的串场河边人很多。绿莹莹的萤火虫,把河滩上的芦苇装饰得有点儿鬼魅。

圩堤上一簇一簇纳凉的人。老杨树底下几个妇女不知道在谈什么开心事,嘻嘻哈哈的;小桥旁边,根奶奶还是光着上身,胸前挂着两个瘪奶子打瞌睡,一旁的老根嗲又在讲那些让人听了不敢跑夜路的鬼故事。

华子裹着一条棉布被面,和小荣并排躺在小饭桌上纳凉。

队长高旺来了,趿拉着一双少了半截后跟的破凉鞋,手里夹着一支"大丰收"牌的纸烟,肩上披着一件洗得泛黄的白小褂。队长的褂子从来都不穿,总是披在肩头,不时耸一耸肩,褂子在肩头上挪一挪,特别有领导派头儿。

高旺从小桥踱到老杨树底下,嘴里"嗯嗯啊啊"地应着几个跟他打招呼的人。

杨寡妇看见了高旺:"队长,你天天安排我撑泥船,真把我当个大男将用啊?"

"哪个撑泥船,我还要听你指挥啊?我当队长的,怎样安排,我心里有数。你们乘凉,我要回去排一下明天的工。"

高旺说完,看一眼杨寡妇,耸一耸肩头的小褂子,又慢条斯理地趿拉着破凉鞋走了。

不一会儿,杨寡妇拎着小板凳回家了,嘴里自言自语:"这大河边上凉快是凉快,就是蚊子多,腿咬得吃不消。"

阿锁不知道从哪里冒了出来,来到华子旁边,伸手一推,转身就走。华子和小荣心领神会,一前一后跟着阿锁走了。

下了圩堤,阿锁在前面等着:"去偷两个水瓜吃吃吧。"

"好,哪块儿有?"

"下午我望过了,前头玉米地里有两个。"

小路上黑魆魆的,一个人也没有。三个人轻手轻脚地沿着灌溉渠,来到庄西一片茂密的玉米地。刚刚准备往里钻,却听到一阵窸窸窣窣的声音,吓得三个人赶紧趴到干涸的灌溉渠里,大气不敢出一声。

杨寡妇扒开一人高的玉米秆,探头四处看了看,拎着小板凳,扭着屁股,从他们身旁走了过去。

三个人刚准备起身,玉米地里又有了动静,吓得他们又趴了回去。

不一会儿,一个高大的身影从玉米地里钻了出来,急匆匆地沿着灌溉渠跑远了。昏暗的月光下,看不清脸,只看见那人肩头披着白小褂子,耸了耸肩。

华子问阿锁:"队长半夜还来看瓜啊?"

阿锁叹了一口气:"回去吧,今天倒霉。白天看好的大水瓜,肯定被队长和杨寡妇抢先偷吃了……"

三

夏天的晚上,最热闹的就是串场河边的大圩堤。

有人坐板凳,有人睡饭桌,有人干脆卸了门板搁在圩堤上当床睡。

圩堤上一簇一簇的人。有人讲故事,有人打瞌睡,有人拍蚊子,有人逮萤火虫,有人摇蒲扇,有人点蒲棒。

小勇睡在大杨树底下的小饭桌上,旁边,杨柳摇着蒲扇给他轰蚊子。

小勇十岁,大姐、二姐早就出嫁了,孩子都比他大。三姐杨柳也到了嫁人的年纪。小勇的父母已经五十岁了,小勇生下来就是三姐杨柳照顾,所以他跟杨柳比跟父母还亲。

半夜,小勇冻醒了,身上裹着一条棉布被单。圩堤上纳凉的人都回去睡觉了。小勇刚想喊三姐,就听到身旁大杨树后面传出杨柳压低的声音:"让你妈找人上门来提亲。"

"我家穷,就怕你父母不同意。"

"穷不怕,我们有手有脚的。现在分田到户了,怕什么?你还会钓甲鱼,也是一门手艺呢。再说了,我大姐二姐都嫁在外庄,我和你结婚了,将来好帮爸妈照顾小勇呢。"

"杨柳,你真好。"

"我要回去了,不能让小勇着凉了。"

小勇听见一阵小猫喝水般的咂嘴声。然后，说话的人走了。小勇赶紧假装睡觉。杨柳过来把他推醒，扛起小饭桌，领他回家睡觉。

　　第二天吃饭的时候，小勇突然说："我要吃甲鱼。"

　　爸妈，还有杨柳，都愣了。爸说："我也不会钓啊。这东西就是上街买，还要碰运气。"

　　"我不管，我就要吃甲鱼。"

　　杨柳吞吞吐吐地说："庄上安生会钓甲鱼。"

　　妈妈说："你放心，妈回头去找安生，请他去钓甲鱼，钓到了就烧给你吃。"

　　第二天，小勇妈妈果然就拎回家一条一斤多的甲鱼："安生这小伙儿，真不错。我给他钱，他死活都不肯要，说小孩子吃着玩儿的，不要钱。"

　　小勇吃甲鱼吃上了瘾，隔三岔五就要吃一回。小勇妈妈只好隔三岔五去找安生，每次拎回甲鱼都要夸几句：

　　"安生这个手艺好呢！河里的甲鱼就像他养的，去了就拿。"

　　"安生这小伙儿好呢！厚道！"

　　…………

　　安生到过年的时候，成了小勇的三姐夫。是小勇妈妈自己相中的。

　　杨柳结了婚，还住在本庄。

　　那天，小勇放学，杨柳在路边拦住小勇："小勇，到姐家吃饭去。你姐夫今天钓了一条大甲鱼，特地让我烧给你吃。"

　　小勇捂着嘴就跑，一边跑一边回头喊："姐，求求你，以后别在我面前提甲鱼了，我现在听到有人说甲鱼就要呕。"

虚构镜像

关 漓

快递敲门。打开门，住在对面的邻居也刚巧开门收快递，我们收到的是同一家电商寄过来的不同品牌的打印纸。快递员、邻居、我，三个人互相看了笑笑。电梯打开，快递员进电梯，跟我们说再见，我和邻居又相视一笑，把一箱子打印纸搬进家，听到同时关门的声音。

好多次外卖在门口喊："外卖！"

然后我们一起开门，看到对面的彼此，有时外卖是她家的，有时是我家的。

我有一个女儿，10岁；她也有一个女儿，15岁。偶然一次，她出去丢垃圾忘记关门，我正好丢完垃圾回家，往她家探头一看——和我们一样，有一架椭圆机、一台钢琴。家具颜色虽不相同，可是看上去，那像是我另一个家。

我带女儿去别的城市玩儿，几天没回家，居然忘记关门；再回来，发现门开着，没有少东西。那么，她是不是也和我一样，看到了我家的全部，像是她的另一个家？

她比我瘦很多，喜欢穿长长宽宽的袍子，春夏是长裙子，秋冬是长风衣棉袄；头发同我差不多长，也是简单扎着辫子。不同的是，我喜欢戴帽子或者发箍，衣衫都爱领子大一些，不然胸口勒得慌。

"人一胖起来，烦恼要比从前多很多。"我们难得的一次聊天，是因为点了同一家的咖啡。

她点的是超大杯的美式，我胖，反而要喝甜的——超大杯的榛果拿铁。我们站在门口，接了各自的咖啡。出于礼貌，倚在各自的门口喝几口，顺便说一点儿话。也确实生疏，没有话题，只好说了说中年女性在意的胖瘦问题。

这一次，我们都把各家的门开了一条缝，允许对方往里看一看。其实并不用开门，我也能知道她家的生活是什么样子的。

小孩的爸爸不在本地工作，门口的男式鞋子一直是同一双。女主人不太擅长家务，点外卖的频率很高，门外地上铺的垫子长时间没有清洗，放在楼梯间的鞋柜子上蒙着厚灰。

　　她和女儿的关系在外人看起来很好，总是跟女儿同乘电梯。孩子很有礼貌，温和漂亮，个子还很高。15岁，完全可以当成大人一样看待了。只是我在家中，也能听到她对女儿发脾气："你不可以这样跟妈妈讲话。"诸如此类的语句。听起来是忍无可忍之后才爆发的。

　　孩子跟妈妈顶嘴的声音也大："我不要你管！你不要再啰唆行不行！"

　　我对此毫无感觉，因为我跟她的生活可以说完全一样。

　　我们之间每隔一段时间就会有一些巧合。我买了一些草药放在外鞋柜上，转眼间她家的鞋柜上也放上了补气血的口服液。我因为子宫脱垂买了许多物理仪器，拆开之后的纸箱放在电井外，等人来收纸箱子。随后有一天，她也买了类似的健身仪器——我看到了她放在电井外箱子上印的货品名称。

　　我们一样不爱同人讲话，口罩简直成了我们的面具。自从那一次"约等于一起约着喝咖啡"之后，就没有更多交流。见到连笑都不用笑，点点头就可以了。可能我们都笑了，只是被口罩遮着看不到。

　　我渐渐感觉到眼睛看不清，配了眼镜，谁能想到40岁就要戴老花镜呢？令人惊讶的是，不知什么时候她也戴上了眼镜。这下，我们连对方的眼神都看不清了。我有点儿怕开门遇到她，出门之前，小心从猫眼观察一下，如果看到她正好出来，我就得等一下再出去。她也一定这样做了，因为我们几乎都没再见面。

　　我们在躲着对方，更不敢问彼此的名字，问出来一定吓一跳，说不定我们连名字都一样，说不定她就是我，在另一个空间，把五年后的生活过给我看。我们不能透露过多消息，否则，就要改变时间的轨迹。我们居住的这栋楼，是不是一块时间魔方？我们来来去去的邻居，也许是过去的或者未来的自己。我和她看到的，不是别人，是镜子里的我们。

　　实在是，每个人都一模一样。简直太没意思啦。

在日光中等待

樊 衍

我又一次登上了天台。已是黄昏，晚霞像血一样铺开，占满天空，太阳在地平线上一点点落下。我刚刚爬上通往天台的楼梯口，就看到了那个熟悉的后脑勺。父亲的后脑勺并不像他的同龄人那样过早地显示出狰狞的面目，他遗传了祖母优良的基因。祖母在她74岁时死去。祖母死去时脸上布满岁月侵蚀的褶皱，但她的头发却避过了不断向前推进的时间。因此父亲的后脑勺在我的记忆中保持着与他年龄不相符的年轻。

父亲与天台的联系产生于两年前。那是我第一次看到父亲如此长久地坐在天台上。盛夏时节的午后，一向有午睡习惯的父亲早早吃过了饭，便开始他这一天中短暂幸福的午睡。午睡醒来的父亲有些反常——父亲醒来后一言不发，直直地走进卧室，拿起马扎便去往通向天台的楼梯。我对父亲的行为感到诧异，我呆呆地望着父亲，父亲还是一言不发。父亲就这样在天台上坐了四个小时，其间我偷偷爬上楼梯口想一探究竟，现实无疑使我好奇的心又平静下来。父亲就那样呆呆地坐在那里，望着东边市区气派华丽的建筑与滚动不息的车流，他的眼睛几乎没有动过。父亲就这样站在贫与富的界线上，同时被两者抛弃。

父亲就这样固执而坚强地开始了他在天台的定期久坐。只要是一个太阳当头的晴朗午后，我都会看到午休过后的父亲在那里久坐。父亲的眼神没有被时间吓倒，相反，他的眼神在面对华丽的建筑与街道后发出愈发澄澈明亮的光彩。父亲已经在国企车间度过了几十年，因此他有大把空闲的时间用来挥霍在天台上。这使我感到气愤，因为我们家的经济条件不算太好，只能说处于满足温饱的状态，但我渴望穿上和其他孩子一样的名牌运动鞋。我只能将希望寄托于在兽药厂上班的母亲。母亲整日加班，和我们见面的机会并不很多。一天下午，我鼓起勇气向母亲控告了父亲最近的奇怪表现，然而却没有引起母亲的重视，她说："哦，他就是闲出病来了。"于是，在随后的日子里，父亲依然每天来到天台。父亲开始随身携带他的茶杯，斑驳的杯壁显示出茶杯的老旧。父亲用茶杯将茶送入口中，同时获得与时间对话的能力。父亲已经与时间相联结，父亲仿佛在奋力留下不断向前推进的时间。

父亲反常的举动很快引起了邻居们的注意。我在和邻居的孩子冯飞玩耍时，冯飞问我："为什么你爸爸整天中午都在天台上坐着？他在看些什么？"

"我也说不清，他有他自己的事。"我迅速挑选了理由来应付这个突如其来的问题，"天台的景色很美，你不觉得吗？"

"可我妈说你爸像个傻子，那么热的天还坐在那里。"

"我看你他妈才是个傻子。"得到我突如其来的辱骂，冯飞没有再说话。

父亲是在秋日的一个午后离去的。那时虽然已经立秋，可太阳光芒四射的无情照耀依然使人产生烧灼之感。落日的余晖挂满房子，显示出一片耀眼的金黄。我在和伙伴分手以后，像往常一样高兴地回到家中，却只感到一片空荡荡的凄森，有关父亲的一切东西不翼而飞。我的笑容逐渐凝结，我在最短的时间里发现了父亲已经出走的事实，紧接着产生了与我年龄不相符的显示出成熟的可怕联想：我们一家人的生计如何维持？我感到一阵战栗。

我在煎熬中等待母亲的归来。母亲下班后，我把事先谋划好的讲述父亲离家出走的话语平静地讲给了我的母亲。紧接着，一阵可怕的宁静在屋里弥漫开来，声音不再以波的形式穿越空气，而是被短暂禁锢在肉体中，母亲的表情由疑惑转为极度扭曲，我十几年来第一次看到母亲这样的表情。然而这样的表情仅仅出现了两三秒便迅速消失，母亲的一句"嗯，大概过几天就会回来的"把我拉回了现实。我感到一阵轻松。

翌日，父亲依旧没有传回任何消息，电话也无人接听。父亲的朋友们很快知道了父亲出走的消息，但令我感到吃惊的是他的朋友们表现出同母亲一样的镇定。于是父亲的出走变成了一件正常的事情。

之后的日子里我们没有寻找过父亲。我起初想劝说母亲寻找父亲，但我看到母亲一如往常的平静，就放弃了这个想法。我想到了祖父——77岁的祖父在知道儿子出走的消息后，非但没有表现出任何悲伤，反而流露出欣喜之情。

"你爸爸是去东边更美丽的城市啦，咱们这个小城留不住他啦！"祖父兴奋地对我说。

祖父的话使我对东边的城市产生了向往，进而对天台的景色产生了好奇。于是，在父亲出走近一年后的一个夏季的傍晚，我和父亲一样爬上了天台。在天台远眺，城市生机勃勃，天空与建筑紧密相连，城市把温柔与狂野一并展示出来。天台上什么都没有，只有孤零零的我，下面是浩荡的车流。父亲就是在这里见证了时间的流逝。

终于，我也开始迷恋上天台的景色。父亲的天台同我的天台不一样，父亲的天台是把往日打开一个缺口，我的天台则是通往未来的景色。于是，在此后的时间里，内心的躁动使我一次又一次登上了天台。在我的眼中，时间和空间开始与天台纠缠不清，唯有一次次的注目远视才足以使我内心得到慰藉。我很小的时候，有一次父亲的厂里组织职工去东部一座沿海城市旅行，父亲带上了我。我第一次见到了码头，我激动地指着码头对父亲说："真是太美了，爸爸！"
　　"是啊，"父亲拍了拍我的脑袋，"真是太美了！"